JE CHOISIRAI LA VOIE DU VENT

Régine Joséphine

JE CHOISIRAI LA VOIE DU VENT

La Belle Étoile

Ce que je ferai dorénavant sera pour la dernière fois.
Otzuka Akio,
pilote kamikaze japonais,
1922-1945

Je n'y vais pas (à la mort) pour l'Empereur,
j'y vais pour celle que j'aime le plus au monde,
pour ma femme…
C'est pour la protéger que je vais mourir.
Seki Yukio,
pilote kamikaze japonais,
1921-1944

Son : Away Away Away,
I know I have to make this decision alone…
If they were right, I'd agree,
But it's them they know, not me.
Now there's a way
And I know that I have to go away.
Cat Stevens,
Father and Son,
1970

1

Janvier 1945

Les moteurs du Zéro ronronnent comme un chat. Nous vibrons à l'unisson, tels deux amants enlacés. Je suis tout entier cette onde. Le ciel, la mer, l'univers se résument en elle. Rien d'autre n'existe. Autour de moi, un bleu intense, illimité. Le ciel m'absorbe ou peut-être la mer, je ne sais plus. Azur d'air et d'eau. Je pousse le manche. L'appareil monte dans un hurlement assourdissant. L'air froid me gifle par la verrière ouverte. Mon écharpe blanche claque au vent, doublant le sillage de la fumée de l'avion. Je me sens serein. J'ai trouvé ma place.

Je suis en paix.

Hier soir, lorsque j'ai pris ma décision, j'ai voulu revivre une dernière fois toutes ces choses que j'avais aimées. En cet ultime instant, je ressentais l'urgence de graver leur trace dans ma mémoire. Si j'acceptais de ne plus exister, il me fallait humer encore le parfum salé du vent, écouter les appels des oiseaux, m'allonger dans l'herbe humide, mon corps offert à la nuit tombant sur les imperfections de la terre. Plus tard, j'aurais assisté au lever du soleil dans son berceau pâle, admiré les nuages étirés dans l'aurore. J'étais avide d'éprouver ces sensations avant de partir. Il restait tant de plaisirs que je n'avais pas su savourer et je ne disposais plus que de quelques heures avant de disparaître.

Puis, étrangement, après s'être emballé, le temps s'est ralenti. Dans la nuit étoilée, ces désirs ont perdu leur importance. Si je dois renaître, je ne me souviendrai pas de ce que j'ai vécu. Et si je sombre dans le néant, il n'y aura plus lieu de regretter. Alors je me suis couché et j'ai dormi d'un sommeil d'enfant comme je n'en avais plus connu depuis longtemps.

Un courant tiède coule entre la peau de mon dos et ma combinaison. Sous mon casque de cuir et mes lunettes de pilote, la sueur poisse mes joues. Je pousse encore le manche du Zéro. L'appareil tremble. Va-t-il tenir ? Il est si vieux. Je passe ma main hors du cockpit pour caresser le métal de la carlingue. Malgré les gants, mes doigts détectent le relief de la fleur de sakura peinte par Tadao. Les pétales délicats semblent prêts à s'éparpiller. Savoir la branche de cerisier avec moi me rassure. J'ai l'impression que Tadao me guide. Qu'il approuvera un jour ce que je m'apprête à faire.

C'est le moment. J'incline légèrement le manche pour virer sur l'aile. J'inspire lentement, profondément. Les paroles du moine shinto que j'ai vu la semaine dernière me reviennent en mémoire.

« Accepte de te couler dans la respiration du monde, Kiyoshi. Tu es une poussière parmi d'autres mais, liée à elles, tu es l'univers. »

Pourtant, je me sens détaché de cette terre. Elle continuera à tourner quoi qu'il advienne des poussières d'hommes que nous sommes et poursuivra sa route, indifférente à nous, vermisseaux qui nous entretuons à sa surface. Nous, petites bêtes engluées dans la certitude de notre supériorité sur d'autres insectes tout aussi insignifiants. Je ne me soucie plus de cette terre ni de la plupart des hommes qui la peuplent. Je vole aujourd'hui en marge de leur vie, j'ai basculé de l'autre côté. Je ris sans amertume. En réalité, j'ai toujours été de l'autre côté.

Cela, je l'ai compris lorsque j'ai appris à mon père que j'avais été choisi pour rejoindre l'unité d'élite de l'aviation de notre empereur. La lueur de fierté tant espérée n'a pas brillé dans ses yeux.

Ses traits impavides n'ont pas frémi. Il a fixé un point derrière moi comme si je n'existais pas. J'ai attendu un moment, espérant contre toute attente un signe qui n'est pas venu. J'ai fini par me retirer, tête basse. Le lendemain, avant mon départ, ma mère en cachette m'a serré dans ses bras. Je lui ai promis de lui écrire. Les mois ont passé, je ne l'ai pas fait. Et hier soir, j'ai préparé ma première et dernière enveloppe pour elle ; j'ai glissé à l'intérieur une mèche de mes cheveux.

Si je le pouvais, redessinerais-je ma vie pour faire honneur à notre longue lignée de samouraïs ? J'ai essayé de devenir le rêve de mon père, j'ai muselé mon être et mes pensées pour faire place aux siennes : mon existence devait uniquement tendre à l'honorer, lui et nos ancêtres. J'ai repoussé chaque doute comme une trahison alors que, depuis l'âge de onze ans, j'étais devenu une erreur. Aujourd'hui je suis là, calé dans le siège du Zéro malmené par les rafales. Et je comprends soudain qu'au contraire, tout ce que je vis en cette seconde est ma propre vérité, la seule qui valait la peine d'y consacrer mes efforts. Je voulais devenir le vent divin[1] *vénéré par notre peuple, qui souffle la mort sur nos ennemis. Aujourd'hui, je sais que ma voie est autre. J'accepte ma mort si elle peut garder en vie ceux que j'aime. Bien sûr, on me maudira, on m'effacera des mémoires. Mon père niera le lien ténu qui me liait encore à lui. Pourtant je suis enfin en accord avec moi-même. Je choisis ma propre voie du vent. Plus besoin de feindre, de rendre des comptes à qui que ce soit, famille, amis, pays, empereur même. Je frissonne comme si j'avais énoncé un blasphème. Puis je me détends. Je sais au plus profond de moi que je dois répondre à ma conscience et sa voix m'a été plus difficile à entendre que le mont Fuji à gravir.*

Mon appareil vrombit. J'ai viré trop brusquement. La réaction ne se fait pas attendre. Le bel agencement de notre escadron se disloque, des ordres éclatent dans ma radio. J'enfonce vivement

1. Kamikaze.

le manche pour passer sous le Betty qui vole à 9 heures. Le gros avion tangue sur l'aile. J'aperçois le visage stupéfait du pilote, sa bouche ouverte sur un hurlement silencieux tandis que, frénétique, il désigne le large. Croit-il sérieusement que je me suis trompé de direction ? Sourd aux appels, je rebrousse chemin au milieu des appareils qui se dirigent vers leur cible, ces porte-avions américains semblables à des grains de riz noir sur l'horizon, lâchant leurs fumées comme des pets de moustiques. Les Betty volent à 7000 mètres, hors de leur portée, mais ne tarderont pas à lâcher les Okhas serrés sous leur ventre comme des bébés meurtriers. Mes trop jeunes camarades pilotes mourront pour une cause perdue. La mienne au moins ne le sera pas.

La côte apparaît, ligne brune dans l'écume. J'ajuste mon masque à oxygène et ouvre les gaz au maximum. Mon avion fonce vers le rivage. Un autre Betty me croise dans un vrombissement de tonnerre. Il me frôle de si près que le souffle déséquilibre mon appareil. Un rayon de soleil arrache un éclat de lumière aveuglant au métal de ses mitrailleuses. Je dois agir vite à présent. Si mes camarades devinent mon projet, ils me descendront sans pitié. Heureusement, ce que j'ai décidé de faire reste pour eux au-delà du concevable. En quelques minutes, j'atteins les falaises, puis survole les champs abandonnés et torpillés. Les stigmates de la guerre sont partout. La terre est labourée d'obus, les arbres sont déchiquetés et calcinés, les rochers explosés, les tranchées remplies de boue. La nuit, les collégiens des villages détruits creusent des trous pour y jeter les cadavres de la journée. Ils se cachent le jour avec les femmes dans les sanctuaires bondés de réfugiés. Ces tombes sont devenues leurs maisons, ils s'y terrent comme des bêtes, levant la tête avec crainte au passage des avions qui fendent le ciel vers leur dernier rendez-vous. Tout à l'heure, quelques hommes âgés sont sortis de leur mausolée pour nous saluer, des mots de vengeance et de mort plein la bouche. Sans les entendre, je les devinais. « Voilà nos tokkotais, ils vont détruire ces diables d'Américains ! » Ils savent pourtant qu'il n'y a plus d'espoir.

Ma cible se profile enfin au pied de la colline. Je ne réfléchis plus. Mon Zéro s'élance. Je n'ai pas fermé la verrière de mon cockpit. Malgré le bruit des moteurs, j'entends les cris que provoque l'arrivée de mon avion. Les accès aux dortoirs situés derrière les hangars de la base aérienne se couvrent de petites fourmis noires qui s'agitent et courent en tous sens. Une sirène retentit, aggravant la confusion. Quelques silhouettes ont atteint les autres Zéros garés devant les deux pistes d'envol. Ils n'auront pas le temps de décoller.

Soudain, un homme jaillit d'un bâtiment. À cette altitude, il m'est impossible de l'identifier ; pourtant, mon cœur a reconnu Tadao. Je sais qu'il a lu ma lettre et qu'il me supplie de renoncer. J'incline mon Zéro dans un angle impossible à relever. La terre approche à grande vitesse. Je garde les yeux ouverts. Derrière moi, le soleil a sauté hors de la mer rouge de sang.

Alors que je percute ma cible, un deuxième soleil m'explose au visage.

2

Fin août 2016

Une bordée de jurons s'échappa des lèvres de Colombe. C'est qu'elle en connaissait un rayon ! À côté de son répertoire d'insultes, celui du capitaine Haddock s'apparentait à un verbiage insipide. D'habitude, la jeune femme mettait sa verve en veilleuse, bien trop réservée pour se faire remarquer, mais lorsque cette idiote de conductrice avait grillé le stop pour lui piquer la seule place disponible sur le parking de la Cité administrative, sa fureur avait explosé. Son pied avait rageusement enfoncé la pédale de frein de sa Fiat rouge, qui s'était arrêtée à moitié sur le trottoir. Colombe avait jailli de son siège pour foncer sur la dame dodue s'extirpant de la Twingo garée sur l'emplacement convoité. Effrayée, la coupable s'était ruée à l'abri d'un salon de coiffure. La colère de Colombe était alors retombée, comme un soufflé mal cuit, devant la réprobation des clients. Tournant les talons, elle avait franchi avec le plus de dignité possible la porte automatique de la Cité administrative qui s'ouvrait devant elle dans un soupir feutré.

Colombe se força à expirer pour calmer les battements de son cœur. 9 h 03 : elle était en retard. La veille, pourtant, elle s'était promis d'arriver en avance, quitte à patienter. Attendre lui avait toujours semblé la pire des tortures. Cette absence de gestes, de pensées presque, cette vertigineuse immobilité d'un monde en suspension. Le vide… Face à cet oubli de vie, elle avait depuis longtemps opté pour le stress de la course, les reproches justifiés et une extraordinaire faculté d'inventer des excuses fallacieuses.

Sur l'un des murs du hall, luisaient les plaques noires des cinquante entreprises hébergées dans l'immeuble. Bienvenue au columbarium, songea-t-elle avec ironie. La moquette d'un gris moisi étouffait les bruits. Au fond se cachaient deux ascenseurs. Colombe déchiffra les inscriptions dorées des plaques. *1er étage : Centre des Impôts, Centre d'Information et d'Orientation, Préfecture… 2e étage : Direction des Services départementaux de l'Éducation nationale, Centre des Finances…* Le bouton de l'ascenseur tinta discrètement, comme pour s'excuser de briser le silence. Colombe pénétra dans la cabine avec la conscience aiguë de franchir un pas vers sa nouvelle vie. Lorsque les portes s'ouvriraient, elle tournerait définitivement le dos au passé. Adieu, ces derniers mois vécus dans un vertigineux brouillard ; bonjour, un avenir tout beau et tout neuf.

D'un pas de conquérante, elle sortit de l'ascenseur et pénétra dans un vaste hall au dallage aussi mortuaire que la moquette du rez-de-chaussée. Devant elle, le long couloir des Services départementaux de l'Éducation nationale s'enfonçait dans l'ombre. Une porte vitrée révélait unc enfilade de bureaux. Sur le large palier, un comptoir en demi-cercle faisait office de réception. L'hôtesse leva les yeux et, comme prise en faute, reposa son portable d'un geste brusque.

— Bonjour, je suis Colombe Delgrieux, j'ai rendez-vous avec…

— Oui, monsieur l'Inspecteur vous attend, coupa la femme en consultant un mince cahier. Prenez le couloir en face, puis la cinquième porte à droite. Frappez et entrez.

Colombe surprit son regard curieux dans le reflet de la porte vitrée. Elle se retint de lui faire une grimace et, se redressant, s'empressa de suivre ses instructions.

Compter ses pas. Rien ne valait l'écoulement hypnotisant des chiffres pour oublier les battements de son cœur. Lorsqu'elle parvint au cinquième bureau, elle avait si bien vidé son esprit qu'elle frappa à la porte comme une automate et entra sans attendre de réponse. Elle ne s'aperçut de son impolitesse qu'en découvrant un homme assis derrière son bureau, en train de se curer le nez avec un carré de tissu blanc aussi grand qu'un foulard. Bon sang ! C'était bien sa veine ! On disait cet inspecteur arrogant et suffisant. Être surpris en train de trompeter dans un mouchoir et de le fourrer plein de morve dans sa poche risquait de lui attirer son antipathie. En effet, le visage de l'homme se durcit.

— Vous désirez, mademoiselle ?

— Pardon, j'ai cru avoir entendu… À l'accueil, on m'a dit de frapper et d'entrer… Je ne…

L'autre, conforté par son embarras, se leva. M. l'Inspecteur Guilly ne devait pas faire plus d'un mètre cinquante sur la pointe des pieds mais choisissait ses vêtements une taille au-dessus de la sienne. Voire deux. Son pantalon tirebouchonnait sur ses chaussures, les manches de sa veste lui couvraient presque les mains. Constatant que Colombe et son mètre soixante-dix-sept l'obligeaient à lever la tête, il se rassit brusquement et d'un geste sec l'invita à prendre place sur le fauteuil en face de lui. Colombe, mal à l'aise, se glissa sur le siège. Sa taille l'avait toujours handicapée : elle n'était que trop consciente de l'embarras dans lequel elle plongeait certains hommes. Ceux-ci ne s'arrêtaient ni à son joli visage aux pommettes hautes ni à ses yeux noisette ombrés de longs cils, pas plus qu'ils ne remarquaient ses cheveux lisses et brillants d'un beau châtain foncé. Ils s'empressaient au mieux de se jeter sur le siège le plus proche, au pire de la planter là. Ou alors ils tentaient de juguler leur frustration en lui balançant à la figure quelques réflexions douteuses. L'inspecteur ne dérogea pas à la règle. Colombe se crispa, sentant venir la pique.

— Mademoiselle Delgrieux, je suppose ? dit-il en s'emparant d'un dossier posé sur le coin de son bureau. Nous avions rendez-vous à 9 heures, n'est-ce pas ?

La pendule accrochée au-dessus de sa tête indiquait 9 h 08. Huit minutes, qu'est-ce que c'était ? Même pas le temps d'une inspiration à l'échelle de l'univers. Colombe se contenta de hocher la tête. Mais M. Guilly n'avait pas l'intention d'en rester là. Son sourire froid donnait un air de fouine à son visage en triangle.

— Je ne pourrai plus vous accorder qu'une petite demi-heure, vous comprenez ? Mon rendez-vous suivant est très important et je tiens à respecter mon horaire, c'est un principe de politesse auquel je ne déroge jamais.

À sa grande fureur, Colombe se sentit rougir. Avec quel plaisir elle aurait piétiné cette demi-portion sous ses baskets pointure 42 ! Satisfait, Guilly se carra dans son fauteuil. D'une voix monocorde, il se mit à commenter les feuillets posés devant lui. Il tenait du gosse présentant l'oral du brevet des collèges. Colombe se réfugia derrière son mur invisible, contre lequel les mots des autres perdaient toute force. Guilly pouvait continuer à réduire sa vie à un insipide résumé, elle ne l'entendait plus. Ces derniers mois avaient été un cauchemar et elle ne tenait pas à les revivre. Mais l'autre se délectait à déballer sa vie, s'attardant à des sous-entendus qui rendaient ses mots plus irritants. Pourquoi ne lui donnait-il pas son affectation au lieu de lui infliger ce discours ? Un bref coup de fil aurait même suffi. Non, la curiosité du petit homme l'avait poussé à rencontrer le phénomène qui avait défrayé la chronique de la circonscription voisine quatre mois auparavant.

Une demi-heure, avait-il prévenu. Colombe lança un coup d'œil discret à la pendule. Plus que dix minutes de torture.

— Je lis dans votre dossier que vous êtes arrivée deuxième au concours externe de professeur des écoles. Toutes mes félicitations, mademoiselle Delgrieux. On vous considère comme un élément prometteur…

Colombe réussit à garder un visage impassible. Ce petit con ne la ferait pas sombrer dans ce tourbillon qui l'avait fait déraper quatre mois plus tôt au point de la pousser à commettre un acte inadmissible. Heureusement, l'inspecteur arrivait enfin au cœur du sujet.

— Vous avez été forcée d'interrompre votre formation, ce qui explique que vous soyez prorogée cette année dans ma circonscription. Soyez sûre, mademoiselle, que vous vous sentirez à l'aise auprès de mes enseignants et de mon équipe. Nous sommes là pour vous aider et vous soutenir…

Il était à vomir. Ce type rassemblait tous les défauts que Colombe détestait. Imbu de lui-même, il devait considérer ses subalternes comme des êtres inférieurs. *Mes* enseignants ! Elle se contint. Il serait toujours temps, plus tard, d'exploser. Cet inspecteur pouvait lui gâcher son année si l'envie lui en prenait.

— Bien, poursuivit-il en fermant le dossier d'un coup sec. Maintenant, les détails pratiques. Vous serez prorogée trois mois, ce qui vous permettra d'être titularisée à Noël… si tout va bien…

Belle confiance ! songea Colombe.

— Pour cela, vous serez affectée à temps complet dans une classe conforme à vos possibilités.

C'est-à-dire facile, traduisit-elle, de plus en plus dégoûtée. Chaque mot de ce petit con la brûlait comme un fer rouge. Soudain, elle comprit. Ce type cherchait véritablement à la blesser. Mais pourquoi ?

— Monsieur le Directeur d'Académie m'a instamment prié de vous soutenir, reprit-il d'un ton un peu acide. Il semblerait qu'il connaisse bien votre famille…

On y était. Le petit con n'aimait pas être court-circuité. Cette stagiaire incapable de tenir une classe se faisait pistonner par le directeur d'académie en personne ! Qu'espérait Guilly ? Des explications ? des excuses ? Il pouvait se brosser. Colombe s'appliqua à garder une expression neutre, à la limite de la stupidité. Son interlocuteur, dépité, poussa trois feuillets dans sa direction.

— Voici des postes qui devraient vous convenir. Choisissez.

Le moment fatidique était enfin arrivé. Colombe frissonna. La peur de faire le mauvais choix la paralysait. Le petit bilieux continuait de pérorer tandis qu'elle se répétait qu'elle n'était plus la même, qu'elle s'était débarrassée de sa peau d'avant comme d'une mue. Il ne tenait qu'à elle de faire oublier ce qui s'était passé.

Guilly comparait les postes proposés. Une grande école de quinze classes, des effectifs élevés mais un seul niveau par enseignant. Ou bien une classe unique avec peu d'élèves. Ou alors, le rêve, une classe de petits… facile, les petits… Énoncer cela avec autant d'assurance révélait qu'il ne s'y était jamais frotté ! Les petits… Elle les imaginait en train de pleurer, de crier, elle se voyait consoler des chagrins dégoulinants en tentant d'éviter des nez morveux… Le cauchemar !

— Eh bien ?

Colombe hésitait. Une année de sérénité ou une année d'enfer, c'était quitte ou double. L'inspecteur s'impatientait. Il se tourna vers la pendule. Plus que cinq minutes. Colombe décroisa ses jambes, les croisa à nouveau. Elle détecta dans les yeux de Guilly la lueur que faisait naître dans le regard des hommes la vue de ses longues guibolles trop sensuelles. Elle le devinait choqué par son mouvement. C'était pourtant involontaire. Elle avait juste envie d'aller aux toilettes. Elle transpirait dans la chaleur du bureau. Effluves d'aisselles moites. Il ne manquait plus que ça.

— Mademoiselle Delgrieux ?

Colombe, fébrile, avança une main et allait saisir un feuillet au hasard quand l'inspecteur pivota sur son siège, agacé.

— Qu'est-ce que c'est que ce raffut ?

Un concert d'avertisseurs avait éclaté dans la rue. Il se leva, ouvrit la fenêtre. L'appel d'air fit voler les feuilles. Colombe se précipita pour les ramasser.

— Eh bien ! s'exclama l'inspecteur, le dos tourné. Voici encore un bel exemple d'incivilité. Regardez mademoiselle, voilà ce contre quoi nous luttons, nous, spécialistes de l'éducation. La communication pour éviter les conflits. La parole, mademoiselle Delgrieux, la parole salvatrice, vous comprenez ?

Plus insistant que lui, tu meurs ! songea Colombe. D'accord, à part les excuses balbutiées à son arrivée, elle avait à peine prononcé trois mots durant l'entretien. Zéro pointé pour l'apprentie enseignante. Pour Petit Péteux, le remontage de bretelles s'imposait.

La confusion augmentait à l'extérieur, appels furieux, avertisseurs énervés, grondements de moteurs. Intriguée, Colombe rejoignit l'inspecteur qui s'agrippait au rebord de la fenêtre pour mieux voir. Ils devaient paraître ridicules, elle la grande gigue cassée en deux pour caser son buste dans l'ouverture, et lui tentant de se grandir et vacillant sur la pointe de ses chaussures. Mais Guilly, absorbé par le spectacle, n'en avait pas conscience. Un attroupement s'était formé sur le trottoir. Des chauffeurs vitupérant dans leur voiture pompaient sur leurs avertisseurs dans une clameur à réveiller les morts.

— Non mais, regardez-moi ça ! s'exclama Guilly, Je me demande ce qui s'est passé dans la tête du conducteur de cette voiture pour l'avoir plantée ainsi à moitié sur le trottoir !

Le cœur de Colombe rata un battement. Sa Fiat ! Dans son empressement à donner une leçon à la femme de la Twingo, elle en avait oublié son véhicule. Celui-ci, abandonné à demi sur la voie, gênait la circulation. Un autocar, coincé dans le virage, claironnait son impatience. En face, devant le salon de coiffure, un employé vitupérait en désignant l'entrée de l'immeuble. Mon Dieu, elle allait se faire lyncher !

— Bon, revenons à nos moutons, déclara l'inspecteur en retombant sur ses talons. Avez-vous choisi ?

Colombe gagna la porte en balbutiant des excuses incohérentes.

— Oui, je ne veux pas vous retenir. L'heure avance… Votre rendez-vous…

Quelle impudence ! L'inspecteur l'aurait bouffée ! C'était à lui de la congédier. Mais la panique avait envahi Colombe. Les klaxons, ces écoles, les collègues, ces enfants qui l'assiégeraient… De plus en plus fébrile, elle brandit l'une des feuilles qu'elle avait ramassées.

— Merci, je vous remercie beaucoup, je… je prendrai ce poste, j'espère me montrer à la hauteur de vos attentes. Je ne veux pas vous mettre en retard. Excusez-moi, je…

Une folle, voilà de quoi elle avait l'air en reculant comme si elle affrontait un lion en cage. L'inspecteur, estomaqué, n'eut pas le temps de répondre ; elle s'était déjà glissée dans le couloir. Dédaignant l'ascenseur, elle se jeta dans l'escalier, dévala les marches deux à deux, la feuille d'affectation froissée entre ses doigts. Les portes coulissantes s'écartèrent et Colombe se retrouva devant la pluie battante et une rangée de dos. Elle se faufila entre le bâtiment et les spectateurs. Au coin de la rue seulement, elle se retourna. Une dépanneuse se faufilait en marche arrière entre les deux rangées de véhicules et s'arrêtait devant la Fiat. Sur le trottoir, un gendarme avait sorti son carnet de contraventions, tandis qu'un de ses collègues s'occupait de dégager la voie à coups de sifflet énergiques. Un livreur de pizzas pestait sur son scooter. Portable collé à son casque, il criait que ce n'était pas sa faute et que s'il tenait le connard qui empêchait les honnêtes gens de travailler, il lui… Colombe n'attendit pas de découvrir le sort promis. Elle savait qu'elle aurait dû affronter ces gendarmes, s'excuser, s'expliquer au moins… Lâche, lâche ! Elle qui se croyait guérie ! Pourquoi, à la moindre anicroche, se comportait-elle toujours en gamine effarouchée ? Les passants la dépassaient sans la remarquer, pourtant elle se sentait cernée.

— Mais c'est elle ! La propriétaire de la Fiat, c'est elle qui a provoqué tout ce cirque ! Et en plus, elle se défile !

La conductrice de la Twingo avait surgi de nulle part. Elle pointait la coupable d'un doigt accusateur. Alors Colombe se mit à courir, abandonnant sa voiture à la fourrière et sa dignité aux orties.

3

— Réfléchis, Colombe, ce poste est trop… Il est compliqué…

Colombe soupira. Cela faisait deux heures qu'Elsa tournait dans sa chambre, tel un animal en cage. Peut-être aurait-elle dû signifier clairement à sa mère qu'elle souhaitait rester seule pour commencer à préparer sa classe. Hélas, sa perpétuelle crainte de la heurter étouffait en elle toute velléité de rébellion. Mieux valait garder le silence. De toute façon, elle n'avait plus l'intention de se laisser dicter sa conduite. À son retour de l'Inspection, elle s'était sentie si misérable, si pathétique, qu'elle s'était promis de ne plus fuir. Combien de fois s'était-elle déjà fait la même promesse ? Elle ne voulait pas se l'avouer.

Elsa lui avait fait remarquer que gérer vingt-huit gamins de CE2 dans un quartier difficile de Lyon relevait de l'utopie pour une débutante. Si ce poste était resté vacant, il y avait des raisons. Elle avait manié l'humour, essayé la cajolerie, puis, devant l'obstination de Colombe, avait fini par craquer.

— Tu ne peux pas prendre cette classe, elle est trop dure pour toi.

Colombe se contracta et ouvrit le capot de son ordinateur. Elsa crachait enfin le morceau : voilà ce qu'elle pensait réellement de sa fille. Vulnérable. Faible. Incapable. Et pourquoi pas, depuis quatre mois, imprévisible. Dangereuse. Criminelle.

— Je suis désolée, ce n'est pas ce que je voulais dire…

— Je sais.

Désarmée, Colombe posa un baiser sur les cheveux d'Elsa. La rassurer, lui dire qu'elle aimait toujours cette mère adoptive si déterminée à l'empêcher de tomber. Elle aurait bien voulu se libérer de ces béquilles d'amour avec lesquelles Elsa l'obligeait à marcher, mais elle craignait de la peiner en la repoussant. Alors elle plia, comme à l'accoutumée.

— Je sais, répéta-t-elle.

C'est ma vie, pas la tienne ! avait-elle pourtant envie de crier. Laisse-moi me tromper, me relever, crever si ça doit être mon destin, mais laisse-le-moi, il m'appartient. J'ignorerai toujours si je suis capable de rassembler mes morceaux si tu insistes pour m'épauler sans cesse. Elle ravala sa révolte et plaqua un sourire assez convaincant sur ses lèvres. Elsa s'y laissa prendre. Elle ramassa la feuille tombée à terre et la défroissa.

— Une classe dans un secteur difficile mais non classé Réseau d'Éducation Prioritaire, dit-elle, ça signifie vingt-huit à trente élèves par classe, des moyens classiques, pas de priorité pour les psychologues ni pour les enseignants spécialisés, des enfants agités…

— Ça va, n'en rajoute pas ! coupa Colombe. J'ai compris. L'avantage, c'est que, dans ces secteurs, l'équipe enseignante se tient souvent les coudes.

— Alors pourquoi y a-t-il cinq postes vacants sur huit ?

— Des instits qui partent à la retraite ?

— Non, j'ai consulté le mouvement de l'année dernière. Trois postes vacants déjà à cette époque. Personne ne reste dans cette école, Colombe. Le plus ancien nommé totalise à peine deux années d'expérience. Sur quelle aide pourras-tu compter dans ces conditions ?

Encore ! Elsa aurait au moins pu faire semblant de croire qu'elle s'en sortirait seule. La main de sa mère lui caressa les cheveux, hésita sur sa joue, se posa sur sa tempe, à l'endroit où une veine battait au rythme de son cœur.

— Quoi ? fit Colombe, percevant son indécision.

— Rien. C'est juste que… je pensais qu'en… balisant la voie…

— Maman, arrête ! Tu as déjà mis le directeur d'académie dans le coup sans m'en parler ! À cause de toi, je me suis sentie affreusement gênée devant Guilly. Jure-moi que tu n'as rien fait de pire !

Elle s'était levée et la toisait. Elsa la brava, tête levée, toute fluette devant sa géante de fille. Colombe se laissa retomber sur sa chaise de bureau, atterrée.

— Tu l'as rappelé, c'est ça ? Quand ?

— Pendant ton entretien avec Guilly…

— Oh, bon sang ! Qu'est-ce que tu lui as demandé ? De me coller un gardien pour m'empêcher de…

— Non ! Colombe, oublie ce qui s'est passé. Je suis certaine que tout ira très bien, surtout dans l'école que nous te proposons.

— Parce que tu l'as déjà choisie, en plus !

— Je t'en prie, fais au moins l'effort d'écouter. Je te promets de respecter ton choix.

Si la proposition était venue d'une autre, peut-être Colombe aurait-elle mis sa fierté de côté, mais l'insistance de sa mère attisait sa colère.

— C'est un regroupement de deux communes. Dans ce village, Sainte-Croix, il n'y a donc que deux classes de maternelle. Les classes élémentaires se trouvent à quelques kilomètres, dans le bourg voisin. Il y aura peu d'élèves et une seule collègue au lieu d'une grosse équipe avec laquelle composer…

— Et si cette collègue est une horrible mégère ?

— Tu te rabattras sur l'assistante maternelle qui est adorable avec les enfants. Elle habite sur place, connaît tout le monde et est très appréciée. C'est une véritable perle. Tu pourras facilement t'appuyer sur son expérience et surtout…

Elsa marqua une pause. Colombe se détourna, sa colère soufflée comme une bougie. Pas besoin d'être devineresse pour mettre des mots sur l'hésitation de sa mère.

— Et surtout, acheva-t-elle, amère, elle restera dans la classe avec moi. Ça limitera les risques, n'est-ce pas ?

— Encore une fois, ce n'est pas ce que je voulais dire !

— Fiche-moi la paix, maman ! éclata Colombe. Arrête de décider de ce que je dois faire, arrête de penser à ma place, de vivre ma vie ! Je peux me débrouiller pour la gâcher toute seule, figure-toi !

Elsa pâlit.

— Tu veux dire que je te gâche la vie ?

— Je veux dire que tu ne peux pas contrôler tout ce qui gravite autour de moi. À ne pas laisser les choses m'atteindre, tu m'empêches de découvrir ce dont je suis capable.

— Je cherche juste à t'éviter de revivre…

— Ça ne te regarde pas ! Je suis ce que je suis, avec mes défauts, ma nullité et mes petites victoires aussi. Mais tu ne les vois jamais tant tu as peur de mes défaites !

— C'est le rôle d'une mère de…

— Non, ton rôle est de t'effacer et de me lâcher ! Tu sais ce que tu peux en faire, de ton poste ?

Elle attrapa le bras de sa mère avec plus de brusquerie qu'elle ne l'eût souhaité et la poussa hors de sa chambre. Pendant un instant, elle écouta les appels d'Elsa de l'autre côté de la porte. Elle avait cerné les frayeurs de sa mère depuis longtemps. Elsa avait simplement peur de la vie. Peur des blessures que celle-ci pouvait infliger à sa fille. Convaincue que seul son amour maternel pourrait la faire grandir droite et solide, elle l'avait tant couvée que Colombe avait grandi terrifiée à l'idée que sa mère mesure à quel point elle était en réalité petite et faible dans son corps encombrant.

Son père, lui, l'avait deviné, se dit-elle en prenant son manteau sur sa chaise. Dans le salon, Elsa pleurait dans les bras de Paul. Elle sortit de l'appartement sans bruit. Son père, flegmatique et pondéré, naviguait, calme voilier dans l'océan agité des émotions des deux femmes. Il faisait confiance à sa fille, même quand elle plongeait dans un silence buté dont aucune parole, semblait-il, ne pouvait la libérer. Il n'attendait d'elle que ce qu'elle pourrait lui donner. Ni plus ni moins. Mais, disaient ses yeux, surtout pas moins.

Colombe se mit à déambuler au pas de charge dans les rues mouillées. Les berges de la Saône, inondées par les pluies récentes, élargissaient son lit d'une nappe d'eau frisottant sous le vent. Les péniches amarrées aux pontons submergés roulaient dans le courant gris métallique. La rivière savait cacher la furie qui pouvait l'agiter parfois. Nous nous ressemblons, songea Colombe. Lisses en apparence, mais en secret, si secouées par les événements extérieurs que nous finissons par exprimer notre malaise par un bouillonnement ravageur.

Peu de promeneurs flânaient dans les rues, le temps n'y incitait pas. Elle passa sous un ruban de plastique qui interdisait l'accès à un escalier dont les dernières marches baignaient dans la rivière et s'assit en frissonnant à la lisière de l'eau. Au fond, Elsa restait égale à elle-même ; elle s'était tracé sa ligne de conduite : se montrer forte en toutes circonstances pour rester le roc auquel pourrait se raccrocher sa fille. C'était le but de sa vie. Mais parfois, comme la rivière, elle craquait. Pour preuve, ces appels successifs au directeur d'académie. Sans doute avait-elle elle-même suggéré ce poste à son ami pour être sûre que sa fille l'obtiendrait.

En tant qu'institutrice, Elsa avait enseigné dans de nombreuses écoles. Même après sa retraite, elle était restée en contact avec certains de ses collègues. Mais seulement à Lyon. Sa mère détestait les villages perdus, elle avait besoin du mouvement de la ville, de ses bruits, du manège incessant des hommes, nuit et jour. Le silence l'effrayait. Comment en savait-elle autant sur l'assistante maternelle de Sainte-Croix ? Adorable. Une perle. Expérimentée. On ne parlait pas ainsi d'une inconnue.

C'était évident. Elsa l'avait déjà rencontrée.

— Colombe ? C'est bien toi ? Si je m'attendais… !

Colombe sursauta. Oh, non ! Croiser une fille de sa promotion était la dernière chose qu'elle souhaitait. Mais Sophia descendait déjà les marches, un large sourire aux lèvres.

— Je suis si heureuse de te voir.

Et bise d'un côté, bise de l'autre, moue en cul de poule pour ne pas abîmer le rouge parfaitement appliqué sur ses lèvres. Sophia d'Agostine aurait été à sa place sous les flashs d'un photographe de mode ou sur un podium de miss Monde. Et dire que cette fille, belle et intelligente, était également excellente pédagogue !

— Nous avons tous été contents de savoir que tu avais pu valider une partie de ta formation en juillet. Tu avais tellement travaillé ! On t'a regrettée à la fête de fin d'année. Tu aurais dû voir le directeur de l'ESPE, il était déchaîné et tenait à danser avec chacune des filles de la promo !

Elle riait, un peu trop fort, un peu nerveusement, gênée tout de même par le silence de Colombe. Elle la prit par le bras et l'entraîna vers un café.

— Allons prendre un verre ! Tu as une mine superbe, ça fait plaisir à voir.

— Oui, finit par répondre Colombe, je n'ai fait que dormir pendant deux mois, ça m'a reposée pour une année entière.

Comment ne pas aborder le sujet ? Quand on bousille, ou presque, une année de formation de façon aussi spectaculaire, on ne peut pas se soustraire à la curiosité. Sophia, étonnamment, eut le bon goût de rire en prenant place dans un coin de la salle vide. Le patron leur apporta deux cafés. Sophia insista pour payer, puis reprit, tandis que l'homme regagnait sa place derrière son bar :

— Ah, dormir ! J'ai cauchemardé pendant toutes les vacances pour mon affectation ! Il n'y a plus un seul poste vacant à Lyon, à part dans des quartiers pourris. Et même là, si tu n'as pas dix ans d'ancienneté, inutile de rêver. Je me suis empressée de me pacser pour avoir une chance de ne pas trop m'éloigner. Résultat : on m'a envoyée à quatre-vingts kilomètres d'ici, dans une classe à triple niveau ! Tu parles d'un bon plan ! Et bien sûr, mon copain travaille dans le centre, donc pas question de déménager. Du coup, j'ai décidé de passer l'entretien de directrice dans deux ans. Pas question de végéter pendant dix ans de remplacement en remplacement. Et toi ? Tu as obtenu un poste ?

— Moi ? Eh bien… oui, bien sûr…

Sophia la scrutait, déjà amère : elle avait deviné. De notoriété publique, les postes les plus convoités sont attribués aux personnes les plus fragiles. On les préserve en lésant les autres. Beaucoup en éprouvent de la rancune.

Colombe crispa les mains sur sa tasse brûlante. Les écoles proposées par Guilly n'étaient éloignées que de quelques kilomètres de chez elle. Comment justifier cela alors que, de surcroît, elle était prorogée ? La rancœur de Sophia allait s'en trouver décuplée.

— Après tout ce que tu as traversé, tu as obtenu quelque chose à Lyon, j'espère ?

Comprendre exactement le contraire de l'espoir exprimé, songea Colombe. Aussi le mensonge franchit-il ses lèvres sans difficulté.

— Non. Un petit village à cinquante kilomètres d'ici. Sainte-Croix, tu connais ?

— Oh mon Dieu, oui ! C'est complètement paumé ! Et la route est pourrie, parfois même coupée en hiver à cause des congères et des éboulements. J'espère que tu as une bonne voiture ! Ma pauvre Colombe, tu n'es pas mieux lotie que moi...

Elle ne pouvait dissimuler son soulagement. Colombe ne put le supporter. Elle se brûla la langue en vidant sa tasse d'une seule gorgée. Beurk. Sans sucre, ce café était infect.

— Désolée, Sophia, il faut que j'y aille. J'ai des tas de choses à préparer, je pense habiter là-bas. Ce sera plus facile pour travailler. Et puis, j'en ai assez de Lyon...

— Tu vas déménager dans ce trou ? Tu es folle !

— Sûrement. Il doit me rester quelque chose de mon passage à la clinique.

— Je ne voulais pas..., protesta Sophia, gênée. D'ailleurs, si tu as besoin de quelque chose pour tes préparations... Tu reviendras sûrement en ville le week-end, n'hésite pas à m'appeler...

Colombe longea le quai, laissant la pluie lui fouetter le visage. Sans s'en rendre compte, elle affichait un large sourire. Ah, le visage de Sophia à l'annonce de son départ ! Elle n'aurait pas paru plus consternée en apprenant son emprisonnement. S'enterrer volontairement dans un village hors du monde civilisé était inconcevable pour une femme ambitieuse comme elle. Pas pour moi, songea-t-elle. Pourquoi ne pas suivre son impulsion ? Partir. Quitter la ville qui l'avait vue défaillir, quitter ses parents et l'accablante sollicitude d'Elsa. Pénétrer sur une terre inconnue, que personne de son entourage n'avait encore foulée, où elle pourrait tracer son chemin sans avoir peur des critiques.

Elle ralentit l'allure, les sourcils froncés. Vraiment, personne dans son entourage n'avait jamais mis les pieds à Sainte-Croix ? Alors comment Elsa connaissait-elle l'efficacité de l'aide-maternelle montagnarde ? Colombe avait un étrange pressentiment. Sa mère essayait encore de la manœuvrer. Sauf si je l'oblige à me dire la vérité, songea la jeune femme en allongeant le pas. Elle n'accepterait pas ce poste sans savoir pourquoi Elsa tenait tant à l'envoyer là-bas.

4

Elsa s'était réfugiée sur le canapé, le dos à la grande baie vitrée du salon, le visage dans l'ombre. Assis à côté d'elle, Paul avait posé une main sur son genou. Colombe la toisait d'un œil noir, bras croisés. Regard de tueuse, disait son père. Colombe ne lui en voulait pas. Elle assura ses deux pieds sur le sol comme pour prendre son élan à l'assaut de la citadelle mère.

À son arrivée, ses parents chuchotaient comme deux conspirateurs. Ils s'étaient brusquement interrompus lorsqu'elle avait actionné l'interrupteur du lustre. Sans attendre, elle interpella sa mère, d'une voix déterminée et froide qu'Elsa ne connaissait pas.

— Parle-moi de ton poste.

— Eh bien… Il se trouve dans un village classé du massif du Pilat. Toi qui aimes l'histoire, ça devrait te plaire. C'est une ancienne chartreuse du XIIIe siècle dont les cellules ont été revendues à des particuliers dans les années 1960. Plus bas, au pied des remparts, le vieux moulin des moines sert de café et de lieu de rencontre aux habitants. C'est très accueillant…

— Tu parles comme un guide touristique.

— C'est une belle curiosité de la région.

— Alors tu contactes le directeur d'académie pour m'envoyer faire du tourisme dans un village classé parce que j'aime l'histoire ? Tu te fiches de moi, maman !

— Colombe !

— Combien de temps es-tu restée en relation avec Marie-Rose ?

Le hoquet qui secoua Elsa lui fit plaisir. Sa mère porta la main à sa bouche.

— Comment…

— Parle-moi de ton poste, maman. Pas de celui que tu veux m'attribuer. Parle-moi de celui que tu as occupé, il y a vingt ans, à l'école de Sainte-Croix, avec cette aide-maternelle nommée Marie-Rose.

Elsa haletait. Elle voulut se lever. Paul la retint d'une main dont la fermeté surprit Colombe. Son père intervenait rarement dans leurs discussions. D'un naturel pondéré, il laissait à sa femme le soin de diriger les débats, préférant jouer les médiateurs. Son attitude avait souvent pesé à Colombe qui se sentait perdue face à la forte personnalité de sa mère. Aussi ce geste lui réchauffa-t-il le cœur.

— Réponds, Elsa, dit-il. Elle a le droit de savoir.

— C'est à moi seule de décider ! s'écria sa femme. C'est moi qui l'ai adoptée la première…

— La première ? Je croyais que vous m'aviez adoptée ensemble ! Et quel rapport avec Sainte-Croix et Marie-Rose ? Qu'est-ce que tu me caches, maman ?

Le sang pulsait à ses tempes. Née de père inconnu, âgée d'à peine deux ans lors du décès de sa mère biologique – voilà tout ce que Colombe savait des premiers mois de son existence. Jusqu'ici, elle n'avait pas éprouvé le désir de s'attarder sur cette période, mais ce soir, la réaction d'Elsa suggérait une vérité beaucoup plus complexe.

Colombe se leva, son ombre allongée couvrant ses parents réunis sur le canapé.

— J'ai appelé la mairie de Sainte-Croix avant de rentrer. On m'a répondu que Marie-Rose Mandallaz est une femme douce, efficace et digne de confiance qui remplit cette fonction depuis vingt-cinq ans. Si tu as pu me la décrire aussi précisément, c'est que tu l'as connue.

— Dis-lui, Elsa, ordonna son père. Sinon, je m'en chargerai. Cette histoire n'a que trop duré.

— Maman, est-ce que Marie-Rose est ma mère ?

— Mais non, qu'est-ce que tu vas chercher !

— Alors pourquoi veux-tu que j'aille là-bas ?

— Parce que c'est là que j'ai rencontré ta mère ! s'écria Elsa à bout de résistance.

Elle enfouit son visage contre le torse de Paul. Colombe contemplait ses parents enlacés. Ils lui avaient menti… Les jambes coupées, elle se laissa tomber à genoux devant la table basse du salon.

— Vous avez rencontré ma mère à Sainte-Croix, répéta-t-elle, stupéfaite. Et tout ce temps, vous m'avez assuré que vous ne saviez rien d'elle. Comment avez-vous pu…

— C'était ma décision. Ton père n'y est pour rien. Nous nous sommes connus quand tu avais trois ans. Il n'a jamais mis les pieds à Sainte-Croix et ne connaît pas Marie-Rose. Il s'est contenté de répéter l'histoire que je te racontais pour ne pas te perturber.

— Mais pourquoi ? Qu'est-ce que ma mère avait fait pour que tu la rayes si radicalement de ma vie ?

Curieusement, la pitié pointait en elle à la vue de cette femme qui avait bâti son amour maternel sur un mensonge. Car Elsa l'aimait, c'était incontestable.

— J'ai effectivement été en poste dans ce village, il y a vingt et un ans, commença Elsa sans la regarder. C'était une classe unique à l'époque. J'étais la seule enseignante et je me sentais terriblement isolée. J'adorais mes élèves, mais le soir, je renaissais en rentrant à Lyon. J'y retrouvais le bruit, le mouvement, les lumières, mes amis. Là-bas, il ne se passait rien, le temps s'étirait, c'était insupportable. Une vie entre parenthèses, tu comprends ? Cet hiver-là, un pan de montagne s'est effondré sur la route qui permettait de sortir de la vallée. Il a fallu plus de deux semaines pour la dégager. Par manque de chance, l'éboulement s'est produit pendant que j'étais en classe. Le maire aurait pu me ramener à Lyon avec sa Jeep en empruntant un petit sentier à travers la forêt. C'est ce que faisaient les autres habitants du village. Mais c'était un trajet de plusieurs heures, sans aucune garantie de pouvoir revenir le lendemain pour rouvrir l'école. Il a préféré me proposer le logement de fonction au premier étage. L'intérêt des enfants primait, disait-il. Il m'a donné de quoi me chauffer, de quoi manger. Son épouse m'a même prêté des vêtements. Je reconnais qu'ils se sont chargés de tout, mais me retrouver bloquée en pleine montagne, moi la citadine, m'a rendue furieuse. Je me sentais prise en otage. Pendant ces deux semaines, on m'a invitée à dîner de temps à autre, mais les soirées passées seule dans mon appartement me déprimaient. Alors j'allais au café installé dans le moulin, près du cimetière. C'était le seul endroit animé du village. La serveuse posait une boisson sur ma table et restait à discuter avec moi quelques minutes. Elle comprenait mon désarroi. C'était ta mère.

Colombe vit la main de son père venir serrer celle d'Elsa comme pour lui insuffler le courage de poursuivre.

— Louise était célibataire, vingt-cinq ans je crois, mais mûre et courageuse. C'était une jolie jeune femme, plutôt grande, fine et brune, comme toi. Chaque matin, elle t'emmenait chez une nourrice du village voisin et te récupérait après son travail. Pendant ces soirées au café, elle restait très discrète sur sa vie, mais savait m'écouter. Pour me changer les idées, je lui ai proposé à une ou deux reprises de te garder le mercredi, pendant qu'elle travaillait.

Elsa sourit, émue à ces souvenirs.

— Tu étais adorable, si petite et si sage. À son retour, Louise me trouvait en train de te câliner et cela l'amusait. Elle riait si peu… Lorsque la route a été dégagée, j'ai repris mes trajets habituels. Parfois, je croisais ta mère sur le sentier du moulin. Nous échangions un salut, quelques mots. Je l'aimais bien, mais elle appartenait à ce village endormi. L'année scolaire terminée, je comptais bien obtenir un poste en ville. Nos routes devaient forcément se séparer. Du moins, soupira-t-elle, je le croyais. Et puis un soir, vers 16 heures, Louise est venue frapper au carreau. J'allais fermer l'école. Elle portait ton siège auto. Il faisait un temps affreux. Le vent cinglait les arbres, la pluie tombait dru. Je m'inquiétais de la route du retour et je n'avais pas envie de bavarder. Louise m'a suppliée de rester dans l'appartement de fonction pour te garder cette nuit-là. Elle portait un joli manteau, des talons. J'ai pensé qu'elle avait un rendez-vous avec un homme. Alors j'ai refusé.

Elle saisit le bras de Colombe, implorante.

— Comprends-moi, ma chérie. J'avais été bloquée deux semaines dans ce village, une éternité pour moi. Une tempête arrivait, il suffisait d'un rocher en travers de la route pour que mon cauchemar recommence. Je ne voulais pas me sacrifier pour que Louise puisse avoir sa nuit d'amour. Elle a insisté. Alors je me suis précipitée vers le parking. Sous le porche qui menait au rempart, je me suis retournée. Louise se tenait debout devant la porte de l'école ; elle te serrait dans ses bras. C'est la dernière fois que je l'ai vue.

— Comment ça, la dernière fois ?

— La tempête n'a pas fait de dégâts, contrairement à mes craintes. Lorsque je suis revenue à l'école le lendemain matin, j'ai trouvé une vitre brisée, le couloir de l'école inondé et la porte de l'appartement fracturée. Le radiateur électrique de la chambre fonctionnait à fond. Toi, tu dormais au milieu de mon lit…

— Et Louise ?

— Elle était partie. Près du lit, j'ai trouvé un sac rempli de couches, de vêtements de bébé, de biberons. Il y avait aussi un ours bleu clair…

— *Presque à Poil*, murmura Colombe. Mon premier doudou.

Le jouet au ventre élimé et au rembourrage tassé trônait encore sur son lit, roi incontesté parmi les peluches qui avaient longtemps tapissé sa couverture. Colombe n'avait jamais eu le cœur de s'en débarrasser.

— C'est Paul qui l'a surnommé ainsi, tu te souviens ? sourit Elsa. Il a toujours été dans cet état-là, même quand tu étais bébé. Pourtant, tu ne l'as jamais trituré ni mordillé. Tu le serrais contre toi comme si tu avais peur de le perdre.

— Pourquoi ne m'as-tu jamais dit qu'il venait de ma mère ? demanda Colombe, le visage fermé.

— J'aurais été obligée de te raconter le reste.

— Qu'elle m'avait larguée dans une école vide avant de filer chez son mec ? Évidemment, une mère indigne est plus choquante qu'une mère morte.

— Louise n'était pas une mauvaise mère ! Elle t'adorait ! Elle travaillait comme une forcenée pour t'élever dans les meilleures conditions. Jamais elle ne sortait comme les filles de son âge. Tu étais le centre de son univers. La preuve, elle est restée toute la nuit avec toi. J'ai vu le creux que son corps avait imprimé dans la couverture.

— Tu dis que la vie était dure pour elle. Elle a dû craquer et décider de m'abandonner.

— Elle ne t'a pas abandonnée. Je ne sais pas pourquoi elle est partie cette nuit-là. Mais je suis sûre qu'elle comptait revenir.

— Arrête, maman. Inutile de chercher des mystères là où il n'en existe pas. Louise n'en pouvait plus de se battre seule, c'est aussi simple que ça. Elle s'est simplement barrée.

Une idée la frappa. Une idée profondément dérangeante.

— Tu crois qu'elle est toujours en vie quelque part ?

Elsa pleurait, la gorge trop serrée pour répondre. Colombe eut envie de la secouer. Comment sa mère osait-elle se lamenter alors qu'elle-même avalait ces révélations sans sourciller ? Elle n'avait que faire de ses remords. Paul prit sa femme dans ses bras et regarda Colombe d'un air presque désapprobateur. Elle se sentit blessée.

— Non, répondit-il. Louise est morte ce soir-là. Voilà pourquoi ta mère se sent si coupable. Elle s'obstine à croire qu'elle aurait pu éviter ce drame en empêchant Louise de partir.

— Que s'est-il passé ?

— On l'a retrouvée des semaines plus tard, dans le ravin où sa voiture était tombée. Elle avait raté un virage sur une route qu'elle connaissait parfaitement. Il n'y avait aucun obstacle, aucun danger sur cette portion de voie. Le virage était bien indiqué. Il n'y avait aucune raison qu'elle le manque. On ignore si c'est un accident. La voiture a brûlé. Explosé. Il a fallu des jours pour identifier son corps.

Elsa observait sa fille avec inquiétude. Colombe en conçut de l'agacement. N'importe qui périssant en de si tragiques circonstances aurait inspiré de la pitié, mais sa mère semblait terrorisée à l'idée de la voir s'effondrer. Elle ne pouvait tout de même pas se désespérer pour une femme, fût-elle sa génitrice, dont, quelques minutes plus tôt, elle ne savait rien !

— Pourquoi ne m'avez-vous rien dit ? répéta-t-elle.

— J'avais peur qu'un jour…

Elsa s'interrompit et, une fois de plus, Paul acheva pour elle.

— Peur qu'un jour, tu lui reproches sa mort… ou pire, son suicide. C'est ce qu'a conclu l'enquête.

— Mais c'était faux ! s'écria Elsa avec fougue. Je n'ai jamais pu croire que Louise, qui t'adorait, ait planifié son suicide tout en préparant tes vêtements, tes jouets…

Elle se tut. Colombe retint son souffle.

— Qu'est-ce que tu voulais dire ?

— Je ne comprends pas…

— Tu as dit : « Louise avait préparé tes vêtements, tes jouets… » Tu allais ajouter quelque chose. Qu'est-ce que Louise a laissé d'autre ?

Colombe capta avec saisissement le regard intense échangé entre son père et sa mère. L'une résistait encore, sachant pourtant qu'elle plierait puisque que le moment de vérité tant redouté était arrivé, l'autre s'imposait pour la première fois. Colombe ne reconnaissait pas son père. Elle comprit qu'il ne lâcherait pas Elsa tant qu'elle n'aurait pas capitulé.

— Une lettre ? Louise m'a laissé une lettre ?

Colombe contemplait, incrédule, l'enveloppe jaunie que lui tendait sa mère. Elle l'avait sortie d'une boîte en carton posée sur la table du salon.

— Elle se trouvait sur le coussin de ton siège auto, murmura Elsa. Mais Louise n'a donné aucune explication. Elle a juste écrit : *Je te confie ma Colombe parce que je sais qu'elle pourra compter sur toi toute sa vie.* Elle me faisait confiance, à moi qui venais pourtant de la laisser tomber… J'ai compris deux choses, ce jour-là. La première, c'est que Louise ne reviendrait pas, la deuxième, c'est que je ne te décevrais jamais comme j'ai déçu ta mère. Grâce à cette lettre, le juge des tutelles a accepté de me laisser ta garde. Lorsque le corps de ta mère a été retrouvé, tu vivais avec moi depuis plusieurs semaines. Quand je travaillais, mes parents te gardaient. Un an plus tard, j'ai rencontré Paul. Il t'a aimée tout de suite. Lorsque nous nous sommes mariés, tu es devenue sa fille.

Elle prit la main de Colombe et la pressa contre sa poitrine.

— J'aurais dû écouter Louise. Si je lui avais montré un véritable intérêt, peut-être aurais-je pu t'éviter le drame de la perdre. Ne crois surtout pas que je t'ai gardée par culpabilité. Nous n'avons pas voulu d'autre enfant parce que tu nous comblais. En te transmettant nos racines, je voulais te permettre de recommencer ta vie dans la sécurité. Le passé de Louise m'effrayait. Je craignais ses secrets qui pouvaient te blesser. C'était une erreur. Je n'ai réussi qu'à t'amputer d'une partie de ton histoire. Je suis désolée...

Colombe n'esquissa pas un geste pour la consoler. Pour la première fois depuis des mois, quelque chose s'éveillait en elle. Elle s'était sentie si mal ces derniers temps, si... vide. En quelques heures, aujourd'hui, elle sentait naître l'envie de découvrir une vérité qui, elle le devinait, la changerait profondément. Et c'était... enivrant.

— Il y a une dernière chose...

Elsa fouillait dans la boîte. Elle tendit à sa fille un paquet plat enveloppé de papier brun.

— Il y avait ceci sous le coussin de ton siège auto. Regarde.

Elle lui montra une phrase écrite à la main sur le papier, dans un coin.

Pour toi, ma Divine, quand tu seras en âge de comprendre.

— Et c'est maintenant que tu me le donnes ? Tu penses que jusqu'ici, je n'étais pas en âge de comprendre ?

— Je n'ai pas trouvé le bon moment, bégaya Elsa.

Colombe se sentait volée. Si Elsa l'avait réellement souhaité, elle aurait provoqué les circonstances idéales pour lui révéler les derniers mots de sa mère.

— Je suppose que tu ne t'es pas gênée pour l'ouvrir ? lança-t-elle d'un ton acerbe.

Elle lui arracha le paquet avec tant de force que ses ongles griffèrent le dos de la main d'Elsa. Elles ne s'en aperçurent ni l'une ni l'autre. Colombe pressa l'objet contre elle. Un peu de Louise entre ses mains. Un peu de son amour. Et Elsa qui avait osé l'en déposséder ! La colère la chavirait.

— Je l'ai ouvert, c'est vrai, mais je ne l'ai pas lu ! C'est un petit carnet fermé avec une serrure. La clé est accrochée à un cordon de cuir. Je te jure, Colombe, que je ne l'ai pas lu.

— C'est vrai, intervint son père. Ouvre-le, tu comprendras.

L'ouvrir ici, devant ces deux êtres qui lui avaient menti, elle ne le pouvait pas. C'était comme dénuder Louise sous les yeux d'inconnus. Sa mère elle-même avait reconnu qu'elle n'avait pas cherché à lier une véritable amitié avec la jeune serveuse. Son « testament », ainsi que le considérait Colombe, lui appartenait. À elle seule.

Sans un mot, elle se leva et alla s'enfermer dans sa chambre. Ses joues brûlaient. Elle alla ouvrir la fenêtre. L'air chargé de pluie ne parvint pas à la rafraîchir. Avait-elle de la fièvre ? Elle ferma les yeux, inspirant et expirant longuement le parfum de terre et de goudron qui montait de l'asphalte mouillé. Comment Elsa avait-elle pu lui cacher l'existence de ce paquet ? On ne trompe pas ainsi quelqu'un qu'on aime. Curieusement, elle qui n'avait jamais rien voulu savoir de son passé se sentait trahie.

Sa vraie mère avait touché ces pages. Elle lui avait envoyé un message par-delà sa mort. Colombe avait l'impression de voir son ombre sur le mur de sa chambre. Sa présence l'envahit tout à coup.

— Maman… ? souffla-t-elle.

C'était un mot presque incongru, adressé à une femme dont elle ne se souvenait pas. Elle examina le paquet fermé par du ruban adhésif brun. Elsa l'avait ouvert puis refermé avec de la colle ; dans l'opération, le rabat s'était un peu déchiré. Colombe ravala la colère qui menaçait à nouveau de la submerger. À son tour, elle ouvrit l'enveloppe avec des précautions quasi religieuses et en sortit un carnet.

La couverture de soie noire était douce sous ses doigts. La reliure en fil doré soigneusement cousue conférait à l'objet un aspect raffiné. Colombe le tourna et le retourna entre ses mains. Au dos, elle découvrit un cartouche vertical sur la gauche de la couverture. De mystérieux idéogrammes se détachaient à l'intérieur. Elle ouvrit le carnet avec la clé. Un long accordéon de pages ivoire tomba sur ses genoux. Chacune d'elles était intégralement couverte d'idéogrammes calligraphiés avec élégance à l'encre noire et à la pointe fine. Et, malheureusement pour Colombe, elle ne pouvait en deviner le sens.

5

La Fiat déchirait les lambeaux de brume enroulés au fond de la vallée. L'automne s'installait tôt cette année. Sur les pentes douces de la montagne brûlaient déjà les rouges flamboyants, les jaunes et les orangés des érables et des châtaigniers. Le vent s'exerçait à émettre des hurlements de loup. *I was thinking about you…*, chantonnait Colombe. Elle avait poussé le volume du lecteur CD à fond. Aujourd'hui, le refrain du chanteur tatoué prenait une signification particulière. Les murs qu'elle avait érigés autour d'elle se lézardaient. L'inquiétude et l'excitation se mêlaient en elle.

L'un des avantages de la situation, songeait-elle en négociant un virage en épingle à cheveux, était l'éloignement de ce poste. Une heure et demie de route tortueuse pour atteindre ce village perdu au fin fond de la montagne. L'entêtement d'Elsa à emprunter ce trajet tous les jours confinait à la démence, conclut-elle. Sa mère était inconsciente. En ce qui la concernait, le logement au-dessus de la classe lui conviendrait. Elle vivrait dans le village où avait travaillé Louise et elle échapperait à l'emprise d'Elsa. Enfin, elle avancerait sans son ombre attachée à chacun de ses pas.

Peut-être même parviendrait-elle à lui pardonner sa trahison. Curieusement, elle n'en voulait pas à son père. Elsa seule avait pris la décision de lui cacher son passé. Paul avait accepté de se soumettre à sa volonté, comme toujours. Était-il si faible ? Il l'aimait, cette femme autoritaire qui s'échinait à les rendre heureux – presque de force. Colombe et lui, pour elle, s'étaient appliqués à atteindre le bonheur, au prix parfois d'une épuisante comédie. D'où la complicité née entre le père et sa fille. Peu loquace, Paul vouait à son enfant adoptive une affection profonde et pudique. Lorsque Colombe, plus jeune, se révoltait contre l'autorité de sa mère, il ne manquait jamais de recoller les morceaux.

Le soir de sa discussion avec Elsa, Colombe l'avait questionné.

— Qu'en penses-tu, papa ? Est-ce que je dois partir ?

— Ta mère se ronge les sangs à l'idée de te voir t'installer là-bas seule. Elle n'avait pas prévu ça dans son fabuleux plan. Tu es certaine de ne pas avoir pris cette décision juste pour la punir ?

— Non. Enfin je ne crois pas. Ça fait un moment que j'ai l'impression de me trouver devant une porte fermée. J'ai besoin de savoir ce qu'il y a de l'autre côté. Maintenant, j'avoue que je n'ai pas envie de l'ouvrir avec Big Mother derrière mon dos.

— Alors n'hésite plus. Nous irons récupérer ta voiture à la fourrière demain matin et tu pourras déménager quand tu voudras. Et… ne t'en fais pas si ta mère t'assomme de messages. Je m'en occupe.

Forte de cette absolution, Colombe était partie sans remords. Jusqu'à présent, elle avait toujours tenté de satisfaire sa mère. Dans ses études, dans ses amours… Cherche un homme qui te soutienne, sur qui tu peux compter, disait Elsa. Même dans ce domaine, elle ne croyait pas sa fille capable de conduire sa vie. Et, bien sûr, ses prédictions se vérifiaient. Colombe avait le chic pour débusquer dans son entourage l'homme le plus superficiel. Le dernier en date, un collègue, avait tenté de l'éblouir en exhibant ses pectoraux en tablettes de chocolat fondu. L'image de Grey s'était imposée à l'esprit de Colombe, avec en surimpression ce petit con qui lui jouait une nouvelle nuance de gras. Ça n'avait pas loupé, le fou rire l'avait prise. Le mec s'était rhabillé en crachant des insultes avant de fuir en claquant la porte. Des mois après, le souvenir de cette mésaventure la faisait encore sourire.

Par bonheur, la chasse à l'homme n'était pas au programme de ces prochaines semaines. Colombe fonçait sur la longue ligne droite qui fendait le plateau couvert d'herbe rase. À défaut d'un homme, elle allait prendre sa nouvelle vie à bras-le-corps.

Dans son sac, posé sur le siège passager, dormait l'énigmatique carnet légué par Louise. D'après les premières recherches effectuées par Colombe sur le net, les idéogrammes étaient japonais. Louise était-elle d'origine asiatique ? D'après la description d'Elsa, c'était une grande jeune femme au visage fin, avec de longs cheveux et un regard sombre qui ne livrait pas ses secrets. Une description somme toute assez vague. Si Louise n'avait pas écrit ces pages, quelqu'un les lui avait données. Son compagnon, le père de Colombe ? Peut-être était-il japonais… ? La jeune serveuse aurait alors conservé le carnet en souvenir de cet homme, pour le léguer à l'enfant qu'elle abandonnait ? La veille au soir, Colombe s'était longuement observée dans le miroir de la salle de bains, scrutant son visage, ses pommettes, ses yeux noisette qui viraient parfois au vert, sans rien découvrir qui pût lui livrer un indice probant.

Trois kilomètres encore. La Fiat entama une nouvelle descente au creux d'un magma de brouillard mouvant. Heureusement, une barrière de bois déglinguée jouait le rôle de garde-fou au bord de la chaussée. De l'autre côté, des ombres de vaches surgissaient entre les volutes grises. Après un dernier tournant, un sentier boueux s'ouvrit à droite. Un écriteau vermoulu planté sur un poteau indiquait « Parking ». Colombe, docile, s'engagea sur le chemin.

Soudain, la voiture fit une embardée. Colombe hurla et tourna follement le volant. La Fiat tangua, emportée par son élan, heurta un rocher, puis un tronc jailli du brouillard juste à point pour la stopper. Le front de Colombe frappa le volant. Elle fut projetée en arrière, sa nuque rebondit sur l'appuie-tête. Le souffle coupé, hébétée, elle mit plusieurs secondes à comprendre que le véhicule s'était immobilisé.

— Oh mon Dieu, non ! Mon Dieu, je vous en supplie…

Elle donna un coup d'épaule dans la portière et manqua s'étaler dans la boue quand celle-ci s'ouvrit. Avec une panique grandissante, le regard de la jeune femme fouillait le pré, les ornières creusées par le passage de la Fiat, les buissons arrachés dégouttant de pluie. Ce gosse, cet imbécile de gosse ! Où était ce pauvre garçon qui avait surgi au moment où elle dépassait le panneau ? L'avait-elle heurté ? Avait-il été éjecté quelque part dans ces buissons ? Elle battait les herbes, appelait d'une voix rauque. L'avait-elle… Elle repoussait le mot de toute sa volonté.

— Où es-tu ? Bon sang, réponds ! Tu es blessé ?

— Tu as roulé trop vite, faut pas rouler vite. C'est mouillé.

Le soulagement inonda Colombe. L'enfant se tenait un peu plus loin, à la lisière des arbres, visiblement furieux. Quatre ou cinq ans, pas plus. Un petit brun au visage fermé, les pieds plantés dans des bottes trop grandes, qui considérait son anorak trempé d'un air douloureux. Folle de joie, Colombe se précipita pour le prendre dans ses bras.

— J'aurais pu te blesser ! Qu'est-ce qui t'a pris de te jeter devant la voiture ? Tu ne m'as pas vue ?

L'enfant se dégagea. Il frottait fébrilement son anorak du plat de la main en répétant d'une voix saccadée :

— C'est mouillé. C'est tout mouillé, faut enlever la veste.

Voilà ce qui lui importait alors qu'il avait failli passer sous ses roues ! Le relâchement après la tension fut tel que Colombe éclata de rire. Le petit garçon lui jeta un regard par en dessous tandis que les coins de sa bouche s'abaissaient.

— Enlève la veste !

Il s'était soudain mis à brailler en tirant son col d'un côté, son écharpe de l'autre. Colombe lui saisit les bras pour l'empêcher de s'étrangler. Il se dégagea, trébucha et se vautra dans la boue. Catastrophe ! Ce gosse semblait possédé. Il griffait son cou dans ses tentatives pour se débarrasser de son vêtement. La terre qui le couvrait semblait le brûler. Sans plus réfléchir, Colombe le releva, lui arracha son anorak et le jeta à terre. Miracle ! Le gamin se tut. Des spasmes soulevaient sa poitrine mais il avait cessé de se débattre. De petits nuages de vapeur s'échappaient de sa bouche tandis qu'il hoquetait, tremblant.

Colombe hésita. Le petit geignait toujours. Elle se demanda une seconde si elle devait le prendre dans ses bras ou bien le questionner à présent qu'il semblait calmé, mais avant qu'elle ait pu ouvrir la bouche, l'enfant tourna les talons et s'enfuit. Le brouillard engloutit la petite silhouette. Si le blouson n'avait pas traîné sur l'herbe, la jeune femme aurait cru avoir rêvé. D'où sortait ce gosse ? La forêt murmurait sous le vent. De sa gauche lui parvenait le bruissement d'un cours d'eau. Un mur de nuages l'isolait du monde. Le petit avait disparu en direction du ruisseau. Colombe, mal à l'aise, gagna la combe. Le sentier poursuivait tout droit et, un peu plus loin, franchissait le cours d'eau sur un pont de pierre.

— Ohé ! lança-t-elle d'une voix mal assurée. Tu es là ?

Elle se sentait idiote à comprimer les battements de son cœur sous sa veste de cuir. Même si les arbres se prenait pour des squelettes, même si le bois craquait, lugubre sous ses pieds, on était loin du décor d'un film d'horreur, n'est-ce pas ? Cet enfant avait simplement surgi de nulle part pour jouer une scène surréaliste avant de se faire engloutir par la brume. Rien de plus banal. Pour se donner du courage, elle tenta un rire qui sonnait faux.

De l'autre côté du pont, une énorme tache sombre creusait le brouillard, telle une gueule béante prête à la dévorer. De longues tiges qui ressemblaient à des crocs menaçants barraient le trou. Colombe respira. Ce n'était qu'un portail scellé sous une énorme voûte en pierre. Elle leva la tête vers l'imposante muraille. Les blocs aux joints envahis de fougères semblaient encore plus effrayants que la grille. L'un des battants fermés n'avait visiblement pas bougé depuis des années. Le métal était mangé de rouille. Des plaques métalliques aussi épaisses que le doigt fixaient le deuxième battant au mur. Derrière s'ouvrait un tunnel long d'une dizaine de mètres qui débouchait sur une pente pavée. L'aspect des dalles moussues et noires ne donnait guère envie de s'y engager.

Avec l'anorak de l'enfant à la main, Colombe aspira une goulée d'air humide. C'était comme franchir la frontière d'un autre monde, inquiétant et exaltant à la fois. Elle secoua les épaules et, résolument, franchit le porche. Chose étrange, le brouillard avait déserté le tunnel pour s'accumuler à nouveau dans la cour pavée. Elle avança lentement, se répétant les descriptions d'Elsa pour se repérer. Le passage sous la voûte menait à l'intérieur de l'ancien monastère. Au pied du rempart, des friches s'étendaient là où naguère les frères cultivaient leur jardin. Le sentier longeait le ruisseau et l'ancien cimetière avant de s'achever devant le vieux moulin transformé en café. Tout autour, rien, excepté des montagnes et des prés à perte de vue.

Colombe s'arrêta à la sortie du tunnel. Autour de la vaste cour rectangulaire se serraient des bâtiments bas, noyés de brouillard. Au milieu de la place, une croix en fer surmontait une stèle de pierre. Colombe entreprit de suivre l'allée de graviers qui bordait les maisonnettes. Dans cette cour vide où les sons s'étouffaient, où pas une herbe ne bougeait, elle avait l'impression de se mouvoir dans un monde éteint, désert.

Pourtant, dans les bâtiments de l'ancien monastère, elle décelait l'organisation du nouveau village. Sur deux des côtés de la cour, les maisons accolées fermaient le passage vers le rempart. C'était les cellules des frères, transformées en habitations, qui devaient surplomber le vide d'au moins une vingtaine de mètres. Le troisième côté, en face, abritait l'ancien réfectoire auquel on accédait par un perron. Un plan incliné bordé d'une rampe de fer forgé d'un côté et de cinq marches de l'autre y accédait. Rénovée, la bâtisse annonçait sa nouvelle affectation par une pancarte clouée au-dessus de la porte. Colombe alla jeter un coup d'œil par l'une des fenêtres à petits carreaux. *École maternelle.* L'endroit où elle allait passer les prochains mois, songea-t-elle en observant les petits portemanteaux de l'autre côté de la vitre. L'enfant qu'elle avait failli écraser serait-il l'un de ses élèves ? Si oui, elle aurait intérêt à effacer de sa mémoire cette lamentable prise de contact.

— Vous cherchez quelque chose ?

Un homme aux cheveux gris l'observait au bas des marches. Colombe s'empressa de s'écarter du mur. Une touriste indiscrète et sans-gêne, voilà de quoi elle avait l'air. Il la détaillait, suivant la ligne de ses jambes interminables, passant sur son jean et sa veste. Au moment où, le cou tordu par son examen en contre-plongée, il parvint à son visage aux cheveux plaqués par l'humidité, il tangua soudain et s'agrippa à la rampe pour ne pas perdre l'équilibre. Bien fait ! songea Colombe, moqueuse. Elle réprima son rire et se hâta de descendre les marches pour lui éviter un torticolis.

— Je peux vous aider ? insista-t-il. Les visites touristiques sont possibles seulement durant les mois d'été et les samedis le reste de l'année. Vous pouvez vous inscrire sur le registre de l'église à l'entrée de la cour des Frères. Nous tenons à préserver la quiétude de notre village, vous comprenez. En général, les visiteurs respectent l'intimité des habitants.

Et prends-toi ça dans les dents ! Colombe se contint. L'homme avait raison, elle s'était montrée indiscrète. Elle s'excusa avec un sourire forcé.

— Je cherche un enfant. Il a traversé le parking devant ma voiture et j'ai failli le renverser. Il n'est pas blessé, mais il s'est enfui. Un petit garçon d'environ cinq ans, des cheveux châtain foncé, avec un jean et un pull orange. Il s'est dirigé vers le rempart…

L'homme désigna du menton l'anorak qu'elle tenait encore.

— C'est le sien ? Il l'a enlevé ?

— Euh, oui… Comment le savez-vous ? Vous le connaissez ?

Il souffla par le nez, dédaigneux. Qu'un gosse échappe à un accident n'avait pas l'air de susciter plus de pitié en lui que la vue d'une limace écrasée.

— Il vient de traverser la place en braillant, dit-il. Ne vous inquiétez pas, c'est son habitude quand il est mouillé. Les gosses d'aujourd'hui, vous savez… Celui-ci aurait besoin qu'on le secoue un peu, si vous voulez mon avis.

Justement, elle ne le lui demandait pas. Colombe ne supportait pas les donneurs de leçons, et ce type en représentait un parfait spécimen. Elle aurait aimé lui balancer une remarque bien sentie, mais mieux valait ne pas donner une mauvaise impression dès son arrivée. Ses cheveux gris-blanc formaient une belle couronne bouclée autour de son crâne dégarni. Il n'avait pas l'air aussi âgé qu'elle l'avait cru de prime abord, une quarantaine d'années tout au plus, les traits plutôt réguliers mais une expression aussi avenante que celle d'un ours au réveil.

— Donnez-moi son anorak, je le lui rapporterai.

— Non, c'est gentil, mais je vais le lui rendre moi-même. J'aimerais expliquer à ses parents ce qui s'est passé. Pouvez-vous m'indiquer où ils habitent ?

— Comme vous voudrez. Son père est employé municipal, la famille vit au-dessus de la mairie. Empruntez la rue là-bas, traversez la place des Frères, c'est juste à côté de la Poste. M. et Mme Faugères.

Il prit congé d'un hochement de tête et s'éloigna vers un petit porche qu'elle n'avait pas remarqué, dans un angle de la place. Juste avant de s'y engouffrer, il se retourna et lui indiqua à nouveau la ruelle avant de plonger dans l'ombre des pierres.

Un enfant fantôme, un grincheux méprisant et un village désert. Bel accueil… Mais quelque chose ici l'attirait. Elle s'y sentait… chez elle. Comme si elle avait reculé dans le temps. Comme si ce lieu, à travers l'expérience d'Elsa, devenait plus concrètement une part de sa propre histoire.

Elle longea le passage entre les bâtiments. Bordé d'un côté par la nef de l'église, de l'autre par un mur de pierre aveugle, il était coiffé de larges madriers de bois noirs qui formaient une sorte de plafond ouvert sur le ciel gris. Les pas de Colombe résonnaient sur les pavés. En pleine journée de vacances, personne dehors, pas un enfant, pas même un chat. Où donc se trouvaient les gens ?

Le passage débouchait sur une autre place, plus grande, plus ouverte, plus verte. Des platanes entourés de grillages de protection s'alignaient au milieu d'une pelouse carrée. Quelques bancs fixés devant deux parterres de bruyères en fleur s'offraient aux promeneurs. Des bâtisses couvertes de lierre et de vigne vierge fermaient l'espace. La pancarte que cherchait Colombe était accrochée sur le fronton d'une façade aux pierres apparentes. *Mairie.* Colombe se dirigea vers une porte située sous le perron et appuya sur la sonnette. Après deux tentatives, une fenêtre s'ouvrit au premier étage et laissa apparaître le visage avenant d'une jeune femme.

— Mme Faugères vient de sortir avec son fils. Vous vouliez la voir ? Je peux lui laisser un message si vous le souhaitez.

Enfin un sourire ! Avec une bonne nouvelle en prime. L'enfant était donc bien rentré chez lui. Soulagée, Colombe monta les marches de la mairie en souriant à son tour.

— Merci, je repasserai la voir plus tard. En fait, j'ai rendez-vous avec M. le Maire. Je m'appelle Colombe Delgrieux.

— Ah oui ! La nouvelle maîtresse ! Entrez, entrez, on vous attendait.

La jeune femme la rejoignit sur le seuil, l'entraîna dans un hall où s'alignaient quelques chaises et l'invita à entrer dans un bureau.

— Voulez-vous un café ? un thé ? Nous avons tout ce qu'il faut ici, même des muffins que j'ai achetés ce matin à la Planche. Vous verrez, Milo invente des recettes incroyables, ce sont les meilleurs de la région. Vous aurez le temps de les déguster puisque vous allez passer quelques mois avec nous. Au fait, je ne me suis pas présentée. Effie Morellan, secrétaire de mairie. Je suis chargée des affaires scolaires… et d'un tas d'autres choses. Si vous avez besoin de quoi que ce soit pour votre classe ou votre appartement, venez me voir. C'est l'avantage des petits villages. Pas de paperasse, une communication directe. La plupart du temps, c'est parfait. J'espère que ça vous conviendra.

Elle prépara d'autorité un café, glissa un énorme muffin aux myrtilles sur une assiette qu'elle déposa devant Colombe et la regarda avec un plaisir sincère mordre dans le gâteau. Puis elle s'empara du téléphone et annonça l'arrivée de leur visiteuse à son interlocuteur avant de reprendre son bavardage enjoué.

— Étienne va arriver, c'est l'adjoint au maire chargé des affaires scolaires. Ici, l'usage veut qu'on utilise les prénoms. La plupart d'entre nous se connaissent depuis l'enfance, alors inutile de faire des manières. Vous verrez, vous vous habituerez vite.

Colombe, charmée, hocha la tête. Cette fille pétillante lui plaisait. Il fallait juste viser le moment où elle reprenait son souffle pour réussir à placer un mot. Lorsque ledit Étienne entra dans la pièce, Colombe n'était toujours pas parvenue à l'interrompre. L'arrivant, un homme âgé d'une cinquantaine d'années, vêtu d'un jean et d'un pull épais, lui broya les phalanges dans une franche poignée de main. Colombe grimaça. L'adjoint prit un air penaud.

— Excusez-moi, ma femme me reproche souvent ma trop grande vigueur. J'espère que je ne vous ai pas fait mal ? Je suis content de vous voir. Nous avons craint un moment de ne pas avoir d'institutrice pour la rentrée. Vous allez être accueillie en sauveur, mademoiselle.

— Colombe, glissa-t-elle machinalement.

Un sauveur ! Elle repoussa résolument le soupçon de crainte qui l'assaillait. Non, elle ne les décevrait pas, elle ne *se* décevrait pas, surtout. Ce qui était arrivé ne se reproduirait pas. Elle allait prouver de quoi elle était capable.

— Colombe ?

Étienne, près de la porte, l'observait. Qu'avait-il dit ? Effie lui glissa un sourire.

— Vous les avez laissées dans votre voiture, n'est-ce pas ? Vous êtes garée à la porte sud-ouest, près du ruisseau ? C'est le parking pour les visiteurs, les places de stationnement devant la Mairie doivent rester disponibles pour les habitants. Mais puisque vous allez loger au village, vous pourrez en utiliser une. Ce sera plus facile pour porter vos valises.

Ah oui, ses valises. Colombe bafouilla un merci en suivant l'adjoint. Dans la cour des Frères, plus grande que celle des Pères, deux ou trois personnes se hâtaient vers le parking. Étienne la guida vers le passage couvert en lui indiquant quelques lieux qu'elle reconnaissait sans les avoir jamais visités. Le haut portail de l'église médiévale, l'enceinte des anciennes cuisines où les frères convers confectionnaient les repas de la communauté, quelques belles portes menant à des appartements aménagés dans les vieux bâtiments. Il faisait plus froid que tout à l'heure. Colombe frissonna.

— Où sont les enfants ?

Elle se mordit la lèvre. Quelle question idiote ! Étienne lui jeta un coup d'œil étonné.

— Chez eux, je suppose. Vous savez, Sainte-Croix s'étend bien au-delà de l'ancien monastère. Quelques-uns des hameaux alentour font partie du village. Aixois à cinq kilomètres nous envoie aussi des élèves. En réalité, une dizaine d'enfants seulement habitent dans les anciens bâtiments de la chartreuse. Vu l'heure et le temps, je suppose qu'ils sont tous en train de boire un bon chocolat chaud. Quant aux adultes… eh bien, la Planche accueille les solitaires. C'est un endroit qui devrait vous plaire. Surtout le samedi soir.

— Qu'est-ce qui vous fait croire que je suis seule ?

Il leva les mains, paumes en avant, comme pour se défendre d'avoir eu cette pensée.

— Je ne me permettrais pas de supposer quoi que ce soit. Les jeunes de votre âge n'ont pas beaucoup de distractions ici, sauf s'ils apprécient le macramé ou la vannerie. Alors depuis que Milo, un garçon du village, a repris la Planche, ce bistrot est devenu leur lieu de rendez-vous. Il vaut la peine d'être connu, vous verrez.

Le bistrot ou Milo ? Colombe garda le silence. La grimace de l'adjoint montrait qu'il l'avait d'ores et déjà cataloguée parmi les susceptibles. Furieuse contre elle-même, elle s'arrêta devant l'escalier de l'école tandis qu'Étienne fouillait sa poche.

— Je vais juste vous montrer votre appartement, dit-il d'un ton neutre. Vous découvrirez l'école seule si vous le permettez. J'ai encore un peu de travail à la mairie. De toute façon, ce n'est pas très grand, deux classes seulement. Vous accédez à la cour de récréation par la porte de secours au fond de chaque classe. Dans le couloir, des toilettes pour adultes et le bureau de votre assistante maternelle. Elle viendra demain, pour la pré-rentrée. Suivez-moi, votre logement est au-dessus.

Envolée la chaleur de son premier accueil ! Attristée, Colombe le suivit dans le couloir. Tout sentait le neuf. Une attention particulière avait présidé au choix des couleurs et du mobilier. Au-dessus des porte-manteaux alignés sur le mur gris-bleu, une ligne couleur mandarine apportait un flash de gaieté. Un liséré plus sombre bordait les petits casiers en bois clair fixés au sol, étonnante touche de modernité dans ce bâtiment dont la façade médiévale avait été précieusement conservée. Colombe, qui pensait occuper de vieux locaux poussiéreux, découvrait une petite école accueillante et colorée.

— L'institutrice de l'année dernière n'a pas habité là, celle de l'année d'avant non plus, dit Étienne en montant l'escalier. Les enseignants qu'on nous envoie ne restent pas longtemps. L'isolement, je suppose, l'ennui, le manque de communication avec la grande ville. Votre collègue n'est là que depuis un an. Comme vous, il est tout jeune dans le métier, mais c'est un consciencieux. Les enfants et les parents l'aiment bien. Et vous, c'est votre premier poste ?

Quelle serait sa réaction s'il apprenait qu'on l'avait virée de sa précédente école ? L'accablement la gagna. Si les parents découvraient sa triste histoire, adieu leur confiance… et bonjour les ennuis.

— Non, répondit-elle, évasive. Mon deuxième…

Personne ne devait savoir qu'elle n'avait pas fini son stage de fin d'année. Elle avait droit à une deuxième chance. Surtout dans ce village où elle avait passé les premiers mois de son existence.

Étienne lui jeta un coup d'œil dubitatif. Colombe se crispa, dans l'attente d'une nouvelle question… qui ne vint pas. Elle se détendit. Plutôt passer pour une ourse que se justifier. Son guide ouvrit une porte sur le palier, mais au lieu d'entrer, il retira la clé de la serrure et la lui tendit.

— Je vous laisse découvrir votre appartement. N'hésitez pas à venir à la mairie si vous avez des questions. Effie travaille tous les jours jusqu'à 18 heures, sauf le week-end.

Il prit congé, cette fois sans lui serrer la main. Le bruit de ses pas décrut dans l'escalier. Quand la porte en bas claqua, la minuterie s'arrêta, plongeant le palier dans l'obscurité.

Colombe frissonna en pénétrant dans l'appartement. Il y faisait froid. Sombre aussi. La petite pièce où elle avait pénétré était une cuisine. Des placards, une table collée contre un mur, quatre chaises. Elle y jeta à peine un regard. Elle se dirigea vers la fenêtre, l'ouvrit. De ce côté, la montagne toute proche semblait émerger du vallon. Le regard de Colombe plongea dix mètres plus bas dans les douves envahies par les ronces. De l'autre côté du fossé, la pente redescendait doucement vers un large terrain en friche. Une route serpentait en bordure du pré, contre le flanc abrupt de la montagne. En se penchant, elle aperçut les tours monumentales de l'entrée du monastère. La petite cour de l'école dont Étienne lui avait parlé formait une sorte de terrasse suspendue au-dessus d'un vide de plusieurs mètres. Par bonheur, un haut grillage l'entourait. Et, par malheur, l'aspect Alcatraz n'en était que plus criant dans la nuit tombante.

La visite de son nouveau logement n'aurait pas dû commencer par là, se dit-elle. Mieux valait recommencer. Elle retraversa la cuisine, tâta le mur à la recherche de l'interrupteur. Aussitôt actionnée, la lumière éclaboussa la pièce. Colombe sourit. Voilà qui était mieux ! Maintenant, elle remarquait le bouquet de bruyère dans un pot de faïence bleue au milieu de la table, les torchons pliés sur la barre du four, la jolie nappe à fleurs, le bois clair des placards et le paillasson de l'entrée qui affichait un *Bienvenue* surmonté d'un smiley souriant. Comme par magie, elle se détendit. Tout cela était l'œuvre d'Effie, elle en était sûre. Quelque chose dans cette cuisine, peut-être les fleurs de la toile cirée, celles des rideaux aussi, évoquait la fraîcheur de la petite secrétaire de mairie. Elle imaginait bien la jeune fille s'activant pour égayer ce logement resté aussi longtemps vide. Une vague de reconnaissance la submergea. Finalement, elle ne serait peut-être pas si seule, ici.

L'appartement lui plaisait. Elle le parcourut en prenant son temps. Trois pièces, dont la chambre qui gardait les traces d'un ancien lit monacal dans les boiseries décorant les murs, une petite salle de bains au bout d'un couloir bizarrement long, et un petit salon meublé d'un canapé confortable et de deux fauteuils. Toutes les fenêtres donnaient sur le versant de cette montagne écrasante. L'ombre gagnait l'appartement. Pas un bruit. Elle se sentit soudain flotter dans un monde suspendu entre le ciel noir et la terre. Une forte odeur d'humus montait du fossé. C'était une de ces nuits étranges qui apaisent l'âme et vous obligent à prendre conscience de la futilité de votre existence face à l'éternité des montagnes. De quoi terroriser une Elsa si attachée à maîtriser sa vie.

Colombe prit le temps de charger le petit poêle du salon avec les granulés trouvés dans la réserve de la cuisine. Quelques minutes plus tard, elle claquait la porte du bâtiment. La visite détaillée de l'école ne la tentait guère pour l'instant. Le crépuscule brumeux se posait sur l'ancien monastère. À présent, une voiture stationnait devant chacune des huit maisons alignées autour de la place des Pères. Les volets déjà fermés filtraient les lumières.

Étrange comme le moindre craquement, le plus faible souffle de vent semblaient s'atténuer ici. Une pluie fine s'était mise à crépiter sur les dalles. Colombe s'arrêta au pied de la croix rouillée, leva la tête pour humer le brouillard. Le clocher de l'église se détachait sur le ciel crépusculaire. Un son de cloche, deux… Sept coups, 19 heures. Le village dormait déjà, replié sur lui-même, enfermé derrière l'épaisseur de ses murs. Et pourtant, Colombe se sentit à sa place, pour la première fois de son existence.

Elle passa sous le porche à la lumière de son portable. La pluie dessinait des traits argentés dans le fin rayon. Sous le pont, la rivière charriait des feuilles mortes. Soudain, un bruit la fit sursauter. Elle pivota, déplaça l'écran vers les broussailles au pied de la muraille. Rien – si ce n'étaient les gouttes ruisselant sur les feuilles. Elle perçut à nouveau le son. Intriguée, elle avança, traversa le pont et bifurqua, suivant le sentier qui continuait à longer la rivière. Le bruit s'était transformé en musique lointaine. Une vague lueur emplissait la combe derrière un repli du terrain. Elle avait franchi une dizaine de mètres lorsque surgit du creux la silhouette massive d'un bâtiment cubique aux fenêtres éclairées. Colombe s'arrêta. Voilà donc où s'était réfugiée la vie du village.

La rivière se divisait ici en deux bras. Dans le large espace ainsi dégagé s'élevait le vieux moulin des Chartreux, dont la roue immobile s'enfonçait dans le lit principal du courant. Deux lampes accrochées sous le toit éclairaient les abords du bistrot, laissant la majeure partie de la façade dans l'obscurité. Des conversations étouffées et de la musique s'échappaient des fenêtres entrouvertes. Tintements de verres, formes mouvantes derrière les rideaux blancs. Des gens.

Colombe recula doucement, comme si l'on pouvait l'entendre. Elle voulait ce soir apprivoiser ses sensations, respirer l'air du village, toucher ces pierres, fouler ce sol qui avaient connu Louise. La prise de contact avec les habitants pouvait attendre le lendemain.

Elle fit demi-tour et rejoignit sa voiture toujours encastrée dans l'arbre. Inutile d'essayer de la remettre en marche, le capot enfoncé du véhicule ne laissait aucun doute sur son état. Elle s'empara de ses deux valises et, titubant sous la charge, reprit le sentier vers le porche. Au bout de quelques minutes, elle se retrouva, haletant et pestant, dans la cour des Pères. La pluie avait traversé son manteau, ses bottines dégorgeaient leur eau. Qui plus est, elle avait dû tenir son portable entre ses dents pour s'éclairer. Elle aurait mieux fait d'oublier sa sauvagerie et de toquer à la porte du bistrot pour demander de l'aide.

Oui, mais passer encore une fois à ses propres yeux pour une incapable ? Pas question ! Dès le lendemain, elle appellerait un garage et réglerait ce problème. À partir d'aujourd'hui, elle ne compterait plus sur ses parents pour la sortir des ennuis. Elle allait devenir une femme indépendante et responsable. Même si cet état enviable incluait de traîner seule des valises lourdes et boueuses en haut d'un escalier sombre dans lequel la minuterie ne dépassait pas trente misérables secondes. Et même si, arrivée sur le palier, elle laissait échapper son trousseau de clés qui dégringolait jusqu'en bas des marches.

Oui, oui, songea-t-elle en redescendant l'escalier d'une démarche lasse, ce petit village allait assister à la naissance d'une toute nouvelle Colombe.

6

Le plus agréable au réveil était cette sensation de planer avec lenteur jusqu'aux portes de la conscience, dans un doux engourdissement. Sagamore s'y attardait le plus longtemps possible avant de tendre ses muscles – un raidissement infime. Alors seulement il commençait à percevoir le poids des draps sur son corps et la main de Zélie sur son dos. L'exquise douceur de la caresse se répandait en lui en une vague brûlante, se propageait le long de sa colonne vertébrale, ruisselait dans ses reins, attisant son désir. Il roulait sur le côté et se collait contre elle sans ouvrir les yeux, goûtant le bout de ses seins de la pointe de sa langue. À son tour, elle se lovait contre lui et gémissait tout bas. Les doigts de Sagamore se faufilaient alors vers son ventre et le triangle de velours entre ses cuisses jusqu'à ce qu'elle s'arque, brûlante, sous ses caresses…

Selon les jours, ils émergeaient de leur étreinte, haletants, inconscients des heures passées, ou bien Zélie se saisissait de sa main et la plaquait sur son sein rond et ferme, comme une promesse de délices, avant de se glisser hors du lit pour se précipiter dans la salle de bains.

Mais ça, c'était avant l'arrivée de sa lettre d'affectation. Ce jour-là, devant le papier posé sur la table du salon, l'expression de Zélie avait changé. D'habitude rieur et un peu enfantin, son visage s'était fermé, durci même. Elle n'avait rien dit, s'était levée pour se resservir un café dans la cuisine. Le dos tourné, elle avait bu, s'absorbant dans la vue offerte par la fenêtre grande ouverte sur les toits. Les tuiles rouges, grises et vertes se déroulaient en une mer houleuse d'où émergeaient de rares bâtiments. Peu d'arbres : cela ne déplaisait pas à Zélie qui aimait le paysage des toits plus que les cimes bleutées encapuchonnées de neiges éternelles qui se déroulaient à l'horizon. Elle détestait la montagne. Ces pentes vertigineuses, ces sommets rocheux, ces masses écrasantes l'angoissaient. Quelques mois plus tôt, elle avait choisi cet appartement parce qu'on les apercevait à peine.

Ce jour-là, Sagamore avait su qu'il la perdait. Il n'avait pas voulu l'admettre, accroché à l'idée que l'amour de Zélie dominerait tout. Elle avait quand même quitté les plages de son Sud natal pour venir vivre auprès de lui, au pied de ces montagnes qui l'étouffaient. Lui, avec ses bras tatoués et son blouson de cuir, incarnait l'image qu'elle se faisait du *bad boy* et de l'aventure. Elle avait eu un vrai coup de foudre, lui avait-elle assuré. Et puis la réalité d'un instituteur coincé dans une école isolée de montagne l'avait rattrapée. Elle avait surtout fini par comprendre que l'âme de son Sag ne ressemblait pas à son apparence. Cœur de guimauve dans un corps de rocker. Lui, l'incarnation de la liberté, du mépris des conventions, se révélait coulé dans le moule d'un métier sans originalité, sans imprévu, sans « pétillance ». C'étaient ses mots. En peu de temps, elle l'avait soupçonné d'appartenir à cette catégorie des pantouflards et des petits-bourgeois qu'elle vomissait. Où était l'exotisme dont elle l'avait auréolé lorsqu'il lui était apparu la première fois dans un bar de motards, vêtu de la tenue de cuir et des bottes cloutées dont elle raffolait ? Malgré le cliché, elle n'en avait pas démordu. Seulement Sagamore l'aimait. Alors il s'était efforcé de coller à cette image qui n'était pas la sienne : il avait pris quelques congés de complaisance et même, au début de leur relation, simulé la maladie pour l'emmener à l'autre bout de la France. Une virée surprise dont Zélie était revenue ravie, amoureuse. Et puis la routine avait repris Sagamore. Il lui avait alors promis, pour la rentrée suivante, de demander son intégration dans le Sud où Zélie se sentait si bien, de quitter ses montagnes et de prendre le large vers ces ailleurs dont elle rêvait.

L'administration avait cassé ces espoirs. Trop peu d'ancienneté. Sagamore se retrouvait en poste pour la deuxième année consécutive dans le petit village de Sainte-Croix qui avait failli les séparer l'année précédente. Zélie avait espéré qu'il donnerait sa démission. Le mot n'avait pas pu franchir ses lèvres. Et il l'avait déçue, une fois encore.

Ce matin, il avait senti au frémissement de sa peau qu'elle était réveillée. Elle se raidissait entre les draps comme si elle redoutait la seconde où son corps entrerait en contact avec le sien. Il hésita, avança la main millimètre par millimètre, craignant le mouvement qu'elle ferait pour l'éviter. Ne bouge pas, suppliait-il en lui-même, laisse-moi une chance de redevenir celui dont tu rêvais.

Il se détestait de se sentir si pitoyable, misérable au point de se renier. Mais il tenait à elle. Alors, avant qu'elle ne lui inflige la blessure de son rejet, il retira sa main et se glissa hors du lit. Elle respirait profondément, appliquée dans son rôle de Belle au bois dormant, ses mèches blondes et soyeuses répandues sur l'oreiller. S'il avait osé, il aurait effleuré ses lèvres d'un baiser, dans l'espoir d'une réponse. Mais la crainte d'affronter ce sommeil menteur le poussa à renoncer. Il gagna la salle de bains sur la pointe des pieds.

Quelques minutes plus tard, Sagamore roulait à vive allure sur la route en lacets, vers Sainte-Croix. Le bruit du pot d'échappement lui explosait les tympans. C'est ce qu'il aimait dans la moto, ce vrombissement saccadé qui écrasait les autres sons et effaçait ses pensées. Il fonçait sur les lignes droites, ralentissait à peine dans les virages en épingle à cheveux, accélérait dès qu'il le pouvait. Chaque fois, il ressentait la même crispation dans le bas-ventre, le même déferlement de plaisir qui l'obligeait à s'agripper aux poignées pour maintenir son équilibre. L'image de Zélie s'estompait. Il se sentait libre. Seul sur sa moto, sur la route qui l'emportait, droit devant.

Mais il l'aimait.

Zélie au-delà de tout. Il accéléra encore dans la côte. Ce village paumé lui volait son amour. Une rancune féroce brûlait ses entrailles. Cette école, ce système allaient détruire ce à quoi il tenait le plus. L'administration le liait à elle durant quinze ans. Zélie l'aurait quitté bien avant. Il pouvait tout abandonner. Mais combien de temps parviendrait-il à convaincre la jeune femme qu'il était bien l'aventurier qu'elle admirait ? Anticonformiste, mon œil ! Lui qui avait toujours méprisé l'existence étriquée des autres, condamné l'oubli de leurs rêves et de ce grain de folie qui rend si vivant, était-il vraiment tombé dans ce quotidien que lui reprochait Zélie ? Et s'il s'était leurré ? S'il n'était plus que le reflet de ses convictions ? Un pantouflard qui s'était laissé embarquer sur la même voie de garage que les autres ?

Plus vite. Le vent froid engourdissait ses inquiétudes. Un virage, genou effleurant le sol, la dernière pente avant l'entrée du village. Les maisons émergeaient lentement des brumes. Le dernier jour du mois de juin, il avait fui avec un soulagement indicible, persuadé qu'il ne remettrait plus les pieds à Sainte-Croix. Ce retour était un pas en arrière. Un début de descente aux enfers.

Cette impression le frappa si durement qu'il manqua rater son dérapage devant l'entrée des remparts. Il se reprit à temps pour éviter la chute et se gara sur le parking des résidents. Des prisonniers, corrigea-t-il, morose. Voilà ce qu'on avait fait de lui : un prisonnier. Pire, un garde-chiourme.

Guilly, l'inspecteur, s'était délecté en lui parlant de sa future collègue. Dans la salle où se discutait la répartition des postes non pourvus, ils étaient une dizaine de jeunes enseignants sans affectation. Ils se regardaient en chiens de faïence, chacun bien décidé à obtenir coûte que coûte la classe la moins pourrie parmi celles inscrites sur le tableau blanc. Il n'y avait pourtant pas de quoi s'entretuer. Il ne restait que des postes fragmentés sur trois ou quatre écoles, des classes difficiles classées REP, les hameaux paumés à plus d'une heure de route tortueuse de la ville. Pas de quoi s'étriper, non, mais l'humain est ainsi fait que même dans la mouise, il lui faut se bastonner pour s'attribuer le morceau le moins moisi du lot. Sagamore avait regardé les trois femmes et les sept hommes s'acharner à décortiquer les propositions, extorquant au conseiller pédagogique présent le moindre détail sur les conditions d'exercice dans ces écoles. Ils pinaillaient, changeaient d'avis, protestaient, mettant en avant des problèmes de santé, de famille ou d'organisation plus ou moins fantaisistes pour mettre le grappin sur un poste de toute façon difficile. Le seul qu'ils s'accordaient tous à exclure d'office était celui de Sainte-Croix, le monastère-village. À croire que le nom déplaisait à tous ces acharnés de l'école laïque. Sagamore avait eu beau leur assurer qu'ils n'y resteraient pas bloqués pendant la mauvaise saison, leur jurer que cela n'était pas arrivé une seule fois l'hiver précédent, ces petits cons bien-pensants avaient lorgné l'anneau de son oreille, ses longs cheveux noir corbeau attachés en catogan et ses bracelets à clous avec l'air de penser que toute allégation venant d'un type aussi marginal comptait pour du vent. Avis que devait partager Guilly, puisqu'il lui avait attribué Sainte-Croix sans écouter ses protestations.

— Vous connaissez bien ce village puisque vous y avez exercé un an. Vous pourrez ainsi poursuivre votre action auprès des élèves, lui avait-il dit. Et puis, surtout, j'ai une mission à vous confier, si vous l'acceptez bien sûr…

Inconscient du ridicule de sa phrase, il l'avait entraîné dans le couloir et, dans un chuchotement de conspirateur, lui avait tout expliqué. La collègue en perdition, son année de titularisation ratée pour une raison que le petit homme n'avait pas jugé bon de lui préciser, son rôle de soutien pédagogique, de guide psychologique, de collègue sympathique… Il en avait plein la bouche de ces adjectifs mirifiques, le petit Guilly, mais en dépit de ses efforts ceux-ci sonnaient aigres et faux. Quelqu'un avait dû le forcer à s'occuper de cette fille et, mû par un ressentiment qu'il ne pouvait exposer, il se vengeait en refilant le bébé à un subalterne. Sagamore avait bien essayé de suggérer que ce rôle entrait dans les attributions de Serge Krozelski, le conseiller pédagogique, l'autre avait coupé court, mielleux :

— Monsieur Beloro, c'est d'une aide quotidienne dont Mlle Delgrieux a besoin. J'ai entièrement confiance dans votre jugement. Si sa… pédagogie nécessite les interventions plus fréquentes de M. Krozelski, je suis certain que vous saurez l'en aviser en temps et en heure.

Autrement dit, il l'honorait du titre d'« espion en chef ». Une position malsaine. Sagamore soupira en cadenassant sa moto sur la place de parking la plus proche de la mairie. Le clocher sonna la demie de 8 heures. Comme d'habitude, la place était déserte. Le ciel bas accentuait l'impression d'engourdissement qui pesait sur le village. Le volet métallique de la boulangerie à droite du porche était relevé mais le comptoir était encore vide. À côté, la supérette n'ouvrait qu'à 10 heures. Quelques pigeons roucoulaient en picorant le trottoir devant l'atelier de macramé d'Éliette. Sa vitrine s'était enrichie de plusieurs toiles et d'objets colorés, résultat des stages d'été fréquentés par les vieilles habituées. De voir empilées leurs œuvres derrière la vitre déprima Sagamore plus encore. Rien n'avait changé.

Il reconnut l'odeur dès qu'il entra dans la mairie. Effluves de café et de petits pains au beurre. Le couloir avait été repeint. La salle d'attente agrémentée de quelques fauteuils et la porte du bureau d'Effie largement ouverte le réconfortèrent un peu. Elle l'attendait, un sourire réjoui aux lèvres. Sagamore l'embrassa sur la joue, heureux de la retrouver.

— Sag ! Comme je suis contente de te revoir ! Tu nous as manqué, tu sais ?

Elle l'entraîna vers un fauteuil et s'assit sur l'accoudoir en rapprochant de lui la traditionnelle assiette de viennoiseries.

— Un café fort et un croissant au chocolat, tu vois, je n'ai pas oublié. Tu as passé de bonnes vacances ?

Il aurait pu dire la vérité – qu'on l'avait obligé à revenir dans ce trou et que, s'il avait eu le choix, il aurait sauté sur sa moto pour fuir. Mais Effie adorait son village et ne comprenait pas qu'on pût souhaiter vivre ailleurs. Trouver un travail à Sainte-Croix avait été la consécration de ses ambitions. Elle était née ici, avait fréquenté l'école de la place des Pères et, après ses études, n'avait eu de cesse de trouver un travail dans les environs. Elle était à sa place. Malgré son ressentiment, Sagamore ne pouvait s'empêcher d'être sensible à sa joie de vivre. Après le visage morose que lui offrait Zélie ces derniers temps, la gaieté d'Effie lui faisait du bien. Il mordit dans son croissant.

— Mmm… C'est toujours une tuerie, ces chocolatines. Zélie et moi, nous sommes partis en Croatie à moto. Et toi ?

— Deux semaines chez ma grand-mère à Paris. La foule, les pots d'échappement, les bruits, tu vois le tableau. Mais au moins, ma grand-mère était ravie. Ce qui ne m'a pas empêchée d'être soulagée de rentrer. Je n'ai recommencé à respirer que dans ma voiture à la sortie de Lyon.

Elle rit, consciente de donner l'impression d'une campagnarde indécrottable. Sagamore reposa sa tasse.

— Donc des vacances...

— Polluées et puantes. J'avais hâte de retrouver Sainte-Croix. C'est génial que tu reviennes ! Sais-tu que ta nouvelle collègue est arrivée hier ? Elle s'est installée dans l'appartement au-dessus de l'école. Plutôt sympa, mais pas très communicative. Étienne l'a laissée visiter les lieux seule.

Elle n'ajouta rien. Ce n'était pas son genre. Soûlante, mais jamais médisante, la jolie Effie. Elle possédait un cœur énorme, une gentillesse infinie, toujours prête à offrir une oreille attentive aux baisses de moral des uns et des autres... Une fille facile à aimer et pourtant, sans un homme pour l'aimer. Sagamore s'était demandé pourquoi jusqu'au jour où il avait appris son histoire.

Il se reprit. Ce n'était pas le moment de se questionner sur la vie amoureuse d'Effie. Sa nouvelle collègue l'inquiétait suffisamment. Si l'adjoint, si fier de son village, ne lui avait pas fait visiter son fief, pas de doute, il n'avait pas accroché avec elle. Mauvais signe...

Un volet claqua au moment où il franchissait le seuil de la mairie. Au-dessus du drapeau tricolore, derrière les rideaux blancs d'une fenêtre au premier étage, un visage enfantin l'observait. Sagamore ébaucha un salut de la main auquel l'enfant ne répondit pas. Soupir. Il l'avait oublié, ce gosse. Simon avait mené la vie dure à sa collègue de l'année dernière. Simon et ses phobies, ses lubies ; incontrôlable. Beau cadeau pour la nouvelle dont la fragilité annoncée laissait craindre une montagne de soucis pour les mois à venir.

Sagamore serra le poing sur la clé de l'école tandis qu'il empruntait le passage couvert. Comment diable était-il censé réagir si cette fille perdait les pédales ? Guilly serait bien à l'abri dans son bureau pendant que les parents d'élèves lui tomberaient dessus ! Comme d'habitude, on protégeait les incapables.

Jolie mentalité ! Si sa nouvelle collègue n'était pas à même de tenir une classe, il fallait la virer !

— Sagamore, mon petit ! Comme je suis contente de te revoir !

La seconde d'après, une femme un peu boulotte, aux courtes mèches blanches, lui tombait dans les bras et lui collait un double baiser sur chaque joue. Riant, il la serra contre lui.

— Tu as une tête de déterré, constata-t-elle, désapprobatrice, en se reculant. Un peu de couleur ne te ferait pas de mal. Es-tu aussi noir à l'intérieur qu'à l'extérieur ?

Elle détaillait son long manteau de cuir, ses bottes et ses gants. Sagamore ne s'en formalisa pas. Du haut de ses cinquante-huit ans, Marie-Rose, l'assistante maternelle de l'école, n'avait jamais caché ce qu'elle pensait de son look diabolique. Comment pouvait-on se vêtir de la sorte lorsqu'on travaillait avec des enfants ? s'était-elle indignée à son arrivée. Si elle avait osé, elle l'aurait déshabillé *illico presto*, et aurait balancé ses fringues au feu avant de le vêtir décemment d'un jean violet et d'une chemise à fleurs. Un peu hippie attardée, Marie-Rose, mais si franche et si attentionnée que Sagamore lui avait vite pardonné.

L'assistante maternelle était une femme originale avec ses cheveux blanchis à l'eau oxygénée, son maquillage soigné et ses vêtements roses. Les gosses l'adoraient. Beaucoup, incapables de prononcer correctement son prénom, l'avaient rebaptisée Mami'Oz, la transformant en la magicienne presque sexagénaire d'un pays féerique. Et elle l'était. Personne ne manifestait autant de patience, de douceur et d'énergie qu'elle. Elle était capable de consoler un enfant blessé tout en séparant deux batailleurs pendant qu'elle changeait un troisième qui s'était oublié. Sans elle, Sagamore, qui n'avait jamais posé un orteil dans une classe maternelle, se serait enfui dès le jour de la rentrée. Mami'Oz l'avait pris en main, secoué, lui avait expliqué ce qu'était une rentrée normale avec des enfants de trois ans avant de l'asseoir sur une chaise et de lui fourrer un gamin sanglotant sous chaque bras, d'en asseoir deux autres sur ses genoux avec mission de les consoler pendant qu'elle se précipitait sur la porte pour la fermer à clé devant deux mioches qui cherchaient à s'enfuir. Un véritable cauchemar ! Marie-Rose l'avait rassuré autant qu'elle avait entouré les quinze petits élèves de la classe. Depuis, Sagamore lui vouait une grande affection.

Ils formaient une drôle de paire tous les deux, lui le romantique à tendance gothique, elle si maternelle et optimiste, mais ils se complétaient bien. Le jeune homme se sentit soulagé. Avec une Marie-Rose dans les parages, même une incapable comme promettait de l'être sa nouvelle collègue rentrerait dans le rang.

— Toi, répéta-t-elle, ça n'a pas l'air d'aller.

Il ne répondit pas et elle n'insista pas. Elle se contenta de lui prendre le coude et de le serrer légèrement pour lui faire comprendre qu'elle était là, prête à l'écouter s'il le souhaitait. Pas d'inquisition, mais une attention qui conduisait souvent ses interlocuteurs à lui confier leurs soucis.

Aujourd'hui, cependant, Sagamore n'avait pas envie de se livrer. Il voulait seulement finir cette journée au plus vite pour retrouver Zélie. Marie-Rose sembla comprendre et déverrouilla la porte de l'école.

— Allons, rien ne vaut le boulot pour se changer les idées. Question travail d'ailleurs, ça fait une semaine que je campe pratiquement à l'école…

Elle suivit le couloir jusqu'à la classe du fond. Les vestiaires des enfants avaient été refaits à neuf, le plancher des deux classes avait été rénové, les murs avaient été repeints. La nouvelle douche installée dans un coin des toilettes allait leur changer la vie. Le jeune homme ouvrit la porte de sa classe, prenant à plein nez l'odeur de la cire et de la poussière emmagasinée durant l'été. Les chaises et les tables entassées dans un coin de la pièce dotée de grandes portes-fenêtres donnaient à l'endroit un air de garde-meuble. Marie-Rose s'excusa de ne pas avoir eu le temps de ranger. Sagamore s'en fichait. Un étrange plaisir l'envahissait tout à coup. Il se surprit à sourire. Par les immenses baies vitrées, les montagnes aux tons roux flamboyaient. Au-dessus, un ciel d'un bleu profond, intense. Plus bas, la cour de récréation – la seule au monde, peut-être, à surplomber un tel vide. Dans deux jours, elle se remplirait d'enfants, de cris, de rires, de jeux et de bagarres. La vie, quoi. Cela lui avait manqué.

Marie-Rose s'activait déjà. Par les fenêtres largement ouvertes, l'air frais entrait, chassant l'odeur de renfermé. Quelques mouches prises au piège de la chaleur de la vitre bourdonnèrent. Sagamore posa son sac, son casque et son manteau sur le bureau couvert de cadavres d'insectes. Quand la classe serait propre et rangée, il se sentirait mieux. Soudain plein d'énergie, il ressortit dans le couloir, ouvrit la porte d'un placard et le fouilla à la recherche d'une serpillère et d'un balai. Il était en train de remplir un seau au lavabo du couloir en aspergeant copieusement le mur quand une voix le fit sursauter.

— Euh… Bonjour. Savez-vous où je peux trouver la directrice de l'école ?

Elle arrivait de l'escalier qui conduisait à l'appartement de l'étage. Avec sa tignasse ébouriffée d'épagneul mal réveillé, pas de doute, elle était tombée du lit. Sur sa joue, la marque de l'oreiller dessinait un fouillis de fines lignes roses. La fermeture de sa polaire s'ouvrait par le bas sur la peau nue de son ventre. Elle tira dessus pour se rajuster, sans succès, et finit par croiser ses bras sur sa poitrine, adoptant une attitude qu'elle croyait dégagée mais qui reflétait sa gêne. Involontairement, le regard de Sagamore accrocha la pendule du couloir qui indiquait 9 h 30. Celui de la fille l'intercepta, se troubla. Son expression trahit un agacement coupable. Elle savait qu'elle était en retard et lui en voulait de le lui faire sentir. Elle redressa le menton, provocatrice, un rien méprisante, jugea Sagamore. Il coupa l'eau et lui retourna son regard.

— Sagamore Beloro, directeur de l'école, dit-il sèchement.

Il inclina brièvement la tête sans lui tendre la main. La fille tenta de cacher sa surprise, mais trop tard. Une violente rougeur se répandit sur son visage.

— Oh, pardon ! Je croyais…

Quoi ? Qu'elle s'adressait à l'employé de ménage ? Et quand bien même, il ne méritait pas l'étonnement humiliant qu'elle affichait. En règle générale, gothique et enseignant ne faisaient pas bon ménage dans la tête des gens. D'habitude, cela ne perturbait pas Sagamore, mais là, sans comprendre pourquoi, il se sentit blessé. La fille bafouillait. Cherchant à se rattraper, elle lui tendit la main.

— Je suis Colombe Delgrieux, votre nouvelle collègue.

— Ah, c'est vous…

Il avait adopté le ton teinté de sous-entendus de celui qui détient des renseignements qu'il ne devrait pas posséder. Touché… La figure de la fille se décomposa. Littéralement. Honteux, Sagamore s'affaira à resserrer la mollette du robinet qui fuyait. Qu'est-ce qui lui prenait ? Cette fille s'était juste montrée maladroite. Ça ne lui donnait pas le droit de la casser. Lui qui reprochait aux autres leur manque de tolérance, il ne valait guère mieux. Furieux contre lui-même, contre cette fille stupide qui le forçait à se conduire en mufle, il ne savait plus comment continuer la conversation. Elle aussi se taisait, les yeux au sol.

— Oh, bonjour ! Vous êtes la nouvelle institutrice ?

La question tomba dans un silence épais. Sortie de la classe, Marie-Rose les dévisageait, consciente du malaise ambiant. Pour un peu, on aurait vu l'air crépiter. Sagamore se reprit enfin.

— C'est cela, dit-il en entourant les épaules de l'assistante maternelle pour la présenter. Voici Marie-Rose, la perle de cette école. Elle travaille ici depuis dix ans et partage ses services entre nos deux classes. On peut compter sur elle, c'est la crème des mamies pour les enfants.

Mami'Oz leva un sourcil circonspect. Quelque chose lui échappait.

— Et voici Colombe Delgrieux, qui aura les petite et moyenne sections cette année.

Il s'était arrangé pour ne pas la tutoyer ni la vouvoyer. La fille ne broncha pas. Marie-Rose l'examina, sourcils levés.

— Colombe ? C'est un joli prénom.

Sagamore éprouva l'impression fugace qu'elle avait voulu dire autre chose. Mais l'assistante maternelle se contenta de serrer la main de l'arrivante.

— Ravie de travailler avec vous, dit-elle. Vous verrez, c'est une belle petite école. Les enfants sont adorables, quelques-uns ont un sacré caractère mais ils sont tous très attachants.

— Le pire des vauriens trouverait grâce aux yeux de Mami'Oz, déclara Sagamore, plus détendu. Elle est incapable de se fâcher contre un enfant.

— Heureusement pour toi, rétorqua-t-elle. Parce que de temps en temps, tu ne vaux guère mieux qu'un gamin. Tu devrais faire visiter l'école à Colombe pendant que je termine le ménage des classes. Ça ne vous ennuie pas que je vous appelle Colombe ? Ensuite, je vous aiderai à installer vos tables comme vous le voudrez.

D'un geste, Sagamore invita la jeune fille à le suivre. Elle le jaugea froidement, sans bouger.

— Si ça ne vous fait rien, j'aimerais mieux aller dans ma classe tout de suite. Je visiterai plus tard. L'adjoint au maire m'a donné les clés.

Le jeune homme faillit hausser les épaules. Si elle avait décidé de bouder, c'était son problème. Il avait d'autres chats à fouetter. L'heure tournait. À ce rythme, Zélie allait péter un câble en l'attendant.

Il reprit le vouvoiement qu'elle avait instauré. Ça lui convenait. Copiner ne les emballait décidément ni l'un ni l'autre.

— Voilà votre classe, la mienne est à côté. Le bureau de Marie-Rose se trouve entre les deux. C'est pratique. Je vous laisse, on discutera plus tard du matériel, des commandes et des emplois du temps pour la salle de motricité.

D'un mouvement identique, ils se tournèrent le dos et s'éloignèrent du même pas cadencé. Les deux portes des classes claquèrent l'une après l'autre comme dans un jeu de scène bien rodé. Marie-Rose, interloquée, resta seule dans le couloir. Elle secoua la tête d'un air dubitatif, récupéra seau, serpillière et balai-brosse et, abandonnant les deux jeunes gens à leurs griefs, entama le nettoyage des vestiaires.

7

Non mais quel connard d'enfoiré de merde ! tempêtait Colombe en son for intérieur. Comment ce type osait-il la traiter avec ce mépris insultant ? Aucune manière, aucun respect… Plus goujat que lui, tu meurs ! Sagamore… Sac à Morgue, oui ! Guilly ne s'était sûrement pas privé de médire sur son compte. S'il avait raconté ses déboires de l'année dernière à son futur collègue, elle n'avait plus qu'à prendre ses cliques et ses claques et rentrer chez elle… Colombe se remémora la figure de fouine de l'inspecteur. C'était bien le genre à cracher sur ses subordonnées en se faisant passer pour une âme charitable. Bon sang, s'il avait parlé, pas étonnant que Sac à Morgue se montre si peu enthousiaste à l'idée de l'accueillir dans son école !

Pourtant, avec son look, ça n'avait pas dû être facile pour lui non plus de convaincre les parents d'élèves du village. Colombe n'avait rien contre les gothiques. Contre personne, d'ailleurs, elle se sentait trop mal dans sa peau pour se permettre de juger qui que ce fût. Mais justement, avec sa face blême de lune agonisante, ce type aurait dû se moquer des convenances et des avis tranchés. Où était passée son ouverture d'esprit ? En réalité, Sac à Morgue s'était fabriqué une façade qui cachait son insondable suffisance. Petit con !

Petit… Petit… En fait, il mesurait presque deux mètres, ce pathétique imbécile. Colombe s'était rarement trouvée en présence d'un homme qu'elle devait regarder en se tordant le cou. Pas très agréable. Pire, il semblait avoir une longueur d'avance dans ses préparations. Bien entendu, l'idée de lui apporter son aide ne l'avait pas effleuré. Il la laissait se dépêtrer seule dans la pagaille de sa classe. Rien à dire, elle écopait vraiment d'un chouette collègue !

Si au moins elle avait su par où commencer ! Le regard de Colombe ricocha sur les meubles, les étagères, les jeux entassés sur le plancher, les chaises en équilibre sur les tables, les tapis roulés dans un coin et entourés de gros ruban adhésif brun, les affichettes recouvrant les murs au point qu'il était impossible d'en distinguer la couleur. Tout ranger, tout répertorier, tout organiser pour recevoir les élèves deux jours plus tard… L'ampleur de la tâche l'étourdissait. Allons, il fallait pourtant s'y mettre. Elle se leva, commença à dégager une place près de la fenêtre en bougeant les tables sans retirer les chaises entassées dessus. Une poussée plus brusque les déséquilibra. Elle les retint de justesse. Son bras se coinça dans l'enchevêtrement de barreaux. Elle se dégagea en gémissant.

Cette fois, c'en était trop. Au lieu de libérer un espace, elle n'avait réussi qu'à en encombrer un autre. Comme dans l'histoire de sa vie. Elle déplaçait les problèmes sans les résoudre. Les murs encombrés de classeurs avaient l'air de vaciller. Vertige… Elle aurait voulu, comme une Alice devenue trop grande, faire voler à coups de pied ces kilos de documents qu'elle ne consulterait jamais. Devant cette montagne pédagogique, Colombe battit en retraite. Elle se glissa dans le couloir. Personne dans le vestiaire. Le sol mouillé luisait. Dans la classe de Sac à Morgue, des éclats de voix filtraient. Marie-Rose riait. Tiens, elle exerçait le sens de l'humour de son collègue.

Tant mieux, il en avait besoin. Pour elle, l'urgence, là, tout de suite, c'était un bon bol d'air frais.

Quelques minutes plus tard, elle se glissait en catimini dans la cour des Pères. Le tunnel sous le rempart l'accueillit comme un refuge. De l'autre côté, la combe sommeillait dans l'immobilité des herbes. Elle franchit le pont de pierre et suivit le bord de la rivière vers l'ancien moulin à eau. Avant d'atteindre le creux où s'élevait le bâtiment, le courant se divisait en deux avant de se refondre en un seul lit un peu plus loin. Dans l'espace ainsi cerné, les herbes folles poussaient haut. Un pont rudimentaire permettait de traverser à pied sec. Le bois effrité par les intempéries n'inspirait guère confiance, pourtant, la passerelle arborait fièrement son nom sur une petite pancarte plantée à l'entrée : *Pont de la Planche à Cul.*

Intéressant. Colombe s'y risqua avec prudence. Une minute plus tard, elle se frayait un chemin à travers une mer de longues herbes. Un parfum d'humus chatouillait son nez. Des restes de brume s'accrochaient aux buissons. Colombe marchait comme sur les nuages.

Soudain, son pied buta contre une pierre plate. Elle s'assit pour contempler le petit pré. Un soleil pâle perçait les nuages. Du bout des doigts, elle caressa les traits creusés dans la stèle granuleuse. Le mot mit du temps à prendre un sens dans son esprit. Tout à coup, elle comprit et bondit comme si la pierre l'avait mordue.

Une tombe ! Parmi l'onde verte, elle distinguait enfin des dalles de granit. Un cimetière ! Bêtement, elle se frotta les fesses comme pour effacer l'empreinte de la sépulture. Puis elle rit, nerveuse. Quelle idiote ! Comme si les morts, là où ils étaient, avaient pu palper son postérieur !

Trois bouleaux aux squelettes blanchis formaient une ronde au milieu de l'île. Colombe se dirigea vers eux, déchiffrant au passage des noms et des dates gravés sur les marbres. *Frère Donatien, à la grâce du Seigneur… Père Savage, accueilli dans l'amour de Dieu… Marina Verconèse, 1853-1928…* Anciens moines et âmes laïques se côtoyaient dans le pré. Personne n'avait jugé bon de tracer des allées propres et rectilignes. Étrangement, les tombes s'éparpillant au petit bonheur donnaient au cimetière un air réconfortant. Colombe s'appuya sur un tronc blanc. À son pied, la mousse avait envahi deux plaques de marbre. Entre les deux, un tertre supportait une croix grise. Des mousses et des lichens avaient recouvert les inscriptions des dalles. Machinalement, Colombe se mit à les gratter. Quelques lettres apparurent. Elle s'arrêta, le cœur battant la chamade.

Le hasard n'existe pas, se dit-elle. Tout converge pour vous mener vers le point où vous devez être. Malgré vous ou avec vous, c'est selon. En cet instant précis, Colombe avait le sentiment d'avoir été conduite ici, dans ce cimetière, devant cette tombe dont elle déchiffrait l'épitaphe, la gorge serrée. Son mal-être, l'accident, l'hôpital, cette affectation forcée, sa colère et son besoin de fuir Sac à Morgue, la tempête qui la ballottait depuis des mois, l'enfant qu'elle avait failli écraser, celui de l'année dernière qui…

Elle tomba agenouillée au pied de cette croix qui portait son nom.

Louise Massiny, 1970-1995. Repose en paix.

Colombe Massiny-Delgrieux se mit à pleurer.

Ses pensées se bousculaient. Elle avait l'impression de voir la dalle trembler, glisser pour libérer de son caveau le corps décomposé de Louise. Colombe hallucinait, au bord de la rupture. Elle recula, trébucha et s'affala dans l'herbe. Le froid et ses fesses trempées l'aidèrent à reprendre ses esprits. Elle détailla la tombe en frissonnant. La stèle n'avait pas bougé. Aucune phalange blanchie ne griffait la pierre. Louise gisait là et y resterait pour toujours.

Colombe s'approcha à nouveau de la dalle pour détacher les derniers lambeaux de mousse. Ils tombèrent comme de la peau morte. Elsa savait-elle où était enterrée Louise ? Soudain fébrile, elle sortit son portable de sa poche et sélectionna le premier numéro de son répertoire. La sonnerie retentit une seule fois. Elsa devait faire le pied de grue devant son téléphone. Quand elle décrocha, Colombe ne lui laissa pas le temps de parler.

— Maman, je suis devant la tombe de Louise.

À son silence, elle comprit immédiatement qu'Elsa savait. La colère lui gonfla la poitrine.

— Pourquoi ne m'as-tu rien dit ? explosa-t-elle.

— Tu aurais renoncé ! Regarde la vérité en face, Colombe. Aurais-tu accepté ce poste, sachant qu'elle était enterrée là-bas ? Tu n'as jamais rien voulu savoir de ta mère !

— Ce n'était pas à toi de décider ! C'est ma vie, vas-tu enfin comprendre ça ? Est-ce que tu m'as emmenée à son enterrement ?

Au bout du fil, Elsa hésita.

— Réponds ! hurla Colombe.

— Non ! Tu avais à peine deux ans ! Je t'avais dit que ta mère avait dû partir. Quand on a retrouvé son corps, je n'ai pas pu me résoudre à te révéler la vérité. Tu étais si petite ! Comment aurais-je pu t'expliquer que ta mère s'était suicidée, comme le croyaient les gendarmes ?

Les mains de Colombe se crispaient sur son portable. Tous ces mensonges ! Voilà pourquoi elle manquait de repères. Sa vie reposait sur des fondations branlantes. Sous prétexte de la protéger, Elsa l'avait précipitée sur le chemin de la folie. Colombe avait craqué et c'était sa faute.

— Ne me rappelle pas. Tu entends ? Oublie-moi !

Et elle raccrocha.

Mon Dieu que ça faisait du bien ! Mieux qu'un orgasme. Enfin, presque… Colombe renversa la tête en arrière pour recevoir la pluie sur son visage. Elsa n'était pas près de l'entendre à nouveau. Sa fille allait reprendre le contrôle de sa vie, choisir elle-même ce qu'elle désirait découvrir…

Soudain, la cloche de l'église sonna dix coups. Bon sang, l'école ! Sac à Morgue devait la chercher partout ! Colombe retraversa la passerelle à toute allure, remonta le sentier. Elle perçut les appels enroués de Marie-Rose en entrant dans la cour des Pères. L'assistante maternelle la hélait du seuil de l'école.

— Colombe ! Je me demandais où vous étiez passée ! Vous visitiez le village ?

— Une petite promenade entre deux averses… Avez-vous un peu de temps à m'accorder maintenant ?

Renfrogné, Sac à Morgue se tenait derrière Marie-Rose. Le jeune homme consultait ostensiblement une montre de gousset attachée par une grosse chaîne d'argent à sa ceinture. Une belle montre, munie d'un couvercle ciselé qui s'ouvrait d'une pression sur le côté. Vanité ou désir de lui faire sentir qu'elle était en tort ?

— Vous habitez un village magnifique, Marie-Rose ! s'exclama Colombe en exagérant son sourire. J'ai trouvé plein d'idées à exploiter pour ma classe…

Ayant ainsi transformé sa défection en recherche pédagogique maîtrisée, elle considéra Sac à Morgue.

— Marie-Rose est-elle libre ? Son aide serait la bienvenue car je ne connais ni cette classe ni le matériel.

Petite perfidie. Après tout, elle débarquait dans le village. Si quelqu'un avait besoin d'aide aujourd'hui, c'était bien elle, non ? Tête de mort pouvait attendre. Déconcerté, Sagamore marmonna quelque chose qui ressemblait à une excuse avant de battre en retraite dans le couloir.

— Euh… J'ai raté quelque chose ? s'enquit Marie-Rose, interdite.

— Non, c'est moi qui ai raté quelque chose. Dites… il est toujours comme ça ?

— Comment, « comme ça » ?

Eh bien, comme un ours mal léché qu'on aurait dérangé dans son sommeil. Colombe ne se voyait pas comme quelqu'un de particulièrement sociable, mais Sagamore battait tous les records. Elle, au moins, s'était toujours appliquée à donner le change. Lui ne prenait même pas la peine de cacher son animosité. Mais elle s'en fichait. S'il voulait jouer à ce petit jeu, grand bien lui fasse. De toute façon, il n'était pas du village, contrairement à Marie-Rose. Celle-ci pourrait peut-être la renseigner sur Louise, si elle s'y prenait bien ?

Prenant l'assistante maternelle par le bras, elle l'entraîna vers sa classe.

— Est-ce que Sagamore est toujours aussi agréable et souriant ? Est-ce un type accueillant, chaleureux, serviable, en un mot, angélique…

Elles rirent toutes deux en pénétrant dans la classe mais la vue des meubles en pagaille fit remonter l'appréhension de Colombe. Tout ranger, trier, organiser avant la rentrée si proche… Impossible, il lui aurait fallu au moins une semaine.

La pâleur de Colombe alarma Marie-Rose.

— Vous vous sentez bien ? Vous êtes toute blanche, ma pauvre.

Elle s'empressa, lui approcha une chaise, mais Colombe se déroba.

— Ce n'est rien, c'est qu'il y a tant de choses à faire… Je ne suis pas sûre d'être prête à temps.

— Vous savez, c'est toujours comme ça. J'en sais quelque chose, cela fait vingt-cinq ans que je travaille dans cette école. Vous vous en sortirez. Et ne vous inquiétez pas pour Sagamore. Sous son air diabolique, c'est un tendre, je vous assure.

S'en sortir ? Colombe en doutait. L'ampleur de la tâche l'écrasait. Marie-Rose pouvait l'aider pour l'emménagement, mais le reste ? Sa programmation, sa progression, son emploi du temps, ses ateliers pédagogiques, autant de gros mots distillés pendant sa formation et qui devaient devenir concrets avant l'arrivée des enfants. Ses élèves... En réalité, de petites créatures qu'elle ne comprendrait pas. Comment enseigner à des enfants si jeunes, comment répondre à leurs craintes, à leurs demandes, à leurs pleurs ? Mon Dieu, ils allaient forcément pleurer ! Hurler, appeler leur mère, s'enfuir... Mais dans quelle galère s'était-elle fourrée !

Colombe se retint à la chaise. L'aide maternelle l'obligea à s'asseoir.

— Eh là, mais vous n'allez vraiment pas bien. Vous avez mangé quelque chose, ce matin ?

— Je n'ai pas eu le temps de faire des courses...

— Ces jeunes d'aujourd'hui ! Vous, l'institutrice, devriez mettre en pratique ce que vous enseignez. Le petit déjeuner, c'est sacré. Heureusement, j'ai ce qu'il faut.

Elle alla ouvrir une porte à côté du tableau et disparut derrière. Colombe entendit le bruit caractéristique d'une machine à café tandis qu'un fort arôme se répandait dans la classe. L'aide maternelle revint, portant un plateau sur lequel elle avait empilé une montagne de croissants et de petits pains au chocolat à côté de deux tasses fumantes.

— Je prépare toujours le petit déjeuner de la prérentrée, déclara-t-elle en déposant sa charge sur le bureau. C'est la coutume. Après, chacun son tour. Vous apportez ce que vous voulez et on partage pendant la récréation. Ça vous va ?

La bouche pleine, Colombe opina. Dieu que c'était bon ! Le croissant ruisselait de beurre et le café lui semblait un véritable nectar.

— Vingt-cinq ans ? Vous avez dû en voir passer, des enseignants ! Ils ont tous accepté votre règle ?

Marie-Rose cligna de l'œil. Elle savourait un petit pain au chocolat qui embaumait.

— Ceux qui ont refusé étaient de mauvais coucheurs. Ils n'ont pas su s'intégrer. Ils déjeunaient dans leur classe, claquaient la porte de l'école dès quatre heures sonnées. Je ne les ai pas regrettés lorsqu'ils sont partis.

— Et Sagamore ?

Maigre et blême comme il était, il ne devait pas apprécier les plaisirs gustatifs. Marie-Rose sourit.

— Il confectionne des brioches à tomber par terre. Question gourmandise, il en connaît un rayon. D'ailleurs, il n'a pas encore pris son café…

Elle allait se lever, mais Colombe la retint.

— Et si on lui laissait sa part dans votre bureau ? La matinée est déjà bien avancée et je n'ai pas commencé. Une pause plus longue me ferait perdre trop de temps.

L'aide maternelle la considéra, pas dupe, mais consentit à emporter le plateau.

Colombe avait décidé de reprendre l'organisation de l'année précédente. Aller au plus simple pour gagner du temps. Marie-Rose eut vite fait de lui expliquer. Les coins-jeux dans les angles de la classe, les tables par groupes de six et les étagères appuyées aux murs. Au bout de deux heures, Colombe contempla, atterrée, le résultat de leur labeur. Entre les meubles, les étagères et les tables, il était impossible de circuler. Il fallait se faire plus maigre qu'un coucou pour passer derrière les chaises, enjamber les bancs pour atteindre le tableau. L'idée qu'une vingtaine d'enfants allaient devoir jouer et apprendre dans un tel endroit la déprimait. Elle s'appuya contre le bureau, découragée.

— Ce n'est pas possible. Comment faisait l'institutrice pour circuler là au milieu ?

Marie-Rose fit la moue.

— Il faut avouer qu'elle ne bougeait pas beaucoup. Elle restait à son bureau et les enfants venaient lui montrer leur travail.

— Bon, on va changer ça. Y a-t-il un endroit dans l'école où je pourrais remiser des tables et des chaises ?

— Vous ne voulez pas les utiliser ? demanda Marie-Rose, abasourdie.

— On n'a pas besoin d'une table et d'une chaise par enfant.

— Mais… Où vont-ils travailler ?

— Par terre. Vous avez bien des tapis quelque part ?

L'idée déplaisait clairement à Marie-Rose, mais elle ne se permit pas de protester. La jeune femme goûta avec plaisir ce pouvoir tout neuf de décider sans personne pour la critiquer. Quelques minutes plus tard, la moitié des tables, des bancs et des chaises ainsi que le bureau s'empilaient le long du mur du couloir. L'habillage des élèves allait être une vraie partie de plaisir dans l'espace étroit qui restait libre, mais Colombe ne s'en inquiéta pas. Elle contemplait avec satisfaction sa classe presque vide. Elle paraissait plus grande. Les étagères placées en angle au milieu de la pièce ménageaient des coins occupés par la cuisine et les jeux de poupées, tandis que la bibliothèque s'appuyait contre le mur à côté de la baie vitrée. Une table recouverte d'un drap faisait office de cabane près de la porte. Colombe roula les tapis que Marie-Rose lui avait apportés et les glissa sur les étagères basses d'un meuble à casiers.

— Qu'en dites-vous ?

— Qu'est-ce que c'est que ce bazar ?

Colombe sursauta. Sagamore postillonnait sa colère en déboulant dans sa classe, à la manière d'un taureau lâché dans l'arène. Diabolicus avait retrouvé sa virulence, pensa-t-elle. Il s'arrêta devant elle.

— C'est votre œuvre, dans le couloir ? Qu'est-ce que vous comptez faire de ces tables ?

— Ce que vous voudrez, je n'en veux pas.

— À votre aise. Mais vous ne pouvez pas les laisser là.

— C'est vous le directeur, non ? Appelez Effie, elle saura comment m'en débarrasser.

Sagamore arbora un air vexé, comme s'il avait oublié que résoudre ces problèmes faisait partie de son rôle. Furieux d'être remis à sa place, il détailla la pièce du regard. La salle offrait un petit air de gaieté inédit. Plus aérée, plus colorée aussi, avec ses reproductions de tableaux accrochées aux murs, le grand tapis bariolé posé au milieu et les feuillages roux trempant dans des bouteilles en plastique posées sur des petites tables. L'air frais entrait par les fenêtres ouvertes.

— Ce n'est pas banal mais je parie que les enfants vont adorer, intervint Marie-Rose. Qu'en penses-tu ?

Comment nier l'évidence ? Bien sûr qu'ils allaient aimer. Sagamore lorgna Colombe en cachant sa surprise. Peut-être tirerait-on quelque chose de cette fille, finalement. Sa pensée se lut si clairement sur son visage que Colombe se sentit humiliée. Sagamore hésita, passa la main sur le bureau.

— Je vais m'occuper de contacter la mairie. Vous voulez qu'on vous débarrasse d'autre chose pendant qu'on y est ?

Oui, de sa présence, par exemple. Mais Colombe ne répondit pas. Un problème à la fois, disait Marie-Rose. Elle clouerait le bec de Sac à Morgue plus tard. Aujourd'hui, sa classe lui importait bien davantage. Son estomac aussi, d'ailleurs. Colombe pressa une main sur son ventre qui revendiquait bruyamment un peu de considération. Marie-Rose sourit.

— Ça, dit-elle, c'est une mission Cul.

— Pardon ? fit Colombe.

Jamais elle n'aurait cru l'assistante maternelle capable de vulgarité. Celle-ci éclata de rire.

— Ça fait toujours son petit effet, n'est-ce pas ? Je parle de notre bistrot. J'adore voir l'air offusqué des gens quand je dis cela ! Qu'en penses-tu, Sag ? Milo a rouvert hier, je suis sûre qu'il t'attend. En plus, ça lui fera plaisir de faire la connaissance de Colombe. Je vous conseille sa purée de courge, elle est fabuleuse.

Colombe saliva. Les croissants du matin étaient déjà loin. Même en compagnie de Sagamore, un repas serait le bienvenu. Son collègue esquissa un sourire contraint.

— Ça vous dit ? On pourra continuer à discuter là-bas, ça nous fera gagner du temps.

Il sortit de la classe sans attendre sa réponse. Colombe se tourna vers Marie-Rose.

— Vous venez avec nous ?

— Je n'ai qu'une demi-heure pour déjeuner. Une autre fois, si vous voulez bien.

— Vous êtes prête ?

Sagamore s'impatientait sur les marches de l'école.

— Mon sac…, commença-t-elle.

— Laissez tomber, je vous invite. Pour faire connaissance…

Le comble de la goujaterie, pensa Colombe, c'est lorsqu'un homme offre un repas à une fille en lui faisant sentir qu'il n'en a pas envie. Pour la peine, elle prendrait le plat le plus cher !

8

Nous sommes cinquante assis sur le sol froid, un bol posé par terre entre nos jambes croisées. Cette mixture n'a ni saveur ni odeur. Ce n'est pas important. Nous avons faim à dévorer notre voisin. Mais nous ne bougeons pas. Plus d'un songe aux petits plats de sa mère, à ces repas pris en commun à la maison, mais personne ne l'admettra. Nous sommes les soldats de l'empereur. Oser ne serait-ce qu'évoquer cette douceur familiale s'apparenterait à une trahison. Nous nous sommes engagés à servir notre pays. Nulle faiblesse ne doit entrer dans nos cœurs, même si nos ventres hurlent du besoin urgent d'avaler ce mélange tiède et répugnant.

Le caporal passe entre nos rangs, battant sa botte de son bâton. Un pas, un choc, un pas, un choc. On dirait la cadence d'un métronome français. Mon oncle en avait rapporté un de Paris lors de son dernier voyage, avant la guerre. L'objet a trôné longtemps sur le coffre de ma mère à côté de son biwa. Je crois qu'elle n'a jamais su comment il fonctionnait mais elle le gardait précieusement, comme un trésor. Lorsque notre pays est entré dans le conflit, elle n'a pu se résoudre à le jeter. Il venait de son frère chéri. Le conserver à la vue de tout le monde, et spécialement des voisins qui auraient pu la dénoncer, n'était cependant pas envisageable.

L'instrument a été relégué dans un coffre. Mon père, si intransigeant par ailleurs, a fermé les yeux. Le métronome est le seul souvenir que ma mère garde de son frère musicien. Aujourd'hui, elle lui rend visite au sanctuaire du Yasukuni. Elle allume des bâtons d'encens devant sa photo et s'incline au rythme des gongs avec, dans la tête, cette musique étrangère qu'il aimait tant.

Nous sommes cinquante accroupis en rangées de quinze, immobiles, dans l'attente de l'ordre qui nous permettra enfin de nous rassasier. Le hancho*, sergent instructeur, fait durer son plaisir. Cela fait vingt-quatre heures que nous n'avons rien mangé. Les exercices se sont succédé, de plus en plus durs, depuis hier jusqu'au milieu de ce jour pluvieux. Le* hancho *a avalé un bol de riz pendant que nous rampions dans la boue autour des baraquements. Ses yeux plissés trahissaient la béatitude de son estomac réchauffé tandis que les pierres du sol nous écorchaient la peau à travers nos pantalons déchirés au genou. Il tombait une pluie glaciale, insistante depuis que notre* shuban Kashikan*, le sergent de semaine, nous avait réveillés à coups de crosse et d'insultes pour nous lancer dans cet exercice d'endurance en pleine nuit. Pendant des heures, nous avons effectué ce trajet sans nous arrêter, poursuivis par les hurlements et les coups de bâton du sergent de semaine sur notre dos. Rester ensemble, ne pas se laisser distancer, soutenir cette reptation démentielle sous les gouttes glacées qui s'écrasaient sur nos casques. Pendant les premières heures, j'ai tenu le rythme, puis, vers le matin, mes mâchoires serrées m'ont été d'un grand secours pour retenir mes gémissements. Aucune plainte ne devait franchir mes lèvres. Je me l'étais promis. Je voulais tout supporter, la brutalité de nos supérieurs, la crasse, la nourriture infecte. Car je devais prouver que je pouvais devenir un soldat, un samouraï. N'était-il pas écrit dans le Serment de fidélité à l'empereur : « … accomplissez votre devoir et rappelez-vous que l'honneur représente plus qu'une montagne alors que la mort n'est que l'équivalent d'une plume… ». Je me devais de tenir à tout prix. Pour mon père…*

D'autres, parmi mes camarades, ont failli. Trop lents, trop faibles, ils ont ralenti malgré les coups de bâton, se sont soumis à la douleur. On les a laissés évanouis dans la boue jusqu'à la fin de l'exercice.

Vers le petit matin, j'ai dépassé un garçon de mon âge. Vingt ans environ, tombé sous la pluie, il ne se relevait pas. Le hancho, *que nous nommions entre nous Petite Fée, s'acharnait sur lui. Le sang coulait. Mon camarade ne criait pas. Son casque avait glissé et c'est sur son crâne que s'abattaient les coups. Mon groupe le dépassait sans un regard. Que personne ne soit intervenu peut paraître incompréhensible, mais c'était ainsi. Si nous étions capables de supporter la souffrance de l'entraînement pendant trois mois, nous serions alors si endurcis que toute retraite devant l'ennemi nous semblerait impensable. Plutôt la mort dans l'honneur que la fuite et la vie. Cela signifiait le sacrifice des plus faibles, mais notre victoire future était à ce prix. En acceptant le traitement que l'on nous faisait subir, nous prouvions que nous étions capables de protéger notre pays, l'empereur, notre famille. Nos vies ne comptaient pas.*

Petite Fée avait frappé fort. Je n'ai pas revu le jeune homme lorsque nous nous sommes accroupis devant notre bol de déjeuner. J'ai appris plus tard qu'il avait été renvoyé dans ses foyers. D'une certaine façon, il n'a pas eu de chance. Le retour d'un soldat à la maison est pire que la mort. Le déshonneur allait l'accompagner pour toujours, lui et sa famille. Je ne voulais pas penser à la façon dont il avait dû être accueilli dans son village. Mieux aurait valu qu'il meure là, dans la boue. Au moins, sa famille et lui n'auraient pas subi l'opprobre de la part des voisins. Quant à moi, j'avais déjà décidé de mon destin. Je deviendrais soldat ou je mourrais.

Le hancho *poursuit sa promenade dans les rangs. Nous ne bronchons pas. Nous regardons la pluie faire déborder les trous creusés dans la terre derrière les baraquements. Ce sont ceux dans lequel nous versons nos seaux d'aisance. Le liquide se répand en une multitude de rigoles le long de la pente et s'accumule dans le carré de terre où nous nous tenons accroupis. Petite Fée piétine dans les flaques, l'eau puante gicle dans nos bols. Il rit.*

— Allons, les petits bleus, mangez maintenant. Ce riz est meilleur que celui préparé par vos mamans.

Il nous observe, guettant le moindre signe d'hésitation. Il n'en trouve aucun. Nous avons tous compris ce qu'on attendait de nous : l'obéissance totale, quelles que soient les circonstances. Ne pas réfléchir : d'autres plus avisés que nous s'en chargent. Du coin de l'œil, je distingue les gestes de mon voisin. Il tient son bol tout près de ses lèvres et semble dévorer son riz aux excréments avec grand appétit mais, en réalité, il garde chaque bouchée dans sa main et la glisse en cachette sous ses semelles. Sentant mon regard sur lui, il tourne légèrement la tête. Un petit sourire se dessine sur ses lèvres tandis qu'il me désigne d'un geste discret Petite Fée qui fait demi-tour au bout de la rangée. On dirait que la situation l'amuse. Le hancho *est presque sur nous. Je baisse la tête pour mastiquer mon riz avec application. L'autre ralentit, nous examine et passe son chemin, satisfait. Nos bols sont vides.*

C'est ainsi que je fais la connaissance de Tadao. Le soir, je le retrouve dans notre baraquement, allongé dans le lit voisin du mien. Le soldat à qui il appartient a pris ses quartiers à l'infirmerie, autant dire qu'il n'est pas près de revenir. Tadao sort un paquet de sa poche. La plupart des autres hommes de l'unité ronflent déjà. Peu d'entre nous prennent la peine de discuter après de telles journées. Très souvent, notre sommeil est interrompu par les shuban Kashikan, *aussi nous grappillons la moindre minute de repos dès que nous le pouvons. Tadao s'assied sur son lit et me tend le paquet.*

— Tu en veux ? chuchote-t-il. Ma grand-mère me les a envoyés. Elle confectionne les meilleures pâtisseries du Japon. Même l'empereur n'en a jamais mangé de pareilles.

— Des mochis !

Pas étonnant que Tadao n'ait pas avalé le contenu de son bol, sachant que les gâteaux de riz gluant l'attendaient dans son sac. Nous nous installons par terre entre nos deux lits. Des ronflements s'élèvent d'un peu partout. Nous sommes tranquilles pour bavarder.

Les mochis sont excellents et Tadao est un garçon étonnant. Plus jeune que moi, il appartient à une famille de petits employés qui ont tout donné pour offrir la meilleure éducation à leur fils unique. À seize ans, Tadao a tout réussi. Son niveau exceptionnel lui a permis d'intégrer les cours d'entraînement de vol à voile organisés par l'institut d'Onomishi. Après son éclatante victoire au concours de planeurs réunissant les meilleurs pilotes du Japon, le général de l'Armée de l'air est personnellement venu chez lui pour l'inviter à s'enrôler dans leurs rangs. Quelle fierté pour ses parents ! Leur fils allait contribuer à la gloire de notre pays en intégrant le corps militaire le plus prestigieux de l'empire.

Tadao se redresse, les yeux scintillants comme des étoiles.

— Tout ce que j'espère, chuchote-t-il pour ne pas réveiller nos compagnons de chambrée, c'est que la guerre ne finira pas avant que je prenne les commandes d'un bombardier. Dans mon village, nous connaissons tous le lieutenant Shimada. Il a abattu six avions américains, tu te rends compte ? J'ai promis à mes parents que je battrais son record.

Il y croit. Pas une ombre de peur sur ses traits. Pas de souffrance non plus après une journée où les coups de bâton ont plu comme des grenouilles après la pluie. Il m'étonne. Je suis plus grand que la majorité des soldats de la base, plus fort physiquement aussi, mais Tadao semble mieux supporter que nous le dur régime auquel nous sommes astreints. Il compense son corps plutôt fluet par une volonté incroyable pour un être si jeune. L'armée est l'occasion pour lui d'entrer dans la légende familiale. Il sera le samouraï des temps modernes. En l'écoutant parler, je l'envie. Ses motivations pour servir notre pays sont plus nobles que les miennes. Même si ma détermination peut rivaliser avec la sienne, je décèle en Tadao le véritable Japonais que j'aurais aimé être.

Si fort et pourtant si raffiné. Je ne le sais pas encore, mais je découvrirai au fil de notre amitié l'âme sensible et délicate de Tadao. Devant ce garçon si pressé de se jeter dans la bataille, il était impossible de soupçonner l'étendue de sa culture ni le don précieux dont les dieux l'avaient gratifié. Ce qu'il pouvait faire avec un pinceau était incroyable. De ses traits naissaient des oiseaux et des fleurs, des personnages d'une délicatesse frémissante, si vivants qu'on aurait pu prendre mon ami pour une réincarnation de Buson.

Je dois en convenir : mieux que moi, Tadao aurait conquis l'âme de mon père.

9

— Et pour la demoiselle, ce sera ?

Le menu était posé sur la table. Était-ce une plaisanterie ? Aucun nom de plat, d'entrée ou de dessert n'y était inscrit. Colombe n'y voyait que l'image d'un moine hilare, affublé d'un collant vert et d'un masque de Superman, qui brandissait une bouteille de chartreuse sous ce slogan ridicule : *Osez le p'tit cul vert.* C'est un mauvais rêve, se dit-elle. Elle avait atterri dans le bistrot d'un villageois à l'humour aussi lourd que les cuves qui soutenaient la planche du comptoir.

Au premier coup d'œil pourtant, la salle lui avait paru chaleureuse. On s'y sentait comme dans un cocon par cette fraîche journée d'automne. Près du comptoir, des canapés profonds entouraient un vieux poêle à tiroirs en fonte blanche. À droite, plusieurs fauteuils club en cuir et des tables rondes et basses fabriquées à partir de bobines usinées. Des tables plus hautes, peintes de couleurs pastel, occupaient le centre de la salle. Une jeune fille à la taille ceinte d'un vieux tablier bordé de dentelle essuyait d'un coup de chiffon rapide les vases de porcelaine décorant les niches vert foncé des murs. Entre les creux, des livres, des livres, des livres… Les murs blancs disparaissaient derrière les tranches des volumes de toutes tailles et de toutes couleurs. Des albums illustrés côtoyaient des encyclopédies aux couvertures de cuir craquelées, des dictionnaires s'appuyaient sur des bandes dessinées qui elles-mêmes tenaient debout grâce à des pots d'étain. Le lieu, encombré d'une surabondance d'objets hétéroclites, tenait de la caverne onirique et du salon de vieille dame. Sur les étagères, verres, pots et alambics semblaient inviter le client à participer à une sorte de cérémonie mystérieuse. À la vue du jeune homme en bermuda bariolé et tee-shirt informe qui l'invitait à choisir un plat dans un menu inexistant, Colombe fut prise d'un fou rire qu'elle tenta de cacher en toussotant.

— Eh bien… je ne sais pas trop… Tant de choix me laisse sur ma faim…

Le jeune homme, interloqué, resta muet quelques secondes avant de laisser échapper, lui aussi, un rire.

— Une enseignante pleine d'humour ! Je me demandais quand j'en rencontrerais une ! Vous devriez donner quelques leçons à votre tête de mort de directeur. Il ne sait rien de la vraie vie, celui-là ! Tenez, je vous offre un p'tit cul vert pour vous souhaiter la bienvenue et fêter la rentrée. Vous trinquerez bien avec moi, n'est-ce pas ? Au fait, je m'appelle Milo Tersel, et vous ?

La « tête de mort » esquissa une grimace. Il agita la carte sous le nez de Milo comme pour chasser une mouche importune.

— Pas de chartreuse pour moi, s'il te plaît, j'ai encore du boulot, figure-toi.

Il s'interrompit, embarrassé. Colombe ravala son agacement. Décidément, il faisait tout pour la mettre dans son tort, celui-là. La prenait-il pour une fainéante sous prétexte qu'elle était sortie prendre l'air ce matin ? Cependant, elle ne releva pas. Pas question de passer l'année à se lancer des piques et des sous-entendus.

— Moi, c'est Colombe, répondit-elle en tendant la main à Milo. J'adore votre bistrot. C'est vous qui l'avez décoré ? On s'y sent super bien ! En tous cas, moi, je serai ravie de trinquer avec vous !

Un sourire radieux illumina le visage de Milo. Il passa le bras autour des épaules de Colombe et la serra contre lui.

— Thelma, tu as entendu ? Nous avons une nouvelle adepte ! Apporte deux gros culs, ceux des toilettes !

— Hein ? s'étonna Colombe.

Sa mine effarée déclencha le rire des deux hommes. Mal à l'aise, elle regarda la serveuse poser devant elle une flasque d'alcool et deux énormes verres aux formes suggestives. Colombe rougit. Elle n'était pas prude, mais tout de même… Comment poser ses lèvres de façon naturelle sur le postérieur rebondi des chopes ? Sagamore l'observait, moqueur. Voilà pourquoi il avait refusé l'invitation, se dit-elle, furieuse. Il aurait au moins pu tenter de l'avertir. Thelma déboucha la bouteille. Le liquide d'un beau vert lumineux illumina les gros culs. Par bonheur, songea soudain Colombe soulagée, les verres étaient asexués…

— C'est la coutume ici, dit Thelma en lui tendant une chope. Chaque nouveau client doit vider un gros cul avant de foncer dans les toilettes avec son verre.

— Dans les toilettes ? répéta Colombe, de plus en plus alarmée. Mais… pour quoi faire ?

La mine amusée de Sagamore lui donnait un air beaucoup plus amical. Étrangement, Colombe se détendit. Elle saisit le verre et en fit miroiter le contenu dans la lumière du plafonnier.

— Bon, je suppose qu'il faut se plier à la tradition…

Elle avala la chartreuse d'une seule gorgée. La brûlure mit quelques secondes à chauffer ses muqueuses. Elle ferma les yeux, frissonna. Puis, brusquement, sa gorge flamba. Agitant les mains devant sa bouche grande ouverte, elle tenta de prendre une grande goulée d'air. Un incendie lui carbonisait l'œsophage. Elle ne se rendit pas compte du gémissement qui naissait dans sa gorge et s'amplifiait en un cri modulé qui grimpa dans les aigus. Les larmes jaillirent de ses yeux. Les deux hommes ne cachaient plus leur joie. Milo se tordait de rire en tapant du plat de la main sur la table. Même Thelma ne pouvait s'empêcher de glousser. Elle tendit un verre d'eau à Colombe, qui avala le liquide d'un coup. Mais on n'éteint pas un volcan avec une lampée d'eau. Elle bondit sur ses pieds, renversa sa chaise et se précipita vers la porte à côté du comptoir, laissant les trois acolytes écroulés de rire sur le canapé.

Un robinet, par pitié ! Ou une fontaine, un lac, un océan ! Mais… Elle s'immobilisa, éberluée. Qu'est-ce que c'était encore que cet endroit ? Les quatre ou cinq mètres carrés de la pièce dans laquelle elle venait de pénétrer ressemblaient plus à un placard qu'à des toilettes de bistrot. Des étagères de verres s'alignaient du sol au plafond, sur les quatre murs. Deux appliques de métal brossé se faisaient face de part et d'autre de la porte. Des toilettes, ça ? Il n'y avait même pas un lavabo pour se rafraîchir. En revanche…

Colombe contemplait avec stupéfaction les dizaines de cuvettes exposées sur les étagères. Des trônes miniatures mesurant de quelques millimètres à plusieurs dizaines de centimètres, des sièges en porcelaine, en métal, en cuir, en carton fort, en terre cuite et même en papier mâché. Sur une bonne partie d'entre eux était posé un verre identique à celui qu'elle tenait à la main. Colombe parcourut la collection du regard en se demandant comment réagir. C'était… débile. D'un goût douteux. Intéressant. Incroyable. Idiot, ça oui, mais quand même drôle, au fond. Chaque cuvette illustrait un thème particulier, nature, graffitis, animaux, calligraphie, musique… Des ornements minutieusement peints, des citations littéraires, le cosmos étoilé, une série d'obscures formules mathématiques. La plus grande arborait même des symboles religieux irrévérencieux. Alors qu'elle les passait en revue, un rire monta dans sa gorge. Dans ce cabinet de curiosités inattendu, la création entière se retrouvait délicatement illustrée sur des toilettes. Rien de mieux pour illustrer la vanité des choses : quoi qu'on fît, tout finissait au même endroit. Celui qui avait conçu ce cagibi avait sans doute suivi le même raisonnement. Derrière la porte, une affiche calligraphiée à la plume informait les clients.

Toi qui pénètres dans le cercle fermé des Chartreux,
Choisis soigneusement le trône à ton image
Et sur sa gueule déployée
Pose le cul vert qui t'a chauffé le gosier.

Le trône à son image. Il ne manquerait plus qu'on lui trouve une gueule de chiottes ! Elle s'approcha d'une étagère sur laquelle siégeait une petite cuvette couverte de dizaines d'éclats de miroirs. Les glaces lui renvoyèrent l'image fragmentée de son visage encadré de sa chevelure hirsute. Qui était la vraie Colombe ? Cette fille obéissante étouffée par sa mère, ou l'autre, déchirée par les conflits et égarée dans les méandres de l'existence ? Ni l'une ni l'autre, décida-t-elle. Elle allait se réinventer. Choisir les morceaux de sa vie qu'elle voulait garder. Pourquoi pas cet œil au regard presque vert qui clignait dans la cuvette ? Et ce petit bout de pommette qui lui faisait un joli visage ovale ? Colombe sourit. À côté de la cuvette aux miroirs siégeait une porcelaine blanche affublée de deux roues et d'un guidon serti de minuscules pierres brillantes. Une cuvette moto ornée d'une tête de mort miniature. Tiens ! Tout à fait l'image de son collègue ! Un gros cul de verre était délicatement disposé sur l'abattant en forme de selle. Colombe déposa le sien sur la cuvette aux miroirs et sortit du cagibi.

Thelma avait dressé la table-bobine. Deux bols d'une soupe orange fumaient sur un plateau entre une corbeille de tranches de pain de maïs et un flacon d'huile de pépins de raisin. Sagamore, ironique, regarda Colombe s'installer sur le canapé.

Dans la cuisine derrière le comptoir, Milo s'affairait à grands bruits de casseroles et de couverts. Thelma tendit une cuillère et une serviette en papier à Colombe.

— Vous avez choisi ?

— Le menu ?

— Non, rétorqua la jeune serveuse avec un rire joyeux. Vos commodités.

À peine vingt ans et une façon de nommer les toilettes digne d'une grand-mère. Elle avait l'air sympathique avec son fin visage d'adolescente et ses cheveux coupés en brosse. Elle poursuivit sans attendre la réponse de Colombe :

— Ne dites rien ! Gardez le secret. C'est un jeu auquel Milo tient beaucoup. Si vous venez ici assez souvent, il sera vite capable de découvrir l'élu de votre… verre.

— Pourquoi toutes ces cuvettes ?

— Saga vous expliquera, je dois installer les autres tables et m'occuper de vos plats. Mangez pendant que c'est chaud. J'espère que vous aimez la courge ? De toute façon, ici, c'est plat unique. La carte, c'est pour le fun.

Son air enjoué faisait oublier son ton catégorique. Colombe ne s'en formalisa pas. Comment se fâcher dans un endroit aussi douillet ? Des morceaux de châtaigne nageaient dans le liquide lumineux. Colombe ferma les yeux en avalant la première cuillère. En effet, c'était un délice.

— Essayez avec l'huile, c'est encore meilleur.

En saisissant le flacon que lui tendait Sagamore, les doigts de Colombe effleurèrent les siens. Une brusque chaleur se diffusa dans son bras. Elle s'était attendue à une sensation à l'image de son attitude : froide et désagréable. Mais ce crétin avait la peau aussi douce que celle d'un bébé. Tête de vampire sentait-il aussi le talc ? Elle résista à une soudaine et incompréhensible envie de l'approcher pour humer sa peau. Qu'aurait-il pensé si elle s'était mise à le renifler comme un petit chien ? Dans une fausse quinte de toux, elle réprima son rire. Fort obligeamment, son compagnon lui tapa dans le dos.

— Attention, la soupe est brûlante. Milo ne comprend pas que les gens détestent se retrouver la bouche en feu. Heureusement, il nous offre toujours une petite bouteille d'eau au moment de quitter son bistrot. C'est la tradition.

— Comme les cuvettes ?

— Ah, ça... Vous l'avez plutôt bien pris. J'en suis heureux. Ce n'est pas le cas de tout le monde...

Colombe lui jeta un coup d'œil inquisiteur. Elle ne pouvait imaginer deux hommes plus dissemblables. Ils ne partageaient rien, ni le physique, ni le comportement. Autant Milo inspirait une sympathie immédiate, autant Sagamore semblait se complaire dans son rôle d'ours mal léché.

— Je peux comprendre que la plaisanterie ne soit pas du goût de tout le monde, déclara-t-elle. Vous arrivez affamé dans un bistrot où l'on vous impose un menu, où l'on vous oblige à boire un verre d'alcool à vous défoncer la gorge et où l'on met à votre disposition des centaines de toilettes inutilisables alors que vous ressentez une envie pressante...

— Pressante de quoi ?

— De vomir, chuchota Colombe en riant. Si, si, je vous jure ! Son truc n'a que le nom de Chartreuse, c'est un tord-boyaux !

— Pas faux, répondit Sagamore en riant lui aussi. Je soupçonne Milo d'avoir mélangé des liquides de son cru pour tester ses clients. Les gens sympas prennent bien la plaisanterie. Les autres, au mieux, ne reviennent jamais.

— Laissez-moi deviner. À voir le nombre de culs verts posés sur les sièges, beaucoup de gens ont apprécié.

— Ce qui vous conduit à désespérer de l'humour des gens du coin, c'est cela ?

— Non. Parfois, ça fait du bien de rire simplement de peu.

Ils avaient baissé la voix et leurs visages s'étaient rapprochés au-dessus des bols, dans une intimité inattendue qui la réchauffait autant que la soupe. La tension paraissait avoir abandonné Sagamore.

— Malheureusement, certains y ont vu de la vulgarité. Ce qui, pour eux, constitue la pire des fautes.

— Il suffit de les ignorer…

— Ce n'est pas si simple.

Milo surgit avec une assiette dans la main et une autre en équilibre sur son avant-bras. Ils interrompirent leur échange pour lui tendre les bols et se pencher au-dessus des assiettes fumantes.

— Nouilles chinoises et petits légumes au gingembre, annonça-t-il. Bon appétit !

Colombe souffla doucement sur sa fourchette avant d'enfourner la première bouchée. Satisfait, Milo regagna sa cuisine en faisant claquer ses sandales sur le sol.

— C'est délicieux ! s'exclama-t-elle. Ce type est un véritable artiste.

— Une histoire à lui tout seul aussi. Qu'auriez-vous pensé de lui si vous l'aviez croisé dans la rue ?

— Qu'est-ce que vous voulez dire ?

— Si vous l'aviez rencontré dans une soirée, par exemple, de quoi lui auriez-vous parlé ?

De rien sans doute, songea Colombe. Elle avait le chic pour attirer les déprimés, les grognons, les vantards et les égoïstes. Qui se ressemble s'assemble, disait l'adage. Ça ne la rassurait guère sur son aptitude à intéresser les autres. Mais cela, Sagamore n'avait pas besoin de le savoir.

— Aucune idée. De quoi parle-t-on à Milo en général ?

Sagamore haussa les épaules.

— De tout. De cuisine, de vin, de jeux, de voyages, de livres… Mais jamais de ce qu'il aime vraiment.

— Et qu'aime-t-il vraiment ?

— Vous n'avez pas deviné ?

Colombe ouvrit de grands yeux.

— Les… cuvettes de toilettes ? Je veux dire… sa collection de…

— C'est un symbole, bien sûr. Vous savez, la vie est trop courte pour ne pas rire des petites choses. C'est la philosophie de Milo. Quoi que vous fassiez, quoi que vous pensiez, tout finit au même endroit. Si on les considère à l'échelle de l'univers, nos bonheurs, nos chagrins, nos espoirs n'existent même pas. Alors pourquoi nous laisser démolir par eux ? Milo a fait tout ce que sa famille attendait de lui. Il est sorti major de sa promotion à Polytechnique. On ne le devinerait jamais, n'est-ce pas ? Aujourd'hui, il est patron de bistrot. Il collectionne les cuvettes de chiottes et sa famille a honte de lui parce qu'il se moque de ses clients, s'habille comme un clochard et se comporte comme un péquenot original et mal éduqué.

— Il n'est pas mal éduqué ; au contraire, je le trouve charmant.

— Les trois quarts des habitants du village partagent votre avis. Le dernier quart boycotte la Planche. Le rêve de certains est de le voir se casser la figure et fermer.

— Mais pourquoi ?

— Sainte-Croix est un village minuscule. On y vit les uns avec les autres, presque les uns chez les autres. Ce qui arrive à une famille est ressenti par tout le village. Les parents de Milo vivent dans la cour des Frères, comme tous les notables d'ici. Lorsque leur fils a démissionné de son poste dans un grand groupe international pour reprendre la Planche, ça leur a fichu un coup. Leur engueulade a dû s'entendre jusqu'à la vallée voisine. Son père a tempêté, menacé, sa mère lui a fait du chantage affectif, mais il n'a pas renoncé. Depuis, le village se divise en deux camps : les amis de la Planche et les vieux pépères qui rêvent d'y foutre le feu.

— Ce serait dommage.

— Ils ne se rendent pas compte que c'est grâce à ce bistrot que leur village reste vivant. Les jeunes auraient déjà mis les voiles si Milo n'avait pas décidé de rénover le moulin. Avant, tout était mort ici. Un village fantôme avec ses derniers vieux qui fumaient leurs cigarillos puants sur les bancs devant la mairie. Milo organise des tas d'événements qui attirent les jeunes. Ils passent boire un pot ou viennent s'éclater les soirs de jams. Vous devriez y assister, c'est vraiment génial. Milo est un violoniste hors pair.

— Il possède donc toutes les qualités, cet homme ? Cuisinier, tenancier de bar, œnologue, philosophe et musicien. En dehors de ses goûts douteux de collectionneur, il doit bien avoir quelques défauts, non ?

— Pourquoi chercher les défauts des gens au lieu d'apprécier leurs qualités ? répliqua Sagamore.

Colombe, embarrassée, avala une bouchée de nouilles. C'était vrai. Ses échecs avaient tendance à occulter à ses yeux les belles choses de sa vie. Pourtant, elle n'en manquait pas. L'amour de ses parents adoptifs. Sa décision toute neuve de se construire enfin. Elle devait apprendre cela aussi : s'appuyer sur ses victoires pour continuer à avancer.

Son expression était devenue songeuse. Sagamore l'observait, étonné de son soudain silence.

— J'ai dit quelque chose… ?

— Non. Je dois juste être un peu stressée par la rentrée.

Elle serra les lèvres, furieuse. Sagamore allait se remémorer l'avertissement de l'inspecteur et elle ne supportait pas de lire ses propres doutes dans les yeux d'un autre. Pour faire diversion, elle porta son verre d'eau à ses lèvres. S'il tentait d'en savoir plus sur sa désastreuse expérience de l'année passée, elle le lui balancerait à la figure. Après tout, ça ne ferait que confirmer la réputation de folle dont on elle jouissait auprès de l'inspecteur.

Mais Sagamore se saisit simplement de la bouteille de vin pour lui en verser une rasade.

— Buvez plutôt ! Rien de tel pour ne pas trop réfléchir.

Il s'en versa un fond et l'avala d'un coup. Et lui, que cherchait-il à oublier ? se demanda Colombe. Un pli barrait son front, ses doigts pianotaient sur la nappe. Il semblait soudain impatient et recommença à consulter la pendule. Il n'était pourtant que treize heures.

— Vous avez déjà assisté à des soirées ici ? reprit Colombe pour dire quelque chose.

Sagamore laissa son regard errer sur les tables, les pots à couverts placées au milieu, les chaises et les bancs dépareillés, les canapés et leurs plaids négligemment jetés sur les accoudoirs, les couvertures empilées près de la porte et les machines à café installées près du bar. Personne n'était entré depuis leur arrivée, pourtant le bistrot donnait l'impression d'être sur le point de s'animer.

— Ça n'en a pas l'air comme ça, mais le soir, c'est bondé de jeunes, de moins jeunes, de chômeurs, de vieux poivrots et d'accros aux gros culs. Les batteurs de cartes se concentrent dans leur coin tandis que la musique joue en sourdine. Vers minuit, on pousse les chaises et les tables pour dégager une scène au milieu de la salle où commencera le jam. Vous voyez cette casquette à pois verts, là-bas ? C'est celle du meneur ou du soliste du moment. Durant la soirée, elle passe d'un musicien à l'autre, d'un chanteur à un poète. L'ambiance est très particulière. Je ne sais pas vraiment comment vous l'expliquer. C'est quelque chose qui vous cueille dès l'entrée, une envie de partager, je crois, un besoin de faire partie de cette chose qui se déroule sous vos yeux. Ici, on ne vous juge pas. Vous pouvez être bon ou pas, vous pouvez posséder un don ou une voix de casserole, vous pouvez avoir fait des conneries ou vous être consacré à soigner les lépreux en Inde, on s'en fout. Vous ne serez ni admiré ni rejeté. Quand vous venez ici, vous pouvez parler, vous pouvez écouter, vous pouvez partager ou simplement prendre, vous êtes libre. La seule interdiction est de juger ce que vous entendez, ce que vous voyez et ceux qui vous entourent. Mais tout cela n'est pas dit. C'est… voyons… ressenti. Oui, c'est ça. Vous allez rire, mais entrer ici, c'est comme entrer dans les ordres. Nous sommes parfois les spectateurs du microcosme qui vit ici certains soirs, parfois les acteurs, mais jamais les juges. Cela a toujours été ainsi, même avant Milo. On dirait que c'est dû à l'atmosphère. L'écoute des anciens moines, leur recueillement se sent plus ici que dans n'importe quel endroit du village. C'est un monde à part…

— Un monde où l'on vous offre le café que vous aimez…

Milo était revenu sans bruit et plaçait une tasse devant elle. Fort. La couleur et le parfum ne trompaient pas. Colombe l'aimait ainsi, si épais qu'une cuillère aurait tenu debout dedans.

— Comment le saviez-vous ? dit-elle en portant la tasse à ses lèvres.

— Moitié curé, moitié devin, répliqua Milo en s'asseyant avec eux. Sag vous a raconté que je rêvais de devenir moine après avoir démissionné de mon dernier emploi ? Mais comme je ne voulais pas renoncer aux femmes, j'ai racheté ce vieux bistrot pour en faire un lieu de perdition. Ça vous plaît ?

Malgré elle, Colombe détailla le short hawaïen et le tee-shirt débraillé tandis que Milo balançait sa sandale du bout du pied. Un moine ? Erreur de casting, oui ! Sagamore heurta légèrement son coude en prenant son verre. Milo cligna de l'œil d'un air presque grivois. Colombe comprit enfin. Ce type la provoquait. Elle rougit, ce qui le ravit. Il se pencha vers elle, jouant de l'œil si clairement que pour un peu, il en aurait louché. À tel point que Colombe se mit à rire. Ce Milo lui faisait l'effet d'un sale gosse facétieux mais désarmant. Oui, ce bistrot et son propriétaire lui plaisaient beaucoup.

— Comment c'était, avant ?

— À l'image de l'ancien propriétaire.

Colombe haussa les sourcils.

— Quelqu'un du village ?

Milo grogna, soupira, finit par se redresser, comme si le jeu ne lui plaisait plus.

— Bon, je suppose que vous finirez par le savoir. Le bistrot a fait faillite il y a plus de vingt ans. Plus personne ne venait. L'ancien proprio a résisté tant qu'il a pu. Une nuit, il a jeté l'éponge. Au propre comme au figuré. Au matin, on a retrouvé son corps dans la rivière. Après ça, le moulin a été abandonné. Dans le genre maudit, vous voyez ? Les murs sont tombés en ruine, les vitres ont été brisées. Quand j'étais jeune, mes parents m'interdisaient de descendre ici. Mais pour nous, les gosses du village, c'était notre cabane, notre antre secret. On s'amusait à y effrayer les plus timides en poussant des hurlements de fantômes. J'y ai connu les plus belles aventures de ma vie d'enfant ! Lorsque je suis revenu, j'ai racheté le moulin pour rouvrir le bistrot. Autant vous dire que la moitié du village n'a pas apprécié. Surtout quand j'ai décidé de l'appeler la Planche à Cul. Vous savez d'où vient ce nom ? Au temps du monastère, on transportait les corps des moines décédés sur le pont de la rivière, leur robe de bure clouée sur une simple planche de bois avant de les enterrer à même la terre du cimetière. Le cul posé sur une planche, pas de cercueil. La mort dans sa nudité. Ils avaient raison, vous savez. Parce que nous finirons tous ainsi, quelle que soit la façon dont nous aurons mené notre vie. Les moines avaient compris que ce qui compte, ce sont les êtres. Les vivants.

Milo s'était penché vers Colombe. Son visage se trouvait à quelques centimètres du sien. Elle distingua quelque chose d'intense dans son regard. Nu, disait-il. C'est ainsi qu'elle se sentait sous ses yeux. Sans vouloir l'admettre, elle avait construit sa vie sur l'abandon d'une morte. Un échec. Si elle voulait avancer enfin, elle devait lever le voile sur sa propre histoire. Ce type qu'elle venait de rencontrer la cernait plus aisément qu'elle-même. C'était déstabilisant et désagréable.

Cela ne dura qu'une seconde. L'ironie frémissait à nouveau sur les lèvres de Milo. Mais Colombe ne s'y trompait plus. Ce garçon était tout sauf un mec sans consistance. Si elle voulait creuser dans la vie du village sans susciter de méfiance, elle devrait faire preuve de tact et de subtilité.

— Il avait une famille, cet ancien propriétaire ? demanda-t-elle.

Ce fut comme si une onde bouleversait le bon agencement du bistrot. Sagamore se mit à fouiller la poche de sa veste en réclamant la note d'une voix trop forte. Milo protesta en rassemblant les assiettes. Non, ce repas était son cadeau de pré-rentrée. Les deux amis discutaient encore quand la porte du bistrot s'ouvrit brusquement.

Tous trois se retournèrent. L'homme resta sur le seuil, hésitant. Son large ciré trempé lui faisait un dos bossu – vraisemblablement un sac à dos. Un bonnet noir de marin tombait bas sur son front. Entre le bord de laine et son col relevé, impossible de voir à quoi il ressemblait. Il semblait attendre une permission pour entrer. Colombe comprit pourquoi en détectant l'odeur de vêtements sales qui flottait autour de lui. Il n'avait pas dû se laver depuis un moment. Milo s'avança, souriant, main tendue vers les tables.

— Bonjour ! Vous voulez manger ? Installez-vous où vous voulez.

L'inconnu fouilla sa poche et en sortit un portefeuille qu'il ouvrit.

— Il me reste dix euros, dit-il. C'est possible de manger chaud pour dix euros ?

Milo le toisa.

— Si vous aimez la soupe de courge et les nouilles chinoises aux légumes, ce sera cinq euros.

Colombe sentit un petit picotement de plaisir au creux de son ventre. Milo aurait pu simplement offrir ce repas, mais cela aurait peut-être froissé l'homme. Il avait du tact. Et du cœur sous ses dehors ironiques. Ce repas coûtait plus que la somme annoncée. L'inconnu hocha la tête avec reconnaissance, se débarrassa de son sac et de son ciré et s'assit à une table près de l'entrée pour ne pas salir la salle. Milo passa derrière le comptoir. On entendit la bouilloire crachoter. Sagamore prit Colombe par le bras et la poussa dehors, sous la pluie battante, en saluant brièvement l'inconnu.

— Eh, attendez ! protesta-t-elle. Milo nous prêtera peut-être un parapluie…

Sagamore se débarrassa de son blouson et le lui posa sur les cheveux.

— Il faudra vous contenter de ça. Je crois que Milo n'a pas vraiment envie de répondre à votre question.

— J'ai dit une bêtise ?

— Vous ne pouviez pas savoir. L'ancien propriétaire… C'était le frère de sa mère. Milo avait sept ou huit ans à cette époque. Les gens disent que son oncle Charles a cherché par tous les moyens à sauver son bistrot. Personne ne l'a aidé. Pas même sa propre sœur. Pourtant, il paraît qu'ils étaient très proches. Quand on a retrouvé le corps de l'oncle sous la roue à aube, ça a déchiré la famille. Éliane, la veuve de Charles, a mis le moulin en vente. Celui qui l'a acheté a tenté de le relever, en vain. Personne ne venait. Il a fini par laisser tomber. Éliane est morte à son tour. Le moulin est resté à l'abandon pendant une bonne quinzaine d'années, puis Milo l'a racheté. Ses parents pensaient qu'il le raserait pour revendre le terrain et réaliser une bonne opération immobilière. Ils ont dû déchanter. Leur fils a démissionné de son poste et s'est mis en tête de faire renaître le bistrot. Ses parents ne le lui ont pas pardonné. Pour eux, c'était de la provocation. Aujourd'hui encore, le sujet reste sensible pour beaucoup. Une partie du village refuse de fréquenter la Planche par solidarité avec ses parents. Jeunes contre vieux, vous voyez le genre. Et Milo s'obstine…

Le ruisseau chantonnait sous la pluie. Ils franchirent le pont en silence. La roue du moulin paraissait tourner imperceptiblement dans le crachin. De longs lichens pendaient des pales, tels des cheveux de noyés. Mais derrière les fenêtres à petits carreaux, la lumière jaune du bistrot perçait tel un phare rassurant.

— Les parents de Milo doivent se sentir terriblement coupables…

Sagamore haussa les épaules.

— Vous ne connaissez pas la vie dans un petit village. Ici, tout le monde se côtoie, s'allie, se dispute, se juge, s'aime et se déteste. Les apparences sont conservées sous une épaisse couche de convenances. Je n'ai pas cherché à m'immiscer dans cette bouillasse. Je ne suis là que depuis l'année dernière et je ne pensais pas revenir cette année.

— Vous le regrettez ?

— Vous avez entendu notre ami philosophe ? Ce qui compte, c'est le jour présent. J'essaie de me faire une raison.

L'amertume perçait dans sa voix. Colombe se tut et le suivit sous le porche. Si Sainte-Croix semblait une prison à son collègue, en ce qui la concernait, ce village représentait une chance. Pour la première fois de sa vie, elle se trouvait à l'endroit où elle avait décidé d'être.

10

J'ai cru qu'il s'adoucirait. Qu'il se donnerait à nouveau le droit d'être fier de moi. Depuis que j'ai onze ans, Père ne me regarde plus en face. Il utilise Mère pour me parler, ou énonce ses ordres d'une voix forte en fixant le vide au-dessus de moi.

— Le bois a besoin d'être coupé.

Ou bien :

— Il faudra s'occuper du panneau de la chambre. Il grince.

J'ai pris l'habitude d'obéir. Père me nie. Il refuse de me considérer comme une partie de sa chair. De la noble famille de samouraïs dont il est issu, je n'ai hérité à ses yeux aucun trait. Au contraire, je l'ai souillée. Pour qu'elle retrouve son honneur, il m'a banni de son cœur

J'en souffre, pourtant je le comprends. J'aurais donné n'importe quoi pour effacer ma faute. Mais, quoi que nous fassions, nous ne pouvons modifier les conséquences de nos actes. Nos regrets sont vains. Tout juste pouvons-nous parfois obtenir le pardon.

Pas dans notre famille. J'avais pensé pouvoir ramener mon père vers moi en m'engageant dans l'armée impériale. Mais lorsque je l'ai vu obstinément tourné vers l'autel de nos ancêtres, me refusant l'aumône d'un mot ou d'un signe, la déception m'a submergé.

Je n'ai rien montré. Je sais que Père n'attendait plus que cela de moi. La seule attitude possible pour ne pas accroître son mépris était de rester digne devant lui.

Devant mon père, ma mère baissait les yeux mais, lorsqu'il quittait la pièce, elle était aux petits soins pour moi. Son amour pour son fils passait avant l'honneur de son époux. De cette faiblesse des femmes, elle avait tiré sa force. Peut-être mon père aurait-il été plus heureux s'il avait pris exemple sur elle, et l'atmosphère de notre maison en eût été moins lourde. Car je voulais croire qu'il m'aimait encore, même s'il ne pouvait pas le montrer. Ma seule présence le faisait souffrir. Ainsi luttait-il plus contre lui-même que contre moi. Ma mère, elle, me choyait. C'est elle qui m'a accompagné à la gare, elle qui m'a glissé quelques provisions entre les mains, elle encore qui m'a serré fort dans ses bras en souriant avec bravoure.

Akio, lui, a pleuré. Il s'accrochait à moi comme une sangsue. À treize ans, il comprenait fort bien ce qui se passait. Il m'a dit à l'oreille :

— C'est à cause de moi que tu pars ?

Je me suis penché vers mon petit frère, j'ai serré contre moi son corps tremblant et je lui ai dit avec toute la conviction dont j'étais capable :

— Non, Akio. Je pars pour te protéger, toi et notre mère, notre famille et notre empereur. C'est mon devoir, tu le sais. Tu apprends cela à l'école, n'est-ce pas ? Nous devons tout faire pour défendre notre pays, comme nos ancêtres l'ont fait avant nous.

Il s'est détaché de moi, fier et droit, a essuyé ses yeux. Mes mots ravivaient son courage.

— Les diables américains ne débarqueront jamais au Japon. Notre armée est plus forte, nos soldats sont plus courageux. Mon maître dit que la guerre sera finie dans quelques semaines. Alors tu reviendras et tout sera à nouveau comme avant.

Non, pas comme avant. Je ne le voulais pas. Je ne l'aurais pas supporté. Je n'avais pas dit à ma mère ni à mon petit frère qu'ils me voyaient sans doute pour la dernière fois. Car j'avais déjà décidé de ne pas rentrer. La guerre devait me rendre l'honneur que mon enfance m'avait ôté. Mais pour cela, je ne devais pas revenir.

Le train s'est mis à rouler. Je m'éloignais de tout ce qui avait été ma vie au rythme régulier des roues sur les rails, serré au milieu des jeunes engagés de mon âge, dans la folle allégresse des hommes qui ne doutent pas de vaincre. Comme eux, je chantais, je criais, je riais. Mais dans le fond de mon âme, je savais que je n'allais à la guerre que dans le but de changer le regard que mon père portait sur moi. Et j'avais honte de mon mensonge, honte de l'admiration que je voyais illuminer le visage des jeunes filles qui m'embrassaient, et je criais plus fort encore pour rassurer ma mère et Akio qui restaient seuls sur le quai.

Cette lueur éclaire aussi les yeux de Tadao. Il croit à la fin rapide de la guerre et à notre victoire écrasante sur l'ennemi. Il en parle sans arrêt, dès que nos instructeurs nous laissent le loisir de reposer nos membres épuisés. Nous discutons des nuits entières tandis que nos compagnons dorment sur les matelas de l'immense dortoir. Par bonheur, nos lits sont voisins. Je ne me suis lié avec personne. Tadao, contrairement à moi, est un garçon très sociable. Son éternelle bonne humeur, malgré la brutalité de nos instructeurs, la puanteur de nos draps et de nos affaires et la qualité médiocre de nos repas, surmonte tous les obstacles. Dès que les hanchos *regagnent leurs chambres et en dépit de sa fatigue, il rit, plaisante avec entrain. Tadao est apprécié. Aimé.*

Moi… je ne sais pas. Je ne m'en inquiète pas. Les autres ne m'intéressent pas. Je n'ai qu'un but dont je ne me suis ouvert qu'à mon ami. Rien de ce que nous font subir les hanchos *ne m'atteint. Au contraire, leurs coups, leurs insultes sont pour moi le meilleur des stimulants. Si je tiens bon dans ce qui semble être un enfer, rien d'autre ne pourra me faire peur. Un autre de nos camarades a failli. On l'a trouvé un matin pendu dans le hangar des avions. Je ne veux pas imaginer la honte qu'il a fait subir à sa famille. Faible, lâche seront des qualificatifs qui accompagneront sa mémoire. Peu importent les souffrances qui l'auront mené à cette extrémité. On ne se rappellera que son incapacité de supporter l'école militaire.*

Je sais à quel point le déshonneur fait mal. Cette souffrance, plus que n'importe quelle douleur, me soutient. Les tourments physiques que nous infligent les hanchos *glissent sur moi comme l'eau sur les plumes blanches du cygne. Ce que je vise est presque à ma portée. Le rêve de toutes les jeunes recrues.*

L'Unité spéciale.

11

— Comment ça, « spécial » ?

Sagamore avait l'expression d'un gamin pris en faute. Ils étaient assis face à face dans la classe bien rangée de Colombe. Le couloir aussi l'était. Effie s'était montrée d'une parfaite efficacité. À leur retour de la Planche, les tables et les étagères entassées dans le couloir avaient disparu. Colombe avait alors répertorié son matériel pendant une bonne heure, puis Sagamore l'avait rejointe, sourire aux lèvres, presque chaleureux. Jusqu'à ce qu'il sorte la liste.

Dix-sept élèves dont dix en petite section. Elle n'avait pas cru en sa chance. Sept élèves seulement pendant la sieste des petits l'après-midi ! Incrédule, elle avait consulté Sagamore du regard… et noté aussitôt son malaise.

— Quoi ? avait-elle attaqué, agressive. Ne tournez pas autour du pot. Je vois bien qu'il y a quelque chose.

Il avait tenté de minimiser la chose. Un enfant autiste. Sans auxiliaire de vie car toutes celles de la circonscription épaulaient déjà trois ou quatre élèves et ne pouvaient en accepter d'autres. Un vertige avait saisi Colombe. Sagamore se voulait rassurant : il continuait à brosser le portrait de cet élève « spécial », mais elle n'écoutait plus.

Simon. Sur la photo du dossier ouvert sur la table, elle avait aussitôt identifié le petit garçon du parking. C'était donc la raison de son étrange comportement : il souffrait d'autisme. Sur le cliché, les grands yeux sombres mangeaient le mince visage encadré de cheveux raides. Des yeux immenses et mouillés, inquisiteurs. Il souriait à l'objectif. C'était un beau petit garçon. Mais, à entendre le résumé de Sagamore, l'ange cachait bien son jeu. Confrontée aux tocs, aux tics et aux crises du petit, l'enseignante de l'année passée avait craqué.

— Il ne faut pas la condamner, assura Sagamore, elle n'était pas du tout à l'aise en maternelle et n'arrivait pas à s'en sortir. Simon n'a été que la goutte d'eau qui a fait déborder le vase. Mais c'est un adorable gamin. Il faut juste le comprendre, entrer dans son monde. Ne pas l'obliger – pas tout de suite – à respecter les règles du nôtre car il ne les comprend pas.

— Vous avez l'air de bien le comprendre, en tout cas. Pourquoi ne le prenez-vous pas dans votre classe ?

— Simon a besoin d'une aide quasi permanente, répliqua Sagamore, un peu gêné. Sans assistante de vie scolaire, c'est Marie-Rose qui devrait s'y coller pour que je puisse m'occuper de mes autres élèves. Ce qui signifie qu'elle ne vous aiderait pas souvent dans votre classe. De plus, Simon serait le seul moyen parmi mes grandes sections. Si nous le laissons avec son groupe d'âge, vous bénéficierez plus souvent de la présence de Marie-Rose.

Colombe se crispa. Elle détectait aisément la vérité sous cette explication foireuse. Il savait. L'inspecteur avait su éveiller sa méfiance envers la dangereuse collègue qui allait sévir à ses côtés. Sagamore s'était donc empressé de mettre en place un dispositif anti-Colombe, qui garantirait la sécurité des élèves. Et Marie-Rose serait sa gardienne. La jeune femme bouillonnait de colère. De plus en plus mal à l'aise, Sagamore jeta un coup d'œil à la pendule. 16 heures. Il hésita puis se leva, rassemblant ses feuilles.

— Je suis désolé, mais… il faut que j'y aille. Ne vous inquiétez pas pour lundi, si vous avez un problème, je m'occuperai de Simon. Et vous pouvez compter sur Marie-Rose. Elle réussit parfois à le calmer quand il s'énerve.

Colombe continuait à lui infliger en silence son regard furieux. Sagamore gagna le couloir, se retourna et lui lança avec un sourire penaud :

— Vous allez vous en sortir, j'en suis sûr.

Évidemment. Colombe demeura immobile tandis que les bottes cloutées cliquetaient dans le couloir. La porte de l'école claqua. Quelques minutes plus tard, le moteur d'une moto pétarada sur la place des Frères. Elle écouta le bruit mourir dans la montagne. L'orage tonnait dans le lointain. Les vieux murs de l'école craquaient. Lugubre. Lorsque les premières gouttes s'écrasèrent contre les vitres, Colombe soupira et se leva.

Elle n'y pouvait rien. La perspective de la rentrée la terrorisait. Que lui aurait conseillé sa psy de l'hôpital ? Ah oui. Dérouler le fil de l'événement redouté. Se raconter l'arrivée des enfants accompagnés de leurs parents, s'imaginer en maîtresse souriante, rassurante. Prévoir la réaction des enfants… Erreur fatale. Elle vit les petits bras accrochés au cou des parents, entendit les pleurs, les chagrins trop bruyants. Son cœur battit plus fort tandis qu'elle tentait de s'imaginer sereine malgré tout. Un cauchemar, oui… Son reflet dans la vitre obscurcie ne la rassurait pas elle-même, alors les petits… Elle se fit les gros yeux, retint un rire nerveux en imaginant que Sagamore revenait à l'improviste et la surprenait en train de grimacer devant la fenêtre. Pour le coup, il aurait raison de douter de sa santé mentale.

Elle sortit de la classe. De l'autre côté de la porte vitrée, le soir pluvieux voilait la place. Il portait bien son nom, ce petit coin de paradis : les Terres Froides. La brume crachotait ses voiles blancs sur la croix de la place. À croire que seuls des fantômes peuplaient ce village. Pour un peu, elle se serait attendue à voir le spectre de Louise flotter au-dessus des pavés. Même les maisons d'en face se tassaient sous la pluie, déjà endormies.

Tiens ! Quelque chose bougeait en bas du perron. Un animal ? Elle colla son nez contre la vitre. Sans s'expliquer pourquoi, elle n'osait pas sortir. C'était idiot, mais ce village semblait si… irréel.

Un choc sur la vitre la fit hurler. Elle recula si vivement que les crochets des portemanteaux s'enfoncèrent dans son dos. Une petite ombre jaillie de la nuit cognait à la porte. Le cœur battant, Colombe se força à fermer la bouche.

Ce n'était qu'un enfant. Aussi vite qu'il lui était monté à la tête, son sang reflua au bout de ses membres. Elle écarquilla les yeux, stupéfaite. Un enfant ! À quoi jouait-il ? On aurait dit un chiot mouillé qui grattait le carreau à petits coups de pattes pour demander à entrer. Il collait son visage contre la porte au point que son nez et ses joues aplaties faisaient une grosse tache informe sur le verre. Colombe secoua la poignée. Zut, cet idiot de Sagamore l'avait fermée à clé et son propre trousseau était quelque part en haut, dans son appartement. Elle ouvrit l'une des fenêtres du couloir et se pencha à l'extérieur.

— Qu'est-ce que tu fais là ? Qu'est-ce que tu veux ?

Elle eut honte de son ton un peu brusque, mais ce petit bonhomme lui avait fait peur. Il décolla son visage de la porte pour se tourner vers elle. Comme le lampadaire de la place projetait sa lumière dans son dos, il lui était impossible de distinguer ses traits mais sa taille ne trompait pas. Cinq ans environ et seul dans le soir. Étrange.

— Où sont tes parents ?

— Effie dit que tu es la maîtresse. Tu as pris mon anorak. C'est pas bien. Tu dois me le rendre.

Les mots comme l'intonation lui causèrent un choc. Bon sang, c'était le petit garçon qu'elle avait failli renverser ! Le fameux Simon. Elle se pencha un peu plus par la fenêtre, interrogeant la place vide du regard.

— Tu es seul ? Où sont tes parents ?

— Tu dois me rendre mon anorak, répéta l'enfant.

Sa voix tremblait. Elle l'observa plus attentivement. Il s'était avancé sous la lumière de l'issue de secours qui nimbait maintenant son visage d'un halo verdâtre. Les traits crispés, il se frottait les bras en geignant à la manière d'un animal, comme si les gouttes de pluie sur son pull le blessaient. Son anorak. Il répétait le mot avec insistance. Des sanglots commençaient même à secouer sa poitrine.

— Attends-moi là, dit Colombe. Je vais le chercher. Tu m'attends, n'est-ce pas ?

Si jamais il lui prenait l'envie de disparaître à nouveau, tout seul dans la nuit…

— Tu me promets de m'attendre ?

L'enfant hocha la tête. Inquiète malgré tout, elle bondit dans l'escalier, courut jusqu'à la porte de son appartement. Lorsqu'elle redescendit et distingua l'ombre de l'enfant sur le seuil, elle poussa un soupir de soulagement. Aussitôt la porte déverrouillée, Simon lui arracha son anorak avec un cri de joie. Colombe ne put s'empêcher de rire. L'enfant s'enveloppait dans le vêtement avec volupté, sans enfiler les manches. Colombe s'agenouilla devant lui, cherchant à capter son regard fixé sur ses mains qu'il frottait maintenant l'une contre l'autre dans un mouvement répétitif et appliqué.

— Je m'appelle Colombe, dit-elle. Et toi, tu es Simon ?

— Colombine aime Pierrot. Elle chante une note pour charmer Pierrot mais Pierrot pense que c'est Moineau. Mais c'est pas Moineau. C'est Colombine. Elle est triste parce que Pierrot pense que c'est un oiseau. Elle est toute seule. Toi aussi tu es triste ?

Colombe ouvrit la bouche. La referma. Que répondre ? Pas d'importance, l'enfant poursuivait son idée.

— Alors tu chantes aussi ? Comme Colombine ?

— Oui, un peu. Je chanterai en classe si tu veux.

— La chanson de Colombine alors. Moi je la connais la chanson de Colombine. Elle est facile. Tu veux que je te la chante ?

Il se mit à fredonner. Colombe l'écoutait, consciente de l'incongruité du tableau qu'ils formaient, elle debout sur le perron de l'école écoutant un enfant chanter au clair d'une lune noyée de brume. On devait le chercher partout. Elle allait le ramener chez lui, mais quelque chose lui disait qu'il ne fallait pas le brusquer.

La bouche fermée, elle se mit à chanter avec lui. Lorsqu'il eut terminé son refrain, elle se releva et lui tendit la main sans le toucher.

— Tu veux bien venir avec moi ? Je te ramène à la maison maintenant.

— Simon ! Je t'avais dit de m'attendre !

Ils sursautèrent. L'enfant se colla contre le mur, tête baissée. Une femme venait de surgir du passage, abritée sous un large parapluie. Elle courut vers eux, attrapa le petit garçon et le serra contre elle. Ses traits fins dessinaient le même ovale que le visage de Simon. Brune, la trentaine, elle évalua Colombe tout en enfilant les manches de l'anorak à l'enfant. Sa mère, sans doute.

— Je suis désolée. Simon ne vous a pas dérangée, j'espère ? Effie m'a dit que vous aviez trouvé son anorak. J'ai promis à mon fils de venir le récupérer demain mais il n'a pas compris qu'il devait attendre. Il n'a pas la notion du temps, pour lui, aujourd'hui, demain, c'est pareil. Vous êtes la nouvelle institutrice, n'est-ce pas ? Excusez-le. C'est tellement compliqué…

Elle levait des yeux humides sur Colombe. Larmes ou pluie ? La jeune femme tenait l'enfant contre elle. Trop près sans doute, car il la repoussa et se précipita vers Colombe.

— C'est pour toi.

De son poing fermé, il frappa le ventre de Colombe. La jeune femme en eut le souffle coupé. Elle toussa et saisit la main de l'enfant pour l'empêcher de recommencer.

— Simon, fais attention ! Tu as fait mal à la maîtresse. Demande pardon.

L'enfant se mit à trembler. Il ouvrit la bouche et, d'un seul coup, lança un gémissement désespéré qui fit frissonner Colombe.

— Mal à la maîtresse ! Méchant Simon !

— Simon, calme-toi !

— Je veux pas me calmer ! Méchant ! Méchant !

Il se frappait la tête de ses poings en répétant ce mot de plus en plus fort. Sa mère voulut lui saisir les mains. Il hurla et se débattit. Elle le saisit à bras-le-corps, le souleva et s'éloigna en lançant à Colombe par-dessus son épaule :

— Je suis désolée, désolée. Merci pour l'anorak…

Interloquée, Colombe les regarda disparaître sous le passage qui menait à la place des Frères. Les cris de Simon résonnèrent un moment, puis s'éteignirent. Seul demeura le bruit de l'eau frappant les pierres du seuil.

Colombe ressentait au plus profond d'elle-même l'infini désespoir de ce petit garçon qui pleurait comme si la terre entière le désavouait. Dans deux jours, elle devrait l'accueillir avec seize autres élèves dans sa classe. Ce n'était pas un gros effectif, mais Simon en valait dix. Comment allait-elle gérer cette situation ?

Elle serra les poings. Sursauta, ouvrit la main. Le petit bonhomme lui avait vraiment donné quelque chose en se jetant sur elle. C'était si petit qu'elle ne s'en était pas aperçue. Mais à présent, la lumière de la porte nimbait d'un halo blafard une minuscule effigie en pâte à modeler durcie, reposant sur sa paume ouverte.

Quel étrange objet ! C'était le torse d'un petit personnage nu de deux centimètres de haut, tendant ses bras filiformes comme pour attraper quelque chose. Sous l'effet de la pluie, la peinture noire de ses cheveux avait débordé sur son visage, mais pas assez pour cacher sur les quelques millimètres de sa face un trou minuscule. Colombe retourna dans sa classe, ouvrit un tiroir du bureau et y dénicha une loupe qu'elle approcha de la figurine. Sous le verre grossissant, les traits ciselés se détachaient mieux. Les yeux n'étaient qu'un trait de la finesse d'un cheveu. Les pommettes larges sur le visage presque plat lui donnaient un air de pleine lune. Mais la bouche surtout frappa Colombe. Un trou ouvert sur un cri. L'expression ne pouvait tromper. Le petit personnage hurlait de terreur. Colombe fut saisie d'une étrange tristesse. Le visage modelé lui évoquait celui de Simon, désespéré et impuissant. Les émotions assaillaient l'enfant tels des milliers de piqûres qui le rendaient fou. Pas étonnant qu'il paraisse effronté et impoli. En réalité, il souffrait.

Colombe fourra le petit personnage dans la poche de son jean et monta dans son appartement. Un peu de rangement lui changerait les idées. Mais la vue de sa valise ouverte sur le tapis de sa chambre la découragea. Elle chercha le carnet de Louise dans le tiroir de sa table de nuit. Les pages se déplièrent sur les caractères fins et élégants. L'auteur de cette calligraphie était sans conteste un artiste. Elle tenta de l'imaginer. Homme ? Femme ? Jeune ? Âgé ? Comment Louise avait-elle acquis cet objet ? Se pouvait-il qu'elle l'ait écrit elle-même ? Qui pouvait assurer qu'elle ne connaissait pas le japonais ? L'un de ses parents était peut-être de cette nationalité.

Colombe caressait la soie douce de la couverture quand tout à coup son ongle se prit dans une fente. Étonnée, elle approcha le carnet de la lampe de chevet. Une rainure presque indécelable adhérait à la couture. Elle l'écarta avec précaution. La soie se décolla sur toute la longueur de la couverture, révélant une poche bien cachée.

Elsa ne l'avait sans doute pas découverte, sinon elle lui en aurait parlé. Colombe alla chercher un cutter dans sa valise. La lame s'introduisit sans difficulté dans la fente. Par bonheur, elle était émoussée et ne risquait pas d'abîmer le tissu. Millimètre par millimètre, Colombe enfonça l'instrument le plus loin qu'elle osa, appuya doucement dessus et, tout en maintenant la pression, retira lentement la lame. Quelques cheveux noirs tombèrent sur la table de nuit.

***

Assise devant le bar de la Planche, Colombe serrait son verre entre ses doigts. Le liquide ambré reflétait la lumière. Dès la porte d'entrée, elle avait été submergée par la musique et les conversations. La salle était pleine de clients assis ou debout, qui dînaient ou buvaient un verre, passaient d'une table à l'autre, se saluaient dans un brouhaha convivial. On aurait dit une fête familiale. C'était vivant, chaleureux. Juste ce dont elle avait besoin pour se vider la tête.

Au milieu de la pièce, un espace avait été dégagé pour installer un vieux tapis à franges multicolores. Milo, une serviette sur l'épaule, deux chopes à la main, avait aperçu Colombe. Il avait planté sa commande devant un couple accoudé au comptoir avant de louvoyer entre les tables pour l'accueillir. Son visage sympathique s'illuminait sous ses cheveux en bataille. Il l'avait prise par le coude et, d'autorité, conduite au coin du bar où elle bénéficiait du meilleur angle de vue sur la salle.

— Ce soir, pas de gros cul, dit-il en la scrutant d'un air critique. Un grog bien costaud fera l'affaire. En attendant, profitez de l'ambiance.

Colombe but une gorgée. Le liquide lui brûla la trachée. Elle se sentait bien. Soudain, à une table entre deux fenêtres, elle reconnut Effie qui lui faisait de grands signes. Ravie de la revoir, elle prit son verre et la rejoignit. La jeune secrétaire l'accueillit avec son déluge de paroles habituel.

— Comme je suis contente de te trouver ici ! Ça ne t'ennuie pas que je te tutoie ? Après tout, nous avons presque le même âge. Je suis passée te chercher à l'école mais tu étais déjà partie. C'était une bonne idée de venir. Ce soir, c'est la première de la saison !

— La première quoi ?

Effie indiqua du menton un groupe qui finissait de pousser des chaises contre le mur.

— Ça ne devrait pas tarder à commencer.

— Mais quoi ?

En guise de réponse, une mélodie partit d'un coin de la salle où s'étaient attablés quelques jeunes gens. L'un d'eux avait posé un violon contre son menton. Les notes fusaient, joyeuses, rapides. Ses amis se mirent à frapper la table en cadence, chantant à pleine voix les paroles d'un air irlandais. D'autres instruments apparurent entre les mains de plusieurs convives. Bientôt, les archets dansèrent sur les cordes, les doigts volèrent sur les manches. Un homme brandissant un accordéon bondit sur une table et se mit à claquer des talons. Deux femmes s'élancèrent dans une gigue endiablée sur le tapis. D'autres les rejoignirent. Bientôt, tout le monde chantait, jouait et tapait des pieds sur un rythme fou.

Colombe se sentait possédée. La musique et l'alcool lui tournaient la tête. Effie l'avait entraînée sur la piste de danse. Milo et Thelma ne cessaient d'apporter des chopes de bière et des gâteaux faits maison. De temps à autre, quelqu'un se levait pour donner un coup de main, chercher un plateau ou servir un verre. Les instruments passaient de main en main.

Les morceaux se succédaient sans pause. La fête semblait devoir durer éternellement.

Des heures plus tard, lui sembla-t-il, Colombe se laissa tomber sur sa chaise. Une bande de jeunes gens déchaînés tournoyait sur le tapis. Autour d'eux, les violons s'emballaient sur un *crescendo* hallucinant. Puis, sur une note aiguë, ils se turent brusquement. Une salve d'applaudissements éclata. Pour la première fois de la soirée, il y eut une accalmie. Plusieurs mains se levèrent pour réclamer à boire. Thelma courait partout. Colombe aperçut un deuxième serveur qu'elle n'avait pas encore remarqué. Grand et brun, vêtu d'un tee-shirt et d'un jean blancs, il se faufilait entre les tables en portant un plateau chargé de bouteilles et de verres. Colombe, surprise, le reconnut.

— Ça te plaît ?

La question de Milo détourna son attention du serveur. Il se glissa à côté d'elle et posa d'autorité deux verres de bière sur le banc. La mousse affleurait le bord. Le liquide avait une belle couleur dorée. Une blonde. La préférée de Colombe. Comment diable cet homme avait-il deviné ?

— Je n'ai rien commandé, objecta-t-elle pourtant.

— Cadeau de la maison, répliqua Milo en souriant.

— Si vous offrez des verres et des repas à tout le monde, vous allez faire faillite.

Merde ! Colombe plongea les lèvres dans son verre pour cacher son embarras. C'était bien d'elle, ce genre de remarque idiote ! Pourquoi ne pas le comparer à son oncle pendant qu'elle y était ? L'avait-elle blessé ? Elle leva discrètement son regard vers lui. Le jeune homme souriait. Soulagée, elle soupira.

— Désolée, j'ai le chic pour dire et faire les choses de travers.

— Effie ne t'a pas dit ? Ici, tout le monde se tutoie. Et ne t'inquiète pas pour moi, ma Planche se porte assez bien pour le moment.

— Au point d'embaucher un deuxième serveur ?

Milo se tourna vers le jeune homme qui lavait des verres au comptoir et se mit à rire.

— À vrai dire, pas à ce point-là. Je n'ai même pas les moyens d'embaucher Thelma, elle n'est là qu'à titre d'extra. En fait, je ne paie pas Kei. Nous avons fait un échange de bons procédés : il m'aide en échange d'un toit et des repas.

— Tu joues souvent les Saint-Bernard ?

— Ça dépend avec qui…

Un violon avait repris une ballade calme et douce. Des voix fredonnaient, bavardaient. Milo observait Colombe avec une intensité qui la troubla. Cet homme ne manquait pas de perspicacité. Ni de charme, d'ailleurs. Mais elle ne tenait pas à s'engager sur cette voie-là. Ce n'était pas le moment de succomber au sourire du premier venu, si avenant soit-il. Elle s'écarta légèrement avant de répondre.

— Il avait vraiment besoin d'un repas chaud à midi. Tu as été super.

— Kei a proposé de faire la vaisselle et de balayer la salle dès qu'il a eu terminé son assiette. C'est un type captivant, tu sais. Figure-toi qu'il a décidé de partir au Japon en avion et de faire le voyage de retour vers Paris à pied et en stop. Ça fait six mois qu'il parcourt les routes d'Europe.

Subitement intéressée, Colombe se tourna vers le serveur. Kei allait et venait entre les tables, débarrassait, lavait, concentré sur ses tâches. Beau gosse, se dit-elle. Carrure robuste, cheveux courts, peau brunie par le soleil, des yeux légèrement en amande… verts ? marron ? Au moindre signe des convives, il accourait, souriant, portant son plateau comme un objet fragile. Colombe fut frappée par sa façon de se mouvoir avec élégance, par son regard attentif qui se posait sur les autres avec l'air de vouloir sonder leur esprit. Comme maintenant.

Elle sursauta. Les yeux de Kei étaient rivés aux siens. Verts, se dit-elle en se détournant, comme si elle avait commis un acte répréhensible.

— Sympa, n'est-ce pas ? Regarde Effie. Elle n'arrête pas de se tortiller devant lui. Les autres filles aussi, d'ailleurs.

L'imaginait-elle ou avait-elle senti dans la voix de Milo une note d'amertume ?

— Un type qui voyage à travers le monde semble toujours plus fascinant que les autres, j'imagine, répliqua-t-elle avec prudence. Tu crois qu'il parle japonais ?

Elle avait tenté de prendre un ton neutre, mais le regard appuyé de Milo lui confirma qu'il avait deviné son intérêt. S'il avait pu soupçonner un seul instant qu'elle se fichait pas mal des muscles de Kei et que seules ses éventuelles connaissances linguistiques l'intéressaient !

— Aucune idée, mais tu pourras le lui demander à l'occasion. Il compte rester quelques jours ici.

L'information lui fit battre le cœur. Elle pourrait montrer à Kei le carnet de Louise. Si seulement il pouvait l'aider à le déchiffrer ! Avec un peu de chance, elle commencerait enfin à lever le voile sur l'histoire de Louise. Et sur la sienne, par la même occasion.

12

Milo poussa un gémissement.

Il ferma le robinet du comptoir, lissa ses cheveux trempés du plat de la main et remua ses orteils sur le carrelage glacial. Marcher nu-pieds, se coiffer avec les doigts, enfiler des jeans troués et des sweats informes. Milo adorait ces fringues, pratiques, confortables, idéales pour un lâcher de testicules jouissif. Oublié le temps où il se serrait les fesses dans un pantalon de costume gris et le cou dans cette corde de pendu nommée cravate. Aujourd'hui, en public ou non, il se fagotait comme il voulait, se fichant totalement des remarques acides des vieux de Sainte-Croix. Provocation, lui reprochaient ses parents. Ils n'avaient pas tort, mais Milo l'assumait. Quand il leur rendait visite, il enfilait un jean juste un peu effrangé et une chemise de bûcheron à grands carreaux bariolés – fallait pas déconner quand même ! Sa mère appréciait rarement ses efforts. Les yeux de Mélanie Tersel relevaient chaque détail vestimentaire offensant son goût, qu'elle considérait comme une référence.

De son goût, Milo s'en foutait. Mais pas du reste. Pas de cette déception qu'il lisait sur son visage. Cette incompréhension, cette colère qu'elle cherchait pourtant à cacher. Parce qu'elle adorait son fils, Milo le savait bien. Mais cet amour se battait contre une rancune tenace. Elle ne lui pardonnait pas d'avoir acheté la Planche, ce bistrot abhorré, ce lieu maudit qui avait tué son frère et détruirait aussi son fils, elle en était certaine. Cette conviction était si bien ancrée dans son esprit que Milo ne cherchait plus à la combattre. Chaque semaine, sa mère passait à l'église pour brûler un cierge censé conjurer le mauvais sort en attendant que son mari persuade enfin son fils de se débarrasser de ce moulin du diable. Milo n'était pas sûr que le Bon Dieu perde son temps à s'occuper d'un mécréant comme lui, mais l'espoir faisait vivre Mélanie, alors…

Il en aurait ri si leur obstination ne lui avait pas tant compliqué la vie. La Planche, c'était chez lui. Sa maison, son travail, son bébé, oui, parfaitement. Cela pouvait sembler ridicule, mais c'était la vérité. Si son bistrot marchait à peu près aujourd'hui, c'était parce qu'il l'avait bichonné, soigné comme un enfant malade ; parce qu'il avait pansé et guéri ses blessures. Il lui avait redonné des forces, l'avait fait grandir en père attentionné. Il l'avait veillé, s'était fait du souci, s'était découragé sans pour autant baisser les bras. On n'abandonnait pas son enfant. Il avait cru en ce bistrot. Aujourd'hui, la moitié du village saluait sa réussite. L'autre moitié, conduite par son propre père, poursuivait la guerre contre lui.

Milo tenait bon. Son travail, la fréquentation du moulin, sa réputation grandissante dans la région justifiaient ses efforts. Et il se sentait plus heureux pieds nus dans un bistrot à servir des gros culs de fausse chartreuse que les fesses calées dans le fauteuil de première classe d'un avion en partance pour la Chine ou les States, en train de se foutre le cerveau en l'air à calculer les fluctuations de la Bourse. C'était moins reluisant aux yeux de ses parents, bien sûr, mais tellement plus épanouissant !

Sauf à cet instant. Les tambours du Bronx se déchaînaient dans sa tête. Milo avala à la hâte deux dolipranes et une gorgée de bière – soigner le mal par le mal –, appuya fermement ses deux mains sur le comptoir et se prépara à subir l'assaut de l'homme qui venait de faire irruption dans la salle.

— À quoi tu joues, Milo ?

— Bonjour, papa. Un café ? Je viens justement d'en faire.

Philippe Tersel, fou de rage, abattit son poing sur le comptoir.

— Je me fous de ton café ! Je veux savoir ce qui t'est passé par la tête hier soir !

— Ce n'était qu'une fête, papa, une simple soirée irlandaise comme la Planche en a déjà proposé des dizaines.

— Et les gendarmes qui ont débarqué au milieu de ta fête, c'était un bonus ?

Milo se gratta le front, un peu embêté. Là, son père n'avait pas tout à fait tort.

— On s'est peut-être un peu laissés embarquer. C'était la première de la saison, tu comprends.

— Non ! hurla son père. Je ne comprends pas comment tu as pu te comporter de la sorte ! Pire qu'un… un ivrogne ! Un pauvre type ! Un…

Milo avala son café d'un coup. Fort, mais pas assez pour émousser ces poignards aiguisés qui lui transperçaient le crâne. Si seulement son père voulait bien baisser la voix ! Mais considérant son état d'esprit, il ne se sentait pas le courage de le lui demander. Il lui fallait un deuxième café, voire un troisième… ou la cafetière entière, tiens. Pas sûr que ce soit suffisant pour raviver sa mémoire.

Milo ne parvenait pas à se souvenir du déroulement de la soirée de la veille. Du moins, à partir du moment où la calme ballade des violons avait laissé la place à un dernier quadrille effréné sur lequel les danseurs survoltés, lui compris, avaient galopé sur la piste, un gros cul à la main.

Après ? Il s'était réveillé sur un banc froid, celui de la cellule de dégrisement de la gendarmerie, avant de se rendormir profondément.

Dire qu'il venait à peine de rentrer ! Un échantillon de jurons virulents fusa de la bouche de son père. Chaque cri réveillait la douleur. Milo se sentait dans la peau d'un boxeur à genoux que son adversaire cognait comme un sourd pour l'achever. Où se cachait l'arbitre ? Thelma n'arriverait que dans une heure. Kei, le nouveau serveur, n'était pas là à son arrivée.

— Tu veux nous faire honte ? Ta mère n'a même pas osé aller au marché ce matin. La moitié du village a assisté à la descente des gendarmes dans ton foutu bistrot ! Je suis le maire de Sainte-Croix, bordel ! Tu ne peux pas…

— Une descente ? Mais ils n'étaient que deux, papa ! Marc et son collègue qui, m'a-t-il dit, se tordait de rire devant ma collection de… Enfin, bref, se reprit-il, ce n'est pas si grave. De toute façon, la fête était sur le point de se terminer et tout le monde est parti sans faire d'histoire. À pied, je te rassure, ou accompagné d'un Sam. Marc a dû écouler tout son stock de ballons pour s'en assurer.

Marc, son copain d'enfance, gendarme aujourd'hui affecté au secteur de Sainte-Croix. Et, par bonheur pour Milo, fidèle adepte du bistrot en dehors de son service. Hier soir, devant la folie heureuse de la Planche, il avait dû cacher une fugitive expression d'envie.

— Et tu imagines que ça va s'arrêter là ? Avec une main-courante longue comme le bras ? Les habitants de Sainte-Croix n'en peuvent plus de ton repaire de minables. C'est une tache sur notre village ! Une nuisance ! Milo, tu ne peux pas continuer ainsi. Tu dois reprendre un vrai travail, à la hauteur de ta formation, avant qu'il ne soit trop tard.

— Trop tard pour quoi ?

— Pour te ressaisir, bon sang ! Tu te vois finir ta vie dans ce bistrot miteux à servir des bières à des types déjà imbibés dès le matin ? Tu mérites mieux que ça !

— Qu'est-ce que tu veux dire ? Mon métier est dégradant ? Merci pour les millions de gens qui se tuent à la tâche dans les bistrots !

— N'essaie pas de déformer mes paroles, je ne méprise pas les gens qui bossent. Je te dis que tu étais fait pour un autre avenir.

— Tu veux dire que « toi », tu étais fait pour avoir un fils travaillant dans l'aéronautique ou la finance ?

— Je sais que tu n'étais pas heureux dans ton ancien travail, mais tu aurais pu changer, trouver…

— Et repartir pour un tour du monde, dans un rythme insensé, à courir après l'argent, les relations et le pouvoir ? À entasser des masses de fric dont je n'aurais pas pu profiter parce que j'aurais été emporté par un infarctus à trente ans ? Mais j'aurais eu une vie de rêve, frénétique, enviable à vos yeux ! Non, papa, j'ai compris à temps. Et je suis heureux maintenant dans ce bistrot, avec mes amis, dans ce village que j'aime. Pourquoi ne pouvez-vous pas l'accepter, maman et toi ?

Dans le regard que son père promenait sur les étagères chargées de livres, les tables et le bar encore couverts des cadavres de bouteilles de la nuit, il lut toute la frustration et la colère du monde.

— Rien ne t'empêchait de monter ton entreprise et de la diriger d'ici !

— C'est exactement ce que j'ai fait avec la Planche à Cul…

— Une vraie entreprise, bordel ! Pas ce… cet endroit !

Il y était. Arrivé à ce point de l'habituelle dispute, le père et le fils se mesuraient toujours du regard, s'efforçant de retenir les mots trop durs, trop définitifs qu'ils avaient envie de crier. La tristesse se répandit sur les traits de Milo. Même si son père ne se rendait au bistrot que pour lui remonter les bretelles comme à un gamin de dix ans qui aurait commis une grosse bêtise, sa mère, elle, n'y posait jamais un orteil. Elle allait jusqu'à refuser de franchir le tunnel qui menait au petit pont. Plus obstinée qu'elle, tu meurs.

— Vous n'avez toujours pas digéré cette histoire, n'est-ce pas ? Pourtant, je suis convaincu qu'oncle Charles aurait été content de voir son bistrot sur les rails.

— Tais-toi ! Tu ne sais pas de quoi tu parles.

— Pourquoi as-tu peur des mots ? se rebiffa Milo. Ce ne sont pas eux qui tuent, c'est le silence ! Si oncle Charles s'était confié à quelqu'un au lieu de se laisser submerger par ses problèmes…

— Assez, Milo !

Le poing de Philippe Tersel s'abattit sur le comptoir, bousculant des bouteilles et des chopes qui s'écrasèrent sur le carrelage. Milo regarda son père avec stupéfaction. Il respirait à grand bruit, mâchoires serrées.

— Tu ne sais rien, tu n'étais qu'un petit garçon. Laisse les morts reposer en paix. Tu offenses leur mémoire et tu blesses ceux qui restent en rouvrant ce bistrot contre l'avis de tous.

— Moi, j'offense… ?

La bouche de Milo s'ouvrit comme celle d'un poisson en apnée.

— Oui, toi ! Tu crois savoir ce qu'est la souffrance parce que tu as subi un peu de stress et de déprime. Laisse-moi rire ! Que sais-tu de la véritable souffrance, celle qui vous détruit de l'intérieur, qui vous convainc que votre vie est une erreur et n'apportera que le malheur autour de vous ? Tu n'es qu'un adolescent attardé, Milo, un sale gosse trop gâté qui a réussi trop vite et trop bien, qui s'est payé le luxe de dédaigner une vie enviable par provocation ! Et tu te permets de juger des gens qui ont éprouvé une douleur dont tu n'as même pas idée, que tu serais incapable de supporter malgré les belles leçons que tu ne te prives pas de donner !

Philippe tremblait si fort que les veines de ses poings crispés saillaient. Milo, stupéfait par cette soudaine violence, répondit plus doucement :

— Ce n'est pas ce que je voulais dire, tu le sais très bien. J'essaie seulement de laisser dormir les souvenirs morbides et de redonner une chance à ce bistrot.

— C'est ce que tu crois ? Que nous nous complaisons dans un passé qu'il vaudrait mieux oublier ? Les blessures ne cicatrisent pas toutes, figure-toi. Certaines s'incrustent dans ta chair à la manière d'un tatouage indélébile qui te rappelle la douleur de l'opération chaque fois que ton regard se pose sur lui. Ce bistrot est pire qu'une blessure pour ta mère. Il lui a pris son frère. Tu devrais le comprendre !

— Ce bistrot est ma vie maintenant, papa !

— Tu pourrais en ouvrir un autre, ailleurs, où tu veux ! Pourquoi ici ? Pourquoi celui-ci ?

— Parce qu'il signifie autre chose pour moi ! s'écria Milo. Quelque chose de beau, de bon, de joyeux ! Tu as oublié quand on fêtait mes anniversaires ici ? L'oncle Charles gonflait des dizaines de ballons qu'il accrochait partout. Mes copains et moi, on s'amusait à les faire claquer d'un coup d'épingle. Le bruit retentissait dans la vallée mais personne ne venait se plaindre parce que tous les gamins étaient invités. Et le soir, oncle Charles et sa serveuse allumaient des lanternes chinoises qui s'élevaient doucement vers le ciel. J'avais l'impression de voir monter les étoiles. Tout le monde venait admirer ces feux. Et le gâteau que confectionnait Louise aurait pu assouvir la gourmandise de tous les enfants de Sainte-Croix… C'était ma soirée, l'oncle faisait tout pour que je me sente le roi de la fête.

Sa voix vacilla. Il respira un grand coup, planta son regard dans celui de son père. Celui-ci le soutint avec rage.

— Il m'aimait beaucoup, poursuivit doucement Milo. C'était mon parrain. Tu te souviens comme il me prenait dans ses bras et fourrait des bonbons dans mes poches à les faire craquer ? Chaque fois que je venais ici, il me gavait de gâteaux et de limonade.

Il soupira et se pencha vers son père, raide en face de lui.

— C'est pour ça aussi que j'ai repris le bar, papa. Pour ces moments de bonheur. Pour les faire renaître un jour.

— C'est donc pour honorer tes souvenirs que tu fais danser des filles saoules sur le comptoir ?

Embêté, Milo caressa son menton pas rasé.

— J'avoue que ce n'était pas tout à fait prévu. Effie…

— Je parle de l'enseignante ! gronda Philippe Tersel. Bel exemple pour ses élèves ! Je peux te promettre que son inspecteur aura de mes nouvelles !

— Tu ne vas pas lui créer des problèmes, quand même ! Cette fille n'est pour rien dans nos histoires. Et je te rappelle qu'elle fait ce qu'elle veut de son temps libre. On n'est plus au XIXe siècle !

Son père ne partageait visiblement pas son avis. Milo se rembrunit. La nouvelle institutrice allait morfler. Par sa faute, en plus. Milo avait versé un peu trop de grogs à Colombe, prenant plaisir à la voir se détendre enfin, baisser sa garde. Quand elle avait sauté sur le bar en compagnie d'Effie qui tenait à lui apprendre un pas de claquettes irlandaises, il les avait encouragées en riant.

— C'est moi qui l'ai saoulée, déclara-t-il. Elle n'a rien à se reprocher.

— Tu ne sais rien d'elle. Elle débarque et sème déjà le bordel le lendemain de son arrivée. Je te conseille de te méfier, Milo. Une fille jeune et jolie qui accepte de s'enterrer dans une vallée perdue et qui reste au village pendant le week-end au lieu de partir s'amuser en ville, c'est louche.

Milo, stupéfait, attendit une suite qui ne vint pas.

— Qu'est-ce que tu veux dire ?

— Rien du tout. Tu n'es qu'un naïf. On te ferait gober n'importe quoi avec un sourire et un joli minois. Mais prends garde ! Et réfléchis à ce que je t'ai dit pour ce... cet endroit.

Philippe était resté debout devant le comptoir en faisant attention à ne rien toucher, comme s'il craignait de se faire contaminer. Sauf lorsqu'il avait cogné le bar de son poing avec hargne. Sans rien ajouter, il se dirigea vers la porte et sortit du café en laissant le battant claquer derrière lui.

La colère avait fait passer le mal de tête de Milo. Comment son père pouvait-il se montrer si injuste ? Sa haine de la Planche ne justifiait pas tout. Milo s'approcha de la porte vitrée. Philippe Tersel descendait les marches. Au bas de l'escalier, il heurta une jeune femme, s'écarta à peine et continua son chemin sans se retourner. Milo reconnut Colombe.

— Ne vous gênez pas ! cria celle-ci, furieuse.

Philippe n'avait même pas eu l'air de s'excuser. Étrange grossièreté pour cet homme si à cheval sur les convenances. Milo sentit l'hésitation de Colombe. Elle regardait la porte de la Planche. Nul doute, elle avait entendu leur altercation : son père hurlait assez fort pour cela. Milo, à travers la vitre de la porte, esquissa un signe pour l'inviter à entrer mais, à son grand désappointement, elle fit demi-tour et pressa le pas en direction de la forêt.

***

Une heure plus tôt, Colombe observait son reflet dans le miroir de sa salle de bain. Mal aux cheveux, humeur de chien et tête de harpie, décréta-t-elle. Elle semblait avoir passé la nuit à se battre contre sa literie. Des stries rouges marquaient ses joues et les cernes qui gonflaient ses paupières lui donnaient l'air d'un boxeur défait. Horreur ! En plus, une rougeur à la base de son nez menaçait de tourner au bouton de fièvre. Elle se jeta sous la douche, ouvrit le robinet à fond… et observa, dépitée, le mince filet (heureusement chaud) qui se déversait sur son corps. Décidément… Morose, elle s'enroula dans sa serviette et se planta à nouveau devant son miroir. Les marques d'oreiller clamaient leur victoire.

Bon, se dit-elle. Tant pis. Au moins, Kei ne penserait pas qu'elle cherchait à le séduire. Il s'était montré gentil mais plutôt distant à l'égard des filles qui lui faisaient des avances à la fête de la nuit précédente. Peut-être était-il en couple ? Elle ne voulait pas lui faire croire qu'elle se jetait à son cou. Elle attendait juste son aide pour lire le carnet de Louise tout en espérant qu'il ne lui demanderait pas trop de détails sur la façon dont l'objet était entré en sa possession.

Lorsqu'elle entra dans la cuisine quelques minutes plus tard, elle se sentait plus en forme. Le jean et le pull court qu'elle avait enfilés mettaient sa taille en valeur sans trop l'allonger. Son anorak abandonné sur une chaise la veille au soir avait goutté sur le carrelage. Soudain, une musique grêle résonna. Elle fouilla le vêtement mouillé à la recherche de son portable. Message d'Elsa.

> Bonjour ma chérie ♥ ♥ ♥, ça me fait bizarre de te savoir installée là-bas, est-ce que l'école et l'appartement sont toujours aussi décrépits ?

Colombe grimaça. Du Elsa tout craché : cacher son besoin de savoir sous des questions futiles. Ses doigts virevoltèrent sur l'écran.

> L'appartement, oui. La classe, non. C'est tout neuf et joli. T'inquiète pas.

Elle imaginait Elsa, laborieuse sur son portable, choisissant avec soin chaque mot pour ne pas la heurter. Ce qui avait le don de l'agacer. Aussi éclata-t-elle de rire en lisant la réponse de sa mère.

Un point à chaque phrase = tu m'énerves, lâche-moi la grappe ☺ C'est bien ça ?
Exactement ☺ tu apprends vite, c'est bien ☺
D'accord, alors passe une bonne journée ♥ ☺

Colombe souriait encore en fermant la porte de l'école. Elsa, malgré ses inquiétudes, parvenait parfois à glisser dans la conversation un trait d'humour qui désamorçait la mauvaise humeur de sa fille.

Sur le seuil, elle prit une profonde inspiration. La rosée perlait sur les branches des sapins et, sur la place, la croix luisait d'humidité. La veille, le village s'assoupissait dans le silence, mais aujourd'hui, un brouhaha de moteurs, de voix et d'appels résonnait de l'autre côté du passage voûté. Colombe se souvint. Chaque samedi, un marché s'installait sur la place des Frères, devant la mairie. Une bonne occasion de mener discrètement son enquête sur Louise, avait-elle pensé. Mais, pour l'instant, la Planche l'attendait.

La rivière coulait presque en silence. Colombe traversa le pont en suivant le parapet des doigts. Elle devina dans le brouillard la masse sombre du moulin et se dirigea vers la lumière de l'entrée, tel un voyageur suivant l'étoile polaire. Des éclats de voix fusaient d'une fenêtre ouverte. Elle s'arrêta en bas des marches.

Colombe ne voulait pas écouter, mais comment faire autrement ? Le bruit de la dispute résonnait dans le silence du vallon. Soudain, la porte du bistrot claqua, un homme en sortit. Il la bouscula en descendant les marches, ralentit à peine pour lui jeter un grognement d'excuse et se dirigea vers les remparts.

Colombe regarda le bistrot. La silhouette de Milo se dessinait à contre-jour dans l'encadrement de la porte. Elle vit son geste, mais, lâchant la rampe de fer forgé, elle se détourna et se précipita vers la forêt. Elle ne voulait pas donner l'impression de fuir, mais elle n'aurait pas pu parler à Milo, pas après avoir entendu son père médire d'elle avec cet aplomb.

— Le salaud ! Il ne me connaît même pas !

Ce petit notable d'un village paumé se glorifiait de sa minuscule position pour jouer au despote ! Le sang pulsait à ses tempes. La veille, elle s'était sentie si bien dans la chaleur et la musique, au milieu de ces gens heureux… Bien sûr, elle avait un peu trop bu, et alors ? De quel droit le père de Milo la jugeait-il ? Ce type comptait lui pourrir la vie, mais elle ne se laisserait pas intimider. Qui parvenait à échapper à la sollicitude étouffante d'une Elsa Delgrieux ne pouvait pas se laisser impressionner par un maire malveillant.

Sans y songer, elle avait pénétré dans le cimetière. Elle alla s'agenouiller devant la tombe de Louise et, machinalement, se mit à la désherber. Peu à peu, sa tension s'apaisa. Elle s'essuya le visage et s'assit sur ses talons.

En réalité, le cimetière entier aurait mérité un sérieux coup de binette. Depuis combien de temps n'était-il pas entretenu ? Les croix de pierre ruisselaient de mousses filandreuses. Celle de Louise supportait un réseau de lierre et de ronces profondément enracinées. Colombe en fut attristée. Lors d'une promenade au cimetière du Père-Lachaise, elle avait été séduite par les arbres noueux qui s'extirpaient des souvenirs des corps enterrés, comme un triomphe de la vie sur la mort. Elle aurait aimé qu'un sycomore ou un néflier aux fruits jaune doré pousse sur la tombe de Louise. Au lieu de cela, la pauvre serveuse n'avait droit qu'à des épines, des feuilles fanées et une vieille tasse de porcelaine brisée.

Même dans un si petit village, les gens ne respectent rien, ragea-t-elle. Quelle idée de venir pique-niquer dans un cimetière ! Ces intrus auraient dû au moins avoir la décence de ramasser leurs détritus… Elle avançait la main vers la tasse lorsqu'elle s'arrêta, intriguée.

C'était si minuscule qu'elle avait failli ne rien voir. La tasse qu'elle avait effleurée oscilla avant de reprendre sa place initiale devant une tache d'eau trouble. Au bord de la fine pellicule liquide qui coulait du récipient, une couche de sable noir était piquetée de brindilles d'à peine quelques millimètres de haut. Colombe s'accroupit pour mieux voir. Abasourdie, elle retint son souffle.

C'était une scène miniature. La tasse couverte de terre et de feuilles mortes figurait une grotte d'où coulait une minuscule rivière. Le mince filet d'eau s'élargissait en un bassin sur les rives duquel poussaient des roseaux représentés par des brindilles lilliputiennes.

Elle s'approcha encore. Une figurine de quelques centimètres de haut se tenait au bord du bassin. À genoux dans le sable, le personnage tendait les bras vers l'eau. Son visage minutieusement ciselé exprimait un désespoir sans fond.

Colombe se redressa. Elle fouilla la poche de son jean, déplia ses doigts. Sur sa paume, la figurine aux jambes tronquées que lui avait offerte Simon levait les bras d'un air épouvanté. Elle la posa avec précaution au milieu de la flaque, face au petit bonhomme de la plage, sachant avec certitude que là était sa place. La scène alors prit tout son sens.

« Il appelle à l'aide, comprit Colombe, sidérée. Cet enfant est en train de se noyer. »

13

— Kiyoshi, nous avons réussi !

Tadao me tape dans le dos avec une exubérance folle. Il ne tient plus en place, me secoue, crie. Je ne peux pas y croire. Il faut que je lise mon nom sur la liste d'affectation affichée sur la porte du commandant. Les recrues forment là un groupe compact. Certains s'éloignent, le dos voûté, abattus, incapables de supporter la joie qui éclate chez les autres. Enfin, je réussis à m'approcher. Le cœur battant, je déchiffre mon nom. Anaka Kiyoshi, école des pilotes de chasse.

C'est vrai !

Autour de moi, mes camarades exultent. Nous allons enfin nous battre, nous infléchirons le cours de la guerre vers la victoire de notre empire et la destruction totale de nos adversaires. Nous deviendrons les samouraïs du ciel !

Je partage le bonheur de mes camarades à un point qu'ils ne soupçonnent pas. Enfin je vais obtenir ce titre qu'un acte commis dans mon enfance m'a refusé. Mon père, peut-être, me verra d'un œil différent. Je n'attends rien d'autre de lui. L'absolution n'appartient pas à son système de pensée. Ni au mien. La faute qui entache ma vie est irréparable. Mais en remplissant mon devoir jusqu'au bout, en prouvant ma fidélité à ma patrie, j'espère atténuer un peu la honte de mon père. Cette école ne constitue que la première étape du chemin que je me suis tracé. Je dois devenir un pilote d'élite. Être le meilleur.

C'est cependant ce soir-là que j'entends pour la première fois des mots qui vont éveiller en moi un malaise diffus. Devant les étudiants-soldats réunis, le commandant prononce un discours étonnant. C'est un homme exceptionnel qui jouit de l'estime générale. Mais sa déclaration n'est pas celle à laquelle nous nous attendions.

— Le Japon subit un harcèlement sans précédent, conclut-il après nous avoir félicités. La situation se complique. Notre bien-aimé empereur compte sur vous, dignes fils du Ciel, pour offrir vos vies à notre cause.

La mort ne m'inquiète pas. Mais en sommes-nous réduits à une telle extrémité qu'un haut commandant de l'armée nippone puisse exprimer ses inquiétudes en public ? Nous avons été coupés du monde pendant nos classes, les nouvelles extérieures n'ont pas franchi les portes de nos baraquements. Nous découvrons qu'elles ne sont pas bonnes. L'armée américaine campe à quelques encablures de nos rivages, puissante de milliers d'avions, de cuirassés et d'hommes. Nos ennemis sont des pleutres qui préfèrent la captivité à une mort glorieuse ; il n'en demeure pas moins qu'ils sont nombreux et pilotent des appareils plus performants que les nôtres. Malgré cela, nous sommes convaincus que nous les vaincrons. Il suffit de contre-attaquer.

Mais l'ordre ne vient pas. La seule réponse a été la mise en place de l'Unité spéciale des kamikazes qui m'offre l'unique occasion de me racheter.

Durant notre entraînement, nous étudions la pratique du vol suicide. Je m'y montre tout de suite excellent car, contrairement à mes camarades, je n'ai pas peur. Qui craint la mort est soumis à l'effroi et meurt deux fois. En ce qui me concerne, la mort m'accompagne en secret depuis des années. Je joue avec elle quand, du haut des nuages, je pousse le manche à balai pour virer et piquer à fond vers la terre. Nous redressons nos appareils au dernier moment, à vingt mètres du terrain. Il ne me faut que deux essais pour obtenir ce résultat alors que les autres apprentis-pilotes se battront contre leur appréhension des jours durant.

Yeux ouverts, yeux fermés, compter jusqu'à vingt avant de dégager et reprendre l'horizontale. Je deviens maître dans l'art du vol suicide, suscitant l'admiration de Tadao.

— Tu n'as donc peur de rien ?

— Si, j'ai peur de la peur.

Ma réponse peut sembler vaniteuse, mais elle est vraie. Rien ne peut m'effrayer plus que l'idée de revivre la terreur qui m'a détruit il y a neuf ans.

Tadao aussi progresse. S'il s'est montré peu à l'aise au début, il est reconnu à présent comme l'un des meilleurs élèves. Non parce qu'il apprivoise sa frayeur, mais plutôt parce que, comme les autres, il ne peut concevoir de mourir. Il sait pourtant qu'il apprend à lancer son avion sur une cible en vue, un jour prochain, d'entraîner avec lui dans le néant autant d'ennemis que possible. Mais cette fin n'est pas pour lui, ni pour ses amis. Il nous voit, lui et moi, immortels.

Les premiers avions kamikazes ont été lancés il y a quelques semaines contre quatre porte-avions ennemis au large des îles Philippines. La nouvelle a fait le tour du pays, ranimant l'optimisme dans la population épuisée par les bombardements américains. Nous, les nouveaux samouraïs, donnerons notre vie avec tant d'abnégation et de courage que l'issue de la guerre n'éveille aucun doute. Nous écraserons les diables américains.

L'aura de ces premiers héros s'étend sur nous. Quel que soit le lieu où nous nous rendons, nous sommes honorés et fêtés. Parfois, pourtant, un sceptique murmure ses doutes. Combien de kamikazes seront nécessaires pour repousser les Américains ? Trois cents, comme le prétend le colonel Okamura, dans le cerveau duquel a germé l'idée de l'Unité spéciale ?

— *Chaque jour les Alliés deviennent plus forts, plus nombreux. Leurs avions sèment la destruction sur notre pays. Leurs bateaux se rapprochent de nos plages. Combien de leurs cuirassés aurons-nous le temps de détruire avant qu'ils abordent ?*

Nous refusons d'écouter ces orateurs de malheur. Furieux, nous les accablons de reproches. Tadao est le plus enragé. Chaque pilote mort doit être vengé. Il en va de notre honneur, de notre gloire par-dessus tout. Par-dessus la vie elle-même.

Les clients du restaurant où nous avons coutume de prendre nos repas partagent notre foi. La patronne, que nous appelons mère Akiko, se plie en quatre pour satisfaire nos estomacs, nos besoins de musique, de jeu. Nos besoins plus intimes, aussi.

Les serveuses, des lycéennes pour la plupart, s'efforcent de nous faire oublier pour un soir la brièveté de notre vie. Elles sourient, dansent parfois pour nous, nous régalent de leur fraîcheur et de leur beauté. Leur présence nous rappelle la raison pour laquelle nous nous battons. Tadao ne manque pas une occasion d'inviter l'une ou l'autre à partager un thé. Elles acceptent toujours, trop heureuses de lui offrir ce petit plaisir. Je sais que certaines d'entre elles ne refusent pas de donner plus encore, en particulier à ceux d'entre nous qui fêtent leur dernière soirée.

— *Il est bon d'être un héros, m'a confié Tadao, cela console par avance de tous les déboires qui pourraient m'arriver jusqu'au jour de ma mort. Pourquoi n'en profites-tu pas, Kiyoshi ? On dirait que tout ce qui fait la vie t'a abandonné avant ton heure. Il n'est pas interdit d'être heureux avant la fin, sais-tu ?*

Cher Tadao, si sensible qu'il m'a cerné sans le savoir. Les doutes qui me tourmentent ne l'effleurent pas. Sa naïveté juvénile se mêle à la maturité du soldat qui vole avec la mort. L'enfant joue à l'adulte. Sa belle humeur et son insouciance plaisent beaucoup aux jeunes filles du restaurant de Sato Akiko. Mais lui n'a d'yeux que pour Komiko, qui étudie au lycée de la ville voisine et sert le soir chez Akiko. Ils s'observent, nous à table, elle dans son kimono brodé, disposant les bols devant nous avec un peu trop de soin. Elle a remarqué ce beau pilote si gentil, le plus jeune d'entre nous. Lui admire sa grâce et sa retenue parmi ces soldats qui oublient souvent leurs bonnes manières. Un soir, il lui a glissé en cachette une feuille de papier de riz roulé. Elle s'est réfugiée dehors pour la dérouler sans être dérangée. Tadao avait esquissé, de la pointe de son pinceau, un magnifique portrait d'elle, assise au pied du mont Fuji, respirant le parfum d'une fleur de cerisier. Ses propres traits sur le visage de Kono-banasakuya-hime, la princesse qui fait fleurir les arbres. Quand elle est rentrée, Komiko semblait émue.

C'est ainsi que leur histoire a commencé, avec l'ardeur que nous mettons aujourd'hui à saisir la moindre parcelle de bonheur.

14

— Elle est partie ? Sans explication ? demanda Milo.

Sagamore grimaça en avalant d'un coup sec son gros cul. L'alcool lui brûla la gorge ; il toussa. Au bout du troisième verre, il commençait enfin à se sentir léger. Il fallait reconnaître ça au tord-boyaux de Milo, deux verres suffisaient à vous abattre un homme, alors trois ! Mais Sagamore tenait bien l'alcool. S'il l'avait voulu, il aurait même pu remonter sur sa moto et partir rouler des heures, au hasard. Il n'aurait jamais commis cette folie avec son taux d'alcoolémie, mais Zélie l'aurait adorée. Dans ce simple constat résidait l'explication de son départ. Sagamore trouvait stupide de transgresser des règles qui les protégeaient du danger, Zélie recherchait dans la contestation l'étincelle qui faisait courir son sang plus vite dans ses veines et dynamisait son existence : ce n'était pas étonnant si leurs deux conceptions de l'aventure ne pouvaient se rejoindre.

— Elle a collé un post-it sur mes bottes de moto.

— Qui disait ?

— *Teste plutôt les pantoufles, c'est un truc de ouf...*

— Marrante, ton ex...

Sagamore se versa un quatrième verre. Il avait déboulé dans la salle de la Planche une heure plus tôt, avait jeté son casque sur une des grosses bobines qui tenaient lieu de table et avait consciencieusement commencé à se saouler sous l'œil critique de Milo. Plutôt cinglante, Zélie, en effet. Ces derniers jours avaient été mouvementés, mais il ne s'était pas douté qu'elle le quitterait si brutalement. La veille, lorsqu'il était rentré après sa journée d'école, il n'était aperçu qu'elle s'était tout simplement volatilisée. Elle avait vidé sa penderie, son étagère à chaussures et enlevé les produits de toilette qui encombraient la salle de bains. Il était plaqué au bout d'un an de relation. Sur le coup, il avait eu mal, très mal. Puis le chagrin avait laissé place à la colère. Il avait tapé sur les murs, débouché une bouteille et s'était écroulé, ivre mort, sur son lit. Au réveil, ce matin, le chagrin était revenu. Alors, pour fuir la couette froide de l'absence de Zélie, sa tasse abandonnée sur le bar de la cuisine, son casque oublié sur le sol de l'entrée, il avait enfourché sa moto et avait roulé comme un fou jusqu'à Sainte-Croix.

— Je crois que tu as assez bu.

Milo lui retira son verre des mains. Sagamore grogna une molle protestation. Sa vision commençait à devenir floue. La chartreuse ou ses yeux qui se mouillaient ? Zélie ne méritait pas ses larmes.

— Quel trône aurait-elle choisi, à ton avis ?

— Hein ?

Milo, souriant, versa le liquide vert émeraude dans l'évier. Il n'avait pas l'air touché outre mesure par l'état lamentable de son ami.

— Elle n'aurait même pas posé un orteil dans ta cambuse, grommela Sagamore. Trop bobo pour elle.

— Alors c'est l'occasion de lui imposer une place. Choisis pour elle.

— Je croyais que tu n'acceptais que tes potes.

— Les ex de mes potes aussi. C'est thérapeutique.

Sagamore renifla. Il n'avait pas envie de jouer. Et surtout pas d'obtempérer aux lubies stupides de Milo. Mais celui-ci l'obligea à se redresser, lui fourra le verre dans la main et le poussa en direction du fameux cabinet. Sagamore se retrouva face aux trônes miniatures, avec une brusque envie de vomir. Il dut se retenir au mur pour ne pas tomber. Son reflet déformé par les flancs rebondis d'une grosse cuvette blanche lui fit pitié. Cheveux longs, anneau, chaînes et cuir clouté, son image de rebelle avait séduit Zélie… Mais sous ses airs d'insoumis, il n'était qu'un mouton. S'il avait eu du courage, ils seraient partis tous les deux, auraient vécu du peu nécessaire à deux amoureux libres. Soudain, Sagamore ne put supporter son image. Il tendit la main pour tourner la cuvette blanche, la heurta, voulut la rattraper, la manqua. Le trône explosa sur le sol. Hébété, il contempla les débris.

— Ça va ? fit la voix inquiète de Milo.

Oui, ça allait. Il se sentait mieux. Il rassembla les éclats, les déposa à la place vide sur l'étagère. Puis il planta le verre au cul rebondi sur le sommet du petit tas et sortit du cabinet.

— J'ai deviné, annonça Milo qui essuyait des couverts derrière son comptoir.

— Évidemment, avec le bruit.

— Ça n'enlève rien au symbole. Cul sexy sur chiottes brisées égale…

— Psychologie de merde.

Amusé, Milo secoua la tête, reposa sa serviette et prit sa veste sur un dossier de chaise. Il en sortit un trousseau qu'il lança à son ami.

— La petite clé ouvre mon appart. Tire bien la porte en tournant, sinon ça coince. Tu arriveras à monter les escaliers tout seul ? Ne me regarde pas comme ça, tu ne vas pas conduire ta moto avec la dose d'alcool que tu as ingurgitée. Il y a un matelas dans une des chambres du haut et une couette dans l'armoire. Installe-toi et dors.

— Je ne veux pas te déranger. Je peux décuver ici…

— Pas question ! se récria Milo, horrifié. La tête de mon père s'il trouvait l'instituteur complètement imbibé dans le bistrot de son fils ! Ce serait le coup de grâce après l'histoire d'hier soir.

Malgré les vapeurs de l'alcool, Sagamore tiqua.

— Quelle histoire ?

— Rien de grave, éluda Milo en enfilant sa veste. Une fête un peu bruyante. Mon paternel n'a pas encore admis la résurrection de la Planche. Au fait… Tu la connais bien, ta collègue ?

Sagamore haussa les épaules, agacé à l'évocation de celle qu'il considérait comme un boulet.

— Je l'ai rencontrée hier pour la première fois. Pourquoi ?

— Pour rien. Ça ne doit pas être facile pour elle de se retrouver étrangère dans un petit village où tout le monde se connaît.

Et pour lui, ça avait été facile, peut-être ? Sagamore comprenait mal pourquoi cette fille suscitait tant d'intérêt. L'inspecteur d'abord, puis Marie-Rose. Il avait bien noté l'infime hésitation de l'aide maternelle lorsqu'il l'avait présentée. Et maintenant Milo.

Il avait saisi un sac en plastique derrière son comptoir et poussait fermement Sagamore vers la sortie.

— Tu vas dormir, compris ? J'ai un rendez-vous important mais je passerai tout à l'heure pour m'assurer que tu ne t'es pas vautré sur les marches.

— T'inquiète…

Milo s'était aménagé un appartement au premier étage du moulin. On y accédait par un escalier extérieur, à l'arrière du bâtiment. Sagamore sentit le regard du jeune homme surveiller ses pas chancelants jusqu'à ce qu'il tourne le coin. Il soupira. Il devait bien reconnaître qu'il n'était pas juste avec ce village. S'il lui avait volé Zélie, il lui avait tout de même offert l'amitié de Milo.

***

Colombe avait ouvert la fenêtre pour aérer le couloir. Milo, sans gêne, passa la main par l'ouverture et ouvrit la porte d'entrée. Super ! songea Colombe. Pour le plan Vigipirate, on repassera.

— Cadeau ! annonça-t-il en lui tendant le sac. Pour me faire pardonner.

— De quoi ?

Elle s'attendait à l'entendre s'excuser pour ce verre de trop qui avait effacé de sa mémoire une bonne partie de ses actes de la veille. Ce qui valait mieux d'ailleurs, si elle considérait que ce dont elle se souvenait, une danse debout sur le comptoir, faisait monter à ses joues une chaleur embarrassante.

— De l'attitude de mon père.

Gagné ! Cette fois elle rougissait carrément. Colombe se pencha sur un jeu qu'elle était en train de trier, comptant inutilement les pions avant de les jeter dans la boîte. Milo la fixait en souriant. Il s'était installé sur une table, les chaises trop petites lui inspirant une méfiance compréhensible. La classe avait changé d'aspect depuis la veille. Colombe avait accroché un vieux rideau de dentelle au-dessus du coin bibliothèque, ce qui lui donnait l'air d'une tente féerique, et elle avait fouillé le placard de son appartement pour fournir la petite cuisine en véritable vaisselle, saladier et couverts.

— Tu ne m'avais pas dit que ton père était le maire du village, attaqua Colombe.

— Ça aurait changé quelque chose ?

Comment pouvait-il en douter ? En tant qu'institutrice de la commune, elle se serait conduite avec plus de mesure devant le fils du maire. Outre la danse débridée sur le comptoir de la Planche, elle craignait fort de s'être donnée en spectacle devant des gens qu'elle allait côtoyer toute l'année. Bravo pour la prise de contact !

— Tu te sentais bien à la Planche, hier. Pourquoi le regretter ?

— Parce que je suis institutrice et que je dois montrer l'exemple.

— Rassure-toi, aucun de tes petits élèves ne saura jamais que tu as joué au baiser irlandais dans mon bistrot. Croix de bois, croix de fer, je garderai ton secret.

— Quoi ? Oh mon Dieu…

Atterrée, elle se frottait les lèvres comme pour effacer un rouge à lèvres inexistant. Milo se mit à rire.

— Ne t'en fais pas, Effie t'a ramenée chez toi, débarbouillée, déshabillée et couchée avant l'arrivée des gendarmes. Ce qui reste de ton honneur est sauf.

Colombe enfouit son visage dans ses mains. C'était la catastrophe ! Des parents d'élèves l'avaient peut-être vue dans cet état… Cette espèce de vampire de Sagamore ne se priverait pas de la narguer avec son insupportable air de supériorité qui criait « Je l'avais bien dit ! ». Elle ferait mieux de retourner en ville prendre un poste à sa mesure.

— Arrête, Colombe, tu accordes aux gens un pouvoir sur toi qu'ils n'ont pas.

— Ton père peut me saboter mon année…

Elle hésita. Milo possédait un don pour l'écoute qui la rassurait. Elle avait envie de lui révéler ses doutes, ses craintes. Plus peut-être. Il pouvait devenir son allié au village. Elle le regarda sortir du sac une tarte encore chaude. Le fumet lui monta aux narines. Soudain, elle se sentit affamée. Et bizarrement beaucoup mieux.

— Pesto, courgettes et féta. Faite de ce matin. Et mon père n'est pas le dieu du village. Juste un mec comme les autres qui se bat contre ses peurs et commet des erreurs. Et, comme tout le monde, il a besoin de temps pour les surmonter.

— Tu m'as l'air un peu jeune pour parler comme un vieux sage, marmonna-t-elle en mâchant une bouchée de quiche. Comment en es-tu arrivé là ?

— L'expérience, ma chère. Une vie de dingue, une prise de conscience et un virage à cent quatre-vingts degrés. Maintenant, je suis presque heureux.

— Presque ?

Milo avait gagné la fenêtre qui donnait sur la cour de récréation en contrebas. En face de l'école, la montagne rousse flamboyait sous le soleil de midi. Au-dessus, l'azur profond, immaculé. Un rapace planait, épinglé au ciel comme sur un tableau.

— Je me bats aussi contre mes monstres. Mais j'essaie de les considérer pour ce qu'ils sont. Insignifiants à l'échelle de l'univers. Regarde ces montagnes. Elles se fichent pas mal de nous et existeront même après notre disparition.

— Alors à quoi sert de nous démener si nos vies ne sont que des chiures de mouche sur la terre ?

— Attention, je ne parle que de moi. Je ne juge personne. Et, justement, j'ai conscience de représenter si peu que je veux me battre pour marquer mon passage, même si ce n'est qu'un coup d'ongle sur la mémoire de quelqu'un. Tu connais l'histoire du colibri qui tentait d'éteindre un incendie en transportant quelques gouttes dans son bec ? Même si ça semblait inutile, il faisait sa part. Peut-être l'un de mes actes, si minime soit-il, pourra-t-il changer en mieux l'existence de quelqu'un, aujourd'hui ou dans le futur. En tous cas, ça m'aide d'y penser.

— D'où la Planche ?

— D'où la Planche, confirma Milo en riant. J'ai envie de lui rendre sa vocation d'origine. Un remonte-moral.

— Tu as réussi.

Colombe perçut le plaisir qu'il retirait de son compliment. Elle prit le pain encore tiède, en arracha un morceau et le trempa dans le pot de confiture de tomates vertes que Milo avait décapsulé.

— Une tuerie ! déclara-t-elle. C'est une tradition des cuisiniers de la Planche de tout confectionner eux-mêmes ?

Milo revint s'asseoir près d'elle et se pencha pour se servir à son tour en confiture. Sa peau dégageait un discret effluve d'après-rasage, très agréable. Colombe sourit. Milo s'était pomponné avant de venir. Sweat couleur brique sur jean gris clair et chaussures de marche. Il était déroutant, amusant… et séduisant.

— Sagamore t'a raconté que le premier propriétaire de la Planche était mon oncle, je suppose ? J'étais très jeune à sa mort, mais je me souviens des tartes et des gâteaux qu'il cuisinait. Dignes des grands pâtissiers. Mon oncle était aussi mon parrain et m'adorait. Pour mon anniversaire, il confectionnait toujours des tas de friandises que les gosses du village dévoraient. Ce jour-là, la Planche était interdite aux adultes. Oncle Charles organisait des jeux de fous et Louise la serveuse nous bourrait de bonbons. Ma tante n'était pas comme lui. Je crois qu'elle était souvent malade et qu'ils ne pouvaient pas avoir d'enfant. La Planche a été vendue après le drame, mais ce n'était plus pareil. Le nouveau propriétaire n'a pas réussi à la hisser à la hauteur de ce qu'elle avait été. Il a tenté de la revendre, mais personne n'en a voulu. Alors il a fermé et l'a laissée à l'abandon pendant des années. Elle a affreusement manqué à ses habitués, adultes et enfants compris. C'était une seconde maison et un terrain de jeux hors pair.

— C'est dommage que Louise n'ait pas repris l'affaire après la mort de ton oncle. Elle qui connaissait l'âme du lieu aurait pu la faire perdurer.

— Hélas, elle était décédée dans un accident juste avant Charles. Sa mort a été le premier drame de la Planche. Elle avait un bébé qui a été adopté car elle n'avait plus de famille. J'étais très jeune, les adultes m'ont tenu à l'écart de tout cela.

Ce que je sais, je l'ai appris il y a quatre ans, quand j'ai racheté la Planche. Après la mort de Louise, les choses ont changé. Les gens venaient moins, et puis plus du tout. Comme si elle avait emporté la joie de vivre de la maison. Mon oncle n'a pas pu redresser la barre. On l'a retrouvé mort quelques mois après la disparition de sa serveuse.

— C'est triste…

— Oncle Charles n'était pas quelqu'un de triste avant la mort de Louise, protesta Milo. Avec nous, il riait toujours. Louise aussi. Enfin, sauf une fois… Je me souviens peu d'elle, mais cette scène, je ne l'ai pas oubliée. C'était la veille de mon sixième anniversaire. Je descendais à la Planche pour aider mon oncle à gonfler les ballons pour la fête. La porte du bistrot était fermée, alors j'ai contourné le moulin en appelant. Personne n'a répondu. Et puis, dans le pré derrière, j'ai aperçu Louise agenouillée dans l'herbe en train de sangloter. Mon oncle essayait de la relever, mais elle se défendait. Soudain, il m'a aperçu. Il a laissé Louise, est venu vers moi et m'a ramené au bistrot en m'expliquant que Louise était triste car elle devait partir. Lorsqu'elle nous a rejoints un peu plus tard, elle souriait comme d'habitude. Elle n'a rien dit.

— Pourquoi pleurait elle ? Tu l'as su finalement ?

— Je pense que mon oncle avait déjà des problèmes financiers. Il avait dû informer Louise de son licenciement. La pauvre devait se désespérer à l'idée de se retrouver sans ressources avec un bébé. Peu de temps après, sa voiture est tombée dans le ravin. C'est pour cette raison que les gendarmes ont conclu au suicide.

— Elle se serait ôté la vie parce qu'elle était licenciée ? Alors qu'elle avait un enfant ?

Colombe se mordit les lèvres. Milo l'examinait avec intérêt. Elle se mit à rassembler les restes de tarte pour se donner une contenance.

— Beaucoup de gens ont été étonnés par la conclusion de l'enquête. Louise adorait sa petite fille.

Colombe sourit, reconnaissante de ces mots qui lui mettaient du baume au cœur. Milo se leva.

— Moi qui voulais te changer les idées, je te raconte de vieilles histoires tristes. Pourtant, crois-moi, j'ai gardé de la Planche un souvenir de bonheur que je n'ai retrouvé nulle part ailleurs.

— Et c'est ce souvenir que tu veux raviver ?

— Ça fait un peu passéiste, non ? Je veux juste que le moulin soit un lieu où l'on oublie ses problèmes pendant un moment.

Il s'étira et se leva.

— Garde le reste de la tarte, ça te fera un repas pour ce soir. Et merci pour ce moment, conclut-il en lui lançant un clin d'œil. J'en avais besoin moi aussi. À propos, je peux te demander un service ?

— Je t'en prie, je t'en dois un pour cette succulente quiche.

— Sag n'est pas très en forme en ce moment. Il peut se montrer ours parfois, mais c'est un type vraiment sensible et sympa. Essaie de baisser ta garde, d'accord ?

— Lui, sensible ? Chaque fois qu'il me regarde, j'ai l'impression qu'il va bouffer mon âme, ma famille et mon chat !

Milo partit d'un bruyant éclat de rire.

— Tu as un chat ? Non ? Alors tu ne risques rien !

Colombe l'accompagna à la porte et le regarda s'éloigner vers le rempart. Milo traversait la cour à pas tranquilles, les épaules dégagées, le visage offert à la fraîcheur piquante. Il prenait son temps, tirant manifestement plaisir de cette marche dans la grisaille. Il cherchait résolument le côté positif des choses, se dit-elle. Ça n'avait pas dû être facile de reprendre la Planche contre la volonté de ses parents, pourtant il poursuivait son chemin, les mains et le cœur offerts. Colombe aurait aimé posséder cet état d'esprit. Elle y travaillerait, se promit-elle.

Mais pas tout de suite. Malgré sa promesse, elle ne se sentait pas prête à faire bonne figure à Sagamore, surtout s'il commençait à squatter l'école le week-end. L'attitude désagréable du père de Milo, l'étrange Simon et son cadeau, la scène miniature découverte sur la tombe de Louise, tout cela tournait en boucle dans sa tête et l'empêchait de se concentrer. Avec la présence de Sagamore dans la classe voisine en plus, elle était prête à tout balancer par la fenêtre.

Il avait débarqué en milieu d'après-midi, le visage plus blafard que la veille, les pans de son manteau volant derrière lui comme les ailes d'une chauve-souris. À Colombe sortie le saluer, il avait jeté un bonjour bref avant de claquer la porte de sa classe, la laissant éberluée sur le seuil. Un ours ? Non, un malappris qui ne méritait pas le début de compassion que sa pâleur avait fait poindre en elle.

L'après-midi passant, Colombe grinçait des dents chaque fois qu'un bruit plus fort venait perturber le calme de l'école. S'était-il lancé dans un déménagement de sa classe ? Le vacarme des meubles grinçant sur le parquet lui porta rapidement sur les nerfs. Le moment ne pouvait pas mieux se prêter au changement d'air.

Elle allait faire quelques courses en espérant qu'à son retour Sagamore aurait vidé les lieux puis… Bon sang, sa voiture ! Elle était toujours sur le parking des remparts, le capot fracassé contre une souche. Agacée par sa propre négligence, Colombe se précipita à l'étage, s'empara de ses clés, de son manteau et sortit en claquant la porte. Quelle idiote elle était ! On était samedi soir, presque 18 heures. Le dépannage allait lui coûter un bras. Pourvu que la Fiat accepte de redémarrer !

Les ornières tracées par sa voiture l'avant-veille s'étaient remplies de boue. Un unique lampadaire près de la barrière éclairait le parking. Le lieu baignait dans une obscurité inquiétante. Avec le vent qui chuchotait à plaisir contre le mur du rempart… c'était l'atmosphère parfaite d'un film d'horreur. Le cœur battant, Colombe s'arrêta. Les glissements dans le sous-bois ne lui disaient rien qui vaille. Et si un sanglier déboulait des buissons ? Là-bas, une masse sombre semblait boire dans le fossé. Colombe retint un rire nerveux. Pauvre Fiat ! Elle s'en approchait d'un pas plus décidé quand, tout à coup, elle sursauta.

Un flash avait fusé dans l'ombre, près de la voiture. Sans réfléchir, elle se glissa derrière l'un des buissons qui bordaient le parking. La seconde d'après, nouveau flash. Les battements de son cœur se précipitèrent. Cette fois, elle avait vu. Quelqu'un se tenait près de sa voiture, un homme, pour autant qu'elle pût en juger. Il collait son visage contre la vitre du passager et fouillait du regard l'intérieur du véhicule.

À présent, Colombe avait vraiment peur. Qui était cet hurluberlu qui photographiait une voiture dans le fossé ? Le mystérieux inconnu frottait maintenant la vitre embuée. Soudain, la colère saisit Colombe. Elle se sentait fouillée, mise à nu. Elle empoigna une grosse pierre dans le fossé et se redressa. Dans le mouvement, son pied se posa sur une branche qui craqua. L'inconnu sursauta, tourna la tête. Il parut hésiter, puis s'en fut d'un pas rapide vers la sortie du parking.

Colombe attendit que son cœur s'apaise avant de s'approcher de sa voiture, son téléphone allumé à la main. Que photographiait l'inconnu ? Il s'était concentré sur la portière, mais rien ne semblait avoir été fracturé. Il y avait des traces sur la buée. Sous le faisceau de son portable, les gouttes d'eau brillaient. Elle fit le tour de la voiture sans rien remarquer. Les arbres s'étaient remis à chuchoter. Colombe sentit la peur s'installer en elle. Si l'homme revenait… Allons, tant pis pour sa voiture. Elle ne valait pas la peine de s'exposer aux lubies d'un taré. Apeurée, Colombe fit demi-tour et se mit à courir vers le tunnel des remparts.

15

Les enfants traversaient la place en compagnie de leurs parents, se retournaient, agitaient la main en direction de Sagamore qui leur renvoyait joyeusement leurs saluts. Rentrée faite. Enfants intimidés mais ravis d'être là. Cela le réconfortait. Revenir dans cette classe après avoir tant rêvé d'un nouveau départ avec Zélie avait été difficile. Du moins jusqu'à ce matin. Aussitôt la porte de l'école ouverte, le plaisir d'accueillir les enfants et de bavarder avec leurs parents était revenu.

Sagamore avait gagné leur confiance et s'en félicitait. Cela n'avait pas coulé de source, surtout avec son look « diabolique », comme le qualifiait Marie-Rose. Elle l'avait observé dans son travail, dans ses relations avec ses élèves, et s'était forgé son opinion. Bonne recrue, avait-elle reconnu. À partir de là, tout avait été facile. Quant aux parents, après les premières réactions de curiosité et de méfiance, ils s'étaient rendus à l'évidence : leurs enfants adoraient ce maître original.

Avis non partagé par sa collègue. Immobile dans le couloir, Sagamore hésitait. Colombe s'était enfermée dans sa classe. Devait-il la laisser tranquille ? Cet après-midi, des ouvriers devaient venir vérifier le chauffage de l'école. Il n'y aurait pas d'élèves. Le jeune homme s'en réjouissait pour Colombe. Elle aurait besoin de ce répit pour reprendre son souffle, car la matinée avait été un cauchemar pour elle. Elle s'était pourtant bien sortie des premiers contacts avec les enfants et les parents, car il avait entendu des rires fuser dans sa classe. Jusqu'à l'arrivée de Simon.

Les autres parents avaient déjà quitté l'école. Ceux du petit s'étaient attardés à discuter avec Colombe tandis que Marie-Rose s'occupait des autres élèves. Ils s'étaient ensuite éloignés à regret, tournant fréquemment la tête vers l'école, guettant… quoi ? Sagamore le savait. Le premier cri. Qui n'avait pas tardé, mais au moins ne l'avaient-ils pas entendu. Et le jeune directeur avait assisté, impuissant, à la catastrophe.

Il avança dans le couloir, s'arrêta devant sa classe. Frapper à la porte ? Entrer sans prévenir ? À la place de Colombe, il aurait aimé qu'on le laisse en paix. Sauf que, dans l'immédiat, il représentait son seul soutien.

Sagamore poussa la porte. Colombe, devant la fenêtre, était absorbée dans la contemplation des montagnes. Elle ne réagit pas à son entrée. Il s'arrêta au milieu de la pièce, atterré.

Le bel agencement des tables et des chaises n'existait plus. Le rideau de dentelles, arraché, gisait à terre, mêlé aux poupées et ustensiles de la coiffeuse. Des débris d'assiettes parsemaient la petite cuisine. Un ouragan semblait avoir ravagé la pièce. Un ouragan nommé Simon.

Sagamore se mit à ramasser les jouets épars pour se donner le temps de réfléchir. Le gamin avait fait fort cette fois-ci. Pas une assiette entière ! Quelle idée aussi de mettre de la porcelaine à disposition de gosses de cet âge ! Cette fille avait vraiment des idées bizarres. Et ces verres ! Ne lui avait-on pas appris que certains objets étaient proscrits dans une classe ?

— Qu'est-ce que tu as au juste contre moi ?

Elle avait abandonné le vouvoiement distant pour ce *tu* marqué d'une violente hostilité. Sagamore lui fit face, mal à l'aise. Après ce qu'elle venait d'endurer, il pensait la trouver démolie. Mais elle ne pleurait pas. Elle n'avait pas l'air particulièrement désespérée non plus. Il l'aurait été, lui. Le souvenir de sa première rentrée l'avait longtemps traumatisé. Seule la sollicitude de Marie-Rose l'avait empêché de déprimer.

Mais Colombe ne semblait pas disposée à s'effondrer. Elle bouillonnait de rage.

— Ce que j'ai contre toi ? fit-il, éberlué. Je ne comprends pas.

— Que tu m'aies collé ce gamin dans les pattes, je m'en fiche. Mais tu n'as même pas eu la décence de me dire la vérité. C'est minable !

— Mais je t'ai expliqué que…

— Qu'il avait des problèmes de comportement ? Tu te fous de moi ? Regarde autour de toi !

Pas la peine. Simon avait même réussi à briser une chaise. Il n'avait jamais fait ça. Mais il n'était pas sûr que Colombe ait envie de l'entendre.

— Qu'est-ce que tu lui as dit pour qu'il réagisse ainsi ?

Allons bon, il aurait mieux fait de se taire ! Colombe se retenait pour ne pas lui sauter à la gorge.

— Écoute, je suis désolé. Je n'avais pas le droit de dire ça. On va s'asseoir et discuter, d'accord ? Allez, viens. S'il te plaît.

Elle se détourna, trop vite. Sans insister, Sagamore remit les tables en place pour lui laisser le temps de se reprendre. Quand elle vint s'asseoir en face de lui, il s'aperçut que ses yeux, contre toute attente, étaient restés secs.

— Qu'est-ce que Guilly t'a raconté à mon sujet ?

— Rien de précis. Juste que tu avais eu des ennuis de santé, que ton année était prorogée et que tu avais besoin d'aide.

— Rien de plus ? Tu as sûrement entendu parler de moi. Ce village n'est pas si déconnecté du monde.

— Non, rien de plus et je m'en fiche. Ta vie personnelle ne me regarde pas. Si tu as besoin d'en parler, il existe des gens qualifiés. Mon rôle en tant que directeur consiste seulement à t'aider dans ton travail.

— C'est pour ça que tu m'as donné Simon ? Pour m'aider ?

— C'est l'inspecteur qui a insisté. Je n'ai pas eu le choix.

Sagamore avait pourtant rappelé au petit homme le désarroi de l'enseignante précédente, qui finissait chaque période de classe par deux semaines de congé maladie. Il lui avait parlé des fuites de l'enfant, de ses crises incontrôlables. Guilly n'avait rien voulu entendre. Il avait décrété que sept élèves l'après-midi, pendant la sieste des petits, compenserait largement ce « léger souci ». Il s'était même arrangé pour présenter Colombe comme une incapable. Ça sentait la vengeance, avait soupçonné Sagamore. Mais cela, sa collègue n'avait pas besoin de le savoir.

— Écoute, je peux encore prendre Simon avec moi. Je dirai à l'inspecteur que…

— Non. Mais je veux savoir exactement ce qui m'attend.

En quelques minutes, il lui expliqua tout. Le visage de Colombe se décomposait à mesure qu'il lui brossait le tableau d'un enfant d'une sensibilité excessive, aux problèmes de comportement envahissants, respectueux des règles avec tant d'excès qu'il ne supportait pas la moindre transgression venant des autres enfants. Plus il parlait, plus il percevait son découragement.

— Tu es sûre de vouloir le garder ? Je t'assure que ça ne me dérange pas de me coltiner les reproches de Guilly.

— J'ai mes raisons. Et tu m'as bien fait comprendre qu'elles ne t'intéressaient pas, n'est-ce pas ?

Pourquoi cette fille était-elle si susceptible ? Il eut envie de la planter là, mais se ravisa. Pas question de laisser l'hostilité de ce petit inspecteur de merde s'abattre sur une collègue sans défense. Et la réaction de Colombe l'impressionnait. Elle avait un sacré courage ! Beaucoup d'enseignants auraient sauté sur l'occasion de se débarrasser d'un tel élève. Pas elle.

— Viens ! dit-il soudain en se levant. Je vais te montrer quelque chose.

— Pas le temps, marmonna-t-elle, je dois ranger ma classe.

Rancunière et têtue, hein ! Sagamore prit d'autorité la main de la jeune femme.

— Je t'aiderai à ranger tout à l'heure. Viens.

Il s'étonna qu'elle le suive jusqu'au parking de la mairie sans plus protester. Elle le laissa fixer sur sa tête le second casque sorti du coffre de sa moto. Il l'aida à s'installer avant d'enfourcher sa machine et de nouer ses doigts sur son torse. Elle se raidit à son contact ; il cacha un sourire. Dès qu'il eut démarré, elle l'agrippa comme une désespérée. Sa première virée en moto, sans doute. Pendant quelques minutes, il dut composer avec ses hésitations à se pencher dans les virages, ses brusques contractions aux changements de régime puis, peu à peu, il la sentit se détendre. La tête posée sur son épaule, le corps collé au sien, elle se coula dans ses mouvements. Alors il accéléra, avalant la route qui grimpait entre les arbres.

L'endroit n'avait pas changé depuis sa dernière visite. Silence sur l'étang. Juste le souffle du vent dans la brume montant de l'eau, le chuchotement des roseaux et le clapotis des vaguelettes venues mourir sous le ponton. Colombe, assise sur le plancher humide, admira un héron cendré qui cherchait sa pitance dans la vase de la rive. Sagamore s'installa à côté d'elle, jambes pendantes, ses bottes de moto effleurant l'eau.

— Sandwich au concombre-fromage de brebis ou tomate-mozzarella-pesto ? Désolé, Milo est de plus en plus fâché avec la viande.

Enfin elle sourit. Pas grand-chose, juste un petit coin de lèvre relevé, mais il apprécia. Elle prit le pain frais qu'il avait sorti d'une sacoche et mordit dedans. Un soupir d'aise lui échappa.

— Délicieux. Il nourrit souvent les enseignants de l'école ?

— Milo choisit ses moments. Son fameux sixième sens. Il est doué pour déceler les morals défaillants.

Le mot lui avait échappé. Il s'en voulut. Colombe n'avait pas plus envie que lui de s'attarder sur ses soucis. Elle le considéra d'un air interrogateur, mais il mordit à son tour dans son sandwich.

— Restaurateur, ancien financier, psychologue et philosophe, dit-elle en comptant sur ses doigts. Impressionnant palmarès. À son âge, il a déjà traversé plusieurs vies.

— Et une mort aussi.

Le sandwich de Colombe s'arrêta à mi-chemin de sa bouche. Sagamore hocha la tête.

— Crise cardiaque à vingt-six ans. De quoi secouer et faire réfléchir. Milo a tout balancé, ses cravates, son attaché-case et ses voyages en première classe pour partir au Tibet avec un sac à dos. À son retour, il a acheté la Planche, a poliment dit merde à ses parents qui le harcelaient pour l'obliger à renoncer et organise aujourd'hui des fêtes à casser les baraques de son bled.

— Amen !

Ils éclatèrent de rire. Le héron claqua du bec, déploya ses ailes et s'envola.

— Il est aussi mécanicien. C'est lui qui a dépanné ma voiture hier matin. J'ai eu un petit accrochage en arrivant sur le parking avant-hier.

— Grave ?

— Je ne sais pas.

Elle considérait sa dernière bouchée d'un air perplexe.

— J'ai failli écraser Simon. Enfin, je ne savais pas qui il était. Il a surgi juste devant ma voiture, au moment où j'allais me garer. Lui, je l'ai évité de justesse, mais pas le fossé en bordure du parking. Le petit a hurlé comme si je l'écorchais, avant de s'enfuir. Je n'ai pas pu le rattraper. Mais le soir, il est revenu à l'école pour m'apporter une figurine qu'il a trouvée sur une tombe du cimetière.

Sagamore l'écoutait, éberlué.

— Toi non plus tu n'es pas banale ! fit-il en lui tendant une pomme. Simon t'a offert un cadeau dès ton arrivée, c'est plutôt bon signe. Tu dois lui plaire.

— Ça n'a pas été mon impression ce matin. Ses parents se sont montrés très froids. Sa mère avait seulement l'air embêtée quand elle a récupéré son fils à l'école samedi soir. Mais ce matin, elle voulait absolument s'adresser à Marie-Rose comme si c'était elle, l'enseignante.

Sagamore observa son profil. Elle n'était pas si mal, se dit-il. Si elle souriait plus souvent, elle serait même canon en dépit de sa manie de prendre un air méchant dès qu'on l'observait trop longuement.

— Marie-Rose connaît Elena depuis son enfance. Elle les a presque vus naître, Milo et elle. Leur brouille lui fait beaucoup de peine. Mais Elena a pris le parti de ses parents après le rachat de la Planche. Elle n'approuve pas l'obstination de son frère. Eh, ça va ? Tu as l'air bizarre.

— La mère de Simon est la sœur de Milo ? Tu veux dire que le maire est son père ?

— Dit comme ça, on dirait une blague, mais oui, c'est ça.

Colombe fixait l'eau d'un air consterné.

— C'est bien ma chance ! Pourquoi Milo ne m'a-t-il pas dit que j'aurais le petit-fils de son père en classe ?

— Il ne le savait pas. J'ai affiché les deux listes hier soir seulement. Où est le problème ?

— Le problème ? Le maire a fait un scandale samedi matin parce que l'instit de son petit-fils s'est donnée en spectacle en dansant, ivre, sur le bar de la Planche et qu'elle a failli se faire embarquer par les gendarmes. Et ça, c'est le truc le plus soft dont je me souvienne.

— Oh, merde…

Sagamore tenta de retenir la houle qui lui montait à la gorge. Impossible. Son rire explosa devant une Colombe furieuse.

— Je n'arrive pas à t'imaginer dansant la gigue dans un bistrot paumé. Oh, écoute, excuse-moi. Pourquoi te prends-tu la tête ? Tu fais ce que tu veux dans ta vie privée, non ?

— C'est ce que dit Milo. Mais quand on est instit, on doit...

— Quoi ? Se soumettre aux stéréotypes et se forcer à agir comme les autres l'attendent ? On doit gommer ce que l'on est pour offrir aux gosses et à leurs parents l'image d'un être humain lisse et conforme ?

— Pourquoi tu t'énerves ?

— Parce que j'ai l'impression que tu parles pour moi ! Je sais ce que tu penses, Colombe. Est-ce que, à ton avis, parce que je porte une tête de mort sur mon manteau, je risque d'être un mauvais enseignant ?

— Arrête ! Je n'ai jamais pensé...

— Bien sûr que si ! Je l'ai lu dans tes yeux la première fois qu'on s'est croisés. Ose me dire que tu ne t'es pas demandé ce qu'un type habillé comme moi faisait dans une école !

Il l'aurait bouffée ! Même les habitants de Sainte-Croix s'étaient montrés plus ouverts. Il s'attendait à plus de tolérance de la part d'une enseignante. Zélie aussi l'avait catalogué d'après son apparence. C'était ridicule ! Zélie lui reprochait son insupportable conformisme alors que Colombe se méfiait de son look gothique. Aucune n'avait pris le temps de le découvrir réellement.

— Ramène-moi, dit seulement Colombe.

Avec grand plaisir ! Quel idiot il avait été de lui proposer cette promenade ! Ils quittèrent le bord du lac sans échanger un mot, à distance l'un de l'autre. Sur la moto, Colombe se tenait aussi raide que l'étaient ses idées, songea Sagamore. Il enrageait. Manier sa machine dans ces conditions devenait difficile. Et dangereux. Deux passagers sur une moto doivent évoluer de concert. C'est comme faire l'amour. Avec délicatesse, ensemble, attentif aux désirs et aux plaisirs de son partenaire. Cette fille n'y connaissait rien. Et Zélie encore moins.

Avait-il trompé ses attentes ? Ou bien s'était-il trompé lui-même ? Qui était-il au juste ? Cet instit qui prenait un plaisir immense à éveiller ses élèves ou ce gothique qui voulait bousculer les traditions ? Il avait tenté d'endosser la peau de ce dernier, pour Zélie. Mais ce costume trop étroit ne lui convenait pas. Ce qu'il était vraiment, il ne le savait pas lui-même. Mais alors… comment pouvait-il attendre de Colombe qu'elle le cerne mieux que lui ?

Lorsqu'il ralentit devant la mairie, sa colère était retombée. Pas celle de sa passagère. Elle lui rendit le casque, lui tourna le dos et s'éloigna vers la place des Pères. Alors qu'elle s'engouffrait dans le passage voûté, le rideau du bureau d'Effie retomba. Sagamore comprit qu'elle les observait. Il hésita à rejoindre la jeune secrétaire, puis renonça.

Colombe n'était pas dans sa classe. Elle avait dû s'enfermer dans son appartement. Ou bien descendre à la Planche. Zut ! Il aurait dû la mettre en garde contre le charme de Milo. La prévenir, au moins. Il se promit d'y penser. Plus tard.

Lorsque Marie-Rose le retrouva dans le bureau attenant à sa classe, il était plongé dans la paperasse administrative. Elle s'assit en face de lui et attendit qu'il lève les yeux.

— Quoi ?

— J'ai vu Colombe monter dans son appartement. Elle avait l'air très en colère. Je suppose que vous avez déjeuné ensemble ? Je peux te parler franchement ? Comme une vieille amie ?

— Pour que tu m'engueules ? Non.

Elle rit.

— Donc, tu sais ce que j'allais dire. Et dans ce cas, tu ne verras pas d'inconvénient à ce que je reste toute la journée avec Colombe demain ?

— Marie-Rose, que s'est-il passé ce matin avec la mère de Simon ?

— Rien, justement. Elena s'est montrée assez froide avec Colombe. Elle avait espéré que tu prendrais Simon avec toi.

— Et le bazar de sa classe ?

— Une petite fille a dessiné sur la feuille de Simon. Tu connais la suite.

Lâcher en piqué d'une bombe atomique. Oui, il le savait. Et il s'en voulait d'autant plus. Il aurait dû donner à Colombe des pistes pour gérer l'enfant, du moins les deux ou trois trucs qu'il avait réussi à trouver l'an passé. Sagamore soupira. En tant que directeur et même comme simple collègue, il s'était montré en dessous de tout. Marie-Rose avait raison. Ses sentiments ne devaient pas interférer avec son travail. Il avait intérêt à se ressaisir.

— J'ai rarement vu une classe saccagée comme celle-là, conclut Marie-Rose. Si tu n'as pas de préparation à me donner, je vais y mettre un peu d'ordre.

— C'est déjà fait.

— Oh mais Colombe n'aurait pas dû, c'est mon travail !

Il reconnut d'un air coupable :

— C'est moi qui ai rangé. Je suppose que j'avais déjà un peu honte. Elle sait qu'elle peut compter sur toi, ne t'inquiète pas. Et moi aussi, je ferai mon travail.

Elle hocha la tête, pensive.

— Colombe est fragile. Elle aura besoin de nous. Ne la laissons pas tomber, d'accord ?

Fragile, oui. Mais plus forte aussi que ne le croyait Marie-Rose. Sagamore revoyait son expression lorsqu'elle avait refusé de se séparer de Simon. Quel que fût le problème qui l'avait chassé de son poste précédent, elle avait bien l'intention de ne pas le laisser se reproduire.

Quant à lui, songea-t-il avec étonnement, il avait bien envie de découvrir son secret.

16

Quelle idiote ! Non mais quelle idiote ! Comment parvenait-elle en si peu de temps à se faire détester par des gens qu'elle connaissait à peine ? Le père de Milo, Sagamore… Il se trompait sur elle. Elle était retombée dans le filet de ses anciens démons et agissait bêtement, à rebours de ses convictions.

Sagamore pensait qu'elle jugeait irresponsable sa manière de vivre. Colombe se serait giflée. Elle, la petite bourgeoise bien-pensante qui avait failli se faire virer de l'Éducation nationale pour faute professionnelle et n'avait dû son maintien qu'aux relations de sa mère, comment osait-elle critiquer un enseignant investi auprès de ses élèves et de la communauté du village ? Juste parce qu'il s'habillait en noir ?

Elle aurait dû s'excuser. Entrer dans la classe de Sagamore pour le remercier d'avoir pris le temps de lui parler, de l'avoir emmenée dans cette virée apaisante sur les rives de la roselière, d'avoir partagé son pique-nique avec elle et de l'avoir réconfortée. Elle aurait dû s'arrêter à la mairie pour exprimer sa gratitude à Effie qui lui avait évité l'humiliation de se faire reconduire chez elle par les gendarmes. Et à Milo qui avait sorti sa voiture du fossé. S'était-elle donné la peine d'aller le voir ? Même pas !

La pagaille de sa chambre accrut son énervement. La couette en boule au milieu du lit, l'oreiller par terre, sa valise ouverte débordant des vêtements en vrac qu'elle n'avait pas pris le temps de ranger depuis son arrivée… Une chambre d'adolescente perturbée. Il était temps qu'elle se conduise enfin en femme responsable.

Une demi-heure plus tard, la pièce froide mais rangée reflétait mieux sa nouvelle détermination. Elle referma la fenêtre, rangea sa valise au-dessus de l'armoire et ouvrit le tiroir de sa table de nuit.

Elle allait remettre aussi de l'ordre dans sa vie. Le mystère de ce carnet japonais et de cette mèche de cheveux la narguait depuis trop longtemps. Cet après-midi, elle profiterait de sa liberté pour aborder Kei. Naguère, à force de se renfermer sur ses questions, elle avait failli perdre la raison. Elle ne recommencerait pas.

À son arrivée, elle avait scanné chaque page du carnet de Louise et avait classé les feuilles dans une pochette à élastique. Elle la sortit du tiroir et la glissa dans un sac à dos. Sagamore devait remâcher son dépit de se retrouver encombré d'une collègue susceptible et désagréable. Avec un petit gâteau de la Planche, ses excuses passeraient mieux, espérait-elle. Elle croiserait sûrement Milo. Bien sûr, juste pour lui parler de cette ombre qui rôdait dans le parking la nuit dernière et qui photographiait la fenêtre embuée de sa voiture. Et puis… profiter un peu du plaisir de sa compagnie. Il n'y avait rien de mal à cela, n'est-ce pas ?

Elle sortit de l'école en retenant la porte pour ne pas faire de bruit, remerciant le ciel que la classe de Sagamore soit située au fond du couloir. Dès son retour, elle passerait s'excuser auprès de lui.

À cette heure, elle s'attendait à trouver une salle déserte ; entamer une discussion avec Kei serait aisé. Mais à sa grande surprise, la Planche était bondée.

Une nuée de cheveux de toutes les couleurs l'accueillit. Du bleu pâle à l'orange sanguine en passant par les plus subtiles teintes de pourpre et de violet, les mèches raides ou savamment mises en plis formaient un arc-en-ciel vaporeux au-dessus des tables. Confortablement installées sur les chaises et les fauteuils dépareillés, les propriétaires de ces tignasses incroyables s'interpellaient et riaient dans un caquetage étourdissant. De jeunes quinquagénaires à l'allure résolument sportive, des dames plus âgées tirées à quatre épingles, toutes maquillées et emperruquées. L'une d'elles, debout, maniait avec dextérité un déambulateur orné d'un bouquet de fleurs de raphia tressé. Devant elles, sur les tables, s'amassaient des tas de cordes et de ficelles de toutes les couleurs, des fils de laine et des rubans mêlés à de fines tiges d'osier. Chaque femme, penchée sur son ouvrage, s'affairait à les nouer, à les tordre et à les lier, et faisait naître sous ses doigts agiles de longs pans de toiles ajourées et dentelées.

Interdite, Colombe s'était arrêtée sur le seuil, la porte grande ouverte derrière elle. Un courant d'air humide balaya la salle. Une femme cria du fond de la pièce :

— Entrez ou sortez, mais ne restez pas plantée là ! Nous allons mourir de froid !

— Allons, Huguette, montre-toi plus accueillante ! Pour une fois que nous avons une nouvelle recrue, ne va pas l'agresser tout de suite. Entrez, ma chère, joignez-vous à nous.

Oh… mon… Dieu… ! La première impulsion de Colombe fut de fuir. Elle n'en eut pas le temps. Une petite femme coiffée d'une perruque violette prit son bras et l'installa d'autorité près d'une vieille dame qui sirotait une tisane odorante, petit doigt en l'air, en examinant la couleur d'un écheveau sous la lampe allumée au milieu de la table.

— Tu permets, Marcelle ? Kei ! Notre nouvelle amie prendra une tisane pour chien !

Se retournant vers Colombe, la harponneuse aux cheveux violets lui confia à voix basse :

— Vous m'en direz des nouvelles ! C'est moi qui ai apporté le mélange de feuilles aujourd'hui. Vous verrez, c'est délicieux. Mon bichon adore ça, il n'y a pas de raison que vous ayez moins de goût que lui.

Effarée, Colombe aperçut alors le petit chien qu'elle serrait sous son bras. La bestiole, pas plus grande qu'une poupée, cherchait à échapper à sa maîtresse dans l'intention manifeste de sauter sur la nouvelle venue pour lui léchouiller le nez. La vieille dame aux cheveux violets le maintint fermement tout en tapotant l'épaule de sa copine à l'écheveau.

— Fais-lui donc un peu de place, Marcelle. Je suis sûre que notre jeune amie sera ravie de profiter de tes conseils pour sa première œuvre. C'est si gentil à vous de rejoindre notre club, ma chérie. Nous avons besoin de sang neuf, d'idées originales. Cela fait trop longtemps que nous restons entre anciennes.

— Votre… club ?

— Ne me dites pas que vous êtes entrée par hasard ! Nous tenons aujourd'hui notre première réunion de la saison des Jeunes Frivolités. Vous connaissez, bien sûr ?

Colombe se surprit à secouer la tête de droite à gauche en fixant le chien de son interlocutrice qui, lui, dodelinait du chef de haut en bas telle l'une de ces ridicules figurines à l'arrière des voitures. Au même instant, une main posa devant elle une tasse d'un breuvage fumant. Kei allait s'éloigner – et s'enfuir, elle en était sûre ! – quand la mamie à la perruque lui agrippa le bras.

— Pas si vite, jeune homme ! Vous seriez bien aimable d'encourager notre amie… au fait, comment vous appelez-vous ?

— Colombe…

— Quel joli prénom ! Moi c'est Éliette, et je suis ravie de faire votre connaissance. Mon cher Kei, vous apprendrez les nœuds du débutant en même temps que notre petite Colombe, ce sera charmant. Ne proteste pas, Marcelle, tu t'en sortiras très bien avec deux élèves. Ils sont très motivés et se soutiendront mutuellement, n'est-ce pas ?

Ses yeux pétillaient : elle souriait, parfaitement consciente du désespoir de Kei et de la perplexité de Colombe. Tandis qu'elle s'éloignait vers le bar pour les approvisionner en petits gâteaux, la jeune femme chuchota à l'oreille de Kei, adoptant le tutoiement complice que requérait une telle situation :

— C'est une caméra cachée ? Tu peux me dire la vérité, je jouerai le jeu, promis !

Le jeune serveur grimaça.

— Si seulement ! Non, c'est juste un cauchemar. Heureusement que tu es arrivée, j'allais filer en douce.

— Où est Milo ?

— Ce traître ! Il m'a flatté en m'assurant qu'il me faisait confiance pour tenir son bar pendant deux heures avant de me planter avec elles et de filer par la porte de la réserve.

Colombe faillit éclater de rire devant sa mine déconfite.

— C'est vache de sa part, confirma-t-elle. C'est quoi au juste, ces Jeunes Frivolités ?

— Un club de macramé ! Si, si, je te jure ! Éliette, leur présidente, est la femme qui t'a recrutée. D'après ce que j'ai compris, tous les lundis après-midi au bistrot, c'est macramé, tisane et papotages. Chaque mamie, à tour de rôle, apporte un mélange de plantes à faire découvrir à ses copines. Aujourd'hui, c'est tisane pour chien. Et interdiction de faire la grimace, on ne rigole pas avec ça. Elles m'ont forcé à la goûter et, depuis une heure, elles me gavent de gâteaux en m'obligeant à tenir leurs pelotes de ficelle. Rien que pour ça, j'assommerais Milo avec joie !

— Mais leurs perruques ? C'est dingue !

— Coquetterie, sans doute. Voilà pourquoi Milo les appelle les Frivoles. Plus la perruque est extravagante, plus elles ont du succès. Chut, Éliette revient !

En quelques minutes, Colombe se retrouva en train d'effectuer son premier nœud sous la direction de la vieille Huguette et le regard attentif d'Éliette. Le nœud des frivolités, comme sa monitrice prit le temps de le lui expliquer. Tout en l'écoutant, Colombe observait Kei. En dépit de ses lamentations, il paraissait amusé et se soumettait de bonne grâce aux instructions d'Huguette, tenant avec fermeté le cadre de bois pour que Colombe puisse travailler facilement.

Maintenant qu'elle pouvait le détailler sans le brouillard de l'alcool, Colombe appréciait son visage aux pommettes marquées, ses joues mangées d'une barbe matinale et sa musculature bien dessinée sous sa chemise en toile épaisse. Il n'avait plus rien du SDF trempé qui avait fait irruption dans le bistrot. Il semblait même accepter avec humour le rôle de jeune et beau mâle entouré de vieilles dames que lui donnaient les Frivoles. Elles le priaient sans cesse de leur servir un gâteau ou du thé pour le seul plaisir d'accaparer son attention quelques secondes. Il s'empressait de les satisfaire avant de reprendre sa place aux pieds de Colombe. De son côté, Éliette prenait son travail d'animatrice très à cœur. Elle virevoltait d'une femme à l'autre, démêlant les écheveaux des unes, renouant le tramage d'une autre.

— Fais-lui croire que je te suis indispensable, sinon elle va m'obliger à tricoter, chuchota Kei.

— C'est du macramé, pas du tricot, gloussa Colombe. Et tu t'en sors très bien. On dirait que tu as fait ça toute ta vie.

— Au Japon, j'ai vu pratiquer l'art du kumihimo. Ça ressemble un peu au macramé mais on utilise des fils de soie. Le support est différent aussi. Les artistes réalisent des bijoux, des décorations pour les costumes de samouraïs, des objets. C'est un art ancestral que l'on apprend dans des écoles de kimonos.

— De kimonos ?

La ficelle s'entortillait entre ses doigts. Croiser dessus, enfiler dessous, nouer, tirer. Recommencer. Colombe travaillait machinalement. Kei racontait le Japon. Elle pensait au carnet de Louise glissé dans son sac et se demandait comment aborder le sujet.

— Tu comprends le japonais ?

Sa question lui parut trop abrupte. Elle se rendit compte qu'elle avait interrompu Kei au beau milieu d'une description de la cérémonie du thé. Il haussa un sourcil, mais répondit.

— Non, mais je parle très bien l'anglais. Avec ça, j'ai à peu près réussi à me débrouiller partout où je passais.

La déception se lisait si clairement sur le visage de Colombe qu'il ajouta :

— J'aurais aimé l'apprendre mais… disons que je n'ai pas eu le temps.

Il ne souriait plus et la quitta pour répondre à l'appel d'Huguette qui réclamait une tasse propre. Colombe le regarda s'affairer. S'était-elle montrée trop curieuse ? Dépitée, elle noua un ruban. Lorsqu'elle releva la tête, Kei s'était rassis devant elle.

— Kei, je ne voulais pas être indiscrète. Excuse-moi. Pour dire la vérité, je cherche quelqu'un qui parle et surtout lit le japonais. C'est très important pour moi.

— Pas de problème, je connais quelqu'un…

— Attention ! Troisième Guerre mondiale en vue !

On eût dit qu'un clapet s'était rabattu sur les conversations. Un silence tendu s'installa. Les vieilles dames se haussaient sur leurs sièges pour jeter un regard par la fenêtre tout en essayant de prendre un air dégagé.

— Ça va barder ! chuchota Marcelle. Faites semblant d'être occupés.

Et, pour montrer l'exemple, elle se pencha carrément vers la fenêtre et releva le rideau. Colombe et Kei, curieux, l'imitèrent.

La pluie frappait durement le pré. Au bas de la rampe, Colombe reconnut Effie et Milo serrés sous un large parapluie. Plongés dans une discussion animée, ils n'avaient pas conscience du tableau qu'ils offraient aux vieilles dames du club rassemblées devant les fenêtres. La voix furieuse d'Effie portait loin. Milo, stoïque, acceptait la colère qui se déversait sur lui. Ne parvenant pas à le faire réagir, Effie se mit soudain à le frapper du plat de la main, le repoussant vers l'escalier. Déséquilibré, le jeune homme lui saisit les poignets tout en essayant de maintenir le parapluie au-dessus de la tête d'Effie. Son geste galant n'arrangea rien.

— Espèce de sale égoïste ! hurla la jeune femme. Je te déteste ! Tu entends ? Je te déteste, Milo !

Elle recula en sanglotant. Milo voulut la retenir. Elle cracha un « Salaud ! » qui s'entendit jusqu'au bout du vallon et s'enfuit vers la forêt. Que ressentait Milo en cet instant ? se demanda Colombe. Il savait que leur dispute ne pouvait avoir échappé aux Frivoles. Et son visible désarroi ne suscitait guère de compassion. En témoignaient les claquements de langue désapprobateurs et les reniflements irrités des vieilles dames. L'une d'elles se permit même un : « Rattrape-la donc, triple imbécile ! » qui ne laissait aucun doute sur la personne vers qui allait leur sympathie. Mais Milo, au grand désappointement des spectatrices, ne suivit pas ce conseil. Il ramassa le parapluie tombé dans une flaque de boue et contourna le vieux moulin.

— Bon, conclut Huguette, dépitée. Milo est définitivement un crétin. Mesdames, allons-nous-en.

La gaieté avait déserté la Planche. Les vieilles dames rassemblèrent leurs affaires en commentant la scène. Il y avait du ressentiment dans la hâte qu'elles manifestaient à quitter le bistrot. Colombe en éprouva de la tristesse. Milo ne méritait pas cette réprobation. Après tout, il s'était laissé insulter sans répondre tandis qu'Effie l'accablait d'injures. Elle l'avait même frappé. Une vraie harpie. Milo avait-il repoussé ses avances ?

Une onde de chaleur accéléra les battements de son cœur. Ils n'étaient donc pas ensemble.

La Planche s'était vidée. Il ne restait que quelques bouts de ficelle et perles abandonnées par terre, que Kei se mit en devoir de balayer. Colombe l'aida à remettre les tables en place et à ranger la vaisselle. Lorsque la salle eut repris son aspect habituel, Kei consulta sa montre.

— 16 h 30 et un rayon de soleil. J'aimerais bien en profiter, ça ne durera pas longtemps. Milo m'a demandé de pousser la porte du bistrot dès que les Frivoles seraient parties. Je préférerais ne pas le déranger maintenant…

— Bien sûr, je pars aussi. Attends…

Colombe récupéra son sac et en sortit le dossier rouge.

— Voilà le document dont je t'ai parlé, dit-elle. C'est un texte en japonais assez long, mais je ne demande pas une traduction complète. J'aimerais juste savoir de quoi ça parle, dans les grandes lignes. Tu crois que c'est possible ?

— Pas de problème, je m'en occupe dès ce soir. Je connais quelqu'un qui sera ravi de me rendre ce service.

Ils se séparèrent près du petit pont de la Planche à Cul. Kei se dirigea vers la forêt, son sac sur le dos, tandis que Colombe s'engageait sur la montée qui menait au village. Mais dès que son compagnon eut disparu sous les arbres, elle revint sur ses pas. Kei n'avait pas besoin de connaître ses intentions.

Elle voulait juste parler à Milo. Lui assurer qu'elle était là pour lui comme il l'avait été pour elle. Peut-être le consoler ? Ou simplement savourer le plaisir d'être avec lui. Puisqu'elle ne demandait rien de plus – pour l'instant –, que pouvait-on lui reprocher ?

Elle rentra dans le bistrot, passa derrière le bar et poussa sans bruit la porte de l'arrière-cuisine. Milo se tenait devant la fenêtre à petits carreaux, contemplant les dernières gouttes de pluie qui ruisselaient sur la vitre. Colombe avança de quelques pas. Un ordre méticuleux régnait sur les larges étagères chargées de bocaux de confitures, de cagettes de légumes et de fruits frais. Un énorme frigo ronronnait dans le coin derrière la porte. De l'autre côté de la vitre s'étendait un pré à l'herbe rase qui montait doucement à flanc de vallon.

— Elles sont toutes parties.

— Ah, Colombe. Je pensais… Kei a fermé la Planche ?

— Il y a cinq minutes. Je lui ai donné un coup de main pour tout ranger.

— Et tu es venue.

Milo s'était détourné de la fenêtre et la scrutait. Elle-même ne distinguait que sa silhouette à contre-jour. Mal à l'aise, elle repéra un interrupteur près de la porte, le poussa. La lumière chassa la pénombre et elle se détendit.

— Si tu préfères que je parte… Je ne veux pas m'imposer.

La clarté crue de l'ampoule accentuait les ombres sur le visage de Milo. Il ne souriait pas, mais ne paraissait pas contrarié non plus. Elle s'était attendue à le trouver bouleversé ou triste. Rien de tout cela. Il l'examinait avec une attention qu'elle ne put interpréter.

— Tu es venue, répéta-t-il posément. J'imagine que tu as assisté à la scène de tout à l'heure ?

Comme d'habitude, il allait droit au but, énonçant les faits comme une évidence qu'il ne servait à rien de nier. C'était déstabilisant au début, puis on appréciait vite. Milo n'essayait pas de sauver les apparences. Il parlait franchement, sans brusquerie mais sans mentir. La vérité sans fard, appliquée cependant avec égards. Colombe aimait cela.

— Tu veux un verre ? Pas de chartreuse, ne t'inquiète pas. J'ai un sirop d'aspérule que m'a offert la vieille Huguette du temps où elle m'appréciait encore. C'est une bonne occasion pour le déguster.

Colombe trempa ses lèvres dans le breuvage sucré. Ils contemplèrent en silence les longs chemins de pluie sur la vitre.

— Je voudrais tellement qu'Effie comprenne…, murmura-t-il sans se retourner.

— Elle t'aime ?

— Pour son malheur…

Donc le cœur de Milo ne battait pas pour la jeune secrétaire, conclut Colombe. Dire qu'elle n'en ressentait pas un certain contentement aurait été un mensonge.

— Elle finira par se résigner.

Il soupira, le front contre la vitre. Tout à coup, Colombe eut envie de le prendre dans ses bras. De lui toucher la joue du bout des doigts, de suivre la courbe de sa mâchoire, caresser sa joue râpeuse. Lui souffler à l'oreille qu'elle était là, que…

— Elle l'insultait, murmura soudain Milo. Elle ne le suppliait pas. Il y avait la même colère dans sa voix que dans celle d'Effie.

— Quoi ?

— Louise. Tu te souviens, la serveuse de mon oncle ? Cet après-midi-là, dans ce pré, j'ai cru qu'elle le suppliait de ne pas la licencier. Mais je m'en souviens maintenant. En réalité, elle l'injuriait en pleurant. C'était les mêmes mots. Elle parlait de promesse, de trahison, elle criait « Je te déteste ! ». Comme Effie.

La jeune femme eut l'impression de recevoir un coup de poing. Son passé lui sautait soudain au visage.

— Louise parlait de trahison ? réussit-elle à dire. Pour un licenciement ? C'est un peu exagéré, non ? Elle n'avait aucun intérêt à rester si ton oncle ne pouvait plus la payer.

Un peu d'exaspération venait ternir son intérêt. Pourquoi les souvenirs de Milo remontaient-ils à ce moment précis, brisant l'élan qui la portait vers lui ? Il ne se rendit pas compte de son changement d'humeur. Obnubilé par sa dispute avec Effie, il avait déjà oublié l'histoire de Louise.

— Effie pense que je l'ai trahie. Mais je veux seulement la protéger. Si elle acceptait de réfléchir, elle se rendrait à l'évidence : il ne peut plus rien y avoir entre nous.

— Mais Louise ? De quelle trahison parlait-elle ?

Il sursauta. Colombe lui secouait le bras pour l'obliger à l'écouter. Son regard passa sur elle, égaré.

— Oh, je… n'en sais rien. C'est important ?

— Euh… non. Pas vraiment. Je voulais juste savoir…

Colombe se maudit. Milo l'examinait maintenant avec curiosité. Elle posa son verre sur le bord de la fenêtre. Brusquement, elle avait hâte de s'en aller.

— Attends !

Il s'empara d'un mouchoir en papier posé sur une étagère et le lui tendit.

— J'ai trouvé ça coincé dans le caoutchouc de la vitre de ta voiture quand je l'ai sortie du fossé. C'était accroché au bout d'un fil. Je me suis dit que tu l'avais sans doute perdu.

Elle le prit, le fourra dans sa poche sans l'ouvrir avec un « merci » jeté du bout des lèvres, et se dirigea vers la porte, qu'elle ouvrit. Milo la retint sur le seuil. La brume commençait à descendre dans le vallon. Colombe frissonna. Milo lui releva le col de son manteau et lui frotta doucement les bras pour la réchauffer.

— Merci d'être venue.

Colombe se détendit. C'était agréable, pour une fois, de ne pas baisser la tête pour plonger ses yeux dans ceux d'un homme. Le regard de Milo reflétait une douceur infinie. Il était réellement heureux de sa visite.

— C'est moi qui te remercie d'avoir dépanné ma voiture.

Ses mains ne l'avaient pas lâchée. Colombe appréciait leur légèreté sur ses épaules. Lentement, elles glissèrent dans son dos. Elle se retrouva serrée contre Milo, la joue contre sa poitrine, dans la chaleur de son étreinte. Sous le pull épais, elle entendait son cœur battre, calme et régulier. Elle ferma les yeux, enlaça la taille du jeune homme. À travers les vêtements, ses doigts décelaient les contours de ses muscles souples. Si elle avait osé, elle les aurait glissés sous son pull…

— Oh non, merde !

Milo la repoussa presque brutalement et dévala les marches du seuil. Colombe faillit tomber, se rattrapa à la porte. Le jeune aubergiste se précipitait dans le pré en hurlant :

— Effie ! Effie, reviens !

Plus haut sur la pente, une silhouette courait entre les arbres. Milo eut beau crier, elle ne se retourna pas et disparut dans les buissons. Contrarié, le jeune homme balança un violent coup de pied dans un caillou.

— Je suis désolée…

Colombe balbutiait, au bord des larmes. Si elle avait pu deviner qu'Effie surgirait ainsi, jamais elle ne se serait laissée aller à cette étreinte. Encore une fois, elle avait blessé quelqu'un. Milo, les poings serrés, ne la regardait pas. Il n'entendit pas les excuses qu'elle continuait à bredouiller. Alors elle s'enfuit à son tour.

17

La honte.

De ce sentiment découlent les drames les plus dévastateurs. Mon seul regret restera celui de n'avoir pu rendre mon père fier de moi. Je ne peux pas prononcer ces mots à haute voix. On m'a appris à penser : « Au-dessus de la famille, l'empereur. » L'honorer est le but de notre existence. Mais dans le secret de mon cœur habite l'immense amour que je porte à mon père. Ma honte, hélas, m'a privé du privilège de le lui manifester. Aussi ai-je décidé d'aller jusqu'au bout. Pour son honneur. Ainsi, sa dignité retrouvée, peut-être déposera-t-il mes cendres aux côtés de celles de ses ancêtres samouraïs.

Père, me pardonnerez-vous ? Depuis ce jour funeste, toute ma vie a tendu à me racheter. Mes excellents résultats à l'école, puis à l'université, mon engagement pour l'empereur, mon choix de l'Unité spéciale, tout cela était pour vous. Pour lire sur vos traits cette fierté que je désire de toute mon âme. Mais j'ai su que j'échouerais dès que j'ai croisé votre regard, alors que vous serriez mon petit frère inconscient contre vous.

Un samouraï ne peut faillir ou bien il doit mourir. Je suis donc parti pour effacer ma faute. Pour que, tête haute, vous puissiez regarder vos amis, vos voisins et votre famille avec dignité, à défaut de la fierté que ma conduite aurait dû vous inspirer.

J'attends avec impatience le matin où mon nom s'affichera sur la liste du commandant. Aucune peur ne m'étreindra alors. Au contraire de mes camarades, je ne me rendrai pas au restaurant de mère Akiko pour une dernière soirée. Je fermerai ce carnet que je ferai parvenir à ma mère et Akio, puis j'attendrai sereinement le lever du jour. Je n'éprouverai pas de regret, je n'aurai pas d'autre adieu à faire.

Je serai délivré, tout simplement.

En attendant ce jour, je vis. Tadao prétend que je me contente d'exister. Il le déplore. Combien de fois m'a-t-il entraîné dans le restaurant de mère Akiko pour un verre, une partie de majong ou un dîner ? Je l'accompagne sans être dupe. Ce n'est pas de moi qu'il a besoin, mais de Komiko. Cependant, je me prête à son jeu. Il est mon ami. Il me fait penser à l'adolescent que deviendra mon frère Akio dans quelques années et que je ne connaîtrai pas. Cela m'attriste mais ne fléchit pas ma volonté. Car je partirai pour lui aussi, pour le pardon qu'il m'accordera. Je sais qu'il me l'a offert dès le premier jour. Mais cela ne me suffit pas. Seul mon sacrifice effacera à mes propres yeux ce que j'ai fait.

Tadao ne sait rien des idées qui m'agitent. Il constate mes nuits sans sommeil, mon mutisme. Il me traîne chaque soir chez Akiko. Pendant que lui et Komiko échangent sourires, frôlement de peau et promesses silencieuses des bonheurs qui les attendent après le service, je bois mon saké, heureux de constater l'appétit avec lequel il dévore ces moments éphémères. Sur sa demande, Komiko me présente l'une ou l'autre de ses amies, prêtes à accompagner le tokko *qui va donner sa vie pour les protéger. J'accepte le dîner, la discussion, rien de plus. Autant que possible, je ne veux pas d'attache, même temporaire. Je ne veux pas laisser de regrets.*

Ni Tadao ni Komiko ne partagent cette réserve. Ce qui a commencé comme une tendre relation sans engagement s'est mué au fil des jours en un lien plus passionné. Ils s'aiment. Contraints par le temps, ils explorent chaque fil de leur histoire avec frénésie. Demain n'existe pas. Seul compte aujourd'hui et la puissance de la vague qui les emporte. Je suis heureux pour eux. Inquiet, aussi. La discrétion, la douceur de façade de Komiko cachent une détermination que son amoureux ne soupçonne pas. Elle se trahit par le pli triste de ses lèvres lorsqu'elle regarde Tadao. Lorsque je le lui fais remarquer, il refuse de l'admettre.

— Comment peux-tu douter de notre loyauté ? C'est justement parce que nous nous aimons que je dois accomplir ma mission. Pour la protéger. Komiko le sait et l'accepte comme toutes les femmes de ce pays. Quelle honte éprouverait-elle si je fuyais ! Et moi, comment pourrais-je affronter mes parents, mes amis, mon empereur si je me détournais de mon devoir ? Comment pourrais-je me respecter encore moi-même ?

J'adhère totalement à ces paroles. Tadao est jeune mais il possède plus de volonté que je n'en aurai jamais. Le Japon perdra un artiste d'une extraordinaire sensibilité lorsque mon ami se fracassera contre la coque d'un navire américain. Tout en lui est entier : son amour pour Komiko, son amitié pour moi. Mais par-dessus tout, son dévouement pour notre pays.

L'enseignement reçu dans nos écoles a porté ses fruits. Les légendes de nos héros, les récits du sacrifice de leur vie pour servir notre empereur ont bercé notre enfance. Nous ne pouvons envisager de décevoir. Et rien ne nous arrêtera.

On dit que nos ennemis sont pires que des bêtes. Qu'ils torturent et mutilent leurs prisonniers, massacrent les enfants et violent les femmes. Que partout où ils passent, ils sèment la désolation, la terreur et répandent le sang des civils. Nous ne pouvons leur permettre de poser un pied sur notre terre sacrée. Plutôt mourir en causant leur mort.

***

Il s'appelait Fumio. C'est sa mort qui a tout déclenché. Et pourtant, je le connaissais peu. Il ne dormait pas dans notre baraquement, ne s'entraînait pas aux mêmes heures. Je crois que nous n'avions échangé que quelques paroles. Il venait d'un petit village, non loin d'ici. Son intelligence, ses capacités avaient attiré l'attention d'un capitaine recruteur qui lui avait fait intégrer l'école de pilotage. Sorti premier de sa promotion, il s'était immédiatement porté volontaire pour l'Unité spéciale.

Hier matin, à 10 h 38, Fumio a précipité l'Okha qu'il pilotait sur un cuirassé américain qui croisait au large d'Okinawa, provoquant l'explosion des machines et la disparition du navire et de son équipage dans les eaux sombres de la baie.

Fumio se joignait parfois à nous lorsque nous allions dîner chez mère Akiko. Les jeunes serveuses l'entouraient, le faisaient boire et manger. Fumio les amusait par ses plaisanteries et sa bonne humeur. Ce jour d'après sa mort, l'ambiance est grave. Komiko vient nous servir avec un visage défait. Sur l'insistance de Tadao, elle finit par se joindre à nous mais reste assise, mains sur les genoux et yeux baissés.

— Qu'as-tu, enfin ? demande mon ami. Tu ne dis rien.

Komiko ne contredit jamais personne en public. Elle reste modeste et tait ses pensées pour laisser place à celles des autres. Aussi, sa réponse nous sidère.

— Pourquoi les hommes doivent-ils se battre, Tadao ? Pourquoi se détestent-ils ? Nous ne sommes pas sur terre pour ôter la vie mais pour la chérir.

Stupéfait, mon ami jette un coup d'œil autour de nous. Par bonheur, nous sommes installés dans un coin de la salle où personne ne peut nous entendre. Je regarde Tadao, incrédule.

— Komiko, tais-toi, chuchote-t-il. Tu ne sais rien de la guerre.

— Mais ceux qui savent parlent. Et ce qu'ils disent ne correspond pas aux discours de vos chefs.

Tadao pose sa main sur sa bouche, mais elle se dégage et le fixe avec une inconcevable provocation.

— Ils disent que la guerre est perdue, Tadao. C'est une question de semaines. Votre sacrifice ne changera pas cela, alors pourquoi exiger de vous que vous mouriez ?

Je suis abasourdi. Pas Tadao. Soudain, je devine la vérité. Cette discussion a déjà eu lieu entre eux ! La mort de Fumio ravive leurs dissensions. Je me lève pour les laisser à leur querelle, mais Komiko me retient par le bras.

— Non, reste, Kiyoshi. Tu es son aîné. Dis-lui qu'il n'y a pas de gloire à mourir pour une cause perdue.

Komiko retient ses larmes. Malgré ma colère, je la plains. C'est une femme amoureuse. Les paroles des lâches qui nient la victoire trouvent en elle un écho.

— La mère de Fumio est venue cet après-midi au restaurant. Elle pleurait quand mère Akiko lui a tendu le petit doigt de son fils. Aurait-elle dû montrer son bonheur d'avoir servi son pays devant ce qu'on lui rendait de son enfant ? Fumio, comme vous tous, était un étudiant brillant, promis à un bel avenir. Il ne restera de lui que les cendres d'un doigt dans l'alcôve de ses ancêtres. Dis-moi, Kiyoshi, que vaut un pays qui envoie ses fils les plus méritants à une mort inutile ?

Je ne peux pas écouter cela. Je ne veux pas nier la peine d'une mère, mais les paroles que déverse Komiko dans nos oreilles effarées rejoignent les chuchotements qui courent à la base. Notre armée n'est plus qu'une ombre désespérée face aux forces américaines. Nous le savons. Tout le monde le sait, mais nous nous taisons pour écouter les discours pleins de flamme et de patriotisme dont nos dirigeants nous gratifient avant chaque mission. Nous devons infliger à l'ennemi le plus de pertes possible avant de succomber. C'est notre devoir.

— Tais-toi, Komiko, ordonne Tadao. Fumio a librement choisi de donner sa vie.

Je cherche à me libérer de la main de Komiko mais ses doigts agrippent mon bras comme les serres d'un oiseau de proie.

— Fumio était brillant, répète-t-elle. Il aurait pu aider à reconstruire notre pays après la guerre, se marier, avoir des enfants. Mais l'armée a réclamé son sang comme il réclame celui des femmes et des enfants. Savez-vous ce qu'on a dit aux civils d'Okinawa ? Qu'en cas de débarquement sur l'île, les Américains ne devaient trouver que mort et désolation. Des milliers d'innocents se sont suicidés. Pourquoi ? Pour l'honneur ? Mais de quel honneur parle-t-on quand on tue des enfants ?

— Tais-toi, Komiko ! répète Tadao, cette fois avec violence. Tu n'es qu'une pauvre ignorante qui ne sait pas ce qu'elle dit !

L'insulte fait reculer la jeune fille. Les larmes débordent sur ses joues. Je devine le remords dans les yeux de Tadao. Il cherche à lui prendre la main. Elle l'évite, se lève.

— Je suis ignorante de la haine, oui. Et vous, les hommes, vous vous égarez dans un honneur indigne. Vous croyez protéger vos femmes et vos enfants en choisissant la mort, mais, pendant ce temps, vos chefs les appellent au suicide.

Un sanglot l'empêche de poursuivre. Elle s'essuie les yeux du revers de sa manche, se redresse, raide, face à nous.

— Je ne veux pas mourir, Tadao, et je ne veux pas que tu meures, parce que j'attends notre enfant.

18

La journée promettait d'être longue, mouillée et stridente. Elle avait commencé par les pleurs de la petite Amélie que Colombe avait dû consoler du départ précipité de son père, s'était poursuivie par la dispute entre deux énergumènes refusant de céder sur la propriété d'une petite voiture… et envenimée par le chagrin d'Élodie abandonnée par sa meilleure copine.

Des mini-drames et de gros désespoirs à ne pas négliger sous peine de cris et de disputes. Assez facile à gérer, en réalité, au bout de quelques jours. Le plus difficile était de garder un œil sur Simon tandis que l'autre volait d'un enfant à l'autre, guettant les conflits, encourageant un élève, surveillant les jeux. De quoi attraper un strabisme divergent agrémenté d'une migraine carabinée. Par bonheur – mais s'en réjouir ne convenait pas à son statut d'enseignante scrupuleuse, aussi Colombe s'en cachait-elle –, Simon était tombé malade dès le lendemain de la rentrée. Il n'avait réintégré la classe que deux semaines plus tard. Depuis la veille, donc, c'était à nouveau l'enfer.

Après deux crises de hurlements en moins de quinze minutes, Colombe s'était résolue à appeler Marie-Rose à son secours. L'assistante maternelle avait gardé le petit garçon toute la matinée dans son bureau, privant ainsi Sagamore de son aide. Celui-ci ne lui avait rien reproché, mais il n'était pas question de recourir à cette solution tous les jours. Colombe ne voulait surtout pas lui être redevable.

Simon posait un problème monumental. Tout l'incommodait. Le bruit des objets tombant à terre, le niveau sonore des jeux de ses camarades. La moindre transgression à l'une des règles établies en classe le jetait dans des rages folles. Il se précipitait alors sur l'enfant fautif, le secouait en lui assenant en boucle la règle non respectée. Il fallait intervenir pour consoler le petit camarade en pleurs et tenter d'apaiser Simon.

Si ça continuait, elle allait exploser. Aussi, lorsqu'elle aperçut du coin de l'œil le petit garçon en train de menacer le frêle Ethan avec une voiture en plastique, elle se précipita, l'empoigna à bras-le-corps et l'emporta dans le couloir, hurlant et se débattant.

Sa première réaction fut de hurler plus fort que lui. L'obliger à écouter sa colère à elle, son énervement de ne pouvoir travailler avec ses élèves sans avoir à le surveiller, son ras-le-bol de ses rages et de ses exigences. Il la dévorait, buvait son énergie, la laissant au bout du compte exsangue et insatisfaite. Il devait comprendre qu'elle ne pourrait pas tenir s'il ne changeait pas de comportement, il devait se rendre compte qu'elle allait le…

Soudain elle vit son visage tout près du sien. Ses joues mouillées, ses traits tordus de souffrance. Simon, les yeux fermés, se frappait la tête à coups de poings en gémissant « Méchant ! Méchant ! ». Colombe éprouva un choc. Il avait mal, non pas des coups qu'il s'infligeait, mais mal à l'âme. De gros sanglots soulevaient sa petite poitrine, il hoquetait, incapable de s'arrêter, enfermé dans sa colère, dans sa honte, dans son impuissance à exprimer autrement ses émotions que par ces hurlements, ces coups et ces pleurs. Ce « méchant » ne s'adressait pas à Ethan comme elle l'avait cru. C'était lui qu'il qualifiait de mauvais, qu'il punissait, qu'il aurait voulu… détruire par ces coups ? Colombe en eut les larmes aux yeux. Tant de détresse dans ce petit corps ! Cette horrible sensation d'être incapable d'exprimer son mal-être, de ne pas pouvoir extirper cette souffrance qui détruit de l'intérieur, elle la connaissait.

Un calme étonnant l'envahit. Elle posa l'enfant à terre. Il se recroquevilla contre les casiers à chaussons, enfermé dans sa litanie.

— Regarde-moi, Simon.

Elle répéta sa demande sans se lasser, sur le même ton doux et ferme. Mais l'enfant ne l'entendait pas. Elle se déplaça pour le regarder dans les yeux. En même temps, elle tendait l'oreille vers la porte ouverte de la classe. Bon, pour l'instant, personne ne s'étripait à l'intérieur.

— Je sais que tu es en colère, Simon. Tu peux m'expliquer pourquoi ?

Ce fut comme si elle l'avait piqué avec une grosse aiguille. Le petit garçon se remit à hurler en essayant de cogner son front contre le sol. Colombe le retint de justesse.

— Non ! Méchant ! Méchant !

— Tu veux que j'essaie d'expliquer à ta place ?

— Oui !

Ah ! Un pas en avant, songea-t-elle, satisfaite. Elle avait réussi à casser sa litanie. Il ne se frappait plus et écoutait, le visage toujours crispé et sillonné de larmes.

— Ethan parlait trop fort. Tu as voulu lui expliquer la règle du chuchotement mais il ne voulait pas t'écouter, alors tu t'es fâché.

— C'est pas bien, pas bien, pas bien de crier ! Et ça casse les oreilles et ça me fait mal…

Lui aussi criait mais cela ne semblait pas le déranger ! Au lieu de le lui faire remarquer, Colombe décida de poursuivre sur le même ton calme.

— Tu t'es mis en colère, répéta-t-elle. C'est une petite colère, une moyenne colère ou une grosse colère ?

L'enfant resta bouche ouverte. On aurait dit un poisson hors de l'eau. Considérant sa question avec beaucoup d'attention, il en avait oublié de brailler.

— C'est une moyenne colère, décréta-t-il après une profonde réflexion.

— Dans ce cas, que pourrais-tu faire pour calmer cette moyenne colère ?

— Je sais pas.

— On pourrait essayer un câlin, tu veux bien ?

Il lui tendit les bras, le nez affreusement morveux. Son petit visage mouillé vint se nicher dans le cou de Colombe. Elle le serra contre elle, pas trop fort, juste assez pour le réconforter. En même temps elle lui parlait, lui assurait qu'il n'était pas méchant mais qu'elle lui apprendrait à dire les choses autrement. Son corps se détendit dans ses bras. Il était si petit, si perdu. Comme elle l'avait été.

Au bout d'un moment, elle le reposa sur ses pieds, saisit un mouchoir sur l'étagère et lui essuya le visage.

— Maintenant, on va aller redire la règle du silence à Ethan tous les deux parce que c'est mieux de parler que de taper. C'est ce que tu vas dire à Ethan. Tu lui promettras de ne plus le frapper et moi, je t'apprendrai à expliquer comment tu te sens, d'accord ?

En se relevant, elle vit Marie-Rose à la porte de Sagamore. L'aide-maternelle leva le pouce et disparut dans la classe des grands. Son approbation fit plaisir à Colombe mais elle se sentit vidée comme après une séance de psy.

Il lui fallait un moyen pour atténuer le bruit dans sa classe. L'agitation des enfants, même peu nombreux, devenait vite insupportable entre quatre murs. Dans ce cas, décréta-t-elle, ôtons les murs. Ainsi, le bruit s'éparpillerait dans l'espace sans importuner les oreilles de Simon. Une idée prenait forme dans sa tête. Aussitôt que sonna la cloche de l'église, elle sortit sur la place, munie de son téléphone portable. Si Mme Météo ne s'était pas trompée, les trois prochains jours de classe avec Simon seraient sauvés.

Premier cliché : la porte de l'école. Deuxième : la croix couverte de givre. Colombe photographia tous les éléments identifiables de la place. Le porche qui menait vers la place des Frères, quelques façades de maisons aux pierres apparentes, des détails sculptés sur les arcades des fenêtres, le tunnel menant au pied des remparts. Elle s'absorbait si bien dans sa tâche qu'elle n'entendit pas le bruit de pas derrière elle et sursauta lorsque la voix de Marie-Rose la héla. L'aide-maternelle, un panier rempli de bruyère suspendu à son bras, la rejoignit au pied du pont de la Planche à Cul.

— Loisir ou travail ? demanda-t-elle. Tu ne t'arrêtes même pas pour déjeuner ?

Marie-Rose la tutoyait mais Colombe ne parvenait pas encore à l'imiter. L'assistante maternelle soupçonnait-elle son identité ? Elle n'en montrait rien. Dans le doute, Colombe se réfugiait derrière le vouvoiement pour ne pas s'exposer aux questions. Il est toujours plus difficile d'interroger une personne qui s'obstine à maintenir une distance entre vous.

Colombe exhiba son sandwich. Pas aussi bon que ceux de Milo, mais elle n'avait pas encore eu le courage de retourner à la Planche. Et Milo n'était pas monté à l'école. Est-ce qu'il lui en voulait ? Mais de quoi ? Elle n'avait pas cherché à le violer, tout de même ! N'empêche… Depuis ce soir-là, l'expression d'Effie la poursuivait. Colombe se sentait coupable, et furieuse contre elle-même de ressentir cela. Milo ne l'avait pas repoussée. Pas tout de suite. Ils étaient deux adultes responsables. Elle n'y pouvait rien si Effie avait surgi au mauvais moment. C'était à Milo de mettre de l'ordre dans sa vie, non ?

Marie-Rose attendait sa réponse en souriant. Colombe s'efforça de chasser son malaise en montrant son téléphone.

— J'ai eu une idée pour sortir un peu Simon du bruit de la classe. Je vais organiser une chasse au trésor pour aborder le repérage et les parcours. Et vous ? Vous ne rentrez pas déjeuner aujourd'hui ?

— C'est le jour des oubliés du cimetière, dit l'assistante maternelle en montrant son panier. Tu as fini ? Accompagne-moi si tu veux.

Le petit pont glissait. Depuis la première visite de Colombe, les arbres avaient bruni. Les croix et les stèles pointaient plus haut parmi les herbes jaunissantes. Mais la paix du lieu agissait encore. Colombe aimait cet endroit. Il en émanait une telle sérénité que toutes ses tensions disparaissaient. Elle aurait dû revenir pour saluer Louise. Est-ce que la scène miniature se trouvait toujours sur sa tombe ? Soudain, elle eut envie de presser le pas pour le savoir.

Mais Marie-Rose passait d'une tombe à l'autre, balayant les feuilles amassées sur les dalles, changeant les fleurs fanées des vases. Elle s'accroupit à côté d'une tombe et entreprit de remplacer une plante desséchée par l'un de ses pots de bruyère.

— Vous connaissiez cette personne ? demanda Colombe en s'accroupissant près d'elle.

— Non, mais quelle importance ? J'aime rendre visite à ces gens. Ils ne voient pas passer grand monde, tu sais. C'est un vieux cimetière. On n'enterre plus personne ici depuis quinze ans. La mairie a aménagé un autre espace à la sortie du village. Depuis, les morts d'ici sont un peu oubliés.

— Sauf par vous.

— Quelques mamies descendent parfois ici aussi. Nous avons chacune nos tombes préférées. Tu trouves ça morbide ?

— Au contraire. On se promène bien au Père-Lachaise. Il y a même un cimetière célèbre à Los Angeles où les gens vont pique-niquer et écouter des concerts.

— Pour la musique, je préfère la Planche, fit Marie-Rose en riant. Viens, je vais te présenter quelques amis.

Elle parlait des morts. De ce moine meunier, si attaché à son moulin qu'il avait demandé à être enterré en face de la roue à aubes. De cet herboriste qui avait créé le jardin médicinal du cloître et dont Marie-Rose fleurissait la tombe de plantes aromatiques soigneusement choisies. Ils étaient presque de sa famille.

Elle montra deux croix très anciennes dans un carré de buis.

— Regarde, les inscriptions se sont effacées avec le temps. Les moines enterrés ici ont perdu jusqu'à leur nom. Je trouve ça triste. C'est bien de venir leur dire de temps à autre qu'on se souvient qu'ils ont existé. Et je leur offre des fleurs.

— Milo vous comprendrait, dit Colombe. Il ne veut pas qu'on l'oublie, c'est pour cela qu'il a rouvert la Planche. Pour laisser une trace de lui dans la mémoire des gens.

À grandes claques énergiques, Marie-Rose tassa la terre autour de la bruyère.

— Il aurait pu choisir une autre manière de laisser sa trace, grommela-t-elle.

— Je croyais que vous faisiez partie de son fan-club.

— Pour ce qu'il a réalisé avec la Planche, oui. Pour le reste, je ferais mieux de me taire. Je n'ai pas le droit de juger la façon dont il mène sa vie.

Mais il était clair qu'elle la désavouait. Colombe s'appliqua à gratter la mousse en insinuant d'une voix qu'elle espérait indifférente :

— Vous voulez parler d'Effie ?

Hum, elle aurait fait une très mauvaise comédienne. Marie-Rose lui jeta un coup d'œil pensif. Colombe fit mine de s'échiner sur une mauvaise herbe tenace. L'aide-maternelle rassembla ses pots vides et finit par répondre :

— Autant te mettre au courant, au moins, les choses seront claires. Milo et Effie sortaient ensemble depuis l'âge de quinze ans. On savait qu'ils se marieraient dès que Milo aurait fini ses études et décroché son premier poste. Au bout d'un an dans cette grosse société d'aéronautique, Milo a eu son accident de santé. Cela l'a transformé. On ne sait pas ce qui s'est passé. Dès sa guérison, il est parti au Tibet et, à son retour, il a rompu avec Effie sans explication et a acheté la Planche. Personne n'a rien compris. Effie a été dévastée. Ils ont continué à se voir, mais Milo ne veut lui donner aucun espoir. La situation est terrible pour Effie qui le côtoie tous les jours. N'en déplaise à Milo, c'est la raison principale qui pousse beaucoup de gens à boycotter son restaurant. On ne lui pardonne pas de faire souffrir cette pauvre fille.

Milo si prévenant, si empathique et généreux ! Colombe ne le reconnaissait pas dans l'homme que lui décrivait Marie-Rose. Plaquer sa fiancée après tant de promesses, c'était ignoble. Que s'était-il passé pour qu'il en arrive à cette extrémité ? Elle se gardait bien de se l'avouer, mais le charme du jeune restaurateur n'était pas étranger à l'envie qu'elle éprouvait de lui trouver des excuses.

— Effie l'aime toujours ?

— Bien sûr, mais surtout, elle est certaine que Milo lui aussi l'aime encore.

— Vous y croyez ?

— C'est difficile à dire. Milo tient à elle, c'est certain, mais il ne veut pas renouer. Effie insiste, elle est convaincue qu'ils sont faits l'un pour l'autre. Mais leur histoire s'éloigne de plus en plus d'un éventuel « ils furent heureux et eurent beaucoup d'enfants ». Effie est une adorable jeune fille, sensible et généreuse. Personne n'a envie de la voir encore plus malheureuse.

Sa phrase sonnait comme un avertissement. À coup sûr, Marie-Rose savait ce qui s'était passé entre Milo et Colombe. Dans un si petit village, il était difficile de préserver sa vie privée. Partagée entre la culpabilité et l'agacement, la jeune institutrice suivit l'aide-maternelle vers le carré de bouleaux au centre du cimetière. Après tout, Milo était libre, il faisait ce qu'il voulait. Elle avait honte du plaisir qui lui pinçait le ventre à cette idée. Bien sûr, la détresse d'Effie l'attristait. Mais qu'y pouvait-elle ? Elle n'avait rien volé, ni trahi personne. Elle s'était retrouvée dans les bras de Milo au mauvais moment. Mais il n'allait pas se condamner au célibat juste pour préserver Effie. Sa vie privée – la sienne aussi – ne concernait pas le village.

Elle changea de sujet pour chasser le malaise qui s'était emparé d'elle.

— Vous rendez visite à toutes les tombes ?

— Pas le même jour, mais je m'arrête toujours devant celle-ci.

Marie-Rose s'immobilisa devant la pierre abritée par les grands bouleaux. D'un seul coup, Milo, Effie, la Planche, tout s'effaça dans l'esprit de Colombe. Marie-Rose avait entrepris de débarrasser la sépulture de Louise des feuilles mortes qui l'encombraient. La tasse et les brindilles avaient disparu.

— Vous la connaissiez ? dit-elle d'une voix un peu sourde. En fait, je suis déjà venue ici. D'abord, j'ai cru qu'il s'agissait d'un pré et puis j'ai découvert les tombes. Il y avait des détritus sur certaines d'entre elles…

— Les gens ne respectent plus rien, grommela Marie-Rose. J'ai même trouvé une tasse sur cette stèle l'autre jour. On n'est pas en Amérique ici. Quoique… Louise était serveuse à la Planche avant sa mort. C'était peut-être un hommage ? Mais je me demande bien qui pourrait avoir eu une idée pareille.

C'était le moment de la questionner. Mais comment s'y prendre sans dévoiler son identité ? Heureusement, Marie-Rose aimait parler de ses morts.

— Louise n'avait pas vraiment d'amies. Elle ne vivait que pour son travail et son enfant. Pauvre gosse. Sa vie n'a pas été très drôle. J'avais son âge lorsqu'elle est morte. Aucune famille ne s'est montrée à son enterrement. Elle n'en avait sans doute pas, alors je viens parfois lui parler et lui tenir compagnie.

Elle s'interrompit pour caresser la croix.

— Je me souviens du jour où elle a débarqué, son bébé sous le bras, sans un centime en poche. L'oncle de Milo lui a aussitôt offert cet emploi de serveuse. Elle était courageuse, tu sais. Sa petite Divine ne manquait de rien. J'ai toujours pensé qu'elle soignait un chagrin d'amour en venant s'installer ici. Elle n'a jamais parlé du père de sa petite. D'ailleurs, quand elle est morte, personne n'est venu réclamer l'enfant. L'institutrice de l'époque l'a adoptée et emmenée à Lyon avec elle. C'est ce qui pouvait lui arriver de mieux. Louise a été enterrée ici, sur la demande du médecin du village. Elle le consultait de temps en temps pour les petits bobos de sa fille. C'est peut-être le seul à qui elle s'est un peu confiée.

Une grosse boule durcissait dans la gorge de Colombe. C'était si étrange d'entendre parler de sa mère par une personne qui l'avait côtoyée ! Est-ce que Marie-Rose lui avait caressé les cheveux lorsqu'elle était petite ? Et si elle lui révélait son vrai nom ? Divine-Colombe Delgrieux-Massiny. Où Louise avait-elle pêché un prénom aussi ridicule ? Par bonheur, sur ses prières, Elsa et Paul avaient accepté depuis longtemps de l'appeler Colombe.

— Parfois, je me demande ce qu'est devenue son enfant. J'espère qu'elle va bien. J'aurais aimé donner de ses nouvelles à Louise en venant ici. Elle l'aimait tant.

— Pourtant elle s'est suicidée.

Marie-Rose sursauta, fronça les sourcils en la scrutant avec attention.

— Comment le sais-tu ?

— Je… crois que Milo a mentionné son nom en me racontant l'histoire de son bistrot.

— Il se trompe, dit Marie-Rose avec force. Louise ne voulait pas se supprimer. Les gendarmes, à l'époque, n'ont pas voulu me croire. Ou bien ils ne voulaient pas s'embêter avec la mort d'une fille dont le corps n'était pas réclamé. Suicide, c'était plus simple. Ils ont classé l'affaire. Mais je sais que c'est faux.

Respirer calmement, ne pas assaillir Marie-Rose de questions qui bloqueraient ses confidences. L'assistante maternelle grommelait en arrachant ses herbes, inconsciente de l'ouragan qui se déchaînait sous le crâne de sa compagne.

— Je l'ai croisée la veille de sa mort chez le Dr Mazoyer. Est-ce que quelqu'un qui songe à se supprimer irait consulter un médecin avant d'aller se jeter dans un ravin ?

— Sa fille était peut-être malade ?

— Le docteur a déclaré Divine en pleine forme le lendemain de la disparition de sa mère.

— Alors c'était Louise…

Forcément. Sinon, pourquoi serait-elle allée voir un médecin ? Peut-être était-elle gravement malade. Condamnée. Désespérée, elle avait confié sa fille à Elsa en qui elle avait confiance plutôt que de laisser les services de l'enfance s'en occuper. Puis, n'en déplaise à Marie-Rose, elle s'était suicidée. La lettre laissée à Elsa, le carnet japonais, son seul héritage, tout confirmait cette thèse. Pas étonnant que les gendarmes n'aient pas cherché à en savoir plus.

— Même condamnée, Louise aurait continué à se battre pour Divine, protesta Marie-Rose. Jamais elle n'aurait baissé les bras. Lorsque je l'ai vue ce jour-là dans le cabinet du docteur, elle prenait congé de lui en disant : « Je ne permettrai pas que ma fille perde la seule famille qui lui reste. » Divine n'avait qu'elle au monde. Franchement, est-ce que le suicide tient face à une détermination pareille ?

Qu'en savait-elle ? Le désespoir occulte les facultés de raisonnement. On tombe dans un vide sans fond, sans issue autre que la mort. Aucune force humaine ne peut alors vous détourner de cette aspiration morbide. Colombe frissonna. Elle était passée si près ! Sans l'amour immense d'Elsa et Paul pour la retenir, la terre l'aurait ensevelie elle aussi.

— Non mais regardez-moi ça ! Si je tenais le petit crétin qui s'amuse à salir ces tombes ! D'abord une tasse et maintenant ça…

— Attendez ! Regardez.

La main de Marie-Rose s'immobilisa au-dessus de la dalle qu'elle venait de déblayer. Colombe s'accroupit. Une passoire. L'ustensile cabossé était placé à l'envers sous l'angle de la pierre. Aucun doute, il s'agissait encore d'une scène miniature. La passoire, soigneusement disposée sur un bout de miroir, se reflétait dans ce pseudo-lac comme une montagne irréelle. On avait accentué et légèrement modifié son image par un coup de pinceau blanc. Celle-ci affectait maintenant la forme d'un visage dont les cheveux se perdaient le long du manche de la passoire. L'ensemble, d'une délicate facture, inspirait un calme serein.

— Un ponton sur un lac, murmura Marie-Rose. Qui a pu réaliser une scène aussi minutieuse ? C'est magnifique ! La passoire représente une montagne enneigée. Regarde ce coton sur le sommet. C'est bizarre, il me semble avoir déjà vu cette forme quelque part. Et son reflet… On dirait une estampe japonaise.

Colombe eut l'impression de recevoir un coup de poing. Elle se souvenait tout à coup du nom de cette montagne honorée, photographiée, célébrée par les artistes du monde entier. Le mont Fuji. Un volcan japonais. Comme l'écriture du carnet de Louise.

Coïncidence ? Impossible. La scène sur la tombe, le carnet trouvé dans son couffin : ces faits ramenaient tous deux à Louise. On ne pouvait taxer cela de hasard. D'autant plus si l'on y reliait l'arrivée de Kei, le baroudeur du Japon… Les jambes tremblantes, Colombe s'agenouilla. Qui était réellement ce type ? Elle n'avait même pas songé à l'interroger avant de lui remettre la copie de son carnet. Avait-il quelque chose à voir avec ces petits tableaux ? Et pourquoi les aurait-il installés sur la tombe de sa mère ? Et sur sa voiture aussi, peut-être…

Fébrile, elle fouilla sa poche. Elle n'avait pas remis cet anorak depuis qu'elle avait quitté la Planche quelque temps plus tôt. Elle sortit le mouchoir en papier que Milo avait trouvé entre le caoutchouc et la vitre de la Fiat, le déplia. Dans sa main reposait un minuscule avion.

— Qu'est-ce que c'est ? Colombe, ça va ? Tu as l'air tout émue.

— Milo a trouvé ça sur ma voiture lorsqu'il l'a dépannée. C'était coincé dans le caoutchouc de la vitre du passager. La veille au soir, quand je suis descendue au parking, il y avait quelqu'un près de ma voiture. Je n'ai pas pu voir qui c'était, il faisait trop sombre, mais c'est peut-être cet inconnu qui a sculpté cet avion. Et qui a installé cette scène.

Elle ne parla pas des flashs. L'inconnu avait photographié l'avion et non la Fiat comme elle l'avait cru. Mais pourquoi l'avoir posé sur *sa* voiture ?

Marie-Rose examinait l'objet sans le toucher. La carlingue de l'avion vert kaki arborait un point rouge. De petits points roses ponctuaient l'angle de la porte. La facture en était minutieuse.

— Il pourrait presque faire partie de cette scène sur la tombe. Tu as une idée de qui a pu faire ça ?

Non, mais cette scène la concernait, comme l'avion sur sa voiture, comme la tasse et les deux petits personnages apeurés. Elle en était sûre, quelqu'un s'adressait à elle dans ce mystérieux langage. Il semait ses histoires imagées comme les cailloux blancs du Petit Poucet. Où voulait-il l'emmener ? Doucement, elle reprit l'objet des mains de Marie-Rose. L'inconnu l'avait fabriqué pour elle. De voir des doigts étrangers le manipuler, même avec soin, la dérangeait.

— Non, dit-elle, aucune idée. Mais je trouve cette scène très belle. On ne peut pas la qualifier de profanation puisque rien n'a été abîmé. Je ne pense pas que l'auteur de ces tableaux ait voulu se montrer irrespectueux.

— Tu sais à quoi ça me fait penser ? Pour notre voyage de noces, mon mari avait organisé en secret un séjour dans la baie d'Halong au Viêtnam. Pour moi qui n'étais jamais sortie de mon village, ces montagnes enrubannées de brumes flottant sur une mer calme et bleue, c'était... féerique. Eh bien, cette scène... J'y retrouve cette même paix. Quel dommage que le nouveau serveur de la Planche soit parti ! Nous aurions pu lui demander ce qu'il en pensait, lui qui a voyagé en Asie...

— Quoi ? Il est parti ? Mais il va revenir, n'est-ce pas ?

Ce n'était pas possible. Kei n'avait pas pu quitter le village sans l'avertir ! Elle lui avait dit l'importance qu'elle attachait à la traduction de ses feuillets. Pire encore, il avait filé avec la copie du carnet. La frustration lui fit monter les larmes aux yeux. Elle se sentait dupée.

— Dites-moi qu'il va revenir.

— Je ne sais pas. Milo m'a dit hier qu'il avait repris la route. Il avait à faire à Paris.

— Est-ce que... est-ce qu'il a laissé un message pour moi ?

Cette fois, elle lut clairement la réprobation sur le visage de Marie-Rose. Celle-ci se méprenait sur la raison de son désarroi. La nouvelle institutrice draguait deux hommes en même temps. L'embarras lui rougit les joues. Mais elle devait savoir si Kei avait oublié la mission qu'elle lui avait confiée.

— Je n'en sais rien, il faudrait demander à Milo.

La légère froideur dans la voix de Marie-Rose heurta Colombe, mais elle ne s'y attarda pas. Elle tournait les talons quand la cloche de l'église sonna un coup profond. La classe allait reprendre. Trop tard pour descendre à la Planche. Elle devrait questionner Milo plus tard.

19

Le soir de ce même jour, deux heures après la classe, Sagamore s'asseyait dans le bureau de M. l'inspecteur Guilly. Ce type était répugnant, pensait-il. Ses manières faussement avenantes, son sourire pincé, ses cheveux luisants sur le col de sa veste aux manches trop longues… Il ne manquait plus que les pellicules pour compléter le portrait. Et cette manie horripilante de parler des collègues de sa circonscription en les appelant *mes* enseignants, *mon* conseiller pédagogique, *mon* équipe ! Il dégustait ce possessif comme un bonbon : ce mot lui conférait un pouvoir incontestable. Haussé par sa fonction au-dessus des autres, il abaissait son regard condescendant sur le petit peuple des enseignants qu'il dirigeait. À vomir.

Guilly appartenait à ce type d'hommes qui, sûrs de leur position, ne peuvent concevoir l'aversion qu'ils inspirent. Transpirant d'une bienveillance hypocrite, il forçait la chaleur de sa voix au point d'en devenir sirupeux. Il pouvait bien se mettre en quatre, son œil critique n'avait pas échappé à Sagamore. Ses bottes cloutées qui écrasaient l'épaisse moquette, son jean en cuir seconde peau et son tee-shirt noir à sangles sous son long manteau queue-de-pie n'emportaient pas l'adhésion de l'inspecteur, loin de là ! Sagamore lui aurait bien planté son casque sous le nez, histoire de le choquer davantage, mais il avait renoncé. Mieux valait ne pas le provoquer. Son supérieur voulait sûrement des nouvelles de Colombe. Espion en chef, voilà la promotion qu'on lui avait réservée. Guilly attendait son rapport.

C'était l'occasion d'en savoir plus sur Colombe. Sagamore avait l'intention de tenir cette promesse faite à Marie-Rose. Colombe, qui luttait chaque jour pour comprendre Simon, finissait par forcer son admiration. Elle s'en sortait de mieux en mieux avec sa classe. L'épisode du matin en était la preuve évidente. Les cris de Simon avaient cessé brusquement. Marie-Rose, qui accourait, s'était arrêtée net sur le seuil. La scène qu'elle lui avait rapportée avait impressionné Sagamore. Simon blotti dans les bras de Colombe. Incroyable ! Alors non, pas question ce soir d'endosser ce rôle de traître. Il allait montrer à ce con pédant – rien que pour Guilly, on aurait pu attacher ces deux mots qui décrivaient si bien sa personnalité – qu'il avait commis une erreur en le considérant comme *son* enseignant.

— Comment s'est passé la rentrée, monsieur Beloro ? J'ai cru comprendre que vous auriez aimé changer d'école cette année. Hélas, l'attribution des postes se déroule dans des conditions de plus en plus difficiles, je suis sûr que vous le comprenez.

Et il fallait peut-être le plaindre pour ça ?

— J'ai relu votre dossier, monsieur Beloro. Mon prédécesseur vous a couvert d'éloges. Consciencieux, empathique et pédagogue. Je ne m'attendais pas à tant d'enthousiasme dans un premier rapport d'inspection.

Con-Pédant avait l'air de regretter ces louanges en détaillant les tatouages des avant-bras de Sagamore. Voilà qui devait faire désordre dans son esprit étroit. Un gothique en charge de jeunes enfants. N'allait-il pas leur apprendre à danser sur les tombes ? Con-Pédant toussota et finit par en venir au fait.

— Bien… et votre collègue ? Comment se débrouille-t-elle ?

— Colombe Delgrieux s'en sort très bien.

— Ah… Et avec les élèves ?

Quoi ? Que voulait-il dire ? Il s'était penché par-dessus le bureau, l'air inquisiteur. On aurait dit une commère savourant à l'avance sa prochaine médisance.

— Les élèves et leurs parents ont l'air de l'apprécier.

— Ce n'est pas tout à fait ce que l'on m'a rapporté.

Il avait craché le morceau avec une jubilation dissimulée, mais ses yeux brillants l'avaient trahi.

— Je vais être franc avec vous, monsieur Beloro, et ceci dans l'intérêt de Mlle Delgrieux. Je vous ai fait venir parce que j'ai reçu une lettre d'une famille du village qui s'interrogeait sur l'aptitude de votre collègue à remplir ses fonctions. Notez que je me méfie grandement de ce genre de dénonciation. Mais dans ce cas précis, comme il s'agit de Mlle Delgrieux, je me dois de réagir avec prudence.

Sale petit hypocrite ! Il était ravi, c'était évident. Comme Sagamore aurait aimé tenir le salaud qui avait bavé sur le compte de Colombe ! Un lâche, incapable de dire les choses en face. Il ne perdait rien pour attendre. Dans un petit village comme Sainte-Croix, l'enquête se mènerait facilement.

— Je ne comprends pas, dit-il. Vous m'aviez demandé d'aider Colombe, mais je trouve qu'elle se débrouille vraiment bien. Je ne vois pas en quoi…

— Faites-moi confiance, monsieur Beloro. Mlle Delgrieux s'est montrée fragile l'année dernière, pour ne pas dire en très grosse difficulté relationnelle avec ses élèves, au point de les placer dans une situation dangereuse, vous comprenez ? Sans certains appuis, elle n'aurait pas obtenu de poste cette année auprès des enfants.

— Je pense que Colombe a le droit de savoir ce qu'on lui reproche. Et surtout qui a écrit cette lettre.

— N'ayez crainte, je lui en parlerai. Mais je compte sur vous pour veiller à ce que tout se passe bien avant ma première visite à Mlle Delgrieux. Parlez aux parents et n'hésitez pas à m'appeler si vous l'estimez nécessaire.

Il pouvait toujours courir, l'enfoiré ! Une enseignante aussi désireuse de bien faire avec un enfant comme Simon ne méritait pas cette malveillance. Sagamore contempla l'inspecteur qui s'était levé et tenait la porte ouverte pour l'inviter à partir… et resta assis. Guilly, contrarié, fronça les sourcils.

— Oui ? Il y a autre chose ?

— Monsieur, peut-être devriez-vous me dire ce que vous craignez sans trahir de secret ? Je serais ainsi plus à même d'observer la situation et de vous informer à temps.

Il avait glissé juste assez de déférence dans sa demande pour assurer Guilly qu'il détenait toujours les rênes du pouvoir. L'inspecteur referma la porte.

— Très bien. Ce que je vais vous apprendre doit rester entre nous, n'est-ce pas ? Voyez-vous, le comportement de votre collègue pourrait être préjudiciable à l'intérêt de ses élèves, d'après la lettre que j'ai reçue. Croyez-bien que je ne me permettrais pas de juger de la vie privée de mes enseignants. Vous êtes bien placé pour le savoir. Mais dès lors qu'elle risque de provoquer un dysfonctionnement dans l'exercice de leurs fonctions, je me dois d'intervenir.

— Colombe n'a jamais eu de comportement…

— Dans un petit village, il est nécessaire de se soumettre à des règles plus strictes que dans une grande ville, monsieur Beloro. Tout le monde connaît tout le monde et le nouveau venu y est scruté avec beaucoup d'attention. Une réputation est difficile à asseoir mais aisée à détruire. Si Mlle Delgrieux avait décidé d'aller s'enivrer en ville plutôt que dans le bar du village, personne n'aurait trouvé à y redire. Je ne partage pas cette façon de voir, notez-le bien, mais je suis obligé de considérer les inquiétudes des parents et de les rassurer quant aux capacités de Mlle Delgrieux à enseigner sainement dans sa classe. Surtout si, par malheur, d'anciennes histoires venaient à resurgir…

Sagamore bouillait. Ainsi, Colombe avait raison. Son petit intermède dansant sur le bar de Milo n'avait pas plu à tout le monde. Pas difficile de deviner l'identité du dénonciateur. M. le maire avait gratifié son fils d'un esclandre mémorable, d'après la jeune femme. Mais pourquoi cherchait-il à la discréditer ? Sagamore l'avait trouvé plutôt affable à son arrivée dans le village. Cette lettre de dénonciation ne lui ressemblait pas.

— Sachez que les débuts de Mlle Delgrieux ont été difficiles. Elle a eu du mal à trouver sa place dans sa classe. Voyez-vous, certains enseignants gèrent mal leur sensibilité et considèrent l'attitude de certains enfants comme un affront personnel. Mlle Delgrieux ne s'y était pas suffisamment préparée.

— Elle a frappé un élève ?

— Qu'allez-vous chercher ? Deux ou trois enfants difficiles ont eu raison de son fragile équilibre, voilà tout. Elle a craqué en pleine classe et a fini l'année en congé maladie. Je ne peux vous en dire plus, mais vous comprenez que cela ne doit plus se reproduire…

Ainsi, Guilly tenait Colombe pour une déséquilibrée. Et pourtant, lui-même avait insisté pour que Simon reste inscrit dans sa classe. C'était donc voulu. Il cherchait à la casser. Par vengeance ? Il n'appréciait pas cet appui qui passait au-dessus de son minable petit pouvoir ? Sagamore, lui, pensait qu'elle méritait une deuxième chance.

Quelques minutes plus tard, il faisait rugir sa moto. Les pneus crièrent sur l'asphalte mouillé. Dans son cœur, la révolte grondait. L'injustice dont était victime Colombe le faisait bouillir. Il ne la laisserait pas affronter seule ses accusateurs.

Il fit à nouveau rugir son moteur sur le quai de Saône, tout en se moquant de lui-même. En réalité, devait-il reconnaître, la manière dont Colombe se fermait sur ses mystères le fascinait. Une vraie coquille d'huître. Si elle croyait ainsi se protéger du reste du monde, elle se trompait. En fait, cela provoquait en lui une furieuse envie de découvrir ses secrets. Elle était fascinante et… attirante aussi.

Allons bon, pourquoi était-il toujours sensible aux écorchées qui finissaient sans faute par le blesser ? Amour ou altruisme ? Il gara sa moto devant son immeuble et coupa le moteur. Au moins, le fantôme de Zélie s'éloignait. Il y pensait moins ces derniers temps. Cela l'étonna. Quelques semaines auparavant, il était dévasté. Aujourd'hui ne lui restait qu'un vague sentiment de nostalgie. Cela lui fit presque peur. Il s'était cru si amoureux…

Soudain, il se rendit compte que les hurlements de la musique métal qui ricochaient dans la cage d'escalier provenaient de chez lui. Derrière la porte de son appartement résonnaient des accords distordus des basses poussées à fond. Stupéfait, il franchit les dernières marches au pas de course. L'appartement aurait dû être vide. Il n'y avait pas remis les pieds depuis la pré-rentrée, donc depuis le départ de Zélie. Mais la musique sauvage qui retentissait à l'intérieur donnait plutôt l'impression d'une fête enragée

— Saga ! Oh mon amour, comme tu m'as manqué !

Elle s'était jetée sur lui comme un animal affamé et dévorait de baisers chaque parcelle de peau découverte. Elle lui prit les lèvres goulûment, le renversant sur le canapé et commença à lui mordiller la poitrine, impatiente, tandis que ses mains s'attaquaient aux boutons de sa chemise. Sagamore parvint à la repousser tandis qu'elle reprenait son souffle. Il s'écarta d'elle comme d'un chat aux griffes sorties.

— Putain, Zélie ! Qu'est-ce que tu fous là ?

L'enceinte posée sur le bar de la cuisine éructait des sons assourdissants. Plus pour longtemps. La musique mourut à la seconde où la petite boîte noire éclata sur le carrelage. Zélie sursauta, ouvrit la bouche, la referma. En d'autres temps, elle aurait explosé, l'aurait abreuvé de tout son répertoire d'injures. Sa Bose réduite en morceaux ! Mais l'expression de Sagamore la convainquit de ravaler sa frustration. Elle s'était clairement attendue à un autre accueil. Genre bonheur d'assister au retour de la femme prodigue. Malgré la violence de son geste, elle voulut y croire encore et se coula près de lui. Il l'évita en se glissant derrière le bar. Zélie, interdite, resta de l'autre côté. Sagamore respirait vite, trop vite.

— Je croyais que tu serais content de me revoir.

Petite moue du bout de ses lèvres roses. Elle jouait à merveille la fillette incomprise. C'était son arme. Elle la maniait à la perfection, savait le culpabiliser, le pousser à se mettre en quatre pour lui redonner le sourire, sa récompense qu'il savourait jusqu'à la prochaine exigence. Zélie n'était qu'une gosse capricieuse et égocentrique. Pourquoi ne l'avait-il pas compris plus tôt ? Il avait préféré s'attacher à ce côté chien perdu qu'il avait cru déceler en elle et qui l'avait tant touché. Mais qui, en cet instant, l'exaspérait au plus haut point.

— Tu as fichu le camp sans explication. Tu t'attendais à quoi ? D'ailleurs… depuis quand es-tu revenue ? Putain, Zélie, qu'est-ce que tu as foutu ici ?

Une décharge. Il détaillait, atterré, l'état de la pièce. Des vêtements sales encombraient le canapé et les chaises de la cuisine. Sur la table, les reliefs d'un pique-nique. Ou de plusieurs. La vaisselle poisseuse dans l'évier. Et l'odeur. Lourde, mélange de vapeurs de cuisine et de relents de transpiration. Zélie n'était pas douée pour le ménage, c'était toujours lui qui s'y collait, mais là, elle dépassait les bornes.

— Je suis revenue le lendemain ! s'écria la jeune femme en reniflant. Et tu étais parti. Je t'ai attendu pendant des jours !

Pourquoi n'es-tu pas rentré ? Je t'ai appelé sur ton portable des dizaines de fois !

Le portable de Sagamore était resté dans la sacoche de sa moto. Et sa moto n'avait pas bougé du parking de la mairie. Passant toutes ses communications sur le portable de l'école, il avait mis le sien en quarantaine, coupant tout contact avec sa vie hors de Sainte-Croix. C'était la seule solution qu'il avait trouvée pour oublier Zélie.

— Ne retourne pas la situation. C'est toi qui es partie ! Tu as pris ta décision, tu n'as plus rien à foutre ici. Fiche-le camp, c'est clair ?

Jamais il n'aurait pensé pouvoir dire ça. Elle non plus n'en croyait pas ses oreilles. Incapable d'encaisser le choc, elle écarquillait les yeux, ouvrait et fermait la bouche comme un poisson rouge dans un bocal. Il la prit par le bras et la poussa vers la chambre en répétant :

— Tu fais ton sac et tu dégages.

— Tu ne peux pas… Je t'aime, Saga. J'ai commis une erreur en partant. Tu comprends, tu ne parlais que de ton métier, de tes gosses, de ce village paumé dans la montagne. C'est toi qui me mettais à l'écart de ta vie. J'ai essayé de me convaincre que tu serais mieux sans moi. Mais c'est impossible. Je ne peux pas me passer de toi. J'ai besoin de te sentir près de moi, de te toucher, d'être avec toi à chaque instant. J'ai compris que tu aimais trop ton métier pour le quitter et qu'il me faudra te partager pour ne pas te perdre. Sans toi, je ne suis rien. Alors, tant pis pour mes rêves. Tu es plus important que tout. C'est pour cela que je suis revenue. Est-ce que tu aurais le cœur de me repousser ?

Sagamore écoutait, effaré. Derrière la tirade de Zélie, il percevait enfin la fêlure. Une pointe de froideur qui réduisait à néant l'ardeur de la déclaration. Il avait tant espéré les entendre ces mots, et à présent que Zélie les livrait enfin, le bonheur qu'il espérait ressentir ne naissait pas en lui. Toute cette scène, c'était trop. Zélie en amoureuse éplorée, ça ne lui ressemblait pas. En revanche, les vêtements en pagaille, les reliefs de nourriture attaqués par de grosses mouches bourdonnantes, la musique défonçant les oreilles, c'était elle tout craché. Une manipulatrice qui attendait tout des autres mais n'offrait rien en retour.

Et pourtant… Si sa raison le poussait à prendre Zélie par la peau du cou et la jeter dehors, son corps le trahissait. Elle avait toujours su y faire. Sa main pesait sur le cou de Sagamore, légère pourtant, une caresse. Ses lèvres frémissantes se tendaient, avides des siennes. Il y avait si longtemps qu'il n'avait pas touché la peau chaude et douce de Zélie. Il n'avait pas oublié l'odeur enivrante de son désir lorsqu'elle se pressait ainsi contre lui. Ses seins nus sous le t-shirt pointaient, fermes, offerts. Il lutta contre le violent besoin de les couvrir de ses mains en coupole, d'en frôler la pointe du bout du pouce pour les sentir s'ériger tels deux bourgeons durcis de plaisir. Zélie se cambra, épousant de ses hanches le ventre affamé de Sagamore.

— Tu n'as pas oublié, n'est-ce pas ?

Comment aurait-il pu ? Zélie était l'amante parfaite. De la femme-enfant, elle empruntait la fraîcheur et la naïveté, puis tout à coup se glissait dans le corps d'une geisha experte qui le laissait à bout de souffle, sens et esprit vidés entre les draps humides de leurs ébats. Depuis le début de leur relation, il avait eu l'impression de découvrir son propre corps et la variété insoupçonnée de ses désirs. Il s'était senti vivant.

Zélie avait perçu son changement d'humeur. Elle s'accrocha à son cou, frottant doucement son ventre contre Sagamore. Elle s'empara de ses lèvres tandis que sa main cherchait sa ceinture.

— Eh, Zélie ! J'en ai dégotté de la super bonne !

La porte d'entrée frappa le mur avec un bruit de canon. Un homme fit irruption dans la pièce… et s'arrêta net devant le couple enlacé.

— Putain, c'est quoi ce bordel ?

Zélie ne lui laissa pas le loisir d'en dire plus. Elle s'élança sur lui, lui arracha le paquet qu'il tenait et le balança derrière le comptoir tout en attirant le nouveau venu vers Sagamore. Elle avait agi avec rapidité, mais pas assez pour empêcher Sagamore de voir ce qu'elle voulait lui cacher. À nouveau, la fureur l'envahit. Pas la peine d'être extralucide pour deviner le contenu du paquet. Et encore moins pour déterminer la nature de la relation qu'elle entretenait avec le nouveau venu. Il n'osait même pas imaginer leurs ébats dans son propre lit…

— Oui, putain, Zélie, c'est quoi ce bordel ?

Tout en maintenant le type légèrement en retrait, – craignait-elle qu'il ne lui saute à la figure ? – elle sourit, incertaine, guettant la réaction de son ancien amant.

— Saga, voilà Cho. Je l'ai rencontré dans la rue, il y a quelques jours. Il ne savait pas où aller, alors je l'ai hébergé chez toi en attendant. Il faisait tellement froid que je ne pouvais pas le laisser dehors, hein ?

— Tu l'as aussi réchauffé dans mon lit, je suppose ?

— Saga, je te jure qu'il a dormi sur le canapé.

L'autre fit rouler un rire gras dans sa gorge. De taille moyenne, il observait Sagamore de ses yeux striés de veinules rouges, tanguant légèrement sur ses jambes. Il avait bu, le connard, et il ne le cachait pas. Quand il posa son sac à ses pieds, un bruit de verre confirma les soupçons de Sagamore.

— C'est le proprio ? fit-il à Zélie. Bah, t'es plutôt sympa, toi. Tu prêtes ton appart à ton ex et t'acceptes qu'elle héberge les copains. Zélie m'avait bien dit que t'étais cool. Je peux pas faire moins que toi, alors, t'es le bienvenu avec nous, mec. Je viens justement de ramener de la bonne. Quand vous aurez fini, on fêtera ça.

— Ta gueule, Cho !

Cho s'affala sur le canapé encombré avant de sortir de son sac l'attirail complet du fumeur professionnel. Sagamore le regardait rouler son joint, incrédule. Il ne pouvait en croire ses oreilles. Ce connard défoncé se croyait chez lui. Mieux encore, il lui proposait pratiquement un plan à trois !

Il repoussa Zélie qui tentait de l'entraîner vers la chambre, fonça à la cuisine, ramassa le paquet derrière le bar et se mit en devoir de rassembler les affaires éparses des deux acolytes. Quand il en eut plein les bras, il ouvrit la fenêtre, balança le tout à l'extérieur, referma le battant et pivota vers les squatters.

— Maintenant, vous vous cassez tous les deux ! cracha-t-il, les dents serrées. Et plus vite que ça !

— Saga !

— Dégage ! hurla-t-il.

Il devait avoir l'air plus que féroce car Cho, pourtant déjà en partance vers les nuages, jugea plus prudent de lui obéir. Il se releva avec difficulté, tenta d'attraper son briquet et de racler les brins d'herbe éparpillés sur la table basse, mais Sagamore, d'un coup de pied furieux, envoya valser le tout à travers la pièce.

— Mais quel con ! Espèce de…

Sagamore ne sut jamais à quelle espèce il appartenait car, voyant qu'il allait s'élancer, Cho se rua dans l'escalier sans demander son reste. Sag se tourna vers Zélie.

— Qu'est-ce que tu fous encore là ? Dehors, je te dis !

— Saga, je te jure que tu te trompes. Cho n'était pas…

— Qu'il soit ton amant, ton compagnon de fumette ou ton animal de compagnie, je m'en fous ! Qu'est-ce que tu as cru en revenant ici ? Que j'allais frétiller dans tes bras comme un petit chien reconnaissant ? Ah non, je comprends ! L'hiver arrive, il fait plus chaud ici que dans la rue. Tu t'es dit que tu pouvais bien jouer la comédie à ton pigeon préféré quelques mois encore avant de le plaquer à nouveau. Mais c'est fini, Zélie. On n'est pas pareils, toi et moi. Tu n'es qu'une sale égoïste qui profite des gens. Alors, prends le reste de tes affaires et déguerpis.

— Tu ne peux pas me mettre à la rue comme ça ! se rebiffa-t-elle. Je n'ai nulle part où aller…

— Va bosser, ça te mettra un peu de plomb dans la tête et un pied dans la vraie vie. Et je suis sûr que tu trouveras de la famille ou d'autres amis chez qui tu pourras t'incruster.

À sa grande surprise, elle éclata de rire. Elle se laissa tomber sur le canapé, alluma une cigarette et souffla la fumée en tordant ses jolies lèvres de côté. Elle avait toujours trouvé ça classe mais ignorait que cela lui donnait l'air d'une gargouille.

— Tu as raison sur un point, Sagamore. La vraie vie, je la connais bien. J'ai appris depuis longtemps à profiter de tout ce que je pouvais en tirer. Cette belle société que tu respectes, elle va te péter à la figure. Grâce à moi, tu vas te rendre compte qu'elle est bien pourrie, comme j'ai essayé de te l'expliquer. Tu ne peux pas me jeter dehors. Tu sais pourquoi ? Parce que tout le monde sait que j'habite ici avec toi depuis plus d'un an. En partant, je n'ai fait que prendre quelques jours de vacances. Ici, c'est aussi chez moi. J'ai tout ce qu'il faut pour le prouver, du courrier, des tickets de livraison, le contrat de mon portable avec cette adresse. Réfléchis, pauvre idiot : tu m'as toi-même donné les clés de ton appartement. Je n'ai pas forcé la serrure. J'habite ici, même si c'est toi qui paies. J'ai la loi pour moi. Tu ne pourras pas me mettre à la porte, que ça te plaise ou non !

Devait-il la croire ? Zélie était la reine de la magouille, la princesse de l'entourloupe, elle savait trouver les failles de l'administration pour les tourner à son avantage. Elle pouvait bien avoir raison, cette tordue. Il regarda autour de lui. Ses possessions se résumaient à peu de choses, en réalité. Quelques chaises, une table, un lit, un peu de vaisselle. Rien d'indispensable, rien d'irremplaçable. Sans un mot, il alla dans la chambre, ouvrit l'armoire et fourra tous ses vêtements dans un sac.

Étrangement, sa colère s'était évaporée. Il se sentait au seuil d'un nouveau départ. À la porte, il se retourna. Zélie n'avait pas bougé. Elle continuait à aspirer la fumée de sa cigarette. Tout à coup, le visage de Colombe se dessina en surimpression sur celui buté de cette fille qu'il avait pourtant cru aimer. Aux antipodes l'une de l'autre. Et il savait vers qui il avait envie d'aller.

— Tu as raison, Zélie, c'est moi qui paie. Alors tu as jusqu'à la fin du mois pour profiter de l'appartement. J'envoie une lettre au propriétaire aujourd'hui pour résilier mon bail. Si tu bousilles quoi que ce soit, il gardera la caution. Sinon, je te l'offre. Considère ça comme un cadeau d'adieu.

Il se savait insultant. Mais Zélie ne protesterait pas. Elle avait trop besoin d'argent pour s'offrir le luxe de la fierté.

Lorsqu'il émergea de l'immeuble, la pluie commençait à tomber. Les affaires qu'il avait jetées par la fenêtre avaient disparu. Cho non plus n'avait pas de scrupules à s'approprier le bien d'autrui. Sagamore haussa les épaules et enfourcha sa moto. Lorsqu'il sentit le vent mouiller son visage découvert par la visière levée, il eut l'impression d'émerger propre et net d'un bain de crasse.

20

Tadao m'a évité durant les semaines qui ont suivi la révélation de Komiko. D'elle, je n'aperçois que les yeux rouges et le teint pâle quand je la croise chez mère Akiko. Elle fait en sorte de ne pas m'approcher, laissant l'une de ses amies, Miki, me servir et me faire la conversation. Je connais bien Miki. Un peu plus âgée que Komiko, elle s'est rapprochée d'elle ces derniers temps. Je les vois souvent plongées dans des conversations qui s'interrompent dès que quelqu'un approche. Le secret de Komiko n'en est sans doute plus un pour elle. Tant mieux. La pauvre fille peut compter sur l'énergique Miki. Elle possède une volonté et une force sur lesquelles Komiko peut s'appuyer.

J'ai pu constater ces qualités lors des deux ou trois nuits que j'ai partagées avec Miki dans l'une des chambres au-dessus du restaurant de mère Akiko. J'ai fini par me rendre aux raisons de Tadao qui me pousse à me dégeler, comme il dit. Et puis Miki n'exige rien de moi. C'est elle qui, sortant de la réserve qui sied aux femmes, m'a entraîné un soir à l'étage. Sa tendre affection s'allie à une indépendance farouche, étonnante chez une femme si jeune. Elle a décidé, seule, de quitter sa campagne de Honshu pour venir servir ici à Hiro, dans le restaurant d'Akiko, une amie de son oncle. Orpheline depuis quelques années, elle a convaincu sa famille qu'elle lui sera plus utile en lui envoyant sa paie plutôt qu'en se mariant. Entre l'état de servante de sa belle-famille et celui de serveuse soutien de son propre sang, elle a su peser les avantages et les présenter de manière convaincante. En soi, c'est déjà un exploit. Miki m'a fasciné par sa détermination à choisir sa voie. Ce n'est pas commun pour une femme aujourd'hui. Moi qui suis un homme, je ne l'ai jamais su.

Attachée à son indépendance, Miki sait respecter la mienne. Elle accepte ce que je peux lui donner et me donne ce qu'elle veut. Notre relation, fondée sur le respect des désirs de l'un et de l'autre, nous convient. Y a-t-il de l'amour entre nous ? Je l'ignore. De l'estime, sans aucun doute. Lorsque mon besoin de solitude se fait sentir, elle s'efface. Elle me laisse boire saké sur saké, seul dans ma tourmente au milieu des chuchotements de mes voisins.

Ces jours-ci, il règne dans le restaurant une atmosphère étrange. Un froid, une attente qui gèle les gestes et étouffe les murmures. Plusieurs pilotes ont rempli leur devoir ces derniers temps, avec un succès mitigé que nient nos supérieurs. En public, ils acclament nos kamikazes. En secret, nous savons que ceux-ci ont donné leur vie dans une flamboyance de flammes et de tonnerre qui en réalité n'a emporté qu'eux. Peu de navires américains ont coulé. Nos amis, eux, ne sont plus.

Pourtant, je refuse de toutes mes forces de me dire que leur sacrifice est vain. Lorsque ces pensées perverses se glissent en mon cœur, je me lève et pars marcher dans la montagne, m'essoufflant dans une ascension rapide dont j'espère qu'elle me videra l'esprit. Je n'y réussis pas. D'où me viennent ces idées qui me perturbent ? De Komiko, évidemment, et surtout du bébé qu'elle porte dans son ventre.

Ces mots qu'elle a libérés, beaucoup les pensent sans oser les formuler à voix haute : idées sacrilèges que nous refusons de toutes nos forces mais qui, plus pernicieuses que nos ennemis, pâlissent l'aura de nos héros. Ces mots me tuent plus sûrement que l'explosion de nos avions. Que vaut notre sacrifice s'il force un enfant à naître dans un monde qui méprise la valeur de son père ? Où sont ces généraux qui nous jettent sur le vol de la mort ? Peu d'officiers et de pilotes confirmés ont requis l'honneur d'exploser au flanc d'un porte-avion ennemi. Les volontaires sont ces adolescents à qui l'on a appris la négation d'eux-mêmes au profit d'un idéal patriotique. Ces enfants illuminés se ruent à corps perdu dans ces rêves inculqués et se les approprient, avec conviction.

Nous allons sauver nos familles, nous assure-t-on. C'était ce que je voulais croire, que je veux croire encore. En dépit de Komiko, pâle et triste. En dépit de moi-même, car je ne pourrai supporter de m'être trompé à ce point.

Ces pensées insistantes, inlassables, pourrissent mon sommeil. Je fuis mes camarades. Tadao aussi. Je ne peux plus rencontrer son regard déterminé, y lire cette foi ancrée dans ses gestes, sur ses traits. Il ne doute pas, lui. La femme qu'il aime, son enfant à venir n'ont en rien fléchi ses convictions. Au contraire, il mourra pour les protéger.

Tadao ne vient plus au restaurant. Il évite Komiko. Et je me forge un visage sévère et froid qui éloigne Miki. Je veux rester seul.

Un soir, Miki se faufile en silence dans le coin où je cuve mon saké, avachi sur la table. Sans un mot, elle pose une feuille pliée près de mon verre. Sur l'instant, je ne sens qu'une sorte de courant d'air léger qui me fait lever la tête, mais elle s'éloigne déjà, un plateau dans les mains, presque évanescente dans la fumée des cigarettes. À portée de ma main, la feuille roulée, maintenue par un ruban. Je la déplie. Le visage de Komiko, son corps de déesse, apparaissent. C'est le dessin que Tadao a esquissé pour elle, il y a des mois. Les brumes qui enfument mon esprit s'évanouissent aussitôt, remplacées par une peur atroce. Qu'est-il arrivé à Komiko ?

Miki m'attend derrière le restaurant, élégante dans son kimono rouge. C'est la fin de son service. Une pluie fine et froide plombe l'obscurité du petit jardin de rocaille de mère Akiko. La flamme d'une lampe peine à éclairer l'auvent abritant une table trempée. Le lieu, propice à ceux qui cherchent un peu d'intimité, est bien choisi. Le temps et l'heure tardive nous assurent la tranquillité voulue.

— Komiko veut en finir.

La nouvelle m'atterre.

— Elle ne peut pas ! Elle attend un enfant !

— Un enfant déjà orphelin avant la mort de son père.

— Aux yeux de sa famille, il sera le fils de son époux. Tadao aime Komiko. Il va l'épouser, j'en suis certain.

— Et ensuite, quand Tadao ne sera plus ? Komiko épousera un autre homme ? L'enfant de Tadao ne vaudra que la moitié d'un enfant de son nouveau mari. Elle vivra avec un homme qu'elle devra servir dans le regret de son premier amour. Komiko est décidée. Elle veut en finir.

— Non, non, ce n'est pas possible. Elle ne peut pas faire ça à Tadao.

— Mais Tadao, lui, a le droit de lui infliger sa mort, n'est-ce pas ?

Mon poing s'abat sur la table, sous les cerisiers noirs et nus du jardin d'Akiko. Ma colère me surprend moi-même. Je ne comprends pas mon émotion. De la tristesse, du chagrin, voire de l'impuissance, voilà ce que je devrais éprouver devant la détresse de Komiko, et non cette rage, cette peur panique. Je revois son expression de reproche devant l'incompréhension de celui qu'elle aime, ses yeux qui peu à peu se vident de la confiance absolue qu'elle avait vouée à Tadao pour faire place à la déception, à la certitude atroce qu'il va l'abandonner…

Les yeux de mon petit frère, se noyant dans la rivière.

Je me laisse tomber sur le banc. Mon souffle saccadé me brûle la poitrine. J'étouffe. Miki, affolée, ouvre la bouche pour appeler à l'aide, mais je l'arrête.

— Laisse, je vais bien.

Je force ma respiration à reprendre un rythme plus calme.

— Je ne la laisserai pas mourir. Ni elle, ni Tadao. Pas cette fois.

Miki ne comprend pas ces derniers mots. Mais sa discrétion lui impose de ne pas me poser de question. L'absolue conviction qui vibre dans ma voix lui suffit. Elle me fait confiance. Son amie ne périra pas.

M'accorderait-elle sa foi si elle savait ? Elle s'éloigne à petits pas assurés vers la salle du restaurant où les convives commencent à prendre congé. Je reste dans la nuit, à écouter le chant de la pluie dans la mare aux lotus…

Ce jour-là de mon enfance, il y en avait quelques-uns sur l'étang derrière notre village. Des fleurs roses, délicates, écloses du matin. Leurs feuilles s'étalaient, si luisantes et plates qu'elles donnaient une impression de solidité. Les grenouilles, ignorant leur fragilité, sautaient de l'une à l'autre en se poursuivant. Et Akio, mon petit frère, riait.

Il m'avait demandé de prendre la barque pour traverser l'étang. Les lotus poussaient à l'autre bout, il n'y avait pas d'autre moyen de les atteindre et il tenait absolument à en cueillir un pour notre mère. Je me savais capable de ramer jusque-là, je l'avais fait des dizaines de fois avec mon père. Il nous avait défendu d'utiliser le bateau en son absence. Akio ne savait pas nager et moi j'étais loin de maîtriser la nage du samouraï en armure. Pourtant, il était difficile de refuser quelque chose à Akio. Il était d'un caractère doux et tendre, mais pouvait se montrer buté lorsqu'il avait un projet en tête. Ses yeux suppliants ne me quittaient pas, une larme vacillait au bord de ses cils. Et j'ai accepté.

Les choses se sont gâtées au milieu de l'étang. Amusé par les sauts des grenouilles et le manège des libellules, Akio tentait de les attraper malgré mes mises en garde. Notre embarcation se balançait au rythme de ses bonds de joie. Je me fâchai, menaçai de faire demi-tour sans cueillir les fleurs s'il ne se tenait pas tranquille. Il rit, taquin, et bondit à nouveau pour saisir une demoiselle bleue. Et, cette fois, il tomba à l'eau.

J'avais atteint un endroit profond de l'étang où les algues s'enroulaient autour des rames. D'habitude, j'évitais cette zone en la contournant pour aborder l'autre rive. Mais les lotus poussaient au milieu des algues. Celles-ci emprisonnaient mes rames que je libérais avec peine pour les replonger dans l'eau. Concentré sur mes efforts pour avancer, je grondais Akio sans le regarder, le réprimandais dès que le roulis du bateau reprenait. Lorsque son cri résonna, il me sembla durer une éternité.

Je ne suis plus sûr d'avoir entendu sa chute. La surface de l'eau était à peine ridée par la houle du mouvement de mes rames. Les grenouilles poursuivaient leur jeu au milieu des fleurs et les libellules accouplées dansaient sous le soleil. Mais, de mon frère, aucun signe.

La suite arriva comme les éclats d'une bombe. La terreur d'abord, mes hurlements, ceux d'Akio dont la tête tout à coup réapparaissait parmi les algues, ses gestes désordonnés pour se maintenir à la surface. Mon propre plongeon, l'eau qui pénétrait dans mes narines, dans ma bouche. Et la panique, l'horrible panique qui m'ôta toute force lorsque je m'aperçus que je ne pouvais nager dans les algues. Par miracle, je parvins à me maintenir à la surface. La barque n'était pas loin, je pouvais la rejoindre au prix d'un grand effort. Mais Akio avait à nouveau disparu dans les profondeurs.

Comment décrire cette sensation atroce, cette certitude absolue dans mon esprit de huit ans que j'allais mourir si je plongeais à la recherche de mon frère… Cette eau hostile et noire allait pénétrer dans mon corps, m'envahir, elle allait m'alourdir, m'entraîner dans l'abîme de ce monde inconnu et liquide. J'avais si peur.

Je ne me suis pas rendu compte que je hurlais en me débattant. Je ne m'aperçus pas non plus que j'avais réussi à atteindre le bateau et que je m'y agrippais, éperdu. Mais, sentant le bois sous mes mains, la solidité de la barque qui m'empêchait de m'enfoncer, je me retournai pour balayer l'étang du regard.

Mon frère avait réapparu à une dizaine de mètres de moi. La bouche ouverte, il cherchait désespérément son souffle : les yeux écarquillés de terreur, il me regardait.

Il me regardait tandis que je m'agrippais au rebord de la barque. En sécurité.

Cela ne dura qu'une seconde, mais son regard me poignarda. Il avait déjà disparu. En même temps, je sentis une poigne d'une force inouïe m'arracher de l'étang et me jeter à l'intérieur d'une embarcation. J'entendis des cris, des éclaboussures, des appels. Allongé au fond du bateau, je crachais, toussais, vomissais à m'en arracher les entrailles. Soudain, quelque chose me bouscula, m'envoyant culbuter contre la banquette. Un autre corps prit la place que j'occupais quelques secondes auparavant. Et je vis mon père penché sur le corps d'Akio, pressant sa poitrine pour lui arracher un souffle salvateur.

Je grelottais. Lorsque, de longues minutes plus tard, mon petit frère se remit à respirer, lorsque mon père se redressa enfin, les vêtements dégoulinants d'algues et d'eau, lorsqu'il serra Akio dans ses bras en tremblant et me jeta ce terrible regard par-dessus le petit corps frissonnant, je sus que ce serait le dernier qu'il m'accorderait, aussi longtemps qu'il vivrait.

J'avais abandonné mon petit frère. Je n'avais pas agi en samouraï. Je ne pouvais plus prétendre à la considération de mon père. Mais pire encore était l'expression de mon petit frère lorsqu'il avait compris que je ne viendrais pas le sauver. Jamais je ne pourrais me pardonner d'avoir failli. De l'avoir sacrifié à ma propre survie.

Akio m'a pardonné. Moi, je ne l'ai jamais pu. J'aurais tout donné pour avoir plongé, pour avoir au moins tenté de le secourir. Sans l'intervention de mon père, Akio ne serait plus. J'avais trahi les deux personnes les plus importantes dans ma vie. Toutes mes décisions, tous mes actes ultérieurs ont découlé de ce regard désespéré d'un enfant de quatre ans. Et je me retrouvais à affronter le même regard dans les yeux d'une jeune fille de dix-sept ans.

J'avais déjà déçu l'un. Je ne pouvais pas décevoir la seconde.

21

Heureusement qu'elle avait gardé l'original du carnet de sa mère ! Chaque fois que Colombe y pensait, une double bouffée de soulagement et de colère lui montait à la tête. Kei avait mis les voiles. Son sang bouillonnait à l'idée qu'une copie du carnet de Louise se promenait en possession d'un homme qu'elle connaissait à peine. Kei avait trompé sa confiance et elle n'avait pas l'intention de l'accepter.

Le soir du jour où Marie-Rose lui avait appris le départ du jeune homme, elle était descendue à la Planche pour interroger Milo… et avait trouvé porte close. Une affichette informait les clients de la fermeture de la Planche ce soir-là et la journée suivante. Déçue, elle avait fait le tour du moulin pour sonner à l'appartement. En vain. Si Milo possédait l'adresse de Kei, ou du moins un numéro de téléphone où le contacter, elle devrait attendre son retour pour l'obtenir.

Deux jours plus tard, Colombe traversait le passage voûté vers la place des Frères, la tête rentrée dans les épaules. Elle était fatiguée. Ses élèves avaient été agités toute la journée. À cause de la météo, elle n'avait pas pu sortir en récréation. Le crachin menaçait de se muer en grosse pluie. Soudain, elle l'aperçut. Milo, penché sur les présentoirs extérieurs de l'épicerie, choisissait avec soin des poireaux terreux

— Milo ! Comme je suis contente de te voir ! J'attendais ton retour avec…

Zut ! Effie, dissimulée par la haute stature de Milo, venait de se poster à côté de lui. Hostile, sans équivoque. Colombe ne l'avait pas croisée depuis leur malencontreuse rencontre derrière le bistrot. À ce souvenir, ses joues rougirent. Effie la toisait avec froideur. Colombe en fut peinée. Elle n'avait pas envie de perdre l'amitié de la jeune femme. Pourquoi fallait-il que Milo la trouble autant ? Elle se raidit contre les picotements qui lui chatouillaient le ventre. Pas question de se ridiculiser à nouveau.

— Je suis désolée, Effie, je voulais te dire…

— Il n'y a rien à dire, coupa sèchement Effie. Chacun reste libre de sa vie, Milo comme tout le monde.

— Bon sang, Effie, arrête ! s'exclama Milo. Je ne comprends vraiment pas ce que tu reproches à ton amie.

— Je ne suis pas son amie.

— J'aurais pourtant aimé être la tienne, murmura Colombe.

Elle n'avait pas l'habitude de se livrer ainsi. Effie dut le sentir car elle l'observa avec attention avant de se détourner.

— Ne t'inquiète pas, Milo, jeta-t-elle par-dessus son épaule, je n'ai pas l'intention de me battre pour toi. Tu as choisi ta vie, n'est-ce pas ? J'ai bien compris que je n'y ai plus ma place.

— Effie, je t'en prie…

— La prochaine fois que tu auras besoin d'aide pour approvisionner la Planche, demande directement à ta nouvelle copine, d'accord ?

— Effie !

La jeune femme jeta aux pieds de Colombe les poireaux qu'elle tenait et s'éloigna vers le parking. Milo esquissa un geste pour la rattraper, fléchit et se rattrapa sur l'étalage. Colombe se précipita.

— Ça va ?

— Bien sûr !

Il ramassa les légumes et les fourra dans son panier. Malgré la fraîcheur, une fine sueur perlait à son front. Il enfonça son bonnet jusqu'aux oreilles.

— Je ne peux pas en vouloir à Effie. Pas après ce que je lui ai fait.

— Marie-Rose m'a raconté…

— Pas très reluisant, hein… Je n'ai aucune excuse. C'est pour éviter de la faire souffrir à nouveau que j'ai rompu. Je sais ce que tu penses mais je n'avais pas le choix. Effie refuse de le comprendre.

— Je vois mal quelqu'un accepter de gaieté de cœur de se faire plaquer la veille de son mariage.

— Je sais.

Il grimaça en s'essuyant à nouveau la figure et se dirigea vers une camionnette blanche garée sur le parking de la mairie. Colombe l'aida à ranger ses achats à l'arrière en l'observant du coin de l'œil. Il avait le souffle court.

— Tu es sûr que ça va ? Tu as l'air…

— Fatigué, oui, coupa-t-il. Et peut-être un peu soucieux aussi. C'est compliqué à la Planche en ce moment. Il faut que je réfléchisse à ce que je veux faire.

— Que veux-tu dire ? fit Colombe, alarmée. Je croyais que la Planche allait bien ?

— J'aimerais qu'elle aille beaucoup mieux. Mais rien de grave, rassure-toi. Au pire, je prendrai un autre emprunt.

— Tes parents pourraient peut-être…

Il éclata d'un rire amer.

— Même pas en rêve ! Je crois qu'ils se réjouiraient de voir la Planche se casser la figure. Tiens, d'ailleurs, quand on parle du loup…

Une femme mince perchée sur ses talons hauts, le manteau bleu marine fermé jusqu'au menton par des boutons argentés, arrivait à petits pas, un panier à provisions en osier serré contre elle. Lorsque Milo l'embrassa, son buste tout entier disparut contre la large poitrine de son fils.

— J'aurais fait tes courses en même temps que les miennes si tu me l'avais demandé. Tu n'es pas raisonnable de sortir avec ce rhume.

— Tu ne vaux guère mieux que moi, on dirait.

Elle détaillait ses traits fatigués, l'empêchant de se dérober en le tenant à bout de bras. Colombe saisit alors leur ressemblance dans sa manière de dévisager son fils la tête un peu penchée de côté, lui imposant un regard intense auquel il ne pouvait se soustraire. Comme pour l'empêcher de lui dissimuler quelque chose, songea Colombe.

Deux regards exigeants plongés l'un dans l'autre. Colombe eut envie de rire. Ni le fils ni la mère n'étaient disposés à céder. Elle toussa discrètement. Milo se détendit d'un coup et, d'un geste presque négligent, se pencha pour déposer un baiser sur la joue de sa mère. Une manière de céder sans perdre la face, se dit Colombe, ironique.

— Maman, je te présente Colombe, la nouvelle enseignante de l'école… et l'institutrice de Simon. Marie-Rose m'a dit que le petit l'adore. C'est formidable, n'est-ce pas ? Après l'enfer qu'Elena et Colin ont vécu l'année dernière, c'est un soulagement pour eux.

— Je vois.

Bouche pincée, aussi souriante qu'une porte d'Alcatraz. Colombe voyait aussi. En guise de reconnaissance, si tant est qu'elle en ait espéré une, elle s'attendait à mieux. Une poignée de main polie, au minimum. Elle effaça aussi sec son sourire.

— Colombe ? C'est un prénom assez inhabituel, non ?

— Maman !

Le ton de Mélanie Tersel était sans équivoque : cette femme la détestait. Mais pourquoi ? Elle ne l'avait jamais rencontrée.

La seule raison possible était… qu'elle avait deviné la véritable identité de Colombe.

Aussitôt elle revit le père de Milo sur le seuil de la Planche. Ses paroles blessantes. Son mépris en la croisant sur les marches. Sa femme adoptait la même attitude. Colombe se sentait humiliée.

Elle se redressa, écrasant la femme du maire de sa haute stature.

— En réalité, je m'appelle Divine-Colombe, avec un trait d'union. Ma mère ne semblait pas avoir conscience que ce prénom serait difficile à porter. J'ai décidé depuis mon enfance de le simplifier en Colombe.

Le teint de Mme Tersel vira au blanc fantôme. Elle porta une main tremblante à sa bouche. Et pourtant – et cela convainquit Colombe qu'elle savait – seule une étrange frayeur se lisait dans son regard, le regret de s'être, par sa remarque, attiré cette précision. Milo ne remarqua rien. Il fixait Colombe avec perplexité.

— Divine-Colombe ? C'est bizarre, ça me rappelle quelque chose mais…

— Milo, il faut que je rentre. Aide-moi, s'il te plaît…

Sa mère, qui flageolait sur ses jambes gainées de bas noirs, semblait si faible tout à coup que Milo l'attrapa par le bras.

— Maman ? Mais qu'est-ce que tu as ? Colombe, veux-tu aller lui chercher…

— Non ! Accompagne-moi juste à la maison, s'il te plaît.

— Comment peux-tu…

— Milo, je t'en prie, je me sens mal…

Colombe s'était écartée de quelques pas. Cette comédienne feignait le malaise, c'était évident. Les joues de Mme Tersel avaient repris leur teinte normale, la vigueur avec laquelle elle empêchait son fils de s'éloigner démentait ses supplications. Milo lui-même ne se laissa pas abuser. Il détacha les doigts de sa mère de son bras et se tourna vers Colombe.

— Colombe, veux-tu m'aider à ramener ma mère chez elle ? Prends son panier, je…

— Non ! Je vais rentrer seule.

Elle s'éloignait déjà à pas vifs, comme si elle craignait que son fils l'oblige à accepter le soutien de Colombe. Oublié, son malaise ! Elle galopait presque. Milo, interloqué, resta planté devant l'étalage de fruits.

— J'ai raté une étape ? Je suis désolé, Colombe. D'habitude, ma mère est adorable. Je ne l'ai jamais vue se comporter ainsi, surtout avec une personne qu'elle ne connaît pas. Ou alors…

Il la considéra, soupçonneux.

— Ou alors, vous vous connaissez.

Ce n'était pas une question. Plutôt une constatation, incrédule d'abord ; son expression, devant la gêne manifeste de Colombe, se mua vite en stupéfaction.

— Pourquoi ne me l'as-tu pas dit ? Et pourquoi ma mère…

— Non, protesta-t-elle, c'est la première fois que je lui parle.

— Alors c'est elle qui te connaît. Mais comment ? Tu n'avais jamais mis les pieds ici avant ton arrivée début septembre, n'est-ce pas ?

— Euh… techniquement si, mais… ça ne compte pas vraiment.

— Tu m'expliques ?

La pluie s'était remise à tomber. Les réverbères de la place clignotaient. Colombe avait froid. Et pas envie de parler de cela maintenant.

— Si c'est un secret…, murmura Milo.

Il était là, solide, le cœur ouvert, prêt à lui prêter une oreille attentive, comme d'habitude. Elle eut envie de se noyer dans l'eau de ses yeux si chaleureux, de se blottir dans ses bras, de sentir la force et la sécurité qui émanaient de lui. Mais l'image d'Effie vint s'interposer. Même si Milo n'éprouvait plus rien pour elle, il n'en était pas de même pour son ancienne amie.

Elle l'aimait encore. Elle souffrait. Ce qui empêchait Colombe de se laisser aller à son désir. Elle se força à s'écarter.

— Non. C'est juste une partie de ma vie que je suis en train de découvrir.

— Tu veux m'en parler ?

— C'est trop tôt. Il y a plein de choses que je ne peux pas expliquer.

— Mes parents ont quelque chose à voir avec ton mystère ? C'est pour cela que mon père m'a fait cette scène l'autre jour ?

— Je ne sais pas, Milo. Ça fait partie des choses que je ne maîtrise pas.

— Si mes parents te connaissaient, j'aurais dû entendre parler de toi.

Colombe aurait aimé se confier à lui, tisser un lien rien qu'à eux deux. Mais il y avait Effie. Elle devait revenir à ses priorités. À Louise. Mettre de côté l'émoi perturbant de son corps, cette tristesse qui la traversait quand elle pensait à Effie et Milo, ensemble.

— Milo, il faut que je te demande quelque chose. Marie-Rose m'a dit que Kei était parti. Est-ce que… est-ce qu'il t'a dit où il allait ? Ou s'il comptait revenir ?

Elle fut déçue de l'intérêt qui se peignit sur le visage de Milo. Ainsi formulée, sa question aurait pu donner à croire qu'il y avait quelque chose entre Kei et elle. Et elle aurait aimé lire autre chose dans la réaction du jeune homme.

— C'est un baroudeur, tu sais. Il va, il vient sans rendre de comptes. Il est parti en coup de vent, il reviendra peut-être. Ou peut-être pas.

— Il n'a pas… laissé un message pour moi ?

Cette fois, elle rougit. Elle donnait l'air d'une fille délaissée, accrochée aux basques d'un garçon. Cela lui fut si insupportable que les mots jaillirent malgré elle.

— Je lui avais confié un… un objet auquel je tiens beaucoup. Il ne me l'a pas rendu.

Milo l'examinait avec une telle intensité qu'elle se sentait forcée de se disculper. Mais de quoi ?

— Tu es quelqu'un de surprenant, tu sais ? finit-il par dire. Tu ne te livres pas, tu donnes l'impression d'être fragile. Je n'aurais pas parié un centime sur la possibilité que tu maîtrises mon petit sauvage de neveu et, contre toute attente, tu te révèles le roc dont il avait besoin. D'où sors-tu, Colombe ?

— Tu sais où je peux joindre Kei ?

— D'accord. Plus de questions. Viens, je vais te montrer un truc.

La pluie se changeait en déluge. Milo claqua la portière et entraîna Colombe au pas de course vers le passage entre les places puis vers le tunnel voûté. Elle crut qu'il l'emmenait au bistrot, mais quand il la guida vers l'arrière du bâtiment et qu'il ouvrit la porte à côté de celle de la cuisine, elle comprit qu'ils pénétraient dans la partie privée du vieux moulin. Ils grimpèrent l'escalier en colimaçon, laissant leurs empreintes détrempées sur les marches. Sur le premier palier, Milo ouvrit une porte en bois blanc.

— Bienvenue chez moi, dit-il. Mets-toi à l'aise, je vais chercher des serviettes.

Colombe ne s'attendait pas à cela : une immense pièce au plancher clair et à la charpente de cathédrale. De hautes fenêtres à petits carreaux qui peinaient à dissiper la pénombre de la salle. D'énormes roues dentées toujours en place. Cela n'avait rien d'un appartement, constata-t-elle en se déchaussant. Plutôt d'un entrepôt aux faux airs de loft. Milo s'était contenté de placer un vieux canapé devant l'imposant engrenage, d'installer une table basse sur un tapis et de s'aménager un coin chambre avec un matelas posé à même le sol et une étagère en guise de cloison. Sous une fenêtre, la partie cuisine, avec une plaque chauffante et quelques provisions posées sur une table, à côté d'un évier nu. Oui, l'installation était rudimentaire mais le cadre était grandiose.

Milo avait grimpé un escalier étroit qui menait à une structure neuve en forme de gros cube situé sous le toit. La salle de bain, sans doute. Lorsqu'il redescendit, il tendit une serviette à Colombe.

— C'est un peu spartiate mais ça me convient, dit-il. Et ça plaît beaucoup à mon compte en banque.

— Ton compte en banque et moi avons les mêmes goûts, alors.

Il avait pris le temps de changer de pull. Colombe tenta de se sécher les cheveux. Malgré le poêle en fonte sur lequel elle s'était presque collée, elle grelottait dans ses effets mouillés. Milo chercha des vêtements sur l'étagère.

— Ça va me mettre dans une merde noire avec Effie, mais je ne peux pas te laisser attraper la mort. Tiens, un de mes sweats et un jogging. Au moins, tu seras au sec.

Pendant qu'elle se séchait et se changeait derrière les rayons, il rajouta des granulés dans le poêle, puis brancha une bouilloire.

— Tu tiens toujours à Effie, n'est-ce pas ?

Colombe s'était blottie sur le canapé, un peu réchauffée. La question lui avait échappé. Elle se mordit les lèvres. En fait, elle n'avait pas envie d'entendre sa réponse. Milo lui tendit une tasse de thé brûlant et s'installa à côté d'elle.

— Ce n'est pas la vraie question.

— De toute façon, tu as déjà répondu.

Elle plongea le nez dans sa tasse pour cacher sa déception. Pour une fois qu'un homme la faisait vibrer vraiment… Elle soupira.

— Pourquoi as-tu rompu ? Effie t'aime aussi.

— La vraie question, dit Milo comme s'il n'avait pas entendu, c'est : pourquoi mes parents sont-ils aussi remontés contre toi alors qu'ils ne te connaissent pas ?

— Tricheur ! Toi aussi tu bottes en touche ! D'accord, je vais répondre. Je ne connais pas tes parents, je te le jure. Mais j'ai l'impression qu'eux me connaissent ; en plus, ça n'a pas l'air d'être un très bon souvenir.

— Pourquoi es-tu venue te perdre dans notre village, Colombe ?

— Me perdre ? dit-elle, songeuse. J'aurais plutôt dit me retrouver. C'est pour ça que j'ai confié ce carnet à Kei. Il devait me le rendre ces jours-ci. Est-ce qu'il t'en a parlé ? Tu l'as hébergé pas mal de temps. Peut-être l'a-t-il laissé dans sa chambre ?

— Viens.

Il la conduisit sur le palier du deuxième étage où étaient aménagées deux chambres. La première porte, entrouverte, laissait entrevoir un lit défait et le coin d'une table sur laquelle trônait un casque de moto. La chambre de Sagamore. Décidément, songea Colombe amusée, Milo avait vocation à secourir tous les paumés du coin. Elle comprise.

Dans l'autre chambre, Milo avait remisé des meubles protégés par de larges pièces de tissu. Certaines découvraient des pieds de tables, de fauteuils et d'armoires de bois sombre. Étonnée, Colombe en souleva une. Elle découvrit une jolie armoire indienne aux portes délicatement peintes de fleurs et de feuilles. Avant qu'elle ait pu s'extasier, Milo rabattit le drap.

— Des vestiges de ma vie d'avant, dit-il avec une grimace. Je n'ai pas encore pris le temps de m'en débarrasser. Viens, c'est ici que dormait Kei.

Un matelas par terre, une table noire en bois laqué, une chaise. Kei avait tiré les draps du lit, balayé même avant de partir. L'endroit dessinait un îlot de netteté dans la poussière. La table placée sous la lucarne disparaissait en partie sous un monceau d'objets hétéroclites qui avaient été repoussés sur le côté pour dégager l'espace central. Prise de curiosité, Colombe s'approcha.

— Attention !

— Qu'est-ce que c'est ?

Milo l'avait empêchée de disperser de petites boules de coton éparpillées sur la table. On aurait dit des nuages floconneux dans un ciel sombre. Ciel ou mer ? Elles semblaient flotter, dédoublée par la surface vernie qui traçait ainsi un horizon entre deux mondes, le réel et son image, hésitant entre rêve et réalité. Sur le bord de l'une des boules blanches s'étalait une tache rouge vif. Le liquide séché traçait entre les boules des traits, des points et des boucles élégantes.

— C'est de l'encre.

Il écarta légèrement le coton pour lui montrer un flacon renversé. Un peu de liquide restait à l'intérieur.

— Et là…

Il désignait, à l'extrémité d'une ligne rouge, un minuscule objet qu'elle n'avait pas remarqué. Les oreilles bourdonnantes, le cœur battant à éclater, elle se retint à la table pour ne pas tomber.

— C'est Kei qui l'a fabriqué. Un véritable artiste, ce type. Tu as vu la minutie des détails ? On reconnaît le sujet au premier coup d'œil. Et cette scène, c'est fort, non ? On ne sait pas de quel côté se trouve la mer, ni le ciel. Et ce rouge de l'encre qui symbolise le sang…

Colombe bénit l'enthousiasme de Milo qui discourait sans prendre garde à son silence. Elle inspira le plus discrètement possible. Se calmer. Sous le doigt de Milo, un minuscule bonhomme de pâte à modeler traçait deux idéogrammes dans l'encre sanglante à l'aide d'une tige de bambou aussi fine qu'un cheveu. Il était vêtu d'un uniforme vert dont la veste disparaissait sous une casaque rembourrée. Un minuscule foulard blanc orné d'un disque rouge lui ceignait les tempes. Et il calligraphiait ces symboles dans le sang des nuages.

L'œuvre de Kei. C'était donc lui qui avait placé ces scènes miniatures sur la tombe de sa mère biologique et contre la portière de sa voiture, lui qui copiait des idéogrammes semblables à ceux du carnet de Louise dans la chambre qu'il occupait à la

Planche à Cul, bistrot où l'ancienne serveuse avait travaillé. Il avait pourtant prétendu ne pas connaître le japonais. Avait-il menti ? Ou bien savait-il seulement reproduire ces deux symboles ? Coïncidence ? Non, impossible.

Colombe transpirait à l'idée des pages photocopiées qu'elle lui avait confiées. Qui était réellement Kei ? Pourquoi s'était-il trouvé sur son chemin le jour où elle cherchait à percer le mystère de ses origines ? Tous ces gens qui en savaient peut-être plus sur sa vie qu'elle-même commençaient à l'inquiéter. D'abord le père de Milo, puis sa mère. Marie-Rose aussi. Et maintenant cet homme aux faux airs de vagabond qui fuyait avec son seul indice sur l'histoire de Louise. Elle se sentait assiégée.

— Ça va, Colombe ? Tu trembles. Tu as froid ?

— Si Kei a laissé tout ça, c'est qu'il va revenir, tu ne crois pas ?

— Son art est particulier, expliqua Milo. Il installe des scènes miniatures, puis les laisse à la disposition des passants, des intempéries, des éventuels saccages ou au contraire des enrichissements. C'est un art qui évolue au gré des rencontres et du temps. Pour les fixer en l'état qu'il a choisi, il les photographie, puis les abandonne.

— Alors il est parti pour de bon ?

— Ça a l'air de te perturber. C'est important ?

— Plus que tu ne le crois. Peut-être même plus que je ne l'imagine.

— Écoute, Colombe, je ne veux pas m'immiscer dans ta vie personnelle mais… Depuis ton arrivée, tu te montres curieuse à propos des gens du village et de la Planche et je ne te cache rien. Du moins, je le crois. En revanche, toi, tu ne te livres pas. Tu esquives toutes mes questions. Ce n'est pas un reproche, c'est juste que j'aurais aimé plus de confiance de ta part.

— C'est compliqué.

— Non. C'est plus simple que tu le crois. Il suffit d'oser. C'est comme lorsqu'on se jette à l'eau pour la première fois. On inspire bien fort et… on crache le morceau.

— Tu es bien le seul à vouloir m'aider.

— Il y a Sagamore aussi.

Oui, peut-être, pensa Colombe, à condition qu'il lui pardonne ses réflexions débiles sur son style, et ça, aussi longtemps qu'elle ne se serait pas excusée, ce n'était pas gagné.

Tout avait l'air si simple avec Milo… Sans Effie, lui aurait-il accordé plus que son amitié ? Il était le genre d'homme à s'intéresser aux autres sans attendre en retour plus que leur sincérité. Elle comprit tout à coup que Milo ne l'aimerait jamais comme elle l'aurait souhaité, mais qu'il ne la laisserait pas tomber. Elle s'étonna de ne pas s'en attrister. Après tout, il s'était arrangé pour ne pas commencer ce type de relation avec elle, Colombe s'en rendait compte maintenant. Il ne lui avait pas menti.

Elle soupira. Elle ne savait même pas si elle devait envier Effie. Leur relation ne semblait pas si idyllique…

— Tu es gelée. Viens, on redescend.

Emmitouflée sur le canapé, Colombe le regarda attiser le feu dans le poêle. Des gestes précis. Réfléchis. Elle s'étonna de l'avoir pris au premier abord pour un gamin impulsif et moqueur. En réalité, Milo portait en lui une solidité qui la rassurait. Il pouvait l'aider.

— J'ai vécu ici il y a longtemps, commença-t-elle.

22

— La petite Divine, c'est toi ! Je n'arrive pas à y croire !

— Tu m'étonnes ! Tu as vu la grande perche que je suis devenue ?

Elle lui avait presque tout dit. Le choix de son poste, les aveux de sa mère adoptive, le carnet de Louise. Son besoin d'en savoir plus, de comprendre pourquoi Louise, dont l'amour pour sa fille était si fort, avait un soir décidé de l'abandonner.

— Divine-Colombe. Voilà pourquoi ton nom m'évoquait quelque chose. Personne au village ne connaissait ton véritable prénom. Louise t'appelait toujours « ma » Divine. Pour moi, ça ne constituait qu'un seul mot. Tu étais *Madivine*, et je trouvais ce prénom magique et mystérieux. Il l'est très certainement d'ailleurs. C'est presque un miracle que tu sois revenue ici.

Plutôt un guet-apens planifié par Elsa après sa défaillance de l'année passée. Colombe n'avait pas tout dit à Milo. Sa honte et l'humiliation qui l'avaient conduite dans le bureau de l'inspecteur Guilly, elle les avait cachées. Elle n'était pas encore prête à en parler.

— Tu penses que mes parents savent qui tu es ? À l'époque, ils vous ont croisées à la Planche, toi et Louise.

— Lorsque mon père m'a adoptée, il m'a donné son nom, Delgrieux. Ma mère et lui y tenaient. Une façon d'effacer l'ombre de Louise et de ses mystères, je suppose. Mais l'inspection académique qui a envoyé mon ordre d'installation à la mairie me connaît sous mon nom complet : Divine-Colombe Delgrieux-Massiny. Vu sa réaction, ton père a dû faire le rapprochement. Ce que je ne comprends pas, c'est pourquoi lui et ta mère ont l'air si remontés contre moi.

— Ça n'a pas de sens, effectivement.

— Est-ce qu'ils s'entendaient bien avec Louise ?

— Je ne sais pas. J'étais très jeune à l'époque. Louise était l'employée de mon oncle. Je suppose qu'ils se saluaient poliment quand ils se croisaient au bistrot, mais rien de plus.

— Alors pourquoi me détestent-ils ?

— Ils ne te détestent pas.

— Si, répliqua-t-elle, pensive. Et j'ai même eu l'impression que ta mère avait peur. Elle ne voulait surtout pas que tu restes seul avec moi.

— Tu exagères. À force de côtoyer des mystères, tu en vois partout. Ma mère a simplement du mal à accepter mes nouvelles amitiés. Elle appréciait beaucoup Effie, du moins avant qu'elle ne me soutienne dans l'achat de la Planche.

D'accord. Elle n'était qu'une amie à ses yeux. Ses dernières illusions tombaient.

— Et ton père ? Lui aussi surveille tes relations ? interrogea-t-elle d'une voix altérée par la frustration.

— Là, tu as peut-être raison, admit-il. Mon père est plutôt rigide, il tient au respect. Les cancans le révulsent. Les propos qu'il a tenus sur toi ne lui ressemblent pas.

— Ton oncle Charles, le premier propriétaire de la Planche, était le frère de ton père ?

— Non, de ma mère. Ils s'adoraient. Ils ont perdu leurs parents très jeunes et c'est ma mère qui s'est occupée de lui. Ils ont toujours vécu ici. Même lorsque ma mère s'est mariée, elle n'a pas voulu quitter Sainte-Croix à cause de mon oncle qui avait acheté la Planche. Elle a vécu ses difficultés avec autant de force que lui. Lorsqu'il est mort, elle n'a pas pu remettre les pieds ici. La Planche a tué son frère chéri. Pour elle, c'est comme si je nouais une alliance avec son assassin.

Il existait un lien entre les décès de Louise et de Charles, Colombe l'aurait juré. Le trouble de Mme Tersel, sa hâte à la fuir prouvaient qu'elle avait reconnu en Colombe la fille de la serveuse. Cela l'avait paniquée. Pourquoi ? Si Louise n'avait été qu'une simple employée, pourquoi les parents de Milo manifestaient-ils tant d'agressivité à l'égard de sa fille ? L'autre élément qu'elle ne parvenait pas à relier à tout cela était Kei – ses scènes miniatures installées sur des lieux et des objets qui se rattachaient à elle. Lui, au moins, elle était sûre de ne pas l'avoir déjà croisé. La réponse ne pouvait se trouver que dans les pages du carnet japonais.

— Franchement, Milo, tu trouves qu'ils ont une attitude normale envers moi ?

Il lui servit une nouvelle tasse de thé. Colombe la prit avec reconnaissance. Milo était vraiment incroyable. Non seulement il ne lui tenait pas rigueur de sa méfiance envers ses parents, mais il reconnaissait avec honnêteté l'étrangeté de leur réaction.

— Mes parents sont des gens bien qui détestent les médisances. Je te concède pourtant que leur réaction laisse penser le contraire. Veux-tu que j'essaie de les interroger ? D'habitude, j'évite d'aborder le sujet. Ma mère ne supporte pas qu'on évoque Charles et mon père part en vrille dès que je parle de la Planche. La mort de Charles et de Louise a été un drame pour tout le monde. Mais je te comprends. À ta place, je voudrais savoir, moi aussi.

— Sauf que tu n'aurais pas été assez stupide pour faire confiance à un inconnu, soupira-t-elle. Kei avait l'air tellement sympathique ! Mais, comme d'habitude, je me suis fiée aux apparences.

— Laisse-lui une chance. Après tout, tu me fais confiance aussi alors que tu me connais peu.

— Tu ne m'as pas laissée tomber, toi.

Elle plongea le nez dans sa tasse pour cacher ses joues rougies. Milo sourit.

— Il va revenir.

— Comment le sais-tu ? Il te l'a dit ?

— Je l'ai conduit moi-même à l'aéroport de Lyon avant-hier. Il a pris un avion pour Paris.

— Et alors ?

— Alors ? Aucun routard digne de ce nom ne finirait son voyage en avion, sauf cas de force majeure.

— Tu n'as pas d'autre argument ?

— Si, fit-il avec un large sourire. Il a pris son sac mais pas son appareil photo. Un Canon SD je ne sais quoi. Un truc qui coûte un rein minimum. Je doute qu'il me l'ait laissé pour payer la location de sa chambre.

***

Quand Colombe fut partie, Milo demeura un long moment sur le canapé à fixer le poêle qui ronflait. Il faisait à présent une chaleur d'enfer dans la pièce. Quelle plaie, cette mauvaise isolation ! Soit il gelait dans l'immense pièce de son appartement, soit il y régnait une chaleur tropicale. Seul le bistrot au rez-de-chaussée restait agréable en toute saison. Vu les sommes investies, c'était la moindre des choses. La Planche méritait d'être parfaite. Aménagement, meubles, décoration, atmosphère surtout. Quiconque pénétrait dans l'antre des gros culs devait tomber sous le charme. Toutes ses économies y avaient passé, sans compter un emprunt conséquent. Les chambres de l'étage auraient eu besoin d'un rafraîchissement mais il ne pouvait pas se le permettre. Il avait bien fait de se concentrer sur la Planche. Elle suffisait amplement à lui faire passer des nuits blanches.

Il alla relever le rideau de la fenêtre. La pluie inondait la combe. Là-haut, le vieux monastère et les remparts disparaissaient sous d'épais nuages de brume. Seuls au monde, lui et son moulin, liés. Milo sentait frémir sa vieille âme au plus profond de lui. D'habitude, cette sensation le remplissait de sérénité. Il savait alors qu'il avait eu raison de suivre son chemin. Mais aujourd'hui, la surface grise de la fenêtre lui renvoyait l'image d'un homme fatigué. Il se massa la poitrine. Pouvait-on mourir d'amour ? Il n'était plus très sûr de ses décisions. Comme toujours après leurs disputes, Effie était revenue sous le prétexte de lui proposer son aide. Elle ne pouvait pas s'en empêcher. Il n'avait pas eu le courage de refuser. Et il la blessait à nouveau alors qu'il aurait tant voulu oublier ce qui les séparait.

Seigneur, son bras le faisait à nouveau souffrir. Il remit des bûches dans le poêle, repoussa Effie et les difficultés de la Planche à la lisière de ses pensées. Un problème après l'autre, se dit-il. Il s'occuperait de sa santé demain.

Quelques minutes plus tard, il grimpait le sentier vers le porche des remparts. De la lumière brillait dans le couloir de l'école. Sagamore travaillait toujours, enfermé dans sa classe. Il ne l'avait pas quittée, même pour déjeuner. Un bourreau de travail, ou bien un passionné. Quel dommage qu'il s'entende si mal avec Colombe ! Elle et lui, aussi épidermiques l'un que l'autre, auraient pu s'apprécier. Encore une situation à résoudre le lendemain.

Milo entra avec sa clé dans la maison de ses parents, place des Frères. Une habitude du temps où il habitait encore chez eux. Philippe Tersel venait de rentrer. Son imperméable dégoulinait sous le porte-manteau du couloir. Sa mère serait furieuse. Elle tenait à ses meubles de collection, à ses bibelots acquis à prix d'or chez les antiquaires parisiens, tout ce futile apparat qu'il avait fini par prendre en grippe. Leurs voix résonnaient dans le salon. Il se sentait un peu coupable à l'idée de voir Mélanie se refermer dès qu'il aborderait le sujet tabou. Mais cette fois, il insisterait. Il parlerait de Charles, du bistrot qui à ses yeux d'enfant représentait le paradis, de Louise et de sa gentillesse, de Madivine surtout. Ses parents ne l'avaient pas oubliée. Pas sa mère, en tout cas. Et il espérait bien l'amener à parler.

Mais il n'entra pas dans la pièce. Entre ses parents, le ton montait. Milo tendit l'oreille sans se préoccuper de se montrer indiscret. Sa mère, qui n'élevait jamais la voix, criait :

— Tu le savais ! Tu le savais et tu ne m'as rien dit ! Comment as-tu osé me cacher une chose pareille ?

— Et qu'aurais-tu fait ? protesta Philippe Tersel. Tu l'aurais menacée ? Obligée à partir ? Elle a le droit d'aller où bon lui semble.

— Non, elle n'a aucun droit ! C'est à cause d'elle que…

— Mais tu perds la tête ? C'était un bébé ! Elle n'y est pour rien !

— Tu sais très bien ce que je veux dire ! Charles est mort !

— Mais c'est lui qui a choisi !

— Tais-toi !

Milo se retint au mur, chaviré. Tant de rancune altérait la voix de sa mère. De l'autre côté de la porte, son père devait s'être précipité. Ses excuses balbutiées se mêlaient aux sanglots de sa femme. Milo hésita. Était-ce bien le moment de provoquer la discussion qu'il espérait ? Sa mère, à présent, ne pourrait s'y dérober. Mais elle pleurait si fort… Mélanie interdisait que l'on parlât de son frère en sa présence. Seulement, Milo avait perçu un sentiment plus dur que la souffrance dans les accusations de sa mère. Colombe avait raison, c'était de la haine. Elle accusait Louise de la mort de son frère. Pourtant, l'accident de la serveuse s'était produit bien avant le décès de Charles. Comment aurait-elle pu en être responsable ?

Il n'eut pas le temps de s'interroger davantage. Tout à coup, la porte d'entrée s'ouvrit avec fracas. Les deux arrivants, affolés, se précipitèrent vers lui dès qu'ils l'aperçurent.

— Milo, est-ce que tu as vu Simon ? Il a disparu !

Quelques minutes plus tard, sa sœur Elena, incapable de rester en place, marchait de long en large dans le salon, tandis que Colin, son mari, serrait le dossier d'un fauteuil à s'en briser les doigts. Tout à leur inquiétude, ils n'avaient pas noté les yeux rougis de Mélanie ni les traits crispés de Philippe. Celui-ci parlait d'une voix brève, la bouche collée à son portable. Aussitôt qu'il eut raccroché, il s'adressa à son gendre.

— J'ai prévenu Marc à la gendarmerie. Il arrive avec un collègue. Quand avez-vous vu Simon pour la dernière fois ?

— Il y a une heure, balbutia Elena. Je l'ai emmené acheter une baguette à la boulangerie.

— Sous la pluie ? se récria Mélanie. Mais il ne supporte pas d'être mouillé ! Quelle idée t'est passée par la tête ?

— Je le lui ai dit ! coupa Colin, furieux. Elle veut toujours aller trop vite, elle…

— Son psychomotricien avait déjà travaillé cette sortie avec lui ! s'écria Elena, presque hystérique. Et ça s'était très bien passé ! S'il n'y avait pas eu cette voiture…

Le véhicule avait frôlé le trottoir, aspergeant les passants de l'eau sale du caniveau. Milo devinait la suite. Le petit garçon éclaboussé de boue se mettant à hurler dans ses vêtements dégoulinants, sa mère empêtrée avec son parapluie et ses achats, tentant d'endiguer la crise qui montait, le regard des passants sur l'enfant hystérique, puis la fuite de Simon essayant d'échapper à cette humidité qui l'agressait.

— J'ai cru qu'il courait se mettre à l'abri chez nous, gémit Elena. Je pensais que Colin était rentré, qu'il l'entendrait hurler. J'ai suivi Simon aussi vite que j'ai pu mais, lorsque je suis arrivée devant notre porte, elle était fermée à clé. Oh mon Dieu, maman, il peut être n'importe où !

Milo imaginait le petit garçon terré quelque part, terrorisé, incapable de demander de l'aide. Simon pouvait rester des heures sans se manifester. Et cela, c'était dans le meilleur des cas. Milo n'osait penser aux autres dangers qui pouvaient le guetter.

— On va le retrouver, Elena, dit-il en refermant son anorak. Es-tu allée voir à l'école ? C'est un endroit qu'il connaît bien.

— Oui, répondit Colin à la place de sa femme qui sanglotait, mais Sagamore ne l'a pas vu. Il s'est mis à sa recherche avec moi. On a frappé à toutes les portes : personne ne l'a croisé. Il faut dire qu'avec ce temps, les rues étaient pratiquement désertes. Sagamore a averti Effie et Étienne. Plusieurs personnes fouillent du côté de la forêt. Un autre groupe est parti vers la route départementale. Je ne sais plus où chercher. Il n'a pourtant pas pu aller très loin.

— Le jet d'eau sale a déclenché la crise. Il a forcément voulu se mettre à l'abri de la pluie et du vent. Où se sentirait-il en sécurité ? Tu as bien une idée, Elena ?

— On a déjà cherché partout, partout…

Milo l'arrêta en lui saisissant les mains.

— Calme-toi, on va le retrouver. Je vais descendre à la Planche. Il y est peut-être…

— Je lui ai toujours défendu d'y aller, protesta-t-elle. Tu sais bien qu'il ne transgresse jamais une interdiction.

— Simon sait que je travaille là. Il a peut-être voulu me rejoindre puisque c'était fermé chez lui.

— Perturbé comme il l'était, il serait plutôt venu chez ses grands-parents. Il ne m'aurait pas désobéi.

— Il était paniqué, on ne doit rien négliger, dit Milo en se dirigeant vers la porte. Et puisqu'il est déjà descendu vers le parking des remparts, pourquoi n'aurait-il pas bifurqué vers la Planche ? J'y vais. Colin, tu me suis ? Vous, restez ici au cas où il reviendrait. Et dites à Marc où nous fouillons. Avec la nuit qui tombe, on aura besoin de monde pour quadriller les parages.

Il aurait aimé parler de Colombe. De cette empathie qu'elle avait développée à l'égard du petit garçon. La jeune institutrice aurait pu leur être d'une aide précieuse, mais il jugea préférable de ne pas aborder le sujet devant ses parents. Lorsqu'ils quittèrent la pièce, son beau-frère et lui, sa mère serrait Elena dans ses bras, tandis que son père rappelait la gendarmerie.

Comment retrouver un petit garçon que les cris et l'agitation blessaient comme autant d'actes de torture ? Son nom hurlé aux quatre vents aurait produit l'effet inverse de celui qu'ils souhaitaient. Simon se blottirait plus étroitement dans sa cachette jusqu'à ce qu'une personne en qui il avait confiance le convainque de se montrer. Il fallait, à ceux qui le cherchaient, entrer dans sa tête, penser comme lui, réagir comme lui, se laisser empoigner par sa peur et sa douleur afin de deviner son parcours et le retrouver sain et sauf.

L'opération risquait d'être malaisée. Si ses propres parents avaient épuisé les lieux où il aurait pu se réfugier, qui d'autre pouvait réussir ? se demandait Milo avec angoisse. Il se hâtait vers la place des Pères, Colin sur ses talons. Les voisins avaient beau avoir côtoyé Simon, peu d'entre eux le comprenaient. À leurs yeux, l'enfant restait un petit animal imprévisible. Milo craignait ses réactions devant ces hommes venus à sa rencontre avec la lumière blessante de leurs lampes de poche. Au lieu de le secourir, les sauveteurs risquaient d'aggraver la situation. Il lui fallait trouver Simon le premier.

Soudain, sa poche vibra. Milo se hâta d'en sortir son portable tout en pressant le pas vers le tunnel des remparts. La voix de Sagamore retentit à son oreille.

— Tu l'as trouvé ?

— Non. Marc et ses collègues ainsi qu'Étienne et les employés municipaux passent le village au peigne fin. S'ils le trouvent, ils ont pour consigne de prévenir Elena. Il faut absolument que le premier contact se fasse avec quelqu'un en qui Simon a confiance. Ça peut être ses parents, moi, toi, Effie ou…

Il hésita à prononcer le nom de Colombe avec Colin sur ses talons. Par bonheur, Sagamore le rassura.

— C'est exactement ce à quoi j'ai pensé. J'ai voulu avertir Colombe, mais elle n'était pas chez elle. Si jamais je la croise, je l'embarque avec moi. Elle réussit bien avec Simon. Elle saura le calmer en attendant l'arrivée de ses parents.

Mais ça compliquerait encore les choses entre elle et le vieux couple Tersel. Mieux valait ne pas y penser. D'abord retrouver l'enfant avant qu'un malheur arrive. Milo glissait sur les pavés du passage. Le vent s'était mis de la partie et sifflait, lugubre, dans les branches. On n'était qu'en fin d'après-midi, mais les torches trouaient difficilement le rideau sombre de la pluie. Sous le pont, la rivière gonflée grondait. Les rives avaient presque disparu sous les remous. Milo se crispa. Il sentit la même réaction chez son beau-frère. Si Simon avait glissé dans le courant…

— Il déteste l'eau, cria Milo pour rassurer Colin autant que pour s'en persuader lui-même. Il ne s'en serait pas approché.

Dans la combe, le vent hululait autour du moulin. Ils firent le tour du bâtiment, sondant chaque buisson. En vain. La pluie redoublait. Ils aperçurent soudain les rayons bondissants de trois torches descendant la pente. Quelques minutes plus tard, Étienne, Sagamore et Effie les rejoignaient.

Ils essuyèrent leur figure dégoulinante. Les cheveux de la jeune secrétaire, collés par la pluie, lui faisaient sur les joues des larmes blondes.

— Le sentier est une vraie patinoire, cria Étienne pour dominer le bruit du vent. S'il l'a descendu en courant…

L'horrible idée les jeta sur le pont. Une zébrure de feu déchira les nuages, suivie d'une violente déflagration défonçant la montagne. Les sapins se tordaient sous les bourrasques. L'angoisse au ventre, ils se penchèrent par-dessus le parapet gluant de mousse. Le sol remontait en pente assez raide sur les deux rives, mais ils ne purent distinguer autre chose que les remous furieux. Le niveau de l'eau avait terriblement monté. La rivière charriait à grand fracas des branches brisées et des morceaux de terre arrachés aux rives.

— Vous avez entendu ?

Milo tendit l'oreille. Un son lugubre, ininterrompu, une lamentation d'animal blessé se faufila à travers le vacarme de l'eau. En quelques bonds, tous les cinq furent en bas, s'accrochant aux herbes pour ne pas dégringoler dans la rivière.

Ce fut Colin qui l'aperçut le premier. Une petite silhouette en équilibre instable sur la pente opposée, recroquevillée au pied du pilier, et une autre, toute proche, lui faisant face. À deux mètres d'eux, l'eau gonflée, bouillonnante.

— Sim…

— Tais-toi !

La main de Milo meurtrit durement la bouche de son beau-frère. Au moindre appel, l'enfant terrifié risquait de chuter dans la furie de la rivière. Colombe, car c'était elle, l'avait compris. Accroupie à quelques mètres de lui, elle n'esquissait pas un geste pour le saisir.

Effie tremblait. Ils avaient éteint leurs lampes et s'efforçaient de ne pas attirer l'attention de Simon, sachant que le plus infime sursaut pouvait précipiter le drame.

— Pourquoi… pourquoi ne fait-elle rien ? Il va tomber !

L'enfant, de dos, ne pouvait les voir mais Colombe, si. Eux ne distinguaient d'elle que sa silhouette tassée sous le tablier. Elle s'était accroupie, ignorant le piège tendu par la montée de la rivière. Elle n'avait pas réagi lorsqu'ils avaient surgi sur l'autre rive. Pourtant, elle les avait vus.

— Il faut qu'elle l'attrape et le remonte sur le pont, jeta Étienne entre ses dents. L'eau ne va pas tarder à les atteindre…

— Si elle fait ça, elle va l'effrayer, coupa Milo. Il se débattra et ce sera le plongeon. C'est déjà un miracle qu'il n'ait pas encore glissé. Effie, remonte sur le pont avec Colin et descendez sur la rive pour que Simon vous voie. Si vous approchez doucement, Colin pourra l'appeler sans l'effrayer et peut-être le convaincre de se laisser approcher. Étienne, reste ici avec moi. S'il faut plonger, on aura plus de chance à deux…

Ils se tenaient un peu en aval du pont. Si l'enfant tombait à l'eau, ils avaient une chance de le récupérer en plongeant rapidement. Milo fouilla dans sa poche.

— Dans la réserve derrière le moulin, Sag, dit-il en fourrant une clé dans la main de son ami. Il y a des grosses cordes sous l'établi. Dépêche-toi !

Colin et Effie n'étaient pas encore de l'autre côté de la rivière que Sagamore galopait déjà vers la Planche. Milo et Étienne avancèrent avec précaution sous le pont. Ça dérapait diablement ! L'eau leur léchait presque les pieds. De là, ils distinguaient mieux la scène sur l'autre rive. Simon, blotti contre l'arche de pierre, laissait échapper une plainte lugubre. Il se balançait dangereusement, les mains sur les oreilles, le visage tordu de douleur. En face, collée au pilier, Colombe le fixait comme si son regard pouvait l'empêcher de tomber – calme, en apparence, comme si le danger n'existait pas. Elle parlait dans un vacarme d'eau qui assourdissait ses paroles. Son visage faisait une tache blanche dans l'ombre. Milo distingua ses jambes raidies, ses doigts et ses talons enfoncés dans la boue. Elle répétait quelque chose sans quitter Simon des yeux. Les mêmes mots, sans se lasser, insistant avec douceur. Elle ne bougerait pas. Milo le savait. Quoi qu'il arrive, elle patienterait jusqu'à ce que Simon accepte de la rejoindre ou de la laisser s'approcher. Elle ne quitterait la berge qu'avec lui en sécurité dans ses bras. Ou bien elle resterait là, jusqu'au bout.

23

Colombe n'avait pas prévu de ressortir. Quand l'orage avait éclaté au-dessus de Sainte-Croix, elle s'était levée de son lit où elle préparait sa journée du lendemain, son ordinateur sur les genoux, emmitouflée comme une petite vieille dans la grosse couverture polaire que Marie-Rose lui avait prêtée. Derrière la fenêtre de la chambre, le spectacle grandiose coupait le souffle. Les nuages lourds, les premiers éclairs sillonnant le ciel en grésillant, la voix de la montagne explosant avec fracas… C'était si beau, si impressionnant que, sur une impulsion, elle avait enfilé son anorak, fourré son portable dans sa poche et rabattu sa capuche sur sa tête avant de dévaler l'escalier de l'école. La lumière brillait dans la classe de Sagamore. Elle s'était efforcée de gagner l'extérieur sans l'alerter. Inutile d'être prise pour une folle excentrique après avoir été traitée d'emmerdeuse.

Ces précautions se révélèrent inutiles. Les larges gouttes de pluie s'abattaient sur les pavés de la place avec autant de bruit que des cuillères martelant une batterie de cuisine. Colombe resserra son col sur ses oreilles. Elle était déjà trempée, mais s'en moquait. La beauté sauvage de l'orage lui avait donné une idée. Elle s'abrita sous la voûte du passage des Pères pour sortir son portable. La lumière des éclairs dans la nuit tombante conférait à la place une allure différente, mystérieuse et magique. Elle allait photographier le village sous le rideau de pluie, saisir le rebondissement des gouttes sur les pavés, l'éclair fugace zébrant le clocher de l'église. Elle ignorait encore comment exploiter ces images avec ses élèves, mais l'idée la séduisait.

Si seulement elle avait possédé un appareil photo aussi performant que celui de Kei, se dit-elle. Sa pensée s'envola vers la Planche et… Non, pas le cimetière. Trop morbide. Mais la rivière pouvait offrir de jolies prises de vues.

Colombe traversa le tunnel des remparts. De l'autre côté, le petit pont de la Planche à Cul s'effaçait derrière le rideau de pluie. Elle s'y dirigeait quand quelque chose la heurta brutalement. Elle poussa un cri, tomba à genoux. Un animal ? Au moment où elle se redressait, elle distingua une forme qui courait sur le sentier avant de disparaître plus bas dans la combe.

Qu'était-ce donc ? Un coup de tonnerre ébranla le ciel. Elle avançait sur le chemin quand un hurlement de terreur suivi d'un bruit de plongeon retentit. Colombe se figea.

Ce n'était pas un animal mais le cri d'un enfant, vibrant d'une peur viscérale. La voix de Simon. C'était lui qui venait de la heurter et s'était précipité vers les dangereux remous de la rivière. Prise de panique, Colombe dévala la pente. Le courant avait débordé de son lit et inondé les berges. Les dents serrées sous la morsure glaciale de l'eau, elle s'engagea dans les tourbillons, avança aussi loin qu'elle put en se retenant aux herbes. Aucune trace de Simon. Elle hurla son nom.

C'est alors qu'elle le vit. Par quel miracle avait-il réussi à s'accrocher des mains et des pieds à la boue pour s'arracher des vagues et se blottir contre un pilier du pont, en équilibre instable sur la patinoire de la rive ? Les mains sur les oreilles,

les yeux fermés, il se balançait d'avant en arrière, ponctuant chaque mouvement d'un râle de chiot blessé.

— Simon ! Simon, je suis là. Surtout ne bouge pas, je viens te chercher.

Saleté de courant ! Elle luttait de toutes ses forces pour avancer. Les yeux fixés sur Simon, elle gagna mètre après mètre la mince frange de terre en bordure du pilier et parvint à grimper sur la berge.

— J'arrive, Simon, ne bouge pas. Je viens te chercher.

Mais lorsqu'elle voulut l'approcher, l'enfant recula si vivement qu'il glissa vers la rivière. Colombe retint un cri de terreur. Au dernier moment, Simon parvint à arrêter sa chute en plantant ses talons dans la terre gorgée d'eau. Il remonta à quatre pattes vers le pilier en sanglotant.

Colombe n'osa pas réitérer sa tentative. Le niveau montait. Bientôt, le courant qui bouillonnait à moins d'un mètre d'eux les emporterait. Si elle se précipitait pour prendre l'enfant dans ses bras, Simon, dans sa panique, se débattrait ; il lui échapperait peut-être et tous deux finiraient dans la rivière.

Alors, le cœur battant jusque dans la gorge, elle s'accroupit tant bien que mal à trois mètres de l'enfant, comme si le monstre d'eau ne grondait pas tout près, comme s'ils étaient, elle et lui, installés tranquillement dans la classe. Elle se mit à lui parler, juste assez fort pour couvrir ses sanglots et le martèlement de la pluie. Calme, comme s'ils avaient tout le temps devant eux.

— Simon, regarde-moi. Je suis là. Je sais que tu as peur mais regarde-moi. Lève les yeux et regarde-moi. Je suis là…

Elle répétait ces phrases en boucle pour qu'enfin elles se frayent un chemin dans la tête de l'enfant, qu'elles cassent ce mouvement obsessionnel qui l'enfermait dangereusement dans sa terreur. Elle ne tentait pas de l'approcher, attendait d'abord de capter son regard malgré le temps qui filait et la rivière qui montait. Car lorsqu'il lèverait les yeux, il comprendrait qu'il n'était plus seul, qu'elle était venue le chercher et qu'elle l'emporterait, en sécurité, loin de ces éléments en furie.

Une éternité passa, lui sembla-t-il, sans que le comportement de Simon ne change. Puis soudain, Colombe aperçut cinq silhouettes de l'autre côté du pont, pataugeant sur la rive inondée. Elle fut si soulagée qu'elle en aurait pleuré. Elle se concentra davantage sur ses mots, mettant dans sa voix toute la persuasion dont elle était capable.

— Regarde-moi, mon grand. Allons, regarde-moi. Je suis là, juste en face de toi. Regarde-moi, Simon, je vais t'aider.

Que pouvaient faire les arrivants ? La rivière avait presque submergé la bande de terre où elle se tenait. Ce n'était qu'une question de minutes.

— Simon, regarde-moi. Je vais t'aider et toi aussi, tu vas m'aider. Regarde-moi.

Peut-être n'en pouvait-il plus, tout simplement. L'enfant soudain releva la tête, les mains toujours sur ses oreilles, mais les yeux grands ouverts. Un soulagement indicible déferla sur Colombe.

— C'est bien, mon grand, regarde-moi. Je suis là, avec toi. On va s'aider tous les deux, d'accord ? Regarde-moi et écoute-moi, seulement moi. Tu m'entends ?

Miracle ! Il hocha imperceptiblement la tête, les yeux dans ses yeux. Ses sanglots s'apaisaient. Il était couvert de boue, son visage et ses mains étaient écorchés, ses vêtements déchirés, il hoquetait encore, mais il la regardait. Elle lui sourit.

— Je vais venir te rejoindre, tu veux bien ? Tu es tombé, tu as froid, il y a trop de bruit. Ça te fait mal, n'est-ce pas ? La pluie aussi te fait mal. Est-ce que je peux venir vers toi ? Je peux te faire un câlin ?

— Non !

Il reculait à nouveau. Elle s'immobilisa.

— D'accord, je ne te toucherai pas. Mais moi aussi j'ai froid. On serait mieux ensemble, tu sais. Est-ce que je peux venir m'asseoir près de toi ?

Pas de réponse cette fois. Il tremblait. Elle s'approchait centimètre par centimètre, terrifiée à l'idée qu'un geste trop brusque le précipite à l'eau. Plus qu'un mètre. Elle allait l'atteindre quand un coup de tonnerre assourdissant ébranla le ciel. La foudre n'était pas tombée loin. Simon hurla en se rejetant en arrière. Il perdit l'équilibre, son pied dérapa dans la boue. Colombe s'élança. Ses bras se refermèrent sur le corps de l'enfant, mais son poids l'entraîna. Ils chutèrent tous les deux dans la rivière.

L'eau glacée dans la bouche, dans le nez, ses sens annihilés par le déchaînement liquide. Elle ne voyait plus, n'entendait plus. Son corps désarticulé heurtait des rochers. Plus de haut, plus de bas, l'eau partout, à l'intérieur et à l'extérieur, le monde entier n'était plus que cette furie qui la malmenait. Elle lutta pour refaire surface, parvint à émerger, ouvrit la bouche pour reprendre son souffle, fut à nouveau submergée par une vague écumeuse, remonta encore. Elle n'avait pas lâché Simon. Elle ne le lâcherait pas. Rien n'aurait réussi à desserrer son étreinte. Avec l'énergie du désespoir, elle battit des pieds, nageant d'un bras, tandis que de l'autre elle remorquait le corps de l'enfant inanimé.

— Je vous tiens ! On y est presque !

Sagamore ! Il avait surgi tout près d'eux, tel un ange sauveur, et les maintenait hors de l'eau. D'un seul coup elle se sentit portée, protégée par cette poigne qui repoussait les vagues et tirait leurs corps vers la berge opposée. Épuisée, elle resserra son bras autour de Simon. Non, quoi qu'il arrive, elle ne le lâcherait pas. Il faisait noir, elle respirait avec peine, mais la rivière ne pouvait rien contre sa détermination. Ce ne fut que lorsqu'elle sentit sous ses pieds la fermeté de la terre qu'elle s'effondra enfin, inconsciente.

***

J'ai tenté à plusieurs reprises de parler à Tadao pour tenir la promesse faite à Miki. Mais il m'évitait. Il partait en exercice, accomplissait des corvées qui le confinaient dans les baraquements. Il se soumettait à toute sorte d'entraînements ou se portait volontaire pour des missions réservées d'habitude aux jeunes recrues. Il déployait des trésors d'invention pour ne pas croiser mon chemin ni celui de Komiko. Le restaurant de mère Akiko n'avait pas eu l'honneur de sa visite depuis cette fameuse discussion avec son amie. Elle-même n'y était pas revenue. Après notre dernière entrevue dans le jardin, Miki non plus n'avait pas cherché à me reparler. Elle me saluait de loin lorsque je venais prendre des nouvelles de Komiko, m'informant d'un signe de tête que la future mère allait aussi bien que possible. Mais je lisais sur ses traits l'inquiétude qui la dévorait.

Hier enfin, j'ai croisé Tadao alors qu'il sortait du bureau du commandant. En me voyant, il a fait mine d'être attendu. Je l'ai entraîné presque de force derrière notre dortoir. Il s'est dégagé avec brutalité. Notre belle entente s'était envolée ; le regard qu'il portait sur moi contenait de lourds reproches.

— Que veux-tu, Kiyoshi ?

— Te parler de Komiko.

— Nous connaissons tous les deux notre devoir. As-tu oublié la raison pour laquelle nous avons choisi d'être ici ?

Comment l'aurais-je pu ? Depuis des jours, je me débattais avec mes pensées. Mes certitudes vacillaient. Mais je pressentais au plus profond de mon être que l'enfant de Tadao ne devait pas perdre son père comme j'avais perdu le mien.

Les alentours étaient déserts. J'avais tout le loisir de parler à cœur ouvert. Nous nous livrions rarement. Nos paroles, nos écrits étaient épiés, surveillés, vérifiés sans cesse. Nos lettres même étaient données ouvertes à nos hanchos, *pour la censure puisse se livrer à une analyse en règle de notre patriotisme. Aucune ombre de critique ne devait égratigner la ferveur du peuple japonais. Nous allions gagner cette guerre, de cela nul ne devait douter.*

Mais nous, pilotes destinés à nous enflammer au contact de nos cibles, nous savions au fond de nous-mêmes qu'il n'en était rien. Nous savions, mais nous repoussions cette idée comme négligeable. L'important était qu'en cas de défaite, l'ennemi ne trouverait en notre pays que des terres désertes et dévastées. Aucun être vivant. Ainsi l'aurions-nous vaincu en abandonnant derrière nous des cadavres et des ruines.

C'est cette détermination que je lisais sur le visage de Tadao. Celle que j'avais partagée si peu de temps auparavant et qui fléchissait aujourd'hui.

— Et si nous perdions la guerre, Tadao ? As-tu songé à ce que deviendra Komiko ?

La seconde d'après, son poing frappait rudement mon visage. Je me retrouvai à terre, la mâchoire engourdie par la douleur, Tadao, fou de rage, penché au-dessus de moi.

— Lâche ! Je refuse d'écouter tes paroles ! Ne m'approche plus, Kiyoshi, ou je te dénoncerai comme traître à notre pays ! J'ai honte de toi ! Ne penses-tu pas à tes parents ? à ta famille ? C'est dans le bureau du commandant que tu devrais te trouver, en train de le supplier à genoux de te désigner pour la prochaine mission !

J'eus un coup au cœur. C'était là que je l'avais croisé, devant la porte du commandant. Je compris soudain qu'il avait effectué lui-même cette démarche. Il avait devancé l'appel. La terreur me saisit.

— Que t'a-t-il dit ? Tadao, t'a-t-il promis… ? As-tu pensé à ton enfant ?

Il m'a dévisagé avec tant de mépris que j'ai eu mal. Ses mains m'ont lâché, comme si mon contact le dégoûtait.

— Comment mon enfant grandirait-il avec un père vivant mais déshonoré ? Personne ne peut lui souhaiter un tel sort, même pas Komiko. Ma mort glorieuse fera de lui un fils de héros.

— Le fils d'un héros mort qui héritera d'un pays sans avenir. Voilà pourquoi Komiko veut mourir !

— Au contraire, elle vivra grâce à moi !

— Tadao !

Il était déjà loin. Je n'ai pas cherché à le rejoindre. Il ne pouvait plus m'entendre ; il était déjà mort à cette vie. Mes efforts pour l'y ramener resteraient vains. L'enfant qui vivait dans le ventre de Komiko ne le retiendrait pas davantage. Au contraire, il le poussait vers sa fin. Tadao pensait le sauver. Je comprenais, avec une acuité qui me terrifiait, que sa mort précipiterait celle des deux êtres auxquels il tenait pourtant si fort. Car Komiko n'hésiterait pas à se suicider. Et alors, à quoi aurait servi son sacrifice ?

Cette évidence m'empêchait de renoncer. Je me devais d'assurer à cet enfant qu'il connaîtrait son père, que la chance de changer le monde lui serait accordée, qu'il aurait la possibilité lui, fils ou fille de l'avenir, de ne pas se plier à ces traditions qui nous poussaient vers la négation de nous-mêmes. Moi qui avais subi mon destin, je voulais offrir à la descendance de Tadao le droit de choisir le sien.

Cependant, j'ignorais comment m'y prendre. Dans quelques semaines, quelques jours, demain peut-être, le nom de Tadao s'afficherait sur la liste des pilotes retenus pour voler une dernière fois. Chaque matin, je lisais avec inquiétude la feuille fatidique. Que ferais-je lorsque celui-ci apparaîtrait en signes funèbres ? Je ne pouvais pas emmener Tadao de force loin de cette folie. Même s'il l'avait décidé, lui-même aurait difficilement pu reculer. Il avait raison. Nous étions des soldats. Mieux, des pilotes. Renoncer n'était pas concevable. Ceux qui, à la fin de nos classes, avaient refusé de se porter volontaires pour l'unité d'élite s'étaient vus désignés d'office pour les premières missions suicides. Nous devions quoi qu'il arrive accomplir notre destin.

Le temps galopait, nous précipitant, Komiko, Tadao et moi, vers l'anéantissement. Miki aussi devenait fébrile. Je la rejoignais à nouveau dans sa petite chambre au-dessus du restaurant de mère Akiko. Elle ne me repoussait pas. Nos étreintes ressemblaient à une lutte. Nous éprouvions un désespoir impuissant qui nous jetait dans les bras l'un de l'autre pour nous sentir encore un peu vivants. Ensuite, nous restions allongés, haletants, avec l'impression que toutes les portes autour de nous se refermaient.

Plusieurs jours après ma discussion avec Tadao, Miki me fit parvenir un message. Je la rejoignis après la fermeture du restaurant. Elle m'attendait dans sa chambre, le visage crispé, les lèvres tremblantes.

— Avant-hier, Tadao a dit adieu à Komiko. Il lui a remis une mèche de ses cheveux et lui a dit qu'il ne la reverrait plus.

— Quoi ? Mais pourquoi ? Son nom n'est toujours pas sur la liste.

— Il ne voulait pas que leur dernière fois se passe la veille de son départ. Komiko l'a supplié. Il s'est arraché de ses bras et est parti sans se retourner. Alors dans la nuit, Komiko a…

De grosses larmes se mirent à couler sur ses joues. Non, hurlai-je en moi-même, non ! Devant mon désarroi, Miki se reprit et secoua la tête.

— Elle va bien. Mais elle a beaucoup saigné. Je l'ai trouvée juste à temps. Mère Akiko a fait le nécessaire. Elle s'y connaît, heureusement. Elle a sauvé Komiko et le bébé. Pour le moment.

Je restais silencieux, atterré. Le monde s'écroulait autour de nous. Iwo Jima, Okinawa étaient tombés mais l'armée impériale ne renonçait pas. Des centaines de soldats et de tokkotai, *des milliers de civils avaient péri sous les balles ou s'étaient supprimés. Nous n'avions pas la moindre chance de nous relever. Nous nous apprêtions à livrer d'autres combats, mais pourquoi ? Pour qui, puisque notre peuple se suicidait devant l'ennemi ? Nous allions mourir en vain.*

À la base où je retournai cette nuit-là, le silence pesait comme du plomb. Seule la fenêtre du commandant était encore éclairée. Il relevait les noms des volontaires du lendemain. Comment pouvait-il envoyer des jeunes hommes, presque des enfants, en mission, avec la certitude de notre défaite ? Plus personne ne se leurrait sur l'efficacité de notre action. Le Japon était aux portes de la mort mais ses soldats n'avaient pas le droit d'abandonner leur poste. Pas tant qu'ils n'auraient pas reçu l'ordre de se rendre. Un ordre qui, je le comprenais maintenant, ne viendrait jamais. Ces hauts dignitaires n'éprouvaient pas le moindre respect pour nous. Nous n'étions que des éléments remplaçables. Pas des hommes.

Mais Tadao était mon ami. Il m'avait aimé, soutenu, il s'était fié à moi. Il m'avait octroyé cette valeur que je me refusais. Non, Tadao ne mourrait pas. Je ne le permettrais pas.

Les événements m'échappaient. Mais le pire, je l'appris le lendemain matin devant le tableau d'affichage. Les dos de mes camarades, en haie compacte, m'empêchaient d'approcher. Tadao seul me faisait face, bouleversé, cherchant mon regard pour la première fois depuis des jours. Un pressentiment terrible m'envahit. Je marchai vers le tableau au milieu d'un brouillard de silhouettes qui s'écartaient devant moi. Mon cœur cognait dans ma poitrine. Je savais déjà et j'avais envie de hurler.

Mon nom était le premier sur la liste. Je le déchiffrai, signe après signe, ânonnant tel un enfant qui apprend à lire. Une main serrait mon épaule, trop fort. J'avais mal. Tadao m'entraîna dehors. Mon visage devait faire peur à voir. Il se méprit sur mon expression. Crut-il que j'avais peur ? Il me parlait, je ne l'entendais pas. Il était trop tard : j'avais failli à ma promesse de le sauver pour Komiko.

J'étais accroupi dans le dortoir, le ventre tordu par l'angoisse. Tadao, à genoux devant moi, ne savait que me dire. Il me croyait anéanti : il n'en imaginait pas la véritable raison. Devant l'imminence de ma fin, sa rancune ne pouvait tenir. De le voir si attentif, si triste et pourtant si déterminé me fit encore plus mal. Si je n'agissais pas d'ici au lendemain, Tadao ne me survivrait pas. Je ne pouvais pas mourir sans être sûr de l'avoir sauvé.

— Veux-tu…

Il hésita. Je compris. Je pris une paire de ciseaux dans mon nécessaire de toilette et me coupai une mèche de cheveux.

— Pour ma mère, murmurai-je. Jure-moi que tu la lui donneras toi-même. Mon journal aussi. Je le cache sous mon matelas. Tu le prendras demain et tu le lui donneras. Mais d'abord, je veux que tu le lises. Tu me le promets ?

Il hocha la tête en silence. Il semblait si jeune ! Le visage de mon petit frère se superposait au sien. Je ne reverrais pas Akio. Ni mère, ni père. Je n'aurais plus l'occasion de leur demander pardon. Me pardonneraient-ils ? Car je savais soudain ce que je devais faire pour sauver Tadao. Je savais quel vent divin devait m'emporter. Ce n'était pas celui qu'on m'avait appris à révérer mais celui que je choisissais librement aujourd'hui de suivre.

Celui de la paix.

Et je comprenais qu'après ce que j'allais faire, mon père me maudirait pour l'éternité.

24

— Simon !

— Tout va bien, Colombe, tout va bien !

Le sourire de Milo, sa voix paisible et rassurante. Colombe suffoquait. Il dut lui prendre la main et la serrer fort pour qu'elle reprenne tout à fait conscience.

— Je ne l'ai pas lâché, n'est-ce pas ? Dis-moi que je ne l'ai pas abandonné !

— Il va bien, je te promets qu'il va bien. Tu lui as sauvé la vie. Sans toi, il ne s'en serait pas sorti.

— Je ne me souviens de rien, sauf que je ne voulais pas le perdre, surtout ne pas le perdre…

Il lui prit le visage, plongea son regard dans le sien.

— Tu l'as sauvé, Colombe, tu m'entends ? D'ailleurs tu le tenais si fort que pour un peu, on aurait dû te couper les bras pour t'obliger à le lâcher.

Avec un profond soupir, elle se détendit, se laissa aller contre les oreillers. Tout à coup, elle prenait conscience des raideurs dans ses épaules et son dos. Mon Dieu, qui l'avait passée à tabac ? Son dernier souvenir cohérent était celui d'un tour de manège dément dans ce qui lui avait semblé être un tambour de machine à laver.

— Je suis où ?

— Dans le lit de Sagamore.

— Quoi ?

Milo, pouffant de rire, l'empêcha de bondir hors des draps.

— En fait, vous avez passé la nuit ensemble, tu ne t'en souviens pas ?

— Tu te fiches de moi ? Je ne peux pas avoir oublié ça !

— Ce ne serait pourtant pas étonnant, vu l'état dans lequel tu étais quand il t'a sortie de l'eau. D'abord, tu lui as vomi dessus toute l'eau que tu avais avalée, puis tu t'es évanouie telle une princesse dans les bras musclés de son sauveur. Je peux t'assurer que lui non plus ne t'a pas lâchée une seconde. Il n'a pas attendu que je l'aide pour te porter au moulin. C'est lui qui a allumé un feu d'enfer dans le poêle pour vous réchauffer Simon et toi, pendant que j'allais chercher le vieux Dr Mazoyer. Il a pris sa retraite au village depuis un moment, mais il se déplace quand on a besoin de lui. À notre arrivée, Sag te frictionnait à t'arracher la peau avec toutes les serviettes qu'il a pu dégotter pendant que Colin faisait de même avec son fils. Après l'examen du médecin, il t'a portée d'autorité dans sa chambre et est resté à ton chevet toute la nuit.

— Tu veux dire qu'il m'a… déshabillée ? Complètement ?

— Ça oui, pas possible d'être plus nue ! Mais je te promets que je n'ai pas regardé… enfin beaucoup moins que Sag.

— Espèce de vieux pervers dégoûtant !

— Oh tu sais, Sag s'est montré parfaitement courtois.

— Idiot ! Je parlais de toi !

— Moi ? fit-il, offusqué. Mais je ne suis pas vieux ! Bon, d'accord, je n'aurais pas eu la force de ton Sag pour vous repêcher et nager jusqu'à la rive, mais je ne me suis pas trop mal débrouillé avec la corde.

— Quelle corde ? Et ce n'est pas *mon* Sag !

— Il avait noué une corde autour de sa taille avant de plonger et lorsqu'il vous a rattrapés, Simon et toi, il s'est mis à nager comme un dingue pour vous ramener sur la rive. Étienne et moi, nous tirions de toutes nos forces sur la corde pour l'aider, mais avec ce courant de malade, nous avions un mal fou à seulement vous empêcher d'être emportés. Colin et Effie avaient couru en aval au cas où il aurait fallu vous intercepter plus loin. Sag nageait de toutes ses forces à contre-courant, mais il faisait du surplace. Et tout à coup, nous avons senti la corde partir en arrière. Je suis tombé sur Étienne qui s'est vautré dans la boue. Devine ? C'était Kei ! Un vrai miracle ! Je ne sais pas d'où il sortait, mais nous avons béni son arrivée. À nous trois, nous avons réussi à vous sortir de la rivière.

— Et Simon ? Comment va-t-il ?

— Le docteur dit que le choc a été rude, mais que physiquement il va bien. Tu es quelqu'un d'extraordinaire, Colombe. Je ne sais pas comment te remercier. Simon te doit la vie.

— C'est à vous qu'il doit la vie. Et moi aussi. Merci Milo. Sans vous tous…

— C'est toi qui l'as pris dans tes bras. Des tas de gens au village n'auraient pas réagi avec ton calme. Et pourtant, ils sont au courant des difficultés de Simon. Toi, tu ne le connais que depuis quelques semaines, mais tu as réussi à installer une vraie confiance entre vous. Tu es quelqu'un de profondément sensible, Colombe, tu comprends les enfants. Simon, et nous aussi, avons beaucoup de chance de t'avoir.

Colombe secouait la tête.

— Tu te trompes, je ne suis pas la fille courageuse que tu crois.

— Que veux-tu dire ? Qui es-tu, alors ?

— Une lâche.

Elle se sentait vidée. Elle avait envie de se rendormir, de se dérober à cette reconnaissance imméritée. Un coup frappé à la porte interrompit la question que Milo s'apprêtait à lui poser.

Sagamore entra. En les voyant front contre front, plongés dans ce qui semblait d'intimes confidences, il s'arrêta sur le seuil. Milo se leva, indiqua discrètement sa place à son ami et quitta la chambre.

— Comment te sens-tu ?

— Mieux. Milo vient de me raconter ce qui s'est passé. Vous nous avez sauvés. Merci, Sagamore. Je ne l'oublierai jamais.

Le héros, c'était lui. Il avait risqué sa vie par véritable courage. Elle… Elle se souvenait surtout de sa terreur à l'idée qu'elle pouvait fuir à nouveau et laisser des enfants seuls face au danger. Son sentiment d'imposture se fit plus lourd. Avait-elle voulu se racheter ou avait-elle réellement pensé à Simon ? Puis elle revit son petit corps tremblant secoué de sanglots, sa détresse. En réalité, sa question n'avait pas de sens. Simon avait simplement eu besoin d'elle et elle avait agi.

Soudain, les mots se bousculèrent dans sa bouche. Elle n'accepterait pas l'admiration et l'estime de ces amis qui venaient de lui sauver la vie sans leur dire la vérité. Elle la leur devait.

Alors elle parla, tête baissée, car c'était encore trop difficile. Elle n'avait pas envie de lire sur le visage de Sagamore l'incompréhension et la déception. Il l'écouta sans l'interrompre. Sans réaction. Juste avec une empathie qui soudain le faisait ressembler à Milo.

Cette semaine-là s'était imprimée au fer rouge dans son esprit. Depuis le début de son stage, les choses avaient tourné au vinaigre. Elle ignorait pourquoi. C'était une classe de CM2 pas particulièrement difficile, même si deux des élèves sautaient sur la moindre occasion pour se lancer dans des bagarres acharnées. Des enfants plutôt classiques, donc, mais qu'elle ne parvenait pas à intéresser. Un brouhaha permanent régnait toute la journée, des bavardages, des rires étouffés. Les enfants se levaient à tout bout de champ sous les prétextes les plus loufoques. La moindre tentative pour les recadrer soulevait parmi eux des protestations indignées. Qu'avait-elle fait pour en arriver là ? Malgré les conseils avisés de ses collègues et les encouragements de sa conseillère pédagogique, elle s'était peu à peu enfoncée.

Chaque matin, elle se levait un nœud au ventre. Chaque matin, elle retenait son envie de vomir tandis qu'elle franchissait les trente kilomètres qui la séparaient de l'école. Elle entrait dans la cour en occultant les cris des enfants qui résonnaient à ses oreilles comme des rugissements de prédateurs. Devenue leur proie, elle rasait les murs et pénétrait dans sa classe en tremblant. Elle s'obligeait à donner le change en s'astreignant à un travail de forçat, cherchant désespérément ce qui accrocherait enfin l'attention de ses élèves.

Elle avait cru les détester. En réalité, elle s'était détestée elle-même, avait haï sa faiblesse devant ces visages indifférents, haï son impuissance à imposer son autorité. Elle avait été terrifiée à l'idée de se laisser aller à cette pulsion nettement antipédagogique de les secouer tous, de leur hurler de la fermer, oh mon Dieu ! d'arrêter ce foutu bordel de merde qu'elle avait laissé s'installer…

À vrai dire, l'enfer s'était construit au fil des jours. Consciemment, pas à pas, comme un plan mûrement établi. Les élèves n'y participaient pas tous. Non, juste deux ou trois, les autres jouant le rôle de spectateurs hilares. N'était-ce pas pire encore ? Elle avait l'horrible sensation de s'être glissée dans la peau d'un acteur qui n'avait pas appris son texte ; qui, pour son premier spectacle, s'étant surestimé, avait choisi la plus grande salle de spectacle parisienne, et se faisait siffler, huer et bombarder de projectiles plus ou moins ragoûtants.

Certains jours, rares, cela allait un peu mieux. Mais elle cheminait en équilibre sur un fil mal tendu vers un objectif mal compris. Un simple détail la faisait à nouveau trébucher.

Ce matin-là, elle n'avait même pas pu placer le « bonjour » rituel avec lequel elle accueillait chaque élève à la porte de sa classe avant de le laisser entrer. Les enfants s'étaient bousculés pour pénétrer dans la pièce. Elle s'était retrouvée coincée derrière le battant de la porte, tandis qu'à l'intérieur ils faisaient mine de la chercher. Ça les avait fait rire. Elle avait peiné pour ramener un minimum de calme. Et puis l'un des deux terribles s'était mis à imiter ses « chut » désespérés en se cachant derrière ses copains. Quelques postillons plus tard, toute la classe s'y était mise…

C'était un de ces cauchemars dont on ne parvient pas à se réveiller. Les visages des enfants lui étaient apparus déformés, agrandis, monstrueux. Un zoo dans lequel elle était le seul animal curieux, le seul être qu'on taquinait, huait et sifflait. Sans même s'en rendre compte, Colombe s'était mise à reculer vers la porte et, lorsqu'elle avait senti la poignée dans son dos, elle s'était glissée dans le couloir et s'était enfuie.

Elle se souvenait seulement du sang battant le tambour dans ses tempes, de son souffle sifflant en sanglots dans sa gorge. Elle s'était enfermée dans les toilettes, s'était effondrée à côté de la cuvette et, les yeux fermés, les mains sur les oreilles, s'était efforcée de se fermer à ces rires et à ces cris qui la poursuivaient, la rattrapaient, lui défonçaient le corps, plus violents que des coups de poings. Mais rien n'y avait fait. Elle étouffait dans ce réduit dans lequel elle s'était elle-même enfermée. Alors elle s'était jetée sur la fenêtre et, tel un prisonnier aspiré par la liberté, elle s'était glissée par l'ouverture et avait sauté dans la cour.

Colombe leva les mains dans un geste impuissant et incrédule.

— Aujourd'hui, je n'arrive même pas à comprendre ce qui m'est passé par la tête. Il y avait ce bazar dans ma classe et dehors, le calme des prés, la paix. J'ai choisi le silence. Je me suis barrée par la fenêtre des toilettes comme un gosse qui fugue pour ne pas affronter ses problèmes. J'ai pris ma voiture et j'ai foncé droit devant moi. En vrai, maintenant que j'y pense, ce n'était sûrement pas si terrible. Un simple chahut d'élèves. Si j'avais haussé la voix, cogné du poing sur la table, ils se seraient calmés. Au lieu de ça, j'ai filé lâchement. Je les ai laissés seuls.

Hésitation. Tout lui dire ? Au point où elle en était…

— Cinq minutes sont passées avant que quelqu'un s'aperçoive que la classe n'avait plus de maîtresse. Cinq minutes seulement, mais assez pour que mes deux terribles se mettent à s'insulter, à se bagarrer à coups de poings et finissent l'un avec un œil au beurre noir et l'autre avec la lèvre fendue. C'est la collègue de la classe à côté qui les a séparés. Tu te rends compte ? Ça aurait pu être cent fois plus grave ! J'ai eu de la chance que les parents se soient montrés compréhensifs. Le fait que j'ai fini l'année dans une clinique a dû les désarmer.

— Pour en arriver là, tu as dû traverser une sale période.

— Ou peut-être que je grossissais mes problèmes. Nulle dans mon travail, l'effet d'être une bouffonne en classe, la pression et l'inquiétude de ma mère qui me voyait m'enfoncer… et surtout, j'avais l'impression de n'être à ma place nulle part.

— Et ton maître-formateur ?

— Il était persuadé que j'étais faite pour ce métier. Supergentil, mais il me surestimait. Je savais que je ne possédais pas la moitié des qualités qu'il m'attribuait. Et ça me déprimait encore plus de ne pas être capable de répondre à ses attentes.

— Mais ensuite, quand tu as repris tes esprits, tu es revenue.

— Je n'en ai pas eu le temps ! soupira Colombe. Même ma fuite, je l'ai ratée. J'ai fini à deux cents mètres de l'école, dans le fossé, trop hébétée pour sortir de ma voiture cabossée. Ce sont les ambulanciers qui m'ont tirée de là. Je n'ai compris ce qui s'était passé que lorsque je me suis retrouvée à la clinique, à dormir vingt heures sur vingt-quatre. Pathétique, non ?

— Je veux dire que tu es quand même revenue achever ta formation, Colombe.

Une immense indulgence se peignait sur les traits de Sagamore. Pas l'ombre d'un jugement. Colombe en fut soufflée.

— Je te trouve courageuse moi. Je ne sais pas si j'aurais eu la force de reprendre un poste, à ta place. Il avait raison, ton maître-formateur. Tu comprends les enfants. Tu es patiente, attentive. J'ai observé tes élèves, tu sais. Ils t'aiment bien. Ils te font confiance. Ce qui s'est passé, on ne peut plus revenir dessus. Mais rappelle-toi la philosophie de Milo. C'est aujourd'hui qui compte. Tu as pété les plombs l'année dernière et hier soir tu as sauvé un enfant. Ça ne change pas ta vision de toi-même ?

— Est-ce que ça suffit pour devenir quelqu'un d'autre ?

— On est tous les jours quelqu'un d'autre puisqu'on apprend, on grandit, on profite des enseignements de la vie. Ça fait longtemps que tu n'es plus la Colombe de l'année dernière. Tu n'es déjà plus celle d'hier. De toute façon, qui d'autre voudrais-tu être ?

— La vraie moi.

Celle qu'elle serait devenue si Louise avait survécu. Quelqu'un de moins bancal, qui aurait poussé les pieds bien plantés dans un terreau familial. Mais après tout, qui sait comment elle aurait grandi avec Louise, sans père ? Elle comprit brusquement qu'elle idéalisait une vie qu'elle n'avait pas eue, qu'elle ne pouvait en aucun cas supposer meilleure que la sienne. Sag avait raison. Elle était déjà la vraie Colombe, et elle se construisait, jour après jour, à partir de ses propres décisions.

— Tu es parfaite comme tu es, déclara Sagamore.

Le compliment la fit rougir. Lui aussi. Colombe repoussa sa couverture.

— Il faut que je m'habille. J'ai déjà manqué la matinée, il faut que je retourne à l'école.

— Pas question. Le Dr Mazoyer doit passer te voir dans une demi-heure. C'est lui qui décidera si tu es apte à retourner en classe.

— Tu y es bien retourné, toi !

— Je ne me suis pas évanoui. Et je récupère vite. De toute façon, j'ai déjà prévenu l'inspection de ton accident. Il n'y a pas de remplaçant, mais j'ai accueilli les élèves qui ne pouvaient pas être gardés chez eux. C'est l'avantage des petites classes. Vingt-neuf enfants avec l'aide de Marie-Rose. Ça roule. Il faut que j'y retourne, d'ailleurs. Toi, tu ne bouges pas d'ici avant l'arrivée du médecin. Compris ?

« Oui, maître », faillit-elle répondre. Colombe contint le rire qui risquait de le vexer et hocha la tête d'un air innocent. Elle ne pouvait décemment pas désobéir à quelqu'un qui lui avait sauvé la vie, n'est-ce pas ? D'autant plus que l'inquiétude de Sagamore la touchait. Après des semaines de froideur, sa sollicitude lui réchauffait le cœur.

Cela ne l'empêcha pas de sauter hors de son lit dès que la porte de la chambre se fut refermée. Elle le guetta à la fenêtre tandis qu'il passait derrière le moulin pour monter vers la forêt. Le chemin serait plus long mais le pré inondé devant la Planche ne permettait plus l'accès aux remparts. Colombe se hâta de s'habiller. Elle ne romprait pas sa promesse si elle descendait au bistrot pour parler à Kei.

— Où croyez-vous aller, mademoiselle la noyée ? Retournez vite au lit, c'est compris ?

Le vieil homme qui venait d'entrer dans la chambre referma la porte au nez de Colombe et posa sa sacoche sur une chaise défoncée. Il faisait froid dans la pièce. Un vieux poêle tiédissait dans un angle. L'homme se mit à le charger tout en surveillant Colombe interloquée qui frissonnait sur le palier.

— Va-t-elle enfin obéir ? gronda l'arrivant. Ça saute tout habillée dans un torrent, ça dort toute la nuit avec une fièvre de cheval, et dès le lendemain ça cabriole partout en s'imaginant pouvoir reprendre le boulot ! Sachez, mademoiselle, que le corps a son mot à dire, et moi aussi. Vous allez me faire le plaisir de vous allonger sur ce lit avant de tomber dans les pommes.

Et de fait, Colombe chancelait, étourdie. Le vieil homme la rattrapa, l'amena d'autorité vers le matelas et la borda si serré qu'elle voulut protester.

— Votre bras ! ordonna le vieux médecin en sortant un tensiomètre de son sac.

Pendant les minutes qui suivirent, elle ne put placer un mot sans qu'il lui coupe la parole d'un air bougon et autoritaire. Tension, cœur, réflexes, il la soumit à un examen approfondi avant de la laisser enfin souffler. Grognon mais sympathique, songea Colombe. Ses gestes doux atténuaient la sévérité de son ton. Elle se sentait redevenir une petite fille dorlotée par son père qui, assis dans un fauteuil à côté de son lit, veillait sur elle. Le vieux médecin griffonna un certificat.

— Trois jours de repos, décréta-t-il sans tenir compte des protestations de Colombe. Et vous avez intérêt à obéir, ma petite, si vous ne voulez pas vous écrouler. Je demanderai à Sagamore de vous enfermer si c'est nécessaire. Et pas question de descendre faire la fête à la Planche, compris ?

— Mais j'attends la visite de mon inspecteur d'un jour à l'autre. Je ne peux pas me permettre d'être absente !

— Je ne vous laisse pas le choix. C'est trois jours de repos ou je ne réponds de rien. Bon sang, quelle tête de mule ! Telle mère, telle fille, hein ? Louise non plus n'a jamais voulu suivre mes conseils.

Colombe se figea. Blêmit. Le son de la pluie dehors s'estompa. Silence lourd dans la pièce où le Dr Mazoyer dévisageait sa patiente d'un air amusé.

— Ça va, Divine ?

Euh oui. Comme quelqu'un qu'on venait de déshabiller d'un coup et qui se retrouvait nue, en pleine lumière, devant un vieux monsieur qui la détaillait en souriant. Colombe ne put se retenir de remonter la couverture sur sa poitrine avec l'idée stupide qu'en cachant son corps elle dissimulait sa vie privée.

— Pardonnez à un vieil homme. Je vous ai soignée toute petite sous le nom de Divine, je vais avoir du mal à vous nommer autrement. Et ne me regardez pas comme si j'étais un sorcier. Je ne vous ai pas reconnue. C'est Milo qui m'a tout raconté.

— Je ne pensais pas qu'il en parlerait si vite à quelqu'un.

— C'était un secret ?

— Au moins une confidence.

— Ne soyez pas fâchée contre lui. Il a eu très peur. Vous avez mis du temps à reprendre connaissance.

— J'allais si mal que ça ?

— Je savais que vous vous en remettriez. Votre mère, hélas, n'a pas eu cette chance.

Deuxième coup de poing. Le Dr Mazoyer rangeait ses instruments dans son sac. Elle attendit qu'il se redresse et reprenne place sur son lit.

— Vous voulez dire qu'elle était malade ?

— Vous l'ignoriez ?

— Comment aurais-je pu le savoir ?

— C'est vrai, Louise n'a rien dit à personne. Elle ne voulait surtout pas que Charles, son patron, l'apprenne. Je suppose qu'elle craignait de se retrouver à la porte. J'avais beau la rassurer, lui promettre qu'il ne pouvait pas la renvoyer à cause de sa santé, elle ne me croyait pas. Elle m'a fait jurer de me taire. De toute façon, j'étais lié par le secret professionnel. Votre mère était une femme exceptionnelle, Divine. Une battante. Elle n'avait pas l'intention de se laisser vaincre par la maladie.

Je peux vous le dire maintenant, il y a prescription. Et puis vous êtes sa fille. Louise souffrait d'une grave leucémie. Elle avait peu de chances d'en réchapper.

— Alors elle s'est vraiment suicidée.

— C'est ce que vos parents adoptifs vous ont dit ?

— C'est la conclusion de l'enquête, non ? Je ne blâme pas Louise, même si j'ai été longtemps en colère contre elle. Parfois, on a beau s'obstiner à escalader les montagnes, elles sont trop hautes. Louise a lutté tant qu'elle pouvait, puis elle a baissé les bras.

— Non. Pas Louise.

Colombe scruta le vieux visage crispé et s'aperçut avec surprise que le docteur s'efforçait de maîtriser sa colère.

— Pas Louise, répéta-t-il entre ses dents. J'ai rarement croisé la route d'une personne dotée d'un tel caractère. Elle serait descendue en enfer pour vous, Divine, elle aurait bravé un tsunami pour vous mettre à l'abri. Rien n'aurait pu l'empêcher de lutter avec la conviction qu'elle s'en sortirait pour vous. Et lorsqu'elle m'expliquait ça de sa voix ferme, je vous assure que moi, le médecin conscient de son état, je la croyais.

— La maladie peut toujours gagner.

— Louise s'accrochait à la vie bec et ongles. C'est ce que j'ai essayé d'expliquer aux gendarmes qui ont retrouvé son corps. Ils ne m'ont pas cru parce qu'ils ne savaient rien de votre mère ni de sa volonté de fer. Ils ont conclu au suicide dès qu'ils ont appris son état. Mais Louise n'aurait jamais renoncé, sachant qu'elle vous laissait seule au monde.

— Alors c'était un accident ?

— Votre mère connaissait cette route par cœur. Les yeux fermés, elle n'aurait pas manqué le virage. Et elle conduisait de manière très prudente. Elle savait qu'elle n'avait pas droit à l'erreur.

— Il pleuvait à verse cette nuit-là. Un déluge pire qu'hier soir. Il se peut que quelque chose lui ait fait perdre le contrôle ?

Je ne sais pas… Un animal sur la route, un rocher ou une branche tombée devant sa voiture ?

— Si un animal avait heurté sa voiture, on aurait retrouvé sa carcasse. Et d'après l'endroit où elle est tombée, la police a calculé que Louise a foncé droit dans le précipice.

— Alors, vous voyez bien qu'elle s'est suicidée !

Colombe repoussa sa couverture avec impatience. Pourquoi continuer à discuter ? Chaque indice menait au même constat. Louise avait abandonné la lutte, puis son enfant. Et toutes les questions que sa fille se posait n'y changeraient rien.

Au fond, qu'avait-elle espéré ? Elle ne jugeait plus Louise. Elle n'en avait pas le droit. Sa mère avait tout donné pour elle. Rien de plus normal que, accablée par la solitude et la maladie, elle se soit inclinée devant son destin.

Le médecin soupira, leva les mains, impuissant.

— Seule ma conviction m'assurait que les gendarmes se trompaient. Tous ceux qui connaissaient Louise pensaient comme moi. Mais nous n'avions aucune preuve. Et au fond, qu'est-ce que cela changeait pour la petite fille que vous étiez ? Vous vous retrouviez seule au monde.

— Savez-vous qui était mon père ?

— Non. Même lorsqu'elle a compris la gravité de sa maladie, elle n'a confié son nom à personne. Elle disait que c'était à lui d'assumer la révélation de sa paternité. Ce sont ses mots. Elle les employait comme si cette vérité pouvait constituer un problème pour cet homme.

Évidemment. Son père devait être marié. Il menait une double vie, une femme et des enfants peut-être d'un côté, elle et Louise de l'autre. Une vie cachée pour elles deux, comme si elles n'avaient pas le droit d'exister. Il avait profité de l'amour d'une jeune femme sans rien lui accorder en retour, même pas le bonheur de nommer le père de son bébé. Et Louise avait accepté cette vie, s'était effacée pour ne pas le gêner. Elle avait considéré comme un cadeau le peu d'existence qu'il leur accordait. Comment pouvait-on se nier à ce point ? Nier aussi les droits de sa propre fille, se disait tristement Colombe en écoutant les pas du Dr Mazoyer décroître dans l'escalier. Comme Louise devait aimer cet homme !

Elle attendit d'être sûre de son départ pour entrouvrir la porte de l'appartement. Des murmures de conversation montaient du bistrot. Combien de secrets avaient accueillis ces murs en apparence sans mystère ? La maladie et la disparition de Louise, son amant marié… Et ce bébé au milieu, inconscient du drame qui se jouait.

Colombe descendit les marches avec précaution. Sa tête tournait. Sa mère ne l'avait pas abandonnée. Malgré son courage, elle devait envisager sa fin puisqu'elle avait confié sa Divine à Elsa. Elle avait même glissé le précieux carnet japonais dans ses affaires. Au cas où elle ne la reverrait pas ? Ou comme une promesse de revenir la chercher lorsqu'elle serait guérie ?

Colombe s'assit au bas des marches. Son cœur battait trop fort. Le contrecoup de la veille. Elle avait froid. Chaud aussi. Mais elle ne voulait pas retourner se coucher. Le Dr Mazoyer venait de lui offrir une nouvelle piste. Si Louise cachait sa maladie et refusait de révéler le nom du père de son enfant aux gens du village, n'était-ce pas parce que son amant y habitait ?

La pluie crépitait sur les fenêtres étroites de la cage d'escalier. Colombe eut tout à coup la sensation d'une présence. Elle était là, Louise, son amour puissant traversant la mort pour l'envelopper tout entière. Sa présence se devinait partout. Dans la salle de la Planche. Sous le passage des remparts où l'écho de ses pas résonnait sur les murs. Sur le marché de la place des Frères, derrière le moulin, partout dans ce village… Ceux qui avaient croisé sa route avaient apprécié cette jeune femme discrète et courageuse, prête à tout pour sa Divine. À cet instant, Colombe ressentait son amour par toutes les fibres de son corps.

Comme si Louise, par-delà la mort, cherchait à lui faire comprendre quelque chose.

25

Le carnet.

Elle avait envie d'en caresser la couverture, de déplier les pages et de lisser la mèche de cheveux entre ses doigts. Appartenait-elle à son père ? S'il avait habité le village du temps de Louise, il ne serait pas trop difficile de retrouver sa trace. Dire que sa mère l'avait aimé au point de conserver ce souvenir en dépit de sa lâcheté, en dépit surtout de la souffrance qu'il leur avait infligée en leur interdisant de vivre en pleine lumière. Bien sûr, elle aurait pu refuser cette situation. Révéler à la face du village la tromperie de cet homme. Elle avait choisi le silence qui, de victime, avait fait d'elle sa complice. Mais jusqu'où avait-elle accepté cette situation ? Sa maladie avait forcément changé sa manière de voir. Qui sait ce qui s'était passé le soir de son accident ? Colombe voulait toucher cette mèche comme si la réponse à ses questions pouvait surgir de son contact.

Elle irait chercher son carnet et reviendrait aussitôt, se dit-elle. Sagamore, occupé par sa classe, ne s'en apercevrait pas. Mais alors qu'elle passait devant l'arrière cuisine, la porte s'ouvrit sous la poussée d'une poubelle pleine à ras bord…

qui, déséquilibrée par la collision, déversa sur elle un amas d'épluchures de légumes pourrissants. Colombe se rejeta en arrière avec un hoquet de dégoût, trop tard cependant pour éviter le flot d'ordures. Elle glissa, se rattrapa à un bras miraculeusement surgi derrière le récipient. Une poigne solide acheva de la remettre d'aplomb, dégoulinante de jus brun et titubant sur le seuil de l'arrière-cuisine.

— Merde ! Qu'est-ce que tu fais là ? s'écria Kei. Tu devais te reposer. Ça va ?

— C'est moi qui devrais te demander ça ! répliqua la jeune femme. Tu as disparu sans m'avertir !

Bon, d'accord, mauvais début. Très mauvais, même, si l'on prenait en compte l'intervention inespérée du jeune homme au bord de la rivière. Colombe se débarrassa des épluchures collées à ses vêtements en s'efforçant de se reprendre.

— Excuse-moi, tu m'as surprise. Milo et Sagamore m'ont raconté ce qui s'est passé hier. Merci, Kei. Tu nous as sauvés la vie. Sans vous tous, Milo, Effie, Sagamore, toi…

— Surtout Sagamore. Il n'a pas hésité à plonger dans une rivière démontée. Moi, je n'ai fait qu'aider Milo à tirer la corde.

— C'est incroyable que tu sois arrivé juste à ce moment-là ! Je te croyais parti pour de bon.

Avec la copie de mon carnet, eut-elle envie d'ajouter. Mais elle se retint. Après tout, Kei était de retour, comme l'avait prédit Milo. Et, grâce à lui, elle aussi était toujours là.

— Avec tes papiers ? dit Kei, comme s'il devinait ses pensées. Je n'aurais pas fait ça. En fait, je voulais te prévenir de mon départ, mais j'étais si bouleversé que je n'en ai pas pris le temps. Désolé. Il fallait que je vérifie certaines choses avant de… Écoute, je ne savais pas trop si tu étais en état de me recevoir, mais maintenant que tu es descendue, viens. Milo est chez sa sœur, la Planche est fermée aujourd'hui. Va t'installer pendant que je monte dans ma chambre chercher ce que je veux te montrer.

Lorsque Kei redescendit dans la salle, Colombe s'était débarbouillée, essuyée et avait disposé une grosse théière de boisson brûlante et deux tasses sur une table près d'une fenêtre. Elle les remplit tandis qu'il s'asseyait à côté d'elle.

— Regarde, dit-il en posant une liasse de feuilles agrafées à côté du plateau. Voici la traduction des premières pages du texte que tu m'as confié. Et ça, poursuivit-il en plaçant un cahier d'écolier à côté, c'est à moi. Enfin, à ma famille.

— Qu'est-ce que c'est ?

— Ouvre-le, ça ne mord pas. Mais prépare-toi à un choc…

Émue sans savoir pourquoi, Colombe feuilleta le cahier. Les mots tracés d'une écriture serrée se bousculaient sur les pages comme si l'auteur avait eu peur de manquer de place. C'était un journal. Le journal d'une personne disparue depuis longtemps.

Elle revint au début et se mit à lire à voix basse.

J'ai décidé d'écrire ce journal pour vous, ma chère mère, afin que vous deveniez ma voix auprès de mon père. Parce que après mon départ, vous serez la seule à pouvoir briser le silence qu'il m'a opposé. Lisez-lui ces paroles que je n'ai pu lui dire afin qu'elles trouvent le chemin de son cœur. Faites que, lorsque je ne serai plus, il accueille à nouveau l'amour que je lui ai voué. Si je pars, ma chère mère, c'est pour retrouver à mes yeux et aux siens le respect et l'honneur. Ne soyez pas triste. Vous savez que c'est mon devoir. Notre famille est issue de héros qui toujours ont tenu leur rang. Je ne peux faire moins…

Colombe leva les yeux. Ces phrases tranquilles, si fortes et si tristes à la fois, lui donnaient la chair de poule.

— Explique.

Elle chuchotait comme pour ne pas réveiller l'auteur du journal. Ses mots le rendaient si réel. Et ce frôlement derrière elle… L'ombre de Kei et la sienne, agrandies sur le mur, formaient un être hybride dont les deux corps se confondaient.

— Il y a un an, commença Kei sur le même ton, mon arrière-grand-père a eu un accident cardiaque. Il a pris cela comme un avertissement et a fait lire ce cahier à mon grand-père, à ma mère et à moi. Pour être plus précis, il nous en a montrés deux. Le premier était la copie fidèle du journal d'un pilote de chasse japonais et l'autre, celui-ci, sa traduction en français. Mon arrière-grand-père l'avait rédigé pour nous parce qu'il est le seul membre de notre famille à parler encore sa langue. Ces cahiers constituaient notre héritage le plus précieux, nous a-t-il dit. Ils allaient nous permettre de comprendre d'où nous venions, qui nous étions et, surtout, à qui nous le devions. L'auteur de ce journal lui a sauvé la vie pendant la guerre. Il tenait à nous raconter son histoire.

L'émotion altérait la voix de Kei. Il se racla la gorge, inspira profondément.

— Cet homme s'appelait Anaka Kiyoshi. Il était le meilleur ami de mon arrière-grand-père, Fujika Tadao. Ils se sont rencontrés à la fin de la Seconde Guerre mondiale sur la base aérienne de Hiro, au Japon. Ils étaient tous deux pilotes de chasse. Mon arrière-grand-père, Tadao, avait dix-sept ans, son ami Kiyoshi dix-neuf. C'était des *tokkotais*, des kamikazes.

Il s'interrompit à nouveau. Colombe posa sa main sur son bras pour l'inciter à continuer.

— Sais-tu qui étaient les kamikazes japonais pendant la guerre, Colombe ? Très souvent de jeunes hommes ou des adolescents embrigadés pour se jeter avec leurs avions sur les navires américains. On leur ordonnait de se sacrifier pour sauver leur pays, leur famille. Mourir ainsi était un honneur et aucun d'entre eux ne l'aurait remis en cause. Sauf quelques-uns, qu'on méprisait et qu'on considérait comme des parias, des traîtres à leur empereur. Le capitaine Anaka Kiyoshi en a fait partie à la fin de sa vie. Au lieu de s'envoler pour sa dernière mission, il a opéré un demi-tour au-dessus de la mer pour précipiter son Zéro sur la base aérienne de Hiro. Tous les avions au sol ont été détruits. Les missions prévues pour le lendemain n'ont pu avoir lieu. Et Tadao, qui s'était porté volontaire pour un vol-suicide, n'est jamais parti. Quelques jours après, Hiroshima et Nagasaki explosaient et le Japon signait l'armistice.

— Mon Dieu… ! souffla Colombe. Ton arrière-grand-père ne t'avait jamais raconté ça avant ?

— Non, il ne parlait jamais de la guerre ni de ce qu'il a vécu. Aujourd'hui, il a plus de quatre-vingt-dix ans. Son attaque a provoqué un déclic. Depuis, il ne cesse de raconter ses souvenirs, son amitié avec Kiyoshi, jusqu'à ce dernier jour où celui-ci s'est écrasé sur la base. Avant de s'envoler pour sa dernière mission, il l'avait chargé de transmettre son journal à ses parents, ainsi qu'une mèche de ses cheveux qu'il avait glissée dans la couverture.

Colombe sursauta. Elle ouvrit la bouche, cherchant sa respiration. Kei poursuivit en la scrutant avec fièvre :

— Malheureusement, le carnet n'a jamais atteint ses destinataires. Deux jours après la mort de Kiyoshi, la bombe atomique tombait sur Hiroshima et faisait des millions de victimes. La famille de Kiyoshi n'en a pas réchappé.

— Ton arrière-grand-père… Il a gardé le journal de son ami ? souffla-t-elle.

— Non. Lorsqu'il a quitté le Japon après la guerre, il n'en a conservé que la copie en japonais qu'il a recopiée dans un cahier et cette traduction, que voilà.

— Et l'original ? Qu'en a-t-il fait ?

— Il l'a donné à une femme qu'il a perdue de vue. Et aujourd'hui… Colombe, je crois que c'est à toi de me dire ce qu'est devenu ce journal ! C'est pour ça que je suis revenu si vite. Le soir où tu m'as remis tes photocopies, je les ai scannées chez Milo pour les envoyer par mail à ma mère à Paris. Je lui ai demandé de les montrer à mon arrière-grand-père Tadao pour qu'il traduise le début. Il a failli avoir une deuxième attaque ! Ma mère m'a téléphoné, folle de rage, en me prévenant que si c'était une plaisanterie, elle me… il vaut mieux que je te passe les détails. J'ai mis un moment à la calmer et à la convaincre de me dire ce qui s'était passé. Apparemment, dès que Tadao a jeté les yeux sur les feuilles, il s'est évanoui. Quand il a repris connaissance, il s'est mis à sangloter en pressant les scans contre son cœur. Tu te rends compte ? Après plus de soixante-dix ans, mon arrière-grand-père avait reconnu l'écriture de Kiyoshi sur tes photocopies !

Il poussa la liasse de feuilles sous les yeux de Colombe.

— Pour avoir une certitude, ma mère a fait traduire le début de ton texte par un ami japonais, mais sans lui parler des cahiers de Tadao. Je te donnerai ses coordonnés si tu veux le contacter, mais je te jure qu'il n'y a pas eu de tricherie. Vas-y, lis.

Elle n'en eut pas la force. Son cœur battait si fort. Les larmes coulaient sur ses joues. Alors Kei lut pour elle, d'une voix sourde.

— *J'ai décidé d'écrire ce journal pour vous, ma mère chérie, afin que vous deveniez ma voix auprès de mon père. Parce que après mon départ, vous serez la seule à pouvoir briser le silence qu'il m'a opposé…* Ce sont presque les mêmes phrases que dans la version traduite par Tadao ! Imagine mon état. J'ai aussitôt pris un billet d'avion pour Paris. Je suis désolé de ne pas avoir pris le temps de t'en parler, mais il fallait que je compare moi-même les deux textes. La traduction de Tadao et celle de l'ami japonais de ma mère sont presque identiques jusqu'au bout, Colombe, et je sais que mon arrière-grand-père ne se trompe pas. Il a reconnu l'écriture de son ami. Ça signifie que, par un mystère que je ne m'explique pas, tu possèdes le journal original de Kiyoshi.

Dans la tête de Colombe, c'était la confusion. Son tour de manège dans le torrent furieux la veille n'était rien à côté de ce qu'elle ressentait à cet instant. Inspirer, expirer. Son cœur allait exploser. Inspirer. Ce n'était pas suffisant. Elle se leva, se rassit, se leva à nouveau pour ouvrir la fenêtre. Respirer l'odeur de la pluie, laisser le vent gifler ses joues de gouttes dures. Attendre que le froid du dehors apaise son volcan intérieur.

Enfin, elle se retourna. Kei l'observait. Elle lui fut reconnaissante d'avoir attendu qu'elle se reprenne. Pourtant, la curiosité, l'espoir, l'impatience le dévoraient. En lisant ces sentiments sur son visage, elle eut honte de ce qu'elle s'apprêtait à dire. Mais il le fallait. Encore tremblante d'émotion, elle reprit place en face de lui.

— Oui, j'ai le carnet, mais…

Il l'arrêta d'un geste.

— Alors ne me dis rien de plus, s'il te plaît. Accepte seulement de m'accompagner à Paris. Mon arrière-grand-père désire te voir. C'est à lui que tu dois parler en premier, tu comprends ? Tu viendras, n'est-ce pas ? Promets-le-moi.

Elle respira, soulagée. Bien sûr qu'elle irait, plutôt deux fois qu'une ! Les trois jours de repos accordés par le Dr Mazoyer tombaient à pic. Elle prendrait l'avion le lendemain. Elle en frissonnait d'excitation. Louise, sa mère morte dans un mystérieux accident, lui avait donc légué le journal d'un pilote kamikaze japonais, Kiyoshi Anaka, mort en déshonneur aux yeux de sa nation à la fin de la Seconde Guerre mondiale, mais révéré comme un héros par l'arrière-grand-père parisien d'un voyageur photographe rencontré par hasard dans un petit bistrot tenu par un doux-dingue-philosophe dans un village paumé au fin fond de la région lyonnaise ! Cherchez le lien ! Les questions dansaient une ronde infernale dans la tête de Colombe. L'ombre de Kiyoshi, le fantôme de Louise, son père inconnu murmuraient, l'appelaient ; leurs voix désincarnées enflaient jusqu'à l'étourdir. Elle porta les mains à ses tempes. Demain. Demain, elle toucherait enfin le nœud de l'histoire.

***

Milo avait une mine de déterré : décidément, tirer son ami encordé dans une eau en furie semblait lui avoir ôté toute vitalité. Après avoir écouté le récit de Colombe, il avait aussitôt objecté :

— Je ne suis pas sûr que ce soit une bonne idée de prendre l'avion après le choc que tu as subi. Tu es évidemment impatiente de rencontrer un homme qui peut t'en dire plus sur le carnet de ta mère, mais…

Sagamore, moins direct, s'était aussi rembruni.

— Pourquoi ne lui téléphones-tu pas ? Ce serait plus rapide.

— Je préfère le voir, j'ai trop de questions à lui poser.

— Et si…

Son hésitation parlait pour lui. Et si les révélations de l'arrière-grand-père de Kei la décevaient ? Eh bien, elle survivrait et passerait à autre chose. Sagamore avait insisté.

— Le Dr Mazoyer estime que tu as besoin de repos. Ce voyage ne serait pas prudent…

— Je ne risque rien puisque Kei m'accompagnera.

— Un simple aller-retour, avait rappelé celui-ci. Je te promets de prendre soin d'elle.

La figure du jeune professeur s'était allongée plus encore tandis qu'il jetait un regard noir à Kei. Un peu agacée, Colombe s'était levée, avait attrapé son manteau et avait contourné le comptoir en déclarant avec fermeté :

— Bon, j'ai vingt-quatre ans et je suis majeure. Merci pour votre sollicitude mais demain, je me lève tôt pour prendre l'avion avec Kei. Sag, si tu sais conduire autre chose qu'une moto, tu serais super-sympa de nous conduire à l'aéroport avec ma voiture. Sinon, je la laisserai chez mes parents.

— Euh... non, je peux vous emmener..., avait répondu le jeune homme à regret.

— Merci. Ne vous inquiétez pas pour moi, tout ira bien. Maintenant, je vous conseille de vous coucher. Milo, tu as une tête affreuse. Tu ferais bien de te reposer. Si tu veux bien, Sag, je te pique ta chambre encore cette nuit. J'espère que Milo aura un autre matelas à te prêter ? Sur ce, bonne nuit.

La nouvelle Colombe n'admettrait pas de se laisser dicter sa conduite par ces hommes, si adorables soient-ils !

Même topo avec Elsa qui, comme par hasard, choisit ce soir-là pour lui envoyer un texto.

Coucou ma chérie, je viens aux nouvelles, ça fait presque un mois que tu es là-bas... J'espère que ta classe te plaît et que tu en as appris un peu plus sur Louise...

Colombe, sous la couette, avait déjà éteint la lampe. Soupirant, elle lut le message sur l'écran éclairé, hésita puis se résolut à répondre.

Tout va bien, tkt pas ♥

Hier, j'ai juste sauté dans la rivière pour sauver un gosse de la noyade, cet après-midi j'ai appris que mon père biologique menait sûrement une double vie et ce soir on m'a dit que je descendais peut-être d'un kamikaze qui a fait exploser une base au Japon, du coup je pars pour Paris demain afin d'y rencontrer un vieux monsieur de quatre-vingt-douze ans qui a traduit le carnet de Louise il y a bien longtemps, mais je te raconterai tout en détail le week-end prochain quand je rentrerai à la maison ♥

Elle relut son message, gloussa de rire en songeant à la tête d'Elsa à sa lecture. Elle n'aurait même pas le temps de prendre l'avion demain que sa mère rappliquerait à Sainte-Croix pour la ramener à Lyon *illico presto* ! Elle effaça les trois quarts de son texte, laissa la première et la dernière phrase qui promettait à Elsa son retour pour la fin de la semaine suivante et toucha l'icône « envoi ».

Puis elle éteignit son portable et s'endormit.

***

— Ojisan, elle est là.

Colombe tenait le carnet de Louise contre son cœur. Debout sur le seuil de la pièce, elle hésitait à entrer.

Kei et elle avaient passé une heure dans l'avion sans presque échanger une parole. Ils s'étaient plongés dans leurs pensées, préférant garder leurs mots pour le vieil homme qui les attendait au bout du voyage. À leur arrivée, un taxi les avait menés devant un bel immeuble dans le quartier du Marais. Colombe s'était attendue à être accueillie par les parents de Kei, mais il avait ouvert la porte avec sa propre clé et lui avait fait traverser les pièces d'un appartement meublé avec soin jusqu'à cette chambre où l'attendait son arrière-grand-père.

Le vieil homme dardait sur elle un regard étonnamment vif. Vêtu d'un pantalon de toile noire et d'une chemise lâche qui flottait sur son corps mince, il se tenait parfaitement droit. Les fines ridules de son visage donnaient à ses yeux étirés un air malicieux. Kei s'était aussitôt retiré, les laissant seuls, comme s'il avait reçu des ordres.

— Vous lui ressemblez, dit Tadao.

Avec cette seule phrase prononcée avec douceur et émotion, il l'accueillait avec une tendresse qui la mit aussitôt à l'aise. Spontanément, elle s'approcha du vieil homme et l'embrassa sur la joue. Elle le dépassait de trente bons centimètres, pourtant elle se sentit petite quand il l'invita à s'asseoir dans un fauteuil et s'installa en face d'elle sur le lit.

Colombe ressentait une tranquillité qui l'étonnait elle-même. Aucune question ne lui venait aux lèvres, aucune impatience. L'arrière-grand-père de Kei prenait son temps pour la détailler avec une tendresse qui l'étonnait.

— Vous avez son regard. Sombre en surface, mais bien cachés derrière cette gravité, je devine de la gaieté et l'amour de la vie. Le dernier soir, j'ai perçu de la sérénité dans les yeux de Kiyoshi. Maintenant que je vous vois, je sais d'où elle venait. Kiyoshi avait été formé pour suivre la voie du vent divin, celle des *tokkotais*. Mais il a compris avant moi qu'il existait plusieurs voies menant à l'honneur. Kiyoshi a choisi son vent. Il a offert sa vie pour sauver la mienne. Regardez.

Il ouvrit le tiroir d'une petite table à côté de son lit et en sortit un miroir rond qu'il lui tendit.

— Regardez-vous, répéta-t-il doucement. Son regard, mais aussi son sourire. Un peu trop rare chez Kiyoshi, mais j'aime à croire que vous souriez plus souvent.

— J'aurais donc une ascendance japonaise ? Je ne m'en serais jamais doutée.

— Pourtant, vos yeux en amande, vos cheveux… Croyez-moi, il y a en vous un peu de l'empire du Soleil-Levant.

Colombe hésitait encore devant son reflet. Oui, peut-être… Si seulement… La jeune femme savait, depuis le jour où elle avait touché ce carnet, qu'elle était intimement liée à son auteur. Elle le sentait dans son corps, dans son cœur. Cette impression de ne plus être… seule… D'être sous la protection de quelqu'un… Kiyoshi… Est-ce que Louise connaissait son histoire ? Elle l'ignorerait toujours. Mais les fils dénoués par sa mort allaient être rattachés grâce à ce vieil homme qui caressait la soie de la couverture, les yeux brillants de larmes.

— Je n'ai pas besoin de l'ouvrir. Je le reconnais, c'est son journal. La vie de mon ami Kiyoshi est contenue tout entière dans ces pages. Ses parents ne les ont jamais lues. Ils sont morts sous la bombe d'Hiroshima, le saviez-vous ? Son petit frère aussi. Ils n'ont jamais su ce qu'il avait fait. Peut-être était-ce mieux ainsi. Pour son père, il aurait doublement failli. Mais pas pour moi.

Il ouvrit le carnet à la dernière page et commença à lire en traduisant les caractères directement en français.

— *Mon cher Tadao, ne me pleure pas, je suis heureux. Heureux parce que tu vas vivre, parce que le don que tu as reçu va profiter aux hommes. Peut-être sauras-tu les mener par tes peintures à plus de tolérance et d'amour les uns envers les autres. Ne me reproche pas ma décision. Tu es celui qui devais vivre et moi celui qui choisis de mourir. Vis ton amour avec Komiko et ton enfant. Ils sont ton avenir, le véritable espoir de notre pays, plus que ces règles désuètes qui nous emprisonnent et nient notre humanité. Je sais que tu vas m'en vouloir pendant un moment mais je sais aussi que tu finiras par accepter. Ta vie mérite mieux qu'un sacrifice à un pays qui te considère comme de la chair à canon. Donne-la à ceux qui sauront en apprécier l'inestimable valeur, à ton enfant, à Komiko. Et si tu peux, ne m'oublie pas.*

Le vieil homme referma le carnet.

— Kiyoshi a toujours douté de lui. Moi, l'oublier ? Comment aurais-je pu ? Il m'a offert le plus beau cadeau qu'il pouvait me donner. J'ai eu deux enfants avec Komiko, un garçon et une fille. Eux-mêmes ont eu des enfants, qui ont eu des enfants à leur tour. Aujourd'hui, je suis l'ancien d'une merveilleuse famille très nombreuse. Et je suis heureux grâce au courage de votre arrière-grand-père.

L'émotion submergeait Colombe. Le vieux Tadao déroulait le fil de sa vie. D'abord sa colère et son chagrin lorsque Kiyoshi avait précipité son Zéro sur les Okhas garés sur la piste. Les explosions avaient tout détruit, les avions, les hangars, n'épargnant que les bâtiments où logeait le personnel. Pas de victimes. Kiyoshi avait été précis. Pas étonnant, pour le meilleur pilote d'entre eux. La base hors de service avait été évacuée et les pilotes avaient été hébergés chez mère Akiko, propriétaire d'un restaurant tout proche, et chez les habitants du village. Tadao, complètement perdu, avait retrouvé Komiko sanglotant mais heureuse de le voir en vie. Miki les avait rejoints. Miki pleurait elle aussi. Miki effondrée, au désespoir.

La main ridée du vieil homme se posa sur celle de Colombe. Elle était sèche et parcheminée, si légère qu'elle crut sentir une aile de papillon effleurer sa peau.

— Vous avez deviné, n'est-ce pas ? J'ignore comment j'ai pu ne pas m'en rendre compte plus tôt. Mon devoir, mes soucis avec Komiko, l'enfant qui grandissait dans son ventre. Je n'ai rien vu, rien compris. Je ne voyais en Miki que l'amie de ma fiancée, une fille qui se donnait pour devoir d'entourer les pilotes qui allaient mourir. Elle disait qu'elle ne pouvait faire moins pour ceux qui donnaient tout. Je crois que Kiyoshi la voyait également comme cela. Il ne s'était pas rendu compte, personne ne s'était rendu compte que depuis des mois Miki n'était qu'à Kiyoshi.

La formule était si belle, si simple qu'elle expliquait tout. Tadao souriait. En dépit de la tristesse de son histoire, il semblait heureux de la lui raconter.

— Miki était enceinte aussi, c'est ça ?

— De Kiyoshi, oui. Il l'ignorait lorsqu'il est monté dans son Zéro pour la dernière fois. Miki ne voulait pas le lui dire.

— Mais pourquoi ? Pourquoi n'a-t-elle pas suivi l'exemple de Komiko ?

— Komiko, elle, savait que je l'aimais, dit Tadao avec émotion. Mais Miki avait compris qu'elle ne retiendrait jamais Kiyoshi. Il était… comment dire… fané de l'intérieur, vous voyez ? Il vivait pour retrouver l'estime de son père : rien d'autre n'avait d'importance pour lui. Même pas Miki. Il éprouvait de l'affection pour elle mais la considérait seulement comme l'amie qui lui prodiguait la tendresse dont il avait parfois besoin. Elle le savait. Et elle se refusait l'indignité de réclamer plus.

— Et son enfant est né sans père…

Colombe avait l'impression de plonger son regard dans un miroir qui lui racontait sa propre histoire.

— La guerre s'est achevée quelques jours plus tard avec la reddition sans conditions du Japon. Hiroshima et Nagasaki avaient chamboulé ma perception de la vie. Nous étions si petits devant la cruauté des hommes ! Kiyoshi l'avait compris avant moi, et il a trouvé ce chemin pour contourner le destin qu'on lui avait tracé. J'ai passé des jours à lire et relire son journal. Chaque fois, je pleurais. Kiyoshi avait raison. La vie devait vaincre. Pas la haine ni le sang. Il s'était refusé à vivre pour lui-même, mais caressait cet espoir pour moi, le deuxième frère qu'il s'était choisi.

Il reprit le journal des mains de Colombe, déplia les pages et s'arrêta sur un feuillet où la silhouette d'un enfant était vaguement esquissée entre des tiges de roseaux. Le vieil homme toucha les traits du bout du doigt.

— Je crois que c'est son petit frère qu'il a voulu dessiner. Akio. Vous avez eu le temps de lire la traduction que j'ai faite de son journal ? Ce passage où il décrit ce qu'il nommait son déshonneur. Il lui a fallu beaucoup de courage pour l'écrire.

— La noyade ?

— Il n'a jamais oublié le regard d'Akio quand il s'est cru abandonné par son grand frère. Sa terreur. Kiyoshi n'avait que onze ans, mais il ne se l'est jamais pardonné.

— Mais il n'était qu'un enfant !

— C'était un descendant de samouraï. Son père, sa famille, la société japonaise entière prônaient le culte de l'honneur, du devoir et de la bravoure. Vous ne pouvez pas imaginer le poids terrible qui pesait sur nos épaules. Chaque enfant, depuis sa naissance, était entraîné à se montrer digne de cet héritage. Rares étaient ceux qui raisonnaient autrement. Ils se cachaient ou se taisaient de peur d'être traités, eux et leur famille, comme des parias. Je n'ai appris cet épisode de la vie de mon ami qu'en lisant son journal. Kiyoshi voulait payer le prix de sa lâcheté envers son frère. J'étais son ami. En sauvant ma vie, il effaçait l'acte qui l'avait condamné à la honte.

— Pourtant, il dit que son père ne lui pardonnerait pas d'avoir trahi son pays.

— Kiyoshi avait beaucoup réfléchi à la guerre, à sa famille, à ce qui l'amènerait ce matin-là à se crasher sur un hangar d'avions kamikazes. Il a saisi la vacuité de nos codes mis en place par les hommes, ces dogmes figés et sclérosants auxquels croyait son père. Il a compris que, quoi qu'il fasse, il ne pourrait jamais se racheter. Alors, pour la première et la dernière fois de sa vie, il a fait ce que lui-même croyait juste au plus profond de son âme. Il a donné sa vie pour sauver la mienne.

— Et il a sacrifié son enfant.

— Il ignorait son existence, je vous le répète. Mais Miki n'était pas seule. Et elle était forte, vous savez. Elle avait quitté son village pour venir travailler chez mère Akiko. Elle était indépendante, volontaire. Mais, célibataire et enceinte, elle ne pouvait pas rester au restaurant. Après la bombe, les choses ont été très difficiles au Japon. Je ne veux pas m'étendre là-dessus. Le plus important, c'est que j'avais déjà décidé de ne pas y rester. Je le devais à Kiyoshi. Il croyait en mon talent, en notre enfant, et il y avait aussi Miki et son bébé. Je me sentais responsable d'eux. Alors, dès que j'ai pu partir, j'ai fait passer Miki pour la sœur de Komiko et je les ai emmenés avec moi.

Le talent de Tadao. Kiyoshi en parlait à plusieurs reprises dans son journal. Cette aptitude à recréer sous son pinceau la beauté des êtres et des paysages, leur fragilité et leur force. Quelques traits lui suffisaient pour faire naître l'élégance et la perfection. Les Américains ne s'y étaient pas trompés. Un colonel féru d'art avait repéré Tadao dans son camp de prisonniers. Une étrange amitié avait grandi entre le vainqueur et le vaincu. Avec l'aide de son protecteur, Tadao avait pu fuir le Japon occupé, affamé et déshonoré. Mais il n'en avait cure. Il n'était plus le Tadao fou et candide d'avant la mort de Kiyoshi. En quelques jours, il était devenu cet homme farouchement opposé à la violence qui lui avait ravi son ami. Un pacifiste, songea Colombe. Une sorte de sérénité émanait de lui. Une conscience pleine du moment présent, de cet instant précieux où il tenait à nouveau le carnet dans ses mains. Sa joie teintée de mélancolie donnait à ses traits une paisible douceur. Touchée, Colombe lui prit la main. Il la serra fort.

— Mon ami américain a fait jouer ses relations françaises. Kiyoshi avait raison. À Paris, ma peinture a très vite été remarquée. À cette époque, la peinture japonaise jouissait d'un véritable engouement. Mais Miki éprouvait beaucoup de mal à s'adapter à cette nouvelle vie. Elle regrettait notre pays. Elle, si gaie, avait perdu son rire. Je sais qu'elle pensait à Kiyoshi et à leur fille Shina, qui ne connaîtrait jamais son père. Je lui avais donné le carnet de mon ami après l'avoir recopié pour moi. C'était la seule chose qui lui restait de son amour. Je la voyais souvent caresser la mèche de cheveux cachée dans la couverture. Elle vivait avec nous, mais son indépendance le supportait mal. Au bout de quelques mois, elle a insisté pour se loger de son côté. Elle était intelligente. Elle avait appris le français et a trouvé un travail dans une usine de confection. Au début, elle nous rendait visite. Puis de moins en moins. Komiko et moi adorions Paris, Miki n'y trouvait pas sa place. Un jour, elle nous a annoncé qu'elle partait avec un homme qu'elle avait rencontré à son travail. Nous avons voulu la retenir. Sans succès. Son compagnon lui avait promis de l'emmener au Japon. Ils sont partis avec Shina et nous ne les avons plus revues.

Mais ils n'avaient pas repris la route du Japon. Komiko et Tadao avaient reçu quelques lettres qui leur avaient permis de suivre Miki et sa petite Shina dans leurs pérégrinations. Le compagnon de Miki, un Français qui ne tenait pas en place, s'était révélé instable, incapable de garder un travail. Il allait d'une ville à l'autre, s'installait quelques mois avant de repartir à nouveau, voyageur impatient. Miki l'avait accompagné au début, se raccrochant à cette promesse de retour au pays. Dans ses lettres à Komiko, elle décrivait ses découvertes, les lieux qu'ils traversaient, les gens qu'ils rencontraient. Jusqu'à ce qu'un jour elle décide de ne plus le suivre.

Tadao se leva, alla ouvrir un tiroir de la commode et en sortit une liasse de lettres qu'il déposa entre les mains de Colombe.

— Nous les avons toutes gardées. Komiko a espéré revoir son amie jusqu'à sa mort en 2005. Miki a cessé de lui écrire après Noël 1955. Shina, la fille de Kiyoshi et de Miki, devait avoir neuf ans, comme mon fils Kenzo. Plusieurs fois, nous avons tenté de retrouver leur trace. La dernière lettre de Miki nous était parvenue du sud de la France, mais lorsque je m'y suis rendu, elle n'y était plus. Elle écrivait qu'elle avait quitté son compagnon, qu'elle projetait d'aller en Suisse et, de là, de prendre la route du retour avec sa fille. Ensuite, nous n'avons plus entendu parler d'elles, ni en France, ni au Japon où j'ai tenté de les retrouver. Et puis, l'année dernière, quand j'ai eu ce petit accident de santé, mon arrière-petit-fils Kei a décidé de reprendre mes recherches.

On frappa à la porte. Kei entra, suivi d'une jeune femme portant une sacoche de cuir. Elle salua le vieil homme d'une voix enjouée. Kei fit signe à Colombe. Elle se leva et se pencha pour déposer un baiser sur la joue de Tadao. Il la retint d'une main frêle et anxieuse.

— Vous reviendrez ?

— Promis.

— Kei, dit le vieil homme avant qu'ils sortent, donne-le-lui, s'il te plaît.

— Ne t'inquiète pas, Ojisan. Repose-toi maintenant, l'infirmière va te donner tes médicaments.

Dans le salon, Colombe inspira profondément. Le vieil appartement, bois et tentures claires, dégageait des parfums surannés. Les fantômes de ces lieux n'avaient pas émigré. Elle sentait la présence de Komiko dans les bibelots laqués du salon, dans le choix des estampes accrochées aux murs et même dans l'inspiration des tableaux qu'elle devinait de la main de Tadao. Kei chercha un album sur une étagère.

— Ojisan avait préparé cet album depuis longtemps dans l'espoir de le remettre un jour à un descendant de Kiyoshi. Le départ de Miki et de sa petite Shina l'a beaucoup affecté. C'était comme revivre la disparition de son ami. Mon grand-père Kenzo pense qu'il ne s'en est jamais remis. Ojisan a tout fait pour les retrouver mais, à l'époque, les recherches demandaient beaucoup plus de temps et d'argent. Il a fini par abandonner, sans perdre l'espoir de revoir un jour Miki ou Shina. Le carnet et surtout ta ressemblance avec Kiyoshi l'ont convaincu que tu étais la petite-fille de Shina. Il m'a demandé de te donner cet album. L'un de ses premiers achats en arrivant en France a été de se procurer un appareil photo. Tu trouveras là-dedans des tirages de Tadao, de Miki et Komiko jeunes. Quelques-uns aussi de Shina quand elle était toute petite. Tu verras, elle était très jolie.

— Une ressemblance n'est malheureusement pas une preuve. Comment pouvez-vous être sûrs que je descends de Kiyoshi ? Vous avez perdu la trace de Miki et de Shina. Vous ignorez si Shina a eu des enfants. Ce carnet, Miki aurait pu le perdre, quelqu'un aurait pu le trouver, le donner à… celle qui me l'a laissé.

— J'y ai pensé. Mais attends la suite. Depuis un an, je cherche à retracer le parcours de Kiyoshi et de Miki au Japon puis de leur fille en France. J'ai fouillé et fait traduire des archives, j'ai interrogé des gens, j'ai même retrouvé l'emplacement du restaurant de mère Akiko. Sais-tu qu'il y a une stèle commémorative à son nom au cimetière de Hiro ? Bref, de Paris, Miki et Shina se sont rendues à Montpellier où Ojisan a perdu leur trace. Mais – Internet est ton ami –, en recoupant les informations sur différents sites, j'ai découvert un article dans les archives d'un quotidien régional mentionnant une Shina Ishiro, compagne de Jacques Massiny, morts tous les deux dans un accident de la route à Lyon en 1973. Ils se rendaient à la crèche pour récupérer leur fille, Louise, née en 1972. Le bébé a été confié à sa grand-mère Miki Ishiro jusqu'à ce que celle-ci décède d'un cancer en 1977. J'ai ensuite trouvé la mention de la disparition de Louise à la suite d'un autre accident de voiture en 1997, deux ans après la naissance de sa propre fille Divine-Colombe.

La tête lui tournait. Tout allait trop vite. Trop fort. Colombe ferma les yeux. C'était son histoire, bien sûr. Quelle étrange sensation que de sentir pousser au bout de ses doigts des racines qui se nommaient Louise, Shina, Miki et Kiyoshi. Ces femmes avaient été courageuses et fortes, elles s'étaient battues pour leurs filles. Pas mal, finalement, comme famille ! À part bien sûr son propre père, qui n'avait pas eu le courage de la reconnaître et faisait carrément tache dans le tableau.

– Comme il n'y avait aucune mention du père sur l'acte de naissance de Divine, j'en ai conclu que, sans autre famille connue, elle avait dû être adoptée, mais je n'avais pas accès à son dossier. Alors je suis venu là où Louise s'était installée et avait travaillé. Je pensais trouver des indices sur le sort de son enfant. Puis tu m'as montré ces photocopies. Alors j'avoue, quand j'ai constaté à Paris que tes copies et le carnet de Kiyoshi étaient presque identiques, j'ai téléphoné à ton inspection en prétendant que je faisais une enquête sur l'école de Sainte-Croix et j'ai demandé le nom et les coordonnés de l'enseignante. Divine-Colombe Delgrieux-Massiny. J'ai cru m'évanouir quand j'ai entendu ton nom complet.

— Mon Dieu, si j'avais refusé de venir, si Elsa, ma mère adoptive, ne m'avait pas forcée à accepter ce poste…

— … j'aurais tout de même fini par te retrouver. Il me suffisait d'interroger les gens du village. Quelqu'un se serait forcément souvenu de la petite Divine et de la personne qui l'avait adoptée. Je voulais d'abord interroger le propriétaire de la Planche où avait travaillé Louise, c'est pour cela que je me suis présenté au bistrot le jour où Sagamore et toi vous déjeuniez chez Milo. Si j'avais su que c'était toi ! Ensuite, je suis allé sur la tombe de Louise et là, une idée m'est venue.

— Les scènes miniatures ?

Le visage de Kei s'illumina.

— Tu les as vues ?

— Elles m'ont… chamboulées. C'était vraiment bizarre de les trouver sur la tombe de Louise et sur ma voiture. Je ne comprenais pas en quoi, mais je me sentais concernée par ce qu'elles représentaient. Et puis, c'était si beau. Si… poignant.

Des voix provenaient de la chambre à l'autre bout du couloir, timbre enjoué de l'infirmière, ton grave de Tadao avec en surimpression le clapotement de la pluie sur les vitres. Le bruit des voitures, des gens, de la vie agitée parisienne était étouffé. Cet appartement était une bulle à part, le monde suspendu d'un homme et de ses souvenirs.

— Merci, dit Kei. Je ne sais pas si Louise connaissait son histoire. Elle était si petite lorsqu'elle a perdu sa mère et sa grand-mère ! Que savait-elle de sa famille ? J'ignorais qu'elle possédait le carnet de Kiyoshi… et nous ne saurons jamais si elle a réussi à le lire ou pas. Bref… Ça me rendait triste pour elle. Alors j'ai eu envie de lui raconter la vie de son ancêtre à travers mes scènes. C'est ma passion, tu sais. Je suis artiste photographe. J'ai commencé il y a des années à construire ces scènes et à les photographier. J'ai déjà fait plusieurs expositions à Paris. Quand je suis arrivé à Sainte-Croix et que la piste des descendants de Kiyoshi s'est arrêtée sur cette tombe, je me suis arrêté aussi pour raconter à Louise l'histoire de son ancêtre.

— Et cet avion sur ma voiture ? Tu ne pouvais pas avoir deviné le lien entre Louise et moi à ce moment-là. Je peux te dire que j'ai eu la peur de ma vie en apercevant les flashs de ton appareil !

— C'était toi ? J'avais bien cru entendre des pas ! J'ai filé en vitesse de peur qu'on me prenne pour un cinglé dangereux qui photographiait les auréoles de buée sur une voiture accidentée. Mais j'ignorais que c'était ta voiture.

On frappa à la porte. L'infirmière les saluait sur le seuil du salon, prête à partir.

— M. Fujika dort, dit-elle à Kei. Il est épuisé. Il tient absolument à vous revoir, mademoiselle. Essayez de ne pas trop le fatiguer demain.

— Je peux revenir la semaine prochaine si vous préférez.

— Non, demain. Du moins, si vous voulez lui parler.

Colombe faillit s'étonner, se tut au dernier moment. Bien sûr. Sa gorge se serra. Elle connaissait Tadao depuis à peine une heure, mais elle s'était déjà attachée à lui. Tadao allait mourir. Voilà pourquoi son arrière-petit-fils avait entrepris ce voyage.

— Ne sois pas triste, dit Kei en pressant son épaule. Ojisan a eu une vie extraordinaire. Il a affronté la mort, l'exil, la destruction de toutes ses convictions et, malgré ça, il n'a jamais cessé d'avancer, il s'est reconstruit une vie avec de nouvelles valeurs. Mon arrière-grand-père avait été formaté pour nier son existence au bénéfice de la raison d'État. Quand Kiyoshi a précipité son avion sur la base, ses certitudes ont volé en éclats. Kiyoshi était son héros. Et lorsqu'un héros remet nos croyances en cause, on ne s'en sort pas indemne. Soit Tadao reniait le sacrifice de Kiyoshi, soit il changeait de vie. Il est devenu un fervent défenseur de la paix. De l'amour surtout, parce que celui de Kiyoshi l'a sauvé. C'est en souvenir de lui qu'il n'a jamais abandonné l'espoir de retrouver sa famille.

Kei s'exprimait avec ferveur. Pour lui, en tout cas, Tadao était un héros.

— Je prépare une exposition pour retracer la vie de Kiyoshi. Pour montrer qu'avec du courage et de l'amour, on peut transcender les fausses valeurs et changer les gens. C'est important pour Ojisan. Pour moi aussi.

— Et comment finira ton histoire ?

— Avec « Ils furent heureux et eurent beaucoup d'enfants » ? Ça me plairait bien.

— Hum… pour l'instant, c'est moi la fin de l'histoire de Kiyoshi. Donc je vais devoir me débrouiller pour réaliser ta conclusion, c'est ça ?

— C'est déjà fait.

— Hein ?

Kei éclata de rire.

— Tu n'as pas vu la tête de Sagamore quand tu es partie avec moi ? J'ai cru qu'il allait me bouffer le cœur !

26

À propos de cœur, Sagamore paraissait disposé, depuis son retour à l'école, à dévorer celui de Colombe. L'homme qui l'avait portée, fou d'inquiétude, jusqu'à la Planche, qui l'avait écouté raconter sa pathétique expérience scolaire avec sympathie et compréhension s'était changé en un enseignant fuyant. Sagamore avait salué la jeune femme avec distance lorsqu'elle était descendue de son appartement et s'était engouffré dans sa classe, montrant par sa hâte à l'éviter son peu de désir de lui parler. Pas un bonjour, pas un sourire, ni même un croissant ! Sac à Morgue dans toute sa splendeur. Marie-Rose elle-même avait marqué sa désapprobation en secondant Colombe toute la matinée. Ce qui n'avait pas eu l'air de le chagriner outre mesure.

Cet idiot boudait ! se dit Colombe avec stupéfaction lorsqu'il la croisa avec sa classe au moment où elle sortait en récréation. Sourire crispé, regard fuyant… Lui reprochait-il son voyage à Paris ? D'accord, elle y était restée trois jours. Trois jours pour entrer dans la famille de Tadao, pour s'y sentir accueillie et aimée comme l'enfant prodigue. L'arrière-grand-père de Kei avait rajeuni en égrenant ses souvenirs.

L'amitié profonde qu'il avait vouée à Kiyoshi se reportait sur son arrière-petite-fille miraculeusement retrouvée. Devant tant d'émotion et de gentillesse, Colombe avait eu la sensation de retrouver sa famille biologique.

La réaction de Sagamore était d'autant plus décevante. Elle ne s'était pas sentie aussi bien depuis des mois. Cette rencontre lui avait ouvert une porte vers le passé de Louise et vers son propre futur. Elle était persuadée qu'il le comprenait.

À moins que Kei ait raison.

Lorsque Colombe pénétra dans la classe de Sagamore à 11 heures 30, elle n'y trouva que Marie-Rose occupée à nettoyer des pots de peinture.

— Sagamore est déjà parti ? s'exclama-t-elle, dépitée.

— Oui, et je ne l'ai jamais vu quitter sa classe aussi vite. Il avait le feu aux fesses.

— Il est descendu déjeuner à la Planche ?

— Je ne crois pas. Je l'ai vu se diriger vers la mairie. À mon avis, il va faire exploser le moteur de sa moto.

— Qu'est-ce qui lui prend ? Vous avez vu comme il me snobait ce matin ? Il m'a sauvé la vie, je croyais que ça nous rapprocherait.

— C'est Kei, bien sûr.

— Pardon ?

— Tu as dormi chez lui à Paris.

Une bouffée de colère rougit le front de Colombe. De quoi se mêlait Marie-Rose ? L'assistante maternelle posa une main sur son bras.

— Rassure-toi, je ne me permets pas de te juger. Je t'explique seulement pourquoi Sagamore digère mal la situation. Kei et lui logent tous les deux à la Planche, rappelle-toi. Ça n'a pas dû être facile de le croiser au petit déjeuner ce matin.

— Vous voulez dire qu'il… enfin qu'il tient à moi de cette façon ?

— Sagamore est sincère même dans ses erreurs. Il mérite qu'on soit aussi franc avec lui.

— Vous croyez que je ne le suis pas ? se défendit Colombe, blessée.

— Tout le monde a ses petits secrets. Mais le moment arrive toujours où l'on doit clairement dire les choses. Je n'ai pas été très honnête avec toi non plus. Le Dr Mazoyer n'a pas eu besoin de clamer ton identité sur les toits pour que je devine qui tu es. Delgrieux est le nom d'épouse d'Elsa, cette institutrice qui a emmené le bébé de Louise après l'accident, il y a vingt ans. Je m'en suis souvenu parce qu'elle m'avait envoyé son faire-part de mariage. Quand tu m'as dit que tu étais allée sur la tombe de Louise, je n'ai plus douté.

— Pourquoi ne m'avez-vous rien dit ?

— Je ne voulais pas être indiscrète. C'était à toi de choisir le moment d'en parler.

— C'était… compliqué.

— Maintenant encore ?

Non, plus maintenant. Nouvelles racines, nouvelles forces. Et tant pis pour le trou qui subsistait dans son enfance. Son père biologique demeurerait un inconnu, mais Kei, sa mère Amalia, Kenzo et Tadao lui offraient, à l'instar de Paul et d'Elsa, de nouveaux liens, précieux et affectueux. Sans compter l'amitié de Milo et des autres.

— Marie-Rose, pouvez-vous demander à Sag de nous rejoindre, Kei et moi, à la Planche après l'école ? Je préviendrai aussi Milo. Nous avons des choses à leur raconter.

— Mais Elena et Colin voulaient passer chez toi ! Tu es partie si vite à Paris qu'ils n'ont pas eu le temps de te remercier. Et tu n'as pas encore revu Simon. Le Dr Mazoyer a suggéré à ses parents de le garder une semaine à la maison, mais ils voulaient te l'amener ce soir.

— Je les verrai demain. Ce soir, je dois parler à Milo et à Sag.

— D'accord. Je ferai croire à Sag que Milo compte sur lui pour le délivrer des Frivoles, déclara l'assistante maternelle avec un clin d'œil. C'est leur après-midi de réunion. Milo aime bien ces vieilles dames, mais elles ne l'épargnent pas. Dès qu'elles le peuvent, elles lui font la morale. Sag aura pitié de lui.

Lorsque Colombe quitta l'école en fin d'après-midi, Sagamore discutait dans sa classe avec des parents. Elle en profita pour traverser la place des Pères en courant et traverser le passage sous les remparts. En trois jours, la rivière avait regagné son lit. La boue couvrait les berges. Colombe les suivit jusqu'au creux de la combe, puis contourna le moulin pour gagner la porte de la réserve. Kei l'attendait. Il posa un doigt sur ses lèvres en s'effaçant pour la laisser entrer.

— Je te guettais. Surtout ne fais pas de bruit. Tu les entends ?

Les rires et les gloussements des Frivoles filtraient à travers la porte menant à la grande salle. Kei esquissa une grimace.

— J'ai filé à leur arrivée en prétextant que j'avais des photos à faire et je me suis caché ici. Elles sont venues en force aujourd'hui : six vieilles dames en tenue de marin, de corsaire et de capitaine au long cours !

— Tu plaisantes ?

— Pas du tout ! Le thème a été choisi par Éliette elle-même : « contre vents et marées ». C'était d'actualité, a-t-elle dit. Tu devrais les voir avec leurs cheveux permanentés sous leurs chapeaux de pirates ! Surréaliste ! J'ai abandonné Milo à leurs griffes. D'après moi, elles se sont entendues pour lui rendre la vie dure. Elles ne cessent de lui réclamer de la tisane et des gâteaux tout en l'obligeant à enrouler leurs pelotes de ficelle, à tenir leurs écheveaux de raphia et à écouter leurs leçons de morale. Milo s'efforce de faire bonne figure, mais je parie qu'il consulte sa montre avec désespoir.

— Elles lui en veulent d'avoir fait pleurer Effie lors de leur dernière réunion…

— C'est clair ! Pauvre Milo ! Il ne tient pas trop la forme ces temps-ci.

— Tu crois qu'il se fait du souci pour la Planche ? Il m'en a touché deux mots l'autre jour.

— Une bâtisse comme celle-là coûte cher à rénover et à entretenir. Toutes ses économies ont dû y passer. En dehors de la partie bistrot, ce moulin est presque une ruine.

— Tu veux dire que la Planche est vraiment menacée ?

Ce n'était pas possible ! Les jambes flageolantes, Colombe s'affala sur une chaise recouverte de sacs de jute vides. Pour Milo, pour elle aussi maintenant, la Planche était plus qu'un bistrot où les clients venaient boire, manger et discuter. C'était un lieu accueillant et chaleureux, conçu pour échanger, rire ensemble, aimer. C'était le rêve de Milo, le sens qu'il voulait donner à sa vie. Elle leva les yeux sur Kei. Imaginer la Planche fermée, c'était comme s'arracher le cœur.

— Milo t'a dit quelque chose ?

— Milo ne se livre pas, il écoute les autres, tu n'as pas remarqué ? Ses soucis, il les garde pour lui.

— C'est idiot ! Il critique son oncle Charles parce qu'il n'a rien dit de ses difficultés, mais il fait pareil ! Si la Planche risque la faillite une deuxième fois…

— Ne dramatise pas tout de suite, dit Kei en s'asseyant à côté d'elle. On ne connaît pas l'état des finances de Milo. Si ça se trouve, il est seulement fatigué. L'accident de l'autre nuit nous a tous secoués. Et il a du travail par-dessus la tête.

— Tu as peut-être raison, admit Colombe. Il devrait ralentir un peu.

— Essaie de le lui faire comprendre. La Planche, c'est son bébé. D'ailleurs, regarde. J'ai passé l'après-midi à installer ça.

Elle crut d'abord qu'il lui montrait une étagère encombrée, fixée derrière la porte de communication. Mais les objets rangés dessus respectaient une organisation singulière. Une roue de fouet à chantilly était accrochée au mur à l'aide d'une vis et se reflétait dans un morceau de miroir posé à plat sur le bois. Kei l'avait recouvert en partie de terre et de débris de feuilles. À côté, un petit pont d'allumettes enjambait un bout de plastique alimentaire tortillé en lit de rivière.

— C'est le pont de la Planche à Cul et le bistrot de Milo ! s'exclama-t-elle, admirative. Cette scène est magnifique, Kei ! Et ces deux petits personnages sur le pont, qui est-ce ?

— Tu ne devines pas ? C'est toi et Milo. J'ai représenté la fin de l'histoire de Kiyoshi.

— Kiyoshi et la Planche ? Quel rapport ?

— D'abord, c'est là que nous nous sommes croisés, toi et moi. Ensuite, Louise y a travaillé les dernières années de sa vie. Mais surtout, Kiyoshi et Tadao ont rencontré celles qui les ont aimés dans un restaurant semblable. Rappelle-toi ce que mère Akiko en avait fait : un foyer pour les jeunes kamikazes. Elle les accueillait avec compréhension, écoute et affection. Comme ici. C'est un signe, tu comprends ? Si les lieux pouvaient renaître, la Planche serait une réplique de ce restaurant de Hiro.

— Et Milo la réincarnation de mère Akiko, version gros cul et short hawaiien ?

Kei partit d'un fou rire irrépressible. Riant elle aussi, Colombe colla son doigt sur sa bouche en jetant un coup d'œil vers la porte de communication. Dans la grande salle, le bruit des bavardages montait.

— Chut ! Elles vont nous entendre !

— Aucune chance avec le bazar qu'elles font ! Pauvre Milo, on devrait peut-être aller le délivrer ?

— Sagamore ne tardera plus…

— Elles n'ont pas franchement l'air de s'amuser, tu ne trouves pas ?

Ils échangèrent un regard perplexe. Effectivement, les éclats de voix fusant à travers la porte close n'avaient rien de joyeux. Pris par leur conversation, aucun d'eux n'y avait prêté attention. À présent, ils percevaient un écho d'angoisse. Kei ouvrit la porte à toute volée et faillit emboutir Éliette. Elle avait l'air si terrifiée que, malgré l'énorme jabot de dentelle qui lui mangeait le visage et le tricorne de travers sur ses cheveux violets, Colombe n'eut pas le cœur à rire.

— Dieu soit loué, Kei, je montais te chercher ! haleta la vieille femme. Viens vite, Milo a perdu connaissance.

Recroquevillé sur le carrelage de la salle, le jeune homme gisait au milieu de chaises et de tables renversées. Une nuée de Frivoles se pressaient autour de lui en poussant des cris effarés. L'une lui tapotait la joue, deux autres tentaient de le soulever en tirant sur ses bras. Huguette, déguisée en pirate obèse, l'éventait furieusement à l'aide d'un immense foulard rouge plein de miettes, tandis que la dernière Frivole remplissait un verre dans l'évier derrière le comptoir, en tremblant si fort que l'eau du robinet aspergeait le sol.

Kei appelait déjà les secours sur son portable. Colombe s'agenouilla à côté de Milo et chercha son souffle. Rien. Elle glissa son oreille plus bas, sur la poitrine immobile, tout en tâtant le poignet du jeune homme. Rien non plus…

— Il ne respire plus…

Sa voix lui parut faible, trop aiguë, comme celle d'une enfant. Pourtant, elle n'avait pas peur. Elle agissait sans réfléchir, comme si quelqu'un dans sa tête lui dictait les gestes à effectuer. La rumeur lointaine des gémissements des Frivoles s'effaçait. La voix plus proche de Kei répétait ses mots au téléphone. Colombe plaça ses mains l'une sur l'autre contre la poitrine de Milo. Elle enfonça ses paumes d'une poussée brusque, relâcha la pression, recommença. Appuyer, relâcher, appuyer, relâcher… Respirer en même temps. Non, chanter. Elle se souvenait du conseil de l'instructeur qui avait animé son stage de secourisme des années auparavant. « *Staying alive* des Bee Gees, vous connaissez ? Super-tempo pour un massage cardiaque ! »

Appuyer, relâcher. *Staying alive, staying alive.* Appuyer, relâcher. Pas de réaction. Continuer encore, embrasser à pleine bouche les lèvres de Milo et insuffler de l'air dans ses poumons. Personne dans son champ visuel, hormis son visage gris sous les lampes. Éliette avait fait reculer ses amies. Les vieilles dames bourdonnaient des prières, fixant avec intensité la jeune femme qui s'échinait sur le corps sans vie. Colombe transpirait. Coller à nouveau ses lèvres sur celles de Milo, boucher son nez, souffler. Appuyer, relâcher. Recommencer. Des mains la saisirent soudain pour la tirer en arrière. Elle se débattit. Non, elle n'abandonnerait pas. La poigne de Kei la maintint contre lui tandis qu'il criait :

— J'ai trouvé un défibrillateur derrière le comptoir ! Écarte-toi ! On va faire repartir son cœur !

Haletante, elle le regarda placer les deux électrodes, l'une sous la clavicule de Milo, l'autre sous son aisselle gauche, puis s'écarter. Au bout de quelques secondes, l'appareil produisit un signal sonore, puis l'impulsion électrique se déclencha automatiquement. Milo eut un soubresaut, retomba à terre. Kei se précipita, consulta l'écran de l'appareil puis colla son oreille contre le torse du jeune homme.

— Son cœur est reparti ! souffla-t-il, soulagé. Et je crois qu'il respire normalement. Éliette, trouvez-nous des couvertures et quelque chose à lui mettre sous la tête. Le Samu sera là dans quelques minutes.

Colombe se laissa tomber sur le carrelage froid. La tête lui tournait. D'un seul coup, le voile de silence se déchirait. Elle entendait à nouveau la pluie et les exclamations des Frivoles. Des couvertures tricotées apparurent entre leurs mains. Elles les auraient entassés sur Milo au risque de l'étouffer si Kei ne les avait repoussées avec fermeté. Il s'empara d'un plaid, l'étendit sur le jeune homme couché sur le côté avant d'en rouler un autre qu'il glissa sous sa tête. Il vérifia ensuite l'écran du défibrillateur avant de s'inquiéter de Colombe.

— Ça va ?

— Oui, ne t'en fais pas.

— Donne-moi le numéro de l'école. Je vais prévenir Sagamore. Il passera chercher les parents de Milo et guidera les secours jusqu'ici. Toi, surveille bien le défibrillateur.

— Tu t'en vas ?

— Seulement dans la cuisine. Je vais occuper les Frivoles. Un peu de café les tiendra à distance de Milo. Il faut qu'on les calme si on ne veut pas avoir des malaises supplémentaires à gérer.

— Tu peux compter sur moi.

— Je sais.

L'admiration qu'elle lut sur ses traits lui tira presque un sourire malgré son inquiétude. Où était passée la jeune institutrice fuyant une classe agitée ? Pour la première fois, face à ce corps inanimé et ces vieilles femmes démunies, elle se sentait solide et forte comme elle ne l'avait jamais été. Kei avait chargé les Frivoles de faire du café et de ranger la salle. Colombe se pencha à nouveau sur Milo. La peau de son visage tiré sur ses pommettes lui donnait l'air plus vieux. Elle toucha son front. Froid et humide. Mais il respirait. Elle remonta le plaid sur son épaule en prenant garde de ne pas déplacer les électrodes du défibrillateur. Soudain, les lèvres du jeune homme frémirent. Elle s'immobilisa, attentive. Les paupières de Milo battirent sur son regard vague.

— Ne bouge pas, murmura Colombe, tout va bien. Tu as eu un malaise, le médecin va bientôt arriver. Tu as mal ?

— Ma… poitrine…

Cette voix si faible dans ce corps si grand. Colombe en eut le cœur serré. Elle avait envie de prendre Milo dans ses bras, de le serrer fort pour chasser sa douleur, de le protéger comme il avait essayé de préserver son entourage en cachant son état de santé.

— Ne dis rien… à Effie…

S'il avait été valide, Colombe l'aurait engueulé. Elle aurait choisi les termes les plus virulents pour lui reprocher l'égoïsme involontaire dont il faisait preuve en s'arrogeant le droit d'imposer son choix à ceux qui l'aimaient. Quelle liberté respectait-il en les empêchant de lui manifester leurs sentiments ? Milo entrait dans la vie des gens avec sagesse et délicatesse, mais se fermait à leur intérêt avec la certitude de les épargner. Il avait tort, affreusement tort. Parce que, en croyant les ménager, en réalité il les blessait.

— Ne parle pas. Tu te fatigues. Je m'occupe d'Effie, ne t'inquiète pas.

Son regard continuait à s'attacher au sien, si douloureux que les larmes lui montèrent aux yeux.

— C'est la deuxième… fois… Je ne peux pas… lui infliger… ça…

Et tu ne peux pas l'empêcher de choisir de t'aimer, songea Colombe en posant le doigt sur ses lèvres pour l'empêcher de parler. La respiration du jeune homme cahotait. Ses paupières retombèrent. Elle comprit la situation avant que le sifflement sorte du défibrillateur. D'un mouvement rapide, elle replaça Milo sur le dos. *Staying alive…* Reste en vie, Milo.

— Le Samu arrive ! Ils sont sur le pont !

Le reste des cris d'Huguette se perdit dans le brouhaha et l'agitation. Quelqu'un repoussa Colombe sur le côté, des mains s'affairèrent sur le torse de Milo. Des sonneries retentissaient, des ordres claquaient. Le froid du carrelage sous ses fesses, le mur dans son dos. Une onde de soulagement déferla dans son corps. Colombe comprit qu'elle sanglotait quand elle distingua le visage de Sagamore au-dessus du sien, crispé d'inquiétude, juste avant que le jeune homme ne l'enveloppe de ses bras et la serre contre lui. Elle sentit ses lèvres tièdes et douces sur son front, son souffle sur son visage, sur ses cheveux, effleurant ses joues pour chasser les larmes… Elle ferma les yeux, fugitivement stupéfaite de la ferveur de ses baisers.

Ils gagnèrent la ligne de son cou, montèrent vers sa tempe pour redescendre le long de sa pommette vers sa bouche. Très vite, sa surprise fit place à une ardeur qui l'étonna elle-même. Instinctivement, ses mains se nouèrent autour du cou de Sagamore, son corps ploya entre ses bras. Entre ses cils, elle aperçut la lueur intense dans le regard qui la fixait. Ce fut comme approcher une allumette d'une brindille sèche. Une vague brûlante monta des tréfonds de son corps et l'embrasa violemment. Lorsque les lèvres de Sagamore approchèrent de sa bouche, ce fut elle qui chercha avidement la sienne. Leurs lèvres se joignirent, se pressèrent, se découvrirent avec un émerveillement étonné. Colombe n'entendit pas les urgentistes emporter Milo ni les protestations des Frivoles que Kei poussait dans l'arrière-cuisine. Elle n'entendit pas la porte claquer discrètement derrière tout le monde. Pour la première fois depuis longtemps, elle s'abandonna totalement à ses sens et se serait sans doute retrouvée nue sur une des tables du bistrot si Sagamore ne lui avait chuchoté à l'oreille d'une voix rauque :

— J'ai peur que les Frivoles ne nous espionnent par le trou de la serrure…

Colombe sursauta, hébétée. Son chemisier ouvert laissait échapper ses seins tendus de désir, son ventre dénudé palpitait. Elle crispait ses doigts sur les muscles du dos de Sagamore, pressant son torse contre sa peau brûlante. Elle mourait d'envie de sentir sa bouche parcourir son corps, aspirait à laisser ses hanches s'imbriquer dans les siennes. Mais il s'écarta, alla doucement ouvrir la porte de l'arrière-cuisine. Colombe s'adossa au mur, le cœur et les sens chavirés. Dehors, la pluie s'était arrêtée. Le vent soupirait, à bout de forces. Le jeune homme revint lui tendre la main.

— J'ai entendu l'ambulance s'éloigner. Milo est entre de bonnes mains, ses parents vont le rejoindre à l'hôpital. Et Kei aide les Frivoles à regagner le village. On est seuls à la Planche.

Colombe connaissait déjà son antre, là-haut, sous les combles du moulin, son lit et ses couvertures dans lesquelles elle avait dormi. Elle glissa sa main dans la sienne, se leva. Se laissa guider. Ils titubèrent en montant l'escalier, se cognant aux murs dans leur hâte à se caresser et s'embrasser. Ils poussèrent la porte de la chambre, chancelants de désir, s'effondrèrent sur le matelas, Colombe gémissant sous les mains de Sagamore qui la déshabillaient, savourant avec délectation ses lèvres sur ses seins, s'arquant de plaisir sous les frôlements de ses doigts sur son ventre. Elle noua ses jambes autour de ses reins, le corps tendu, tous deux haletant à l'unisson, effaçant, dans l'étreinte qui les emportait, la peur et la tension de ces dernières heures. Oubliant tout.

27

Colombe se rappelait chaque minute, chaque seconde de cette longue nuit où le plaisir avait pris possession d'elle, où elle avait savouré la douceur et la tendresse de Sagamore. Il lui avait fait l'amour, inlassable, avec une délicatesse qu'elle n'aurait jamais soupçonnée. Elle l'observait à présent, dormant à son côté, ses cils noirs ombrant ses joues, son tatouage d'oiseaux s'envolant dans le creux de son épaule, respirant paisiblement. Ils n'avaient pas dit un mot tout le temps de leurs étreintes, s'étaient ensuite endormis dans les bras de l'autre, savourant ce silence si simple qui englobait explications, réponses aux interrogations non formulées et même leurs sentiments. L'aimait-elle ? Qu'importait ? Ils se trouvaient tous les deux à l'endroit où ils devaient être. Pour le moment, c'était suffisant.

Colombe se leva sans bruit, s'habilla, frotta du bout des doigts la vitre de la fenêtre. La pluie avait cessé. Un mince rayon de soleil perçait les nuages et jouait sur le rebord de la fenêtre. Derrière le moulin, le pré spongieux dégoulinait de cent ruisseaux chantants qui cascadaient jusqu'au seuil de l'arrière-cuisine. Elle frissonna, sortit de la chambre, descendit l'escalier et entra dans la Planche par la réserve. Dans la salle régnait une chaleur agréable. Colombe se mit à relever les tables et les chaises, recomposant avec application l'intérieur accueillant du bistrot. Puis elle gagna la petite cuisine derrière le comptoir et entreprit de faire chauffer de l'eau.

— Du café. Mmmm… Excellente idée.

— Il en reste dans la cafetière sur le comptoir si tu en veux, dit Colombe sans se retourner. Il doit être encore chaud.

Sagamore vint la rejoindre près de la fenêtre et passa son bras autour de sa taille. Ils restèrent là, à contempler la combe en sirotant leur café à petites gorgées, sans éprouver le besoin de parler. Un silence confortable, intime, un cocon de bien-être. Colombe ne cherchait pas à analyser ses émotions. Pas cette fois. Elle voulait prendre les choses comme elles venaient, profiter simplement de l'instant, sans exigences, sans attente. Que ce sentiment d'inquiétude qu'elle ressentait souvent après l'amour ne lui gâche pas la sérénité qu'elle éprouvait là, pleinement consciente de son corps appuyé contre la poitrine de cet homme.

— On y va ? dit Sagamore.

— Où ?

— À l'hôpital, voir Milo. J'ai appelé avant de descendre. Il est hors de danger. On peut donc aller l'engueuler. Apparemment, Effie fait un foin d'enfer pour entrer dans sa chambre, mais les parents de Milo ont donné des instructions pour que personne ne dérange leur fils.

— Qui a prévenu Effie ? demanda Colombe.

— Moi. Tu crois que j'ai eu tort ?

— Pour quelqu'un qui ne voulait pas s'immiscer dans les histoires du village…

— C'est plutôt une histoire d'amour. Et sur ce coup-là, Milo est nul.

— Tu es spécialiste des histoires d'amour ? sourit Colombe.

— Pas vraiment, jusqu'à présent, reconnut Sagamore avec humour, mais j'ai le sentiment que ça va changer.

D'après Milo, Sagamore avait récemment rompu sa dernière relation. Colombe ne voulait rien savoir d'autre. Il lui suffisait de se sentir bien contre lui, d'apprécier ses étreintes, ses attentions, ses baisers, de pouvoir se serrer contre son dos pour percevoir le rythme de son cœur à travers le cuir épais de son blouson, tandis que sa moto les emportait vers la ville et l'hôpital.

— Je vais vous arracher les yeux si vous ne me laissez pas passer !

Une Effie folle de rage repoussait un infirmier dans le couloir du premier étage de l'hôpital. Celui-ci, un colosse en blouse bleue, reculait en s'efforçant d'éviter les ongles qui menaçaient son visage. Il parvint à saisir les poignets d'Effie et l'entraîna fermement vers un petit salon près des ascenseurs. Heureusement, personne ne passait dans le hall, à l'exception d'un médecin qui l'apostropha en prenant bien garde de ne pas les approcher.

— Soyez raisonnable, mademoiselle, les malades ont besoin de repos. Et votre ami ne peut voir personne.

— Personne, sauf moi ! s'écria Effie. Je vous répète que je suis sa fiancée…

— Et moi je vous répète que je suis son médecin et que, si vous ne vous contrôlez pas mieux, je vous ferai évacuer par le service de sécurité !

— Essayez seulement ! Je…

— Attendez, on va s'occuper d'elle.

Sagamore se précipitait.

— Arrête, Effie, on va discuter, d'accord ?

À bout de nerfs, la jeune femme éclata en sanglots. Il la fit asseoir sur le canapé du petit salon.

— Je ne peux pas voir Milo, gémit Effie. Ses parents ont donné des instructions au personnel de l'hôpital pour m'empêcher d'entrer dans sa chambre. Je sais très bien qu'ils m'en veulent encore pour la Planche.

— À toi ? Mais pourquoi ? fit Colombe assise à côté d'elle.

— Quand Milo a acheté le bistrot, je l'ai encouragé. C'était un moyen de le garder près de moi. Ses parents, sa mère surtout, ne me l'ont jamais pardonné. Mme Tersel a été ravie quand Milo m'a larguée. Et maintenant qu'il est malade, elle en profite pour m'interdire sa chambre. Pourtant s'il savait que j'étais là, je suis sûre qu'il ne me renverrait pas…

— Où sont ses parents ?

— En bas, à la cafétéria.

— J'y vais. Je parviendrai peut-être à les convaincre de te laisser voir Milo.

— Bonne idée, fit Sagamore. S'il y a une personne à qui ils peuvent difficilement refuser quelque chose en ce moment, c'est bien à toi.

— Tu ferais ça ? dit Effie.

Elle la dévisageait avec tant d'espoir que Colombe eut honte. Pourquoi ne lui avait-elle pas parlé depuis leur rencontre devant l'épicerie ? Effie la croyait amoureuse de Milo. Ce qui avait failli être vrai. Colombe comprenait à présent que Milo s'était toujours comporté en ami avec elle. La confusion dans laquelle elle baignait lui avait fait prendre ses gestes et ses mots pour ce qu'ils n'étaient pas. Mais, ce matin, elle s'était réveillée dans la peau d'une autre femme, à l'esprit plus clair, plus… rangé. Elle avait l'impression d'avoir trié les tiroirs de son esprit. À chacun, elle avait trouvé sa place : Milo, Sagamore, Kei. Effie l'ignorait encore.

— Je te demande pardon, Effie, je…

— Non, coupa la jeune secrétaire en la prenant dans ses bras. C'est à moi de m'excuser. J'étais en colère contre Milo l'autre jour, pas contre toi. Je le connais mieux que personne.

C'est un homme très intelligent mais aussi particulièrement naïf. Il ne se rend pas toujours compte des sentiments que les gens peuvent éprouver à son égard. Quand il les comprend, trop tard, il ne trouve pas d'autre solution que de s'éloigner, et ça rend les choses encore plus difficiles pour ceux qu'il laisse sur place.

— C'est ce qui s'est passé pour…

— Non ! coupa Effie avec un sourire lumineux. Je sais que Milo m'aime. C'est une évidence.

— Alors pourquoi est-il si dur envers toi ? Les Frivoles ont été si furieuses de le voir te repousser l'autre jour qu'elles ont presque quitté la Planche en claquant la porte.

— Il pense me protéger. C'est son deuxième malaise cardiaque. Après le premier, il a rompu avec moi en pensant qu'il ne passerait pas l'année. Il m'a dit qu'il ne voulait pas laisser une veuve derrière lui. Ça fait cinq ans maintenant. Je croyais qu'il finirait par changer d'avis mais, après ce qui s'est passé hier soir, cet idiot va se montrer encore plus entêté, acheva-t-elle, amère.

Colombe échangea un regard avec Sagamore qui acquiesça d'un signe de tête.

— Depuis quand obéis-tu aux parents de Milo ? dit-il en aidant Effie à se relever. En plus, il n'y a plus personne dans le couloir. C'est le calme plat.

— Mais s'ils remontent de la cafétéria…

— Je m'en occupe, coupa Colombe. Ils ne m'aiment pas beaucoup non plus, mais cette fois, ils ne pourront pas éviter de me parler.

Elle attendit qu'Effie se glisse dans la chambre de Milo pendant que Sagamore faisait le guet devant la porte, puis prit l'ascenseur. La cabine glissa silencieusement jusqu'au rez-de-chaussée. Ce n'était pas seulement pour Effie, songea-t-elle. Les Tersel ne l'aimaient pas : c'était l'occasion idéale pour entendre de leur bouche la raison de cette inimitié.

Deux infirmiers sirotaient un café devant la machine à boissons. La grande salle prenait le jour par des lucarnes étroites et grillagées qui donnaient sur le trottoir. Rien de bien réconfortant pour des familles angoissées. Des tables entourées de chaises en désordre, quelques plantes en plastique. On était bien loin de la Planche à Cul… Les parents de Milo, assis côte à côte, se tournèrent à son entrée. Colombe s'immobilisa. La mère de Milo plongea vers son gobelet. Son mari lui saisit le bras, lui parla tout bas. Sa femme hésita, puis enfouit son visage entre ses mains. Génial, songea Colombe. C'était ce qu'on appelait « être la bienvenue ». Eh bien, elle allait se faire un plaisir de forcer le bon accueil de ces coincés.

— Mademoiselle Delgrieux… Le médecin du Samu nous a raconté ce que vous avez fait hier soir. Après notre petit-fils, vous avez sauvé la vie de notre fils. Permettez-moi de vous remercier… et de vous présenter mes excuses…

Voix humble mais franche. Le père de Milo lui tendait la main. Zut ! Il avait l'air sincèrement honteux. Mme Tersel fixait toujours son gobelet de café. Calmement, alors que l'agacement lui montait au nez, Colombe serra la main de l'homme, tira une chaise et s'installa à côté de Mélanie. La mère de Milo se tassa sur son siège.

— Je n'ai pas vraiment réfléchi à ce que je faisais, déclara Colombe en la fixant. C'était instinctif.

— Mais efficace, dit Philippe Tersel. Vous avez maîtrisé la situation et agi exactement comme il le fallait. Beaucoup de gens, à votre place, auraient perdu leur sang-froid.

— Je ne suis donc pas si nocive que cela…

Petit frémissement d'épaules. Ah, la mère réagissait enfin. Philippe Tersel plongea son regard dans celui de Colombe. Lui au moins avait le cran de reconnaître ses torts.

— Je disais vous devoir des excuses, mademoiselle Delgrieux. Pas seulement pour ce qui s'est passé l'autre jour, ou pour mon impardonnable réaction envers votre inspecteur. En réalité, nous vous devons la vérité, Divine…

— Tais-toi ! cria sa femme.

Son mari frappa du plat de la main sur la table. Le bruit fit sursauter les deux infirmiers. Ils se tournèrent, hésitant à intervenir. M. Tersel marmonna une excuse à leur adresse.

— Nous nous sommes tus pendant des années ! reprit-il à voix basse pour son épouse. Et tu vois où ça nous a menés ? Milo a acheté la Planche et il a failli en mourir ! Sans Divine, nous aurions perdu notre petit-fils, puis notre fils, cette nuit. Comme Charles. Comme Louise. C'est trop lourd, Mélanie. Tu n'as donc pas envie de poser tout ça ? d'avancer enfin ?

Colombe, figée, ne respirait plus. D'autres personnes entrèrent dans la cafétéria. Elle ne les vit pas. Ils savaient. Ils savaient tous deux ce qui était réellement arrivé à Louise. Mais parlez ! Parlez, bon sang !

La bouche de Mme Tersel tremblait. Elle ressemblait tant à Elsa dans sa peur des mots que Colombe faillit la prendre en pitié. Mais elle se raidit.

— Vous savez donc que Louise était ma mère. Dites-moi la vérité. Elle ne s'est pas suicidée, n'est-ce pas ?

Les larmes se mirent à couler sur les joues de Mélanie. Elle suffoquait, sanglotait comme une petite fille écrasée de chagrin.

— Je suis… si désolée, Divine. Si… désolée…

Son mari la serrait dans ses bras. Allaient-ils enfin cracher le morceau ? Depuis tout ce temps, ils avaient gardé leur secret. Qu'avaient-ils à voir avec Louise ? Mélanie lui avait-elle… fait quelque chose ? Les questions fusaient dans l'esprit de Colombe comme les balles d'une mitraillette. Si elle avait osé, elle aurait secoué la mère de Milo pour la faire parler plus vite.

Et, brusquement, ce fut comme un torrent qu'on libère. Une avalanche de paroles, d'explications, de regrets, de pleurs, des mots en vrac et en souffrance, vomis à travers une rage ancienne et un remords toujours présent. Des mots suppliants Colombe de comprendre, de pardonner.

— J'aimais mon frère plus que tout. Il était la seule famille qui me restait. Pour rien au monde nous n'aurions voulu nous éloigner l'un de l'autre. Il avait épousé Éliane, moi Philippe, mais rien n'avait changé entre nous. Ils vivaient dans la maison à côté de la nôtre et cela aurait pu être le paradis. Nous avions rêvé d'élever nos enfants ensemble, plus frères et sœurs que cousins et cousines. Nous voulions constituer une famille à notre image, soudée et heureuse. Elena est arrivée la première, puis Milo. Mais Éliane ne tombait pas enceinte. Charles en souffrait. Il adorait mes enfants, il faisait tout pour eux, comme s'ils étaient les siens. Presque trop. Philippe parfois en était jaloux. Mais je ne pouvais pas lui refuser ce bonheur. Sa femme réagissait différemment. Elle ne supportait plus la vue d'un enfant. Elle devenait de plus en plus triste, désespérée, aigrie. Elle abreuvait Charles de reproches alors qu'il n'était même pas responsable de la situation.

Elle s'interrompit, incapable de continuer tant sa gorge était serrée. Son mari poursuivit à sa place.

— Charles se réfugiait de plus en plus dans son travail. Il avait acheté la Planche et se donnait à fond pour faire tourner le bistrot. Souvent il partait à Lyon, pour rencontrer ses fournisseurs, disait-il. C'est pendant l'un de ses déplacements qu'il a fait la connaissance de Louise. Plus jeune, seule dans la vie mais si joyeuse malgré ses difficultés. Ils se sont aimés longtemps, se voyant seulement lors des voyages de Charles. Puis Louise est tombée enceinte.

Colombe blêmit et frissonna violemment.

— Moi, souffla-t-elle.

Mélanie Tersel posa une main hésitante sur le bras de Colombe. On aurait dit qu'après l'avoir tant repoussée, elle avait peur de la briser.

— Oui, vous êtes la fille de Charles, mon frère. L'enfant dont il avait rêvé. Mais il ne pouvait pas le révéler parce qu'il aimait aussi sa femme.

— Il a profité de la naïveté de ma mère ?

C'était donc l'histoire de Louise, celle de toutes les jeunes filles pleines d'espoir qui croyaient au prince charmant et tombaient sur un homme marié ne cherchant qu'à mettre un peu de piment dans sa vie. Quelle amertume ! Son père n'avait été qu'un menteur, un manipulateur de l'amour.

Mélanie protesta avec véhémence :

— Non, pas Charles ! C'était un idéaliste, un homme honnête. Il n'aurait jamais trompé une femme sur les sentiments qu'il lui portait.

— Honnête ? se récria Colombe. Vous savez ce que signifie ce mot ? Votre frère a trompé sa femme ; il a fait un enfant et a laissé ma mère se débrouiller seule avec moi !

— Il aimait Louise ! Il l'aimait avec la force d'un homme comblé ! Elle était sa maîtresse, son soleil, la mère de son unique enfant. Mais il aimait aussi Éliane et la vie intense qu'il a eue avec elle, leurs projets, leurs combats, leurs espoirs. Ils les aimait toutes les deux, pour son malheur. Parce qu'il ne pouvait pas choisir. Il avait besoin de ces deux femmes pour être heureux, mais il ne pouvait pas exiger qu'elles acceptent de partager.

— Et pour prouver son amour, il a embauché Louise à la Planche ? Sa maîtresse et lui sous le nez de sa femme. C'est dégueulasse !

— C'est Louise qui le lui a demandé.

— Vous mentez !

— Je n'ai que ma parole à vous donner. Charles me l'a dit le jour où Louise et vous êtes arrivées à la Planche. Il m'a suppliée de ne rien dire à Éliane. Elle allait si mal ! J'ai d'abord cru que Louise voulait tout révéler à sa rivale. Mais les jours passaient et elle ne sortait pas de son rôle de serveuse.

C'était une fille timide : elle avait le cœur sur la main, ne se plaignant jamais, toujours prête à écouter. Elle vous adorait, Divine. Vous étiez le centre de son monde, plus que Charles. Et j'ai fini par comprendre ce qu'elle attendait de mon frère. Simplement qu'il joue son rôle de père. Elle n'exigeait rien d'autre de lui, juste qu'il vous aime. Voilà pourquoi elle voulait venir travailler à la Planche. Elle tenait à ce qu'il passe un peu de temps avec vous tous les jours.

Colombe, émue, resta silencieuse. Louise, qui n'avait pas eu la chance d'être élevée par ses parents, avait tenu à ce que son enfant ait un père qui la voie grandir. Charles, son père – elle avait du mal à penser à cet homme de cette façon – aimait son enfant au point d'oser réunir sur le même lieu les deux femmes de sa vie. Était-il possible de les aimer si fort qu'il ne pouvait choisir ? De les aimer à les faire souffrir et d'en souffrir lui-même ?

— Mais la maladie de Louise a brisé cet équilibre, murmura-t-elle. Et elle s'est suicidée.

Mélanie se mit à touiller son café avec une énergie suspecte. Son mari fixa ses mains d'un air dur, puis prit une bruyante inspiration.

— C'est le moment, Mélanie. Dis-lui.

Le cœur de Colombe s'emballa. Elle eut l'impression d'étouffer. Mélanie s'était ratatinée sur sa chaise. La stature de son mari semblait l'écraser. Les autres personnes avaient quitté leur table, les deux infirmiers étaient partis depuis longtemps. Il ne restait qu'eux dans le coin de la salle.

— C'est ce qu'ont cru les gendarmes, murmura la mère de Milo. C'était faux. Ce qui s'est passé… n'était qu'un accident… un terrible accident… Le pire est de ne pas savoir, n'est-ce pas, Colombe ? Éliane n'a jamais compris pourquoi Charles s'était supprimé. Cette histoire de bistrot en faillite, elle n'y croyait pas. Charles adorait la Planche, mais de là à… Éliane n'a pas compris et cela l'a tuée. Charles n'a pas laissé de lettre, mais moi je savais. Il est venu, cette nuit-là, me raconter. Il a fait irruption dans mon salon, trempé, les vêtements boueux, terrifié, au bord de la folie. Mon mari n'était pas là, j'étais seule avec Milo et sa sœur. Ils dormaient à l'étage et je n'avais qu'une peur, c'était qu'ils se réveillent et voient leur oncle dans cet état. J'avais compris qu'une chose terrible s'était produite. J'ai emmené Charles dans le bureau de mon mari. Il tremblait, ses dents claquaient, il répétait : « Je l'ai tuée, je l'ai tuée ». Je l'ai forcé à boire un peu d'alcool, il s'est laissé tomber sur le canapé, s'est mis à pleurer. Cela faisait des années que je n'avais pas vu mon frère sangloter. Ça m'a brisé le cœur. Des minutes ont passé, il a enfin réussi à m'expliquer…

Sa voix chavira. Ce fut son mari qui déroula le fil de l'histoire pour Colombe. Elle l'écouta sans l'interrompre, fascinée, comme devant les images d'un vieux film.

Louise était sortie de l'appartement au-dessus de l'école après avoir couché son bébé dans la chambre d'Elsa. Ça n'avait pas dû être facile. Elle ignorait quand elle reverrait sa Divine. Le chagrin la torturait, la colère aussi. Mais elle ne pouvait emmener Divine là où elle allait. Pas dans le service de soins intensifs d'un hôpital. Si seulement Charles avait accepté d'assumer son rôle de père, comme elle l'en avait supplié ! Quelques jours plus tôt, elle lui avait appris qu'elle était malade : il savait qu'elle refusait absolument de confier leur enfant à une famille d'accueil. Divine avait un père, c'était à lui de s'occuper d'elle pendant que Louise se ferait soigner. Elle l'avait supplié à genoux dans l'herbe du pré derrière le moulin. Il avait hésité, lui avait demandé d'attendre qu'il prépare sa femme à cette nouvelle. Il avait si peur de lui faire du mal dans l'état de dépression où elle s'enfonçait… Mais Louise ne pouvait lui offrir un temps qu'elle ne possédait plus. Il devait révéler la vérité maintenant, et prendre sa fille avec lui pendant qu'elle se battrait pour sa vie. Et s'il refusait, elle le quitterait.

L'horrible marché avait franchi ses lèvres sans qu'elle l'ait prémédité. Elle s'était toujours refusée à cet abaissement. Elle aurait eu l'impression de le forcer, de faire du chantage. Charles l'aimait. À la folie. Cela lui suffisait. Mais ce jour-là, pour Divine menacée d'abandon par sa maladie, elle avait revu ses exigences.

Ils s'étaient disputés. Elle s'était presque prosternée devant lui, oubliant sa fierté dans sa détresse. Terrifié à l'idée qu'on les surprenne ainsi, il avait cherché à la relever et elle l'avait insulté. Parce qu'elle avait compris qu'il ne dirait rien à sa femme. Que leur histoire était finie.

C'est ce qu'elle avait dit à Charles. Il n'avait pas voulu la croire. Louise était malade. Elle ne pouvait pas décider de le quitter alors que leur fille et elle avaient tant besoin de lui. Dans son égoïsme d'homme, il avait sous-estimé son amour pour son enfant.

— Après vous avoir laissée chez l'institutrice, Louise est arrivée à la Planche à l'aurore, reprit Mélanie à voix basse. Charles travaillait dans l'arrière-cuisine. Elle a frappé à la porte, lui a annoncé qu'elle partait pour toujours et, sans attendre sa réponse, elle s'est éloignée vers le parking. Mon frère a perdu la tête. Il l'a suivie en la suppliant jusqu'à sa voiture. Elle l'a repoussé, a claqué sa portière et a démarré. Ça l'a rendu fou. Il est remonté vers le parking de la mairie, a pris sa propre voiture et s'est lancé à sa poursuite.

Mélanie Tersel leva des yeux désolés sur Colombe. Les larmes ruisselaient sur ses joues. Sur qui pleurait-elle ? Son frère ? Louise ? Ce bébé abandonné par son père ? Ou simplement sur le souvenir de son propre deuil ?

— Il a rattrapé Louise juste avant le virage. Elle roulait vite. Elle l'avait vu, mais a accéléré. Charles a klaxonné, fait des appels de phare. Il a tenté de la doubler, lui a hurlé de s'arrêter par la vitre ouverte. Elle lui a crié de la laisser tranquille… Elle avait tourné la tête : sa voiture a bondi en avant, tout droit. Dans ce virage… Charles a freiné juste à temps. Mais pas Louise…

Il avait couru vers le ravin qui venait d'avaler son amour. Hurlé son nom à s'en briser l'âme, longtemps, si longtemps qu'il s'était évanoui. Et lorsqu'il avait repris conscience, étendu sous la pluie et le vent, c'était comme si la vie avait déserté son corps et rejoint Louise pour toujours.

C'est le fantôme de Charles qui était revenu au village, avait frappé à la porte de sa sœur et lui avait tout raconté d'une voix aussi morte que Louise. Mélanie l'avait adjuré de ne rien dire à personne.

— C'était un accident. Louise était morte. Charles était sur le point de devenir fou. Il répétait qu'il allait prévenir les gendarmes, mais je l'en ai dissuadé. On aurait pu le soupçonner d'avoir poussé la voiture de Louise dans le ravin parce qu'elle menaçait de le quitter. Il n'aurait pas supporté une enquête, Éliane non plus. Je l'ai obligé à me promettre de ne jamais révéler sa liaison avec sa serveuse. À qui cela aurait-il profité, d'ailleurs ? Elle n'avait plus de famille.

— Plus de famille ? Et moi ?

— Vous… vous étiez un bébé. J'ai pensé que votre vie commençait tout juste et que vous ne garderiez aucun souvenir de ces événements. Charles était mon frère et j'aimais beaucoup Éliane. Je ne pouvais pas laisser la vérité détruire leur couple. Je suis… désolée. Si désolée, Divine.

Son mari baissait la tête, honteux. Colombe avait envie de vomir. Ces deux-là la dégoûtaient. Elle repoussa sa chaise, incapable de rester à la même table qu'eux. Mélanie Tersel se leva dans le même mouvement. Elle essuya ses larmes et, pour la première fois depuis que Colombe les avait rejoints, se força à croiser son regard.

— N'en veuillez pas à mon mari, dit-elle. C'est moi qui ai forcé Charles à se taire et Philippe à cacher la vérité. Je ne vous demande pas de me comprendre. J'ai voulu protéger ma famille et, dans mon esprit, vous n'en faisiez pas partie. Vous ne me croirez pas si je vous dis que je regrette du fond du cœur de vous avoir fait du mal, Divine. Mais j'aimais d'abord mon frère.

L'amour. Facile de mettre ses faiblesses sur son compte. N'était-ce pas plutôt la peur des ragots qui l'avait empêchée de tout raconter ? Les lèvres de Mélanie tremblaient.

— Maintenant, je sais que j'ai fait le mauvais choix. Parce que, dans cette malheureuse histoire, vous étiez vraiment innocente. Vous n'aviez rien demandé et vous aviez droit à tout. Je vous demande pardon.

Colombe déglutit, révulsée. Elle s'écarta.

— Pourquoi n'a-t-on pas retrouvé les traces de freinage de la voiture de mon… de Charles sur la route ?

— La tempête s'est déchaînée après son retour au village. Des arbres se sont abattus en travers de la route. Les engins qui l'ont dégagée ont effacé toutes les traces. Le corps de Louise n'a été retrouvé que des jours plus tard, sous l'amas de troncs tombés dans le ravin.

— Elle était morte sur le coup, précisa Philippe Tersel. Et Charles s'est suicidé à peine un mois plus tard. Mais il était déjà mort ce soir-là, avec elle.

Mélanie aussi avait quelque chose de mort en elle. Ça se voyait dans le pli de ses lèvres fardées et les petites rides au coin de ses paupières. Elle se mouchait, misérable, dans son mouchoir blanc. Bizarrement, ce carré de tissu rappela à Colombe les mouchoirs que Paul prêtait à Elsa. Ces deux femmes se ressemblaient, au fond, avec leur conviction d'être sur terre pour assurer le bonheur de leur famille envers et contre tout. Sa mère adoptive et sa tante. Oui, Mélanie était sa tante. S'en était-elle avisée alors qu'elle condamnait l'enfant de son frère à ne jamais connaître son père ? En tout cas, elle avait décidé de ne pas accepter ce lien.

Au moins, Milo l'accueillerait, et avec joie en plus. Milo son cousin, Elena sa cousine – et Simon, aussi. Pas mal pour une fille qui rêvait d'une famille ! Colombe se sentit brusquement légère, comme si le poids qui l'écrasait depuis des années s'était enfin volatilisé. Louise l'avait adorée. Charles, son père, l'aimait aussi, à sa façon craintive et désemparée. Le temps du jugement était révolu. Colombe connaissait son histoire à présent, et c'était le plus important.

Mélanie et Philippe Tersel attendaient son verdict.

— J'ai besoin de prendre l'air, déclara-t-elle. Vous voulez me rendre un service ?

— Tout ce que vous demanderez, nous vous devons bien plus que ça.

— Rentrez chez vous. Et ne vous mêlez plus de la vie de Milo, ni de la mienne, ni de personne d'autre. Vous entendez ? Fichez-nous la paix.

28

Que lui restait-il à découvrir de ses origines ? « Nous » répondit Elena quand elle arriva à l'école avec Colin et Simon le lendemain. Toute sa méfiance à l'égard de Colombe s'était envolée. Elle la serra dans ses bras à l'étouffer.

— Tu ne peux pas savoir ce que tu représentes pour Simon et nous, Colombe. Tu es sa chance. Tu l'aimes et il t'a adoptée depuis le début. C'est comme s'il avait senti que tu appartenais à notre famille, n'en déplaise à mes parents…

Elena leur en voulait, à tel point que Colombe en avait ressenti un certain malaise. Elle ne portait pas Mélanie et Philippe Tersel dans son cœur mais, avec le temps, on pardonne les erreurs des parents, non ? Elle-même n'en voulait plus à Elsa. Quelque chose en elle avait grandi, mûri surtout, qui l'amenait à voir la vie comme un vaste terrain d'apprentissage vers une certaine forme de sagesse, d'acceptation de ses propres faiblesses et, par là même, de celles des autres. Elena finirait par s'en rendre compte… hum, pas aujourd'hui en tous cas.

— Tu vas apprendre à connaître ma mère, l'avertit-elle. Elle veut toujours tout régenter. C'est à cause d'elle que nos rapports sont tendus, avec Milo. Je regrette maintenant de ne pas avoir soutenu mon petit frère. Si j'avais su tout ça… J'espère au moins que cette histoire va la faire réfléchir.

— J'ai la même à la maison, confia Colombe, amusée. Je dois rentrer chez moi ce week-end, mais ma mère n'a pas pu s'empêcher de m'appeler par Skype ce matin. Elle avait lu un article dans le journal sur l'accident de Simon et était affolée. Sais-tu ce qu'elle m'a répondu quand je lui ai demandé de ne pas venir ? « Ne bouge pas, j'arrive ! »

Elena éclata de rire. Colin venait de partir avec leur fils mais elle ne parvenait pas à quitter sa nouvelle cousine. Des années de retard à partager ne se comblent pas en quelques minutes.

— Qu'est-ce que tu lui as répondu ?

— J'ai hésité entre filer en Alaska – ma mère déteste le froid – ou lui infliger mon regard qui tue, option « T'as de la veine que je t'aime quand même, maman ». Finalement, je les ai invités à monter à Sainte-Croix ce week-end. Revoir Marie-Rose et ce village où elle a travaillé fera plaisir à ma mère.

— Et détournera un peu son attention de sa fille chérie ? Bon plan !

Elena soupira en cherchant une meilleure position sur sa petite chaise d'école.

— Comment fais-tu pour caser ta taille sur ce genre de siège ? On devrait décorer les instits de maternelle. Ce n'est pas humain de les obliger à se casser le dos comme ça !

— On s'y fait, répliqua Colombe en riant.

— Tu sais, je ne suis jamais partie de Sainte-Croix très longtemps. J'aime trop ce village. Ça peut sembler ridicule pour une fille de notre génération de ne pas avoir envie de voyager, de découvrir autre chose, mais c'est ainsi. Milo est comme moi. Il est parti et revenu. Pas seulement à cause de son problème de santé. Il adore ce village, il adore Effie. Heureusement qu'ils se sont réconciliés ! C'est aussi à toi qu'ils le doivent, si j'ai bien compris. Tu es notre ange gardien. Tu n'aurais pas un autre miracle en réserve pour la Planche ?

— Qu'est-ce que tu veux dire ?

— Moi qui soutenais le point de vue de mes parents sur ce bistrot ! avoua Elena avec un petit rire forcé. Milo travaille comme un dingue pour le maintenir à flot, mais c'est dur. Le moulin a besoin de réparations, mon frère n'a pas les finances nécessaires pour les effectuer et les banques refusent de lui accorder un prêt supplémentaire. Sans argent, il va devoir fermer. La semaine dernière, il est allé à Lyon plaider sa cause auprès de son conseiller financier, sans succès. S'il ne trouve pas vite une solution, la Planche est condamnée. Le pire, c'est que mes parents sont prêts à demander un emprunt en leur nom pour l'aider mais mon cher frère, grand admirateur du dalaï-lama, a oublié ses principes de pardon. Il fait sa tête de cochon et préfère tout perdre que de devoir quelque chose à mon père.

— Il ne peut pas faire ça ! C'est sa seule solution !

— Comment crois-tu qu'il ait tenu tout ce temps contre les assauts de mes parents ? Il a l'air zen mais c'est un pitbull. Il ne lâchera jamais.

— Je croyais que la Planche était sa vie !

Imaginer la fin du bistrot, pour Colombe, était comme perdre une partie d'elle-même. Entre ces murs résidait l'âme du village. Jeunes et plus âgés s'y côtoyaient. Comment imaginer la vie ici sans ce coin douillet où elle avait goûté aux petits plats de Milo, où les Frivoles riaient et se disputaient en buvant de la tisane de chien, où l'on accueillait le voyageur avec un gros cul et un petit plat offert avec cœur ? Où surtout Sagamore s'était dégelé et l'avait aimée ? La Planche avait assisté au début de sa nouvelle vie. Accepter sa fermeture ? C'était hors de question !

— On va trouver quelque chose, affirma-t-elle.

— Mais quoi ? Il s'agit quand même de cent mille euros. Moi, je peux lui en prêter cinq cents, pas plus. Il n'ira pas loin avec ça.

— Je peux aussi lui prêter cinq cents euros. Et Sagamore acceptera sûrement de débourser un peu. On est loin du compte mais si d'autres personnes… Attends… Attends… J'ai une idée ! Voilà ce qu'il nous faut. Un financement participatif !

Elena la dévisageait, ahurie. Colombe s'était levée d'un bond et arpentait sa classe à grands pas.

— Tu ne connais pas ? Mais si ! Ces plateformes Internet qui financent des projets innovants et solidaires. La Planche joue pile dans ce créneau ! On présente un projet à l'aide de photos, de textes explicatifs, de vidéos, bref tout ce qui peut convaincre, et les gens qui désirent participer à sa réalisation donnent la somme qu'ils veulent avec une contrepartie en nature. Si l'objectif est atteint ou dépassé, le projet est financé !

— Mais… quel genre de contreparties ?

— Dans notre cas, des repas, des verres de chartreuse, des fêtes données en l'honneur des plus gros donateurs, on peut trouver des tas de choses ! Et on pourrait même monter tout un mur de cuvettes et de gros culs pour les donateurs les plus importants derrière le b…

— Stop ! Tu t'emballes !

— Tu as raison, certains n'apprécieraient pas, convint Colombe en riant. On va garder la collection de Milo dans le cagibi. Mais on a de quoi présenter un beau projet. Imagine, si chaque habitant des villages du coin donnait cinquante ou cent euros…

La bouche d'Elena s'arrondit tandis que le calcul s'affichait dans sa tête.

— Un bistrot en or massif !

— Peut-être pas, mais tout de même de quoi le sauver ! On tablera sur six semaines pour collecter les fonds, c'est le temps moyen pour optimiser nos chances d'atteindre notre objectif. Au-delà, les gens risquent d'oublier. Tu crois que Milo accepterait de tenter l'aventure ?

Gagnée par l'enthousiasme de Colombe, Elena se dressa, les yeux brillants.

— Il est à l'hôpital pour une semaine encore. On ne lui demandera pas son avis. C'est aussi *notre* Planche, pas vrai ? Après tout, elle ne tournerait pas sans ses clients. Alors, pas un mot. Je vais prévenir Effie, Sagamore, Étienne, Marc notre ami gendarme et quelques autres copains. On aura besoin d'aide pour concrétiser ce projet. Tu veux bien venir demain soir à la Planche pour leur expliquer ça ?

Bien sûr qu'elle viendrait. Et elle préviendrait également Kei. La photo, la vidéo, c'était son domaine. Il pourrait les guider. Toutes les bonnes volontés seraient les bienvenues.

***

C'était une autre Colombe que Sagamore côtoyait désormais. Oubliée la fille renfermée, susceptible, maladroite dans ses réflexions et ses rapports avec les gens, l'ombre qui rasait les murs et craignait tant de commettre des erreurs qu'elle s'empêchait d'agir. Depuis plusieurs jours, il découvrait une jeune femme dynamique, à l'humour bien réel, dégagée de la peur du jugement d'autrui. Dynamique, volontaire, sûre d'elle, Colombe-la-tornade dirigeait le projet « Planche » à la manière d'un coach sportif encourageant son équipe, Colombe-la-maîtresse restait à l'écoute de ses élèves et répondait modestement à l'admiration des parents, et Colombe-son-amour le rejoignait chaque nuit au-dessus du bistrot.

Ils se retrouvaient sans questions, sans rien projeter. Juste comme cela devait être. Colombe n'était pas retournée dans son appartement après leur première étreinte à la Planche. Elle s'était glissée dans le lit de Sagamore, nuit après nuit, avec tendresse. Ils avaient pris le temps de se découvrir sans se presser, avaient exploré chaque parcelle de leur peau, s'étaient abandonnés à leur plaisir, chacun livrant son corps à l'autre sans retenue. Sagamore s'était réveillé chaque matin avec un désir irrépressible au creux du ventre, auquel elle répondait avec fougue. Ils descendaient ensuite prendre leur petit déjeuner dans la salle du bistrot avant de monter ensemble à l'école où les accueillait une Marie-Rose goguenarde.

Oui, il aimait Colombe. Son agacement avait fait place à un intérêt grandissant devant son obstination et ses efforts pour mener sa classe. Quel incroyable courage animait cette fille ! En quelques jours, elle avait sauvé un enfant, réanimé le cœur d'un homme et, non contente d'avoir trouvé enfin les réponses à ses questions, partait en guerre pour sauver un bistrot du déclin.

— Où en est Kei ?

Planificatrice hors pair, en plus ! Sagamore n'était plus sûr de pouvoir la suivre. Colombe semblait posséder dix bras et deux cerveaux, sans compter une sensualité indéniable dont elle ne semblait pas avoir conscience. Rien qu'à voir la ligne douce de son cou penché sur son ordinateur, il devait se retenir pour ne pas la…

— Sag ? Tu dors ?

Colombe attendait, sourcil levé, tandis qu'Effie, assise en face d'eux, hochait la tête d'un air moqueur.

— Non, il rêve et je lis des fantasmes interdits aux moins de dix-huit ans dans ses yeux exorbités.

Colombe rougit violemment, détournant de lui l'attention d'Effie et d'Elena. Sagamore s'empressa de se lever, prétextant le besoin d'un café pour s'éloigner de la jeune femme. Bon sang, si cette peste d'Effie s'apercevait de l'état dans lequel il se trouvait, il ne pourrait plus jamais la regarder en face !

— Kei termine de monter sa vidéo, dit-il en posant des tasses sur leur table. Le texte est prêt, on n'a plus qu'à poster le tout sur le site. Et arrêtez de ricaner, vous voulez bien ?

Colombe, prise de pitié, lui déposa un baiser sur la bouche.

— Toi, en tout cas, dit-elle à Effie en la menaçant du doigt, tâche de les museler, tes fantasmes. Ne nous épuise pas Milo dès sa sortie de l'hôpital.

La jeune secrétaire prit un air vertueux.

— Il sort mercredi prochain et je vous promets de ne pas lui sauter dessus tout de suite. Pas d'émotions fortes, pas de travail, du repos, du calme et de la sérénité. Je ne lui parlerai même pas de cette collecte. On ne sait jamais, si ça ne marchait pas…

— Ça marchera, dit Colombe, vous verrez. On va diffuser notre projet sur les réseaux sociaux. Il faut informer les gens, coller des affiches dans les magasins du village. J'ai préparé une maquette, il suffit de la faire imprimer. Et cette journaliste qui a parlé de l'accident, si on la contactait pour qu'elle relaie notre appel dans son journal ? Elena, c'est toi qu'elle a interrogée, tu as gardé ses coordonnées ?

— On va s'en charger, coupa fermement Sagamore. Tu en as assez fait. Maintenant, il faut que tu penses à ta classe.

Il n'avait pas voulu aborder le sujet aussi brutalement, mais il fallait empêcher Colombe de s'embarquer à nouveau dans des tâches qui la détourneraient de son travail. Car elle s'éparpillait. Et cela l'inquiétait.

Colombe le dévisageait, un peu étonnée. Il tenta de sourire pour cacher son anxiété. Si seulement il pouvait prendre sa place ! Guilly aurait trouvé à qui parler.

— J'ai eu un appel tout à l'heure. Guilly viendra t'inspecter jeudi prochain. Ce qui nous laisse cinq jours pour tout préparer.

Il la vit froncer les sourcils et compter sur ses doigts. Son visage, à la surprise de Sagamore, ne trahissait aucune appréhension.

— Non, ça nous laisse le week-end pour mettre notre financement participatif en ligne. Ensuite il me restera trois jours pour préparer mon inspection. Pas de problème, je serai dans les temps.

— Trois jours ? se récria Sagamore, horrifié. Tu te rends compte du boulot que ça demande ? Ta programmation, tes séquences, tes progressions, ton cahier journal, il faut que tout soit nickel ! Elena, Effie, dites-lui que ça ne suffira…

— Chut ! Tu m'aideras et ce sera parfait. Et maintenant, allons nous coucher.

Les jours suivants, l'inquiétude de Sagamore se mua en angoisse. Colombe ne prenait pas sa préparation à la légère, au contraire, mais elle s'adonnait en priorité à leur plan de sauvetage de la Planche. Le soir, seulement, elle s'asseyait au bureau de son amant pour travailler. Le jeune directeur ne comprenait pas.

— Tu n'as pas peur ?

— On dirait que tu le regrettes !

— Non, je te préfère comme ça, mais… Je n'ai pas confiance en ce type. Il ne connaît rien au travail d'une maternelle et je suis sûr qu'il fera tout pour te déstabiliser. J'espère en tous cas que rien ne viendra perturber Simon.

— Au contraire, j'espère qu'il se comportera comme d'habitude. Allez, ne t'inquiète pas. Je sais ce que je fais.

Ah oui ? Et tous ces petits détails qui marquent une inspection, pourquoi n'en faisait-elle aucun cas, alors ? Colombe manifestait une désinvolture qui commençait à l'affoler. Ce fut pire encore le matin même de l'inspection.

— Prête ?

— Oui. Et toi ?

— Non.

Colombe éclata de rire. Sagamore se força à refouler sa contrariété et posa un café sur le bureau de Marie-Rose, ainsi qu'un croissant et des muffins.

— Cadeau de ton cousin. Il s'est levé exprès pour les préparer ce matin.

— Il n'a pas pu s'en empêcher, hein ? Il est rentré de l'hôpital hier seulement.

— Il a eu raison. Tu n'as pas déjeuné.

— Non, il a eu tort. Il est encore fatigué, il faut qu'il se…

— Une chose après l'autre, coupa Sagamore. Concentre-toi d'abord sur ta matinée. Guilly s'est annoncé pour 9 heures. Tâche de respecter tes horaires, c'est un maniaque de l'horloge. Et fais gaffe à…

— Arrête, Sag.

Ton sec, un brin cassant. Il n'y prit pas garde, voulut reprendre ses conseils. Elle l'en empêcha.

— Arrête de psychoter. Je sais ce que je fais.

— J'essaie seulement de…

— Non, tu ne me fais pas confiance. Tu sais à qui tu me fais penser ? À ma mère. Si elle pouvait, elle vivrait à ma place tant elle est sûre de mener ma vie mieux que moi. Rappelle-toi comme elle m'a pris la tête hier au téléphone. Elle ne voulait pas en démordre, il fallait qu'elle vienne m'aider à terminer mon travail. Si je ne l'avais pas menacée de ne plus jamais lui parler de ma vie, elle serait déjà là, à me tenir la main. Ne m'inflige pas la même chose, Sag.

— C'est pour toi que…

— Tu te rends compte que tu parles comme elle ? Personne n'a besoin de se charger de mes émotions. Je ne veux pas d'un remplaçant de ma mère, tu comprends ? N'essaie pas de me modeler selon ce que tu crois être le mieux pour moi. Si je dois échouer, je me relèverai. C'est comme ça que je veux vivre.

— Je vois.

Il se détourna, blessé. Elle n'avait pas besoin de lui, d'accord. Il se sentait repoussé.

— Sois honnête. C'est important pour *toi* que je réussisse cette inspection.

— Évidemment. Ça me ferait suer que ce Guilly se gonfle comme une baudruche en déclarant à qui veut l'entendre « J'avais raison ». Ça ne te dérangerait pas, toi ?

— Si. Mais pas dans le sens où tu l'entends.

— Je ne comprends pas…

Elle l'embrassa pour le faire taire. Sa rancœur s'envola comme par miracle. Ses lèvres si douces… Il l'aurait bien renversée sur le bureau de Marie-Rose, là tout de suite, mais les premiers parents arrivaient. Quelques minutes plus tard, Guilly se pointa à la porte de l'école, juste au moment où il allait fermer. Le suivait un homme portant une sacoche d'ordinateur que l'inspecteur lui présenta comme un professeur-formateur, venu l'accompagner pour inspecter Colombe.

— J'ignorais que vous seriez deux, ne put-il s'empêcher de remarquer.

Le salaud ! Guilly débarquait, sournois et satisfait, sachant très bien que les jeunes stagiaires impressionnés perdent une partie de leurs moyens face à un examinateur non annoncé. Il avait poussé le vice jusqu'à choisir le formateur le plus difficile à contenter de la circonscription. Serge Krozelski, le tombeur de stagiaires. Il était trop tard pour avertir Colombe, occupée à recevoir ses élèves dans sa classe. Sagamore s'en voulait. Il aurait dû le deviner.

Les deux hommes pénétrèrent dans le couloir, empêchant le jeune directeur de les précéder.

— M. Krozelski a l'habitude de ce type de visite, déclara Guilly. J'apprécie la justesse de son avis. Ne vous dérangez pas, nous trouverons notre chemin.

Et ils pourraient surprendre Colombe plus sûrement, songea Sagamore, désemparé. Marie-Rose les suivit en lui adressant un petit signe de main rassurant. Elle avait raison. Colombe n'était plus l'oisillon perdu de la rentrée. Elle réussirait.

Il transpira cependant toute la matinée. Malgré lui, il dressait l'oreille au moindre bruit venant de la classe voisine. Des cris ? De l'agitation ? Il n'arrivait pas à se concentrer sur ses propres élèves. Vers 10 heures, Marie-Rose vint le rejoindre. Sagamore l'accueillit avec anxiété.

— Alors ?

— Ils sont assis à une table, discutent à voix basse et prennent des notes. De temps à autre, ils se lèvent et vont parler aux gosses, puis retournent se rasseoir. Ils ne vont pas se gercer les lèvres à sourire, ces deux-là. De vrais croque-morts !

— Mais ils n'ont pas interrompu Colombe, au moins ? Comment se débrouille-t-elle ?

— Je ne sais pas trop ce qu'ils attendent d'elle, je ne suis pas enseignante, je te rappelle. Mais à mon avis, elle assure. Les enfants sont adorables, actifs. C'est juste que…

— Que quoi ? s'alarma Sagamore.

— Simon. Il n'est pas franchement dans un bon jour. Tendu, tu vois ce que je veux dire ? Ces deux hommes dans la classe, ça le perturbe. Je ne l'ai pas quitté jusqu'à mon départ, alors ça allait. J'espère qu'il…

Un hurlement strident déchira la quiétude de la classe. Par la porte ouverte leur parvint un bruit de chaise renversée et de chocs sur le mur. Les élèves de Sagamore avaient levé la tête puis, sans s'émouvoir, avaient repris leur activité. L'habitude. Mais Marie-Rose bondit. Sagamore lui saisit le bras.

— N'y va pas !

— Tu es fou ! C'est Simon. Et d'après ce que j'entends, c'est la mégacrise. On ne va pas laisser Colombe gérer ça toute seule en pleine inspection !

— Si tu interviens, ils penseront qu'elle n'assure pas. Laisse-la leur montrer.

Qu'ils se rendent compte, ces bureaucrates, de la réalité des difficultés que Colombe doit affronter tous les jours. Sagamore sourit. Étonnamment, malgré le crescendo de hurlements qui fusait dans le couloir, il savait que rien ne pouvait mieux servir Colombe.

Ce que, naturellement, Marie-Rose ne pouvait comprendre. Elle le dévisageait comme s'il avait perdu l'esprit.

— Fais-lui confiance, dit le jeune homme d'un ton plus assuré. Elle va y arriver. Retourne dans ton bureau, ouvre la porte de communication et prépare-toi à surveiller ses élèves si elle doit sortir avec Simon. Elle le calmera comme d'habitude si elle peut compter sur toi pour t'occuper des autres.

Elle impressionnerait le professeur-formateur et elle rabattrait le caquet de Pète-Sec. Qu'on lui accorde le temps d'entrer dans le monde de Simon, de lui parler avec ce calme et cette douceur tendre qui douchaient sa colère et l'aidaient à reprendre le contrôle de ses émotions. Colombe donnerait alors à l'enfant la possibilité d'exprimer son chagrin et son impuissance de n'avoir pas su se contrôler, puis l'aiderait à parvenir au calme qui lui permettrait de reprendre son travail, apaisé et serein. Ça en boucherait un coin à ses examinateurs.

Mais deux heures plus tard, assis près d'une fenêtre de la Planche à Cul pour guetter l'arrivée de Colombe, Sagamore ne se sentait plus si sûr de lui. La salle était pleine de clients. Thelma était aux fourneaux, Kei servait.

— Tu ne veux rien manger ?

Effie, venue donner un coup de main pendant sa pause, avait pris place à côté de lui. Elle soufflait, rouge dans la chaleur de la salle, mais heureuse.

— Depuis l'article du journal, la Planche est prise d'assaut pratiquement tous les jours. Quant à notre projet participatif, tiens-toi bien, Sag : en moins d'une semaine, nous en sommes déjà au tiers de la somme à rassembler ! C'est grâce à Colombe. On est bien partis pour sauver la Planche.

— J'espère qu'elle sauvera aussi son boulot.

— Comment ça s'est passé après la crise de Simon ?

— Sais pas. Quand je suis parti, l'inspecteur et le professeur-formateur la cuisinaient encore dans mon bureau, et Marie-Rose rangeait le bazar que Simon avait mis dans sa classe. Elle devait me rejoindre ici, mais on reprend dans une demi-heure et elle n'est toujours pas là. Alors non, je ne suis pas tout à fait tranquille.

— Moi, je crois en elle, dit Effie. Tiens, voilà Marie-Rose. Et elle n'a pas l'air déprimée, tu vois.

Déprimée, elle ? C'était tout le contraire ! L'aide-maternelle semblait avoir du mal à contenir son amusement. Elle vint se glisser sur la banquette à côté d'Effie et prit une gorgée du verre que lui offrait Kei.

— Eh bien, mes enfants, dit-elle en riant, quelle matinée ! Je m'en souviendrai longtemps ! L'inspecteur et son collègue viennent de partir. Si vous aviez vu la tête du petit bonhomme, je vous jure que ça valait le coup. Je ne sais pas ce qui s'est passé, mais il avait l'air vraiment pincé. Comme un gamin à qui on aurait piqué son jouet préféré. L'autre souriait en serrant la main de Colombe. J'ai bien cru l'entendre dire « Bravo, mademoiselle », et il avait l'air beaucoup plus avenant qu'à son arrivée.

— Où est Colombe ?

— Restée à l'école pour préparer ses ateliers de cet après-midi. Elle m'a chargée de te demander de lui rapporter quelque chose à manger, Sag.

Sagamore bondit derrière le comptoir, découpa une énorme part d'une quiche au pesto de courgettes qu'il enveloppa dans une feuille de papier alimentaire et sortit en courant. Pète-Sec tirait la tronche et Krozelski avait félicité Colombe. C'était de bon augure. Il claqua la porte et se rua vers le passage des remparts.

— Papa Sag aurait pété les plombs s'ils avaient démoli sa chérie, déclara Effie en le regardant franchir le pont en courant.

— J'étais sûr que tout irait bien, dit Kei. Colombe est une super-instit.

— J'espère que Sag acceptera son choix, murmura Marie-Rose.

Ils la considérèrent avec surprise. L'aide-maternelle avait l'air gêné, comme si elle rechignait à dévoiler un secret. Enfin, elle se décida :

— Je crois que Colombe a décidé d'arrêter.

29

Cela avait été plus facile que Colombe le craignait.

Elsa l'avait écoutée sans émettre de doute. Aucun regard glissé en douce vers son mari comme un appel à l'aide, aucune objection. Elle avait hoché la tête. Lentement.

— Si c'est ce que tu veux, tu peux compter sur nous.

La jeune femme s'était attendue à devoir livrer bataille, sachant qu'elle l'aurait gagnée de toute façon car elle n'était plus celle à qui l'on traçait le chemin. Elle avait préparé des arguments pour calmer les craintes de ses parents, pour les convaincre de l'accompagner dans son changement de vie. Elle n'avait pas prévu ces mots simples qui lui amenaient tout à coup les larmes aux yeux et lui dilataient le cœur.

— Tu seras heureuse ici, avait ajouté son père en la serrant dans ses bras. Je te trouve plus forte, plus posée. Cet endroit t'a changée. C'est chez toi.

D'un geste, Paul avait englobé la cuisine, l'appartement, l'école, le village… et, plus bas, près de la rivière, le petit bistrot du Pont de la Planche à Cul. Chez elle, oui. Cela avait été facile aussi avec Elena, qui avait accueilli son idée avec enthousiasme. Elle lui avait sauté au cou avec tant d'impétuosité qu'elles s'étaient retrouvées toutes deux les huit fers en l'air au milieu de la classe, à rire aux éclats comme deux gamines complices.

— Oh, Colombe, c'est génial ! Tu es sûre ?

— Certaine.

— Tu ne regretteras pas ?

— Non, j'aime cet endroit. C'est comme s'il était inscrit dans mes gènes. Il fait partie de moi. Milo et Effie savent ce que je ressens. En revanche, pour tes parents, ce n'est pas gagné. C'est moi qui ai créé cette cagnotte pour renflouer le bistrot qui a failli achever leur fils… C'est sûr, je vais perdre mon auréole.

— Pire, ils vont te tuer.

Devant la mine déconfite de Colombe, Elena avait ajouté en souriant :

— Ne t'inquiète pas, ils te doivent deux vies, celles de leur fils et de leur petit-fils. Deux moins une égale un. Du point de vue mathématique, tu devrais donc rester vivante.

Étrange calcul… mais Elena ne s'était pas trompée. Ou bien l'accident de Milo avait adouci ses parents, ou bien leur gratitude envers Colombe avait pris le dessus sur leurs réticences ; en tout cas, dès qu'Elena leur avait appris la décision de Colombe, la cagnotte participative pour le sauvetage de la Planche avait atteint un palier inespéré.

Seul Sagamore n'avait pas tout de suite adhéré à son projet. Auparavant, son incompréhension aurait fait douter Colombe. Mais il était loin à présent, le temps où l'avis des autres comptait plus que le sien. Elle sentait par toutes les fibres de son corps qu'elle agissait en accord avec ce qu'elle était devenue. Que sa place, depuis toujours, l'attendait là. Et elle avait su trouver les mots pour persuader Sag.

— Tu as eu la note maximale, avait-il protesté. Pourquoi tout lâcher maintenant alors que même ce petit con de Guilly a dû admettre tes qualités ?

— Il ne pouvait pas faire moins, avait ri Colombe. Après ce qu'il a fait à Simon…

Comment oublier cette scène ? Guilly s'était penché vers le professeur-formateur pour lui murmurer avec désapprobation :

— Regardez comment cet enfant tient son crayon. Une vraie catastrophe. Elle ne devrait pas le laisser travailler sans le corriger.

Manque de chance, Colombe l'avait entendu. Double malchance, Simon, assis tout près de l'inspecteur, avait également saisi la remarque désobligeante. Sauf qu'il l'avait prise pour lui. L'enfant, contrarié, avait jeté son crayon par terre et s'était dressé devant les deux hommes en psalmodiant :

— C'est pas bien, pas bien, pas bien de dire ça. Tu te trompes. J'écris bien. Ma maîtresse dit que j'écris bien. Hein Colombe, que j'écris bien, dis-lui, dis-lui…

Sa voix avait grimpé dans les aigus tandis que l'inspecteur, embarrassé, tentait de lui expliquer le malentendu. Erreur fatale. Croyant qu'il s'obstinait dans une critique infondée, Simon s'était mis à balancer les pots de crayons contre le mur avant de se jeter par terre en sanglotant.

— Guilly ne savait plus quoi faire, avait raconté Colombe à ses amis. Par contagion, les autres petits commençaient à pleurer aussi. J'ai dû expliquer la situation à l'inspecteur et lui dicter ce qu'il devait dire à Simon pour le calmer.

Résultat de l'épisode : quelques pots explosés, des pleurs et des remarques élogieuses de Krozelski sur sa compréhension fine et instinctive de ses élèves. Quant à l'inspecteur, bouche pincée et mine vexée, il avait dû reconnaître que Colombe maîtrisait sa classe, tout en s'obstinant cependant à mettre l'accent sur des détails à améliorer.

Après un tel succès, Sagamore n'avait pas compris qu'elle abandonne. Car c'était ce qu'elle lui avait annoncé lorsqu'il lui avait apporté son déjeuner ce jour-là. Elle allait démissionner de l'Éducation nationale.

— Regarde-moi, lui avait-elle dit. Depuis que je vis à la Planche, je suis plus épanouie, plus heureuse. Je n'ai pas de mots pour l'expliquer, mais je m'y sens chez moi. Je m'y sens… vivante. Ce n'est pas pareil à l'école.

— Tes élèves ont besoin de toi. Simon, surtout.

— Mes élèves seront bien avec n'importe quel enseignant. Et je continuerai à soutenir Simon dans ma propre famille. Ce n'est pas un coup de tête. Découvrir les difficultés de Milo a été révélateur. C'est comme si je risquais de perdre une partie de ma vie. La Planche appartenait à mon père, ma mère y a travaillé, et aujourd'hui mon cousin se bat pour elle. C'est mon patrimoine. Elle m'a révélée à moi-même et j'ai envie de la garder en vie pour tous ceux qui ressentent la même chose que moi entre ces murs.

Heureusement, il avait vite accepté, songeait Colombe en contemplant la tablée heureuse rassemblée dans la salle du bistrot ce soir-là. Ses parents, ceux de Milo, Effie et Milo, Elena et Colin, Kei aux petits soins pour son arrière-grand-père Tadao douillettement installé en bout de table, Marie-Rose, Sagamore… Ils célébraient ensemble le retour de Milo et le sauvetage du moulin. Le double de la somme requise avait été rassemblé en moins d'un mois. Un succès ! Milo et elle pouvaient dormir sur leurs deux oreilles.

Dehors, le soleil se couchait sur les arbres de la combe couverts d'une légère couche de neige, la première. La rivière murmurait sous le petit pont, berçant les tombes blanchies du cimetière. À l'intérieur, Milo avait allumé toutes les lumières. C'était le seul geste qu'on lui avait permis d'exécuter. En dépit de sa forme presque retrouvée, son entourage s'ingéniait à lui éviter tout effort. Effie gardait la clé du bar à côté de son assiette. Colombe dissimula un sourire. Croyait-elle vraiment éviter le coup de la chartreuse aux parents Tersel ? C'était mal connaître Milo. Il était revenu de la réserve avec une bouteille et, malgré les protestations d'Effie, avait entrepris de remplir le verre de chaque convive.

— Il va y avoir embouteillage aux toilettes, souffla Kei à l'oreille de Colombe. J'ai dit à Ojisan de ne rien boire de ce que lui servirait Milo. Il a repris du poil de la bête depuis qu'il t'a retrouvée, il ne s'agirait pas que cet inconscient me l'achève !

— Ne t'en fais pas, souffla Colombe, Milo n'est pas fou. Il a servi du jus d'aspérule à Tadao, tu as vu ? Pour les autres, Sag a fait le nécessaire.

Après s'être servi lui aussi de sirop d'aspérule – Effie ne lui aurait pas pardonné de jouer avec sa santé, et il le savait –, Milo tapota son assiette avec sa fourchette. Le silence se fit.

— À la Planche ! fit-il en levant son verre. Maintenant qu'elle est sauvée grâce à vous, ne vous croyez pas quittes ! La fortune que vous avez récoltée nous permettrait presque de nous offrir un moulin en plaqué or, mais vous êtes tout de même réquisitionnés pour la déco. Maintenant, c'est votre maison à vous aussi. À part ça…

Il s'éclaircit la gorge, promena son regard sur chacun des convives. Il était ému et ne le cachait pas.

— Merci à vous tous. Vous êtes plus que mes amis. Vous êtes ma famille.

Puis très vite, il enchaîna :

— À la santé de Kei, même si ce lâcheur tient à retourner dans sa capitale nauséabonde. Et surtout à Colombe, ma cousine, qui m'a sauvé la vie. Je ne pouvais pas rêver plus jolie associée pour gérer la Planche.

— Et moi alors ? Je compte pour du beurre ? grogna Sagamore.

— Tu es moins joli qu'elle, rétorqua Milo, moqueur. Et puis, avec ton boulot à l'école, tu n'auras pas le temps de nous aider.

— Je pourrai au moins t'aider à te lancer…

Il désignait Effie avec un clin d'œil taquin. Colombe lui envoya un coup de coude dans les côtes. Ce n'était pas le moment pour une déclaration. Pas au milieu d'une assemblée qui n'envisageait qu'un seul dénouement. Était-elle la seule à avoir perçu la réserve d'Effie ? Elle aurait aimé arrêter Milo, lui laisser le temps de parler à la jeune femme seul à seule. Mais il était trop tard. Elena renchérissait déjà en riant.

— Assez de discours ! À genoux ! Tu lui dois bien ça !

Milo rougit. Des rires fusèrent tandis qu'il ployait un genou devant Effie, muette.

— Ils ont raison, dit-il. Ils savent combien je t'ai fait souffrir. Il est juste qu'ils m'entendent te demander pardon. Je me suis montré égoïste…

— Cruel, coupa Effie. Tu as été cruel. Emploie le terme exact, s'il te plaît.

Voix sèche, yeux brillants. Rancune ou émotion ? Un peu désorienté, Milo s'obligea à répéter :

— Cruel, oui. Pourtant, pour rien au monde je ne voulais te blesser. Je pensais vraiment que c'était mieux pour toi de nous séparer. Je ne pouvais pas croire que tu m'aimerais assez pour accepter de vivre avec un malade en sursis. J'avais si peur que tu finisses par me quitter que j'ai préféré m'éloigner le premier. J'ai été lâche. Pardonne-moi, Effie.

— Te pardonner. Et que comptes-tu faire pour ça ? Me demander en mariage une seconde fois ?

Le visage de Milo vira à la pâleur blafarde.

— Tu m'en veux à ce point-là…

Il sursauta quand Effie bondit sur ses pieds, renversant presque les verres.

— Bon sang, Milo, mais qu'est-ce que tu crois ? Que je veux me venger de toi ? Tu ne comprends vraiment rien !

Elle inspira un grand coup et se laissa retomber sur sa chaise.

— Il ne s'agit pas de revanche, Milo. Ces deux dernières années, je n'ai fait qu'attendre que tu me reviennes. J'ai vécu entre parenthèses, tu comprends ? Et puis Colombe est arrivée avec son histoire, sa détermination à choisir sa route…

— Et tu t'es rendu compte que tu t'étais trompée, acheva Milo, anéanti. Alors, c'est vrai, je t'ai perdue…

Il avait l'air d'avoir reçu un immeuble sur la tête. Colombe eut pitié de lui. Elle eut envie de lui expliquer, de le rassurer. Il ne comprenait pas. Elle sourit quand la jeune femme prit le visage de Milo entre ses mains et posa ses lèvres sur les siennes.

— Non. Tu sais bien que je t'aime. Mais est-ce que je suis seulement ça ? Une femme qui t'aime et qui t'attend ?

— Tu es plus que ça. Tu es celle que j'aime et que *je* vais attendre à mon tour. Ne me réponds pas aujourd'hui. Prends ton temps. Dans une semaine, un an, plus s'il le faut, je serai toujours là.

Il n'aurait pas longtemps à patienter, paria Colombe en les regardant échanger un baiser sous les yeux ravis de l'assistance. Effie avait glissé dans sa poche la bague que Milo lui avait offerte. Elle la porterait, bien sûr. Mais seulement quand elle l'aurait décidé.

Bien des heures plus tard, la jeune femme regardait le couple contourner le moulin main dans la main tandis que la pleine lune montait au-dessus du vallon. La salle de la Planche résonnait de joyeuses conversations. Colombe se sentait bien, serrée contre la poitrine de Sagamore, son verre de fausse chartreuse à la main, contemplant le ciel étoilé. Elle souriait encore au souvenir de la déconfiture de Milo et de la joie d'Effie lorsque, le premier toast porté à leur santé, personne ne s'était précipité dans la pièce des trônes pour y déposer son verre. Comprenant qu'il s'était fait jouer, Milo s'était montré bon perdant et, poussé par tous, s'était lui-même rendu dans son cagibi pour y choisir sa cuvette. Étonnant qu'il ne se soit jamais soumis à son propre rite, avait pensé Colombe. C'était bien de lui de pousser ses amis à trouver leur chemin sans suivre lui-même son propre précepte. Milo le sage trébuchant de son piédestal. Comme ses parents, comme d'autres autour de cette table – sauf sûrement Tadao qui, au soir de sa vie, contemplait les combats des autres avec indulgence –, il avait imposé à quelqu'un une route qui ne lui convenait pas. Effie, par ses réflexions inattendues sur le but de son existence, lui donnait une bonne leçon.

Quelle cuvette avait choisi Milo ? Colombe le devinait. Parce que chacune des personnes de cette tablée était une partie d'elle-même et qu'elle était une partie de leur vie. Parce que chacun d'eux, Kiyoshi et Miki aussi, par-delà le temps, l'accompagnerait parmi les embûches et les bonheurs de sa nouvelle existence. Parce qu'elle avait enfin trouvé le lieu où enfoncer ses racines.

Composition Nord Compo
Achevé d'imprimer en
février 2021 chez Rodesa, Villatuerta, Espagne
Pour le compte des Éditions Marabout
(58, rue Jean-Bleuzen, 92178 Vanves)
Dépôt légal : mars 2021
ISBN : 978-2-501-138-543
5203384/01